別·樣·的·色·彩

Öteki Renkler

閱讀·生活·伊斯坦堡，小說之外的日常

奧罕·帕慕克
Orhan Pamuk
顏湘如——譯

重量媒體一致盛讚！

深具人性與魅力！帕慕克已經成為東西方都能欣然認同的重要作家之一。

——皮科．艾爾，《紐約時報》書評

才華洋溢！本書中的伊斯坦堡隨筆與帕慕克的小說一樣，從同樣的來源汲取力量，其中的喜劇元素也是。

——《紐約時報》

想像力豐富、行文輕鬆卻又令人心碎……在堪稱（與米蘭．昆德拉相反的）生命不可承受之重當中（尤其是身為土耳其人），展現種種飛騰的輕盈。

——《洛杉磯時報》

他的描述隨著威脅與誘惑的對比能量而脈動……帕慕克在本書中可謂大放異彩！

——《金融時報》

敏感、細膩且刻劃入微……這些隨筆短文中有許多印象派的素描或小品，是一個心思細密者對日常生活中小小苦樂的觀察感想。

——《舊金山記事報》

這是一位藝術家的迷人寫照，無論是他的經歷或見解都與我們大相逕庭，卻能精確切中時代議題。這是一本非常好、非常值得一讀的書，出自一位偉大且引人入勝的小說家之手。

——《芝加哥太陽時報》

帕慕克在無意中暴露出更多的自己……他在寫作生涯的巔峰時期，讓我們得以一窺他如何看待自己，又希望他人如何看待他。

——《倫敦時報文學副刊》

書中得以一窺他眼中的土耳其，以及土耳其特色，也能讀到他小說的靈感來源以及他對文學的看法，有趣又吸引人！

——《丹佛郵報》

諾貝爾獎得主奧罕·帕慕克的新書充滿了小小領悟與詩一般的創意爆發。

——《國家郵報》

兼具抒情與寫實……一位文人在此體現得格外完整。

——《華盛頓郵報圖書世界》

驚人且價值非凡……一部成功之作！

——《紐約書評》

閱讀這些篇章讓人內心充滿了每則文字所散發出的純粹喜悅……這是一部以隨筆與小故事組成的自傳，無論對作家或讀者而言都絕對引人入勝！

——《巴爾的摩太陽報》

目次

自序　無法以小說寫成的斷片之書／13

生活與憂慮／17
Living And Worrying

1 隱含作者／18
2 我的父親／28
3 一九九四年四月二十九日小記／33
4 春日午後／38
5 晚上總筋疲力竭／41
6 在寂靜的夜裡起床／43
7 當家具在說話，你怎能睡得著？／46
8 戒菸／48
9 雨中的海鷗——關於書桌對面屋頂上的海鷗／50
10 沙灘上一隻垂死的海鷗——這是另一隻海鷗／52
11 快樂／54
12 我的手表／57
13 我不要上學／59

14 魯雅與我們／63
15 魯雅傷心時／65
16 風景／68
17 我對狗的了解／70
18 論詩性正義／73
19 暴風雨過後／75
20 很久以前在這個地方／79
21 那個無親無故的男人的房子／82
22 理髮師／85
23 火災與廢墟／91
24 法蘭克福香腸／96
25 博斯普魯斯海峽渡船／102
26 王子群島／106
27 地震／111
28 伊斯坦堡的地震憂懼／122

書與閱讀 Books and Reading／135

29 我如何淘汰一些書／136
30 論閱讀：文字或影像／140
31 閱讀的樂趣／143
32 有關書封的九件事／147
33 讀還是不讀：《一千零一夜》／149
34 《崔斯川．商第》代序：每個人都應該有這樣一個叔叔／154
35 熱愛偉大意象的雨果／168
36 杜思妥也夫斯基的《地下室手記》：墮落的樂趣／170
37 杜思妥也夫斯基的恐怖附魔者／178
38 《卡拉馬助夫兄弟們》／182
39 殘酷、美與時間：論納博科夫的《愛達》與《蘿莉塔》／188
40 卡繆／196
41 不快樂的時候閱讀伯恩哈德／199
42 伯恩哈德小說裡的世界／202
43 巴爾加斯—尤薩與第三世界文學／207

44 魯西迪：《魔鬼詩篇》與作家的自由／214

政治、歐洲與其他忠於自我的問題／219
Politics, Europe, and Other Problems of Being Oneself

45 筆會亞瑟．米勒演說／220
46 禁止進入／225
47 歐洲在哪裡？／230
48 如何成為地中海人／235
49 我的第一本護照和其他歐洲之旅／240
50 紀德／247
51 宗教節日的家庭聚餐與政治／259
52 地獄靈魂之怒／263
53 交通與宗教／267
54 在凱爾斯與法蘭克福／271
55 受審／284
56 你為誰而寫？／288

我的書是我的生命／293
My Books Are My Life

57 《白色城堡》後記／294
58 《黑色之書》：十年以來／301
59 《新人生》的訪談摘錄／307
60 《我的名字叫紅》的訪談摘錄／312
61 關於《我的名字叫紅》／322
62 摘自「凱爾斯的雪」筆記／324

畫與文本／333
Pictures and Texts

63 席琳的驚訝／334
64 在森林裡與古老如世界／341
65 凶手不明的命案與推理小說——專欄作家切廷·亞丹與伊斯蘭大教長埃布蘇·埃芬迪／342
66 中場休息，或是「噢，埃及豔后！」——在伊斯坦堡看電影／351
67 我為何沒有成為建築師？／355
68 塞利米耶清真寺／364
69 貝里尼與東方／366

70 黑筆／374
71 意義／380

其他城市，其他文明／383
Other Cities, Other Civilizations
72 我與美國人的初相遇／384
73 世界之都面面觀／387

《巴黎評論》雜誌訪談／411
The *Paris Review* Interview

望向窗外——一則故事／437
To Look Out the Window

諾貝爾文學獎獲獎演說——父親的提箱／467
My Father's Suitcase

索引／483
帕慕克年表／488

自序

無法以小說寫成的斷片之書

本書的構成全是至今尚不得其門進入我小說中的構想、影像與生活片段，我便以連戲的敘事法（continuous narrative）結集於此。有時候我自己也感到驚訝，竟然無法將我認為值得深入探究的想法全部放進小說裡，諸如人生中的吉光片羽、我有意與人分享的日常小事，以及我在某些鬼使神差的機遇中冒出來、充滿力量與喜悅的言語等等。有些片段是我個人的經驗談，有些是迅速寫就，有些則是因為注意力他移而遭擱置。重看這些文字差不多就像重看舊照片，雖然我鮮少重讀自己的小說，卻樂於重讀這些隨筆。而我最喜愛的莫過於看見這些文章物超所值，不僅止於符合邀稿媒體的要求，還能傳達諸如個人興趣、熱中事物等等當初下筆時不曾打算寫出的內容。像這樣的體悟，像這種多少有如真理顯現的奇異時刻，吳爾芙（Virginia Woolf, 1882-1941）曾用「存在的瞬間」一詞來形容。

一九九六至一九九九年間，我每星期會替《公牛》（*Öküz*）雜誌寫一篇小品，這是一本以政治與幽默為主的雜誌，因此我便以我認為恰當的方式來書寫。這些都是一口氣完成的抒情短文，我會談論女兒與友人，會以新的眼光探索各種事物與世界，會藉由文字觀察世界，深感樂在其中。經過一段時間後，我開始認為與其說文學作品是在描述這個世界，倒不如說是在「用文字看世界」。當作家開始像畫家運用色彩一樣運用文字，便會漸漸發覺這個世界是多麼美妙而不可思議，同時，也會逐步打破文字骨架，找到自己的聲音。為此，作家需要紙筆，還得像個頭一次細看世界的孩子一樣樂觀。

我將這些文章集結成一本全新的、具自傳色彩的書。我捨棄許多殘篇，並精簡了另外一些，只從千百篇文章與日記中摘錄段落，還把不少短文分配到看似與該故事架構較吻合的怪異篇章。例如，有三篇演說文曾以〈父親的提包〉為名另外收錄成冊，以土耳其文與其他多種語言發行（其中包括同名的諾貝爾獲獎演說，以及我為德國書商和平獎所作的演說〈在凱爾斯與法蘭克福〉與我在普特博研討會上發表的演說〈隱含作者〉），在本書中則是各自出現在不同章節以反映相同的個人經歷。

這部《別樣的色彩》版本與一九九九年在伊斯坦堡初版的同名著作有個相同架構，只是前一本採用選集形式，這一本則是將我個人生活的片段、時刻與想法一氣串連。無論是談論伊斯坦堡，或是探討我最心愛的書、作家與畫作，對我而言向來只是談論人生的藉口。我的紐約隨筆寫於一九八六年，當時我第一次造訪紐約，寫作是為了記錄一個外國人的第一印象，心裡設定的對象是土耳其讀者。本書接近最後的故事〈望向窗外〉，自傳色彩實在太濃厚，主人翁的名字大可直接叫做奧罕。不過故事中那個哥哥凶惡有如暴君，就跟我其他故事中的兄長一樣，但與我的親哥哥卻毫無關係，我哥哥席夫克．帕慕克是個傑出的經濟歷史學者。在蒐集本書文章時，我愕然驚覺自己對於天災（如地震）與社會災難（如政治）有特殊的興趣與癖好，因此我割捨了不少較黑暗的政治文章。我一直都深信自己體內住著一個貪得無厭的文字狂，怎麼寫都嫌不夠，時時刻刻都得活在文字當中，而為了滿足他，我只好持續不斷地寫。然而我在選編此書時發現，如果能與一位好編輯合作，讓他賦予這些文章一個中心、一個框架、一個意義，這個文字狂應該會高興許多，也比較不會受自己的寫作病所苦。我希望心思細膩的讀者不只留意到我在寫作本身所下的功夫，也能同樣關注我富有創意的編輯力。

大力推崇德國哲學家作家華特．班雅明（Walter Benjamin, 1892-1940）者，幾乎從來不只我一人。但是有位朋友著實對他太過敬畏（當然，這位朋友是個學者），為了激怒她，我有時候會問：「這個作家究竟有什麼了不起？他完成的著作也就寥寥幾本，而且他之所以出名並不是因為那些完成的作品，而是他始終無法完成的作品。」友人回答說班雅明的作品就像人生本身，無邊無際也因此零星破碎，所以才會有那麼多文學評論家費盡心思要為這些文章下注解，正如他們面對人生。而每回我都會微笑說道：「總有一天我也要寫一本只以零碎斷片組成的書。」《別樣的色彩》就是那本書，我將它框在一個框架裡，暗示了我試圖隱藏的核心概念，希望讀者們能好好享受將這個核心想像成真的樂趣。

生活與憂慮

Living And Worrying

她離開後，我走到陽台上欣賞尖塔、伊斯坦堡的美景，與從薄霧中浮現的博斯普魯斯海峽。我已經在這個城市生活了一輩子。和那個在街頭來回踱步的朋友一樣，我也問了自己同樣的問題：為什麼一個人會無法離開？

因為我甚至無法想像自己不住在伊斯坦堡。

1 隱含作者

我已經寫作三十年。這句話我已經陳述了好一段時間，事實上，就是陳述得太久了，如今已不再是事實，因為我的作家生涯即將邁入第三十一個年頭。我卻還是喜歡說自己已經寫小說三十年了，雖然有點誇張。偶爾我也會寫寫其他類型的文章，如隨筆、書評、對伊斯坦堡或政治的感想，還有演說文，但我真正的職業，也就是把我和人生綁在一起的，還是寫小說。有許多出色作家寫作時間比我長得多，已經寫了大半個世紀，卻沒有太當一回事。也有許多讓我一讀再讀的偉大作家，如托爾斯泰（Leo Tolstoy, 1828-1910）、杜思妥也夫斯基（Fyodor Dostoyevsky, 1821-1881）、湯瑪斯．曼（Thomas Mann, 1875-1955），寫作生涯更長達五十多年……那麼我為何對自己寫作的三十週年如此慎重以待？這是因為我希望能將寫作（尤其是小說寫作）視為一種習慣來談一談。

為了讓自己快樂，我必須每天攝取文學，這一點無異於病人必須每天服用一匙藥。小時候得知糖尿病患者須得每天接受注射時，我和大家一樣替他們感到難過，甚至可能認為他們已經半死。我對文學的依賴想必也同樣讓我呈現半死狀態吧。尤其當我還是年輕作家時，我可以感覺到其他人認為我隔絕於真實世界之外，因此注定「半死」。又或者精準地說是「半人半鬼」。有時候我甚至抱有一種想法，覺得自己徹底死了，但正努力透過文學重新為屍身注入生命。對我而言，文學就是一種藥。一如他人以湯匙餵送或針筒注射的藥劑，我每日的文學攝取量，或者也可以說我每日的嗑藥量，必須達到一定標準。

首先，藥必須是好藥。品質的好壞能讓我知道它有多真實、多有效。閱讀小說中某個縝密深奧的段落，進入那個世界並信其為真——再沒有比這個更令我快樂，也再沒有比這個把我和人生綁得更牢的了。而且我寧可作者已死，那麼我的讚佩之心便不會被小小的嫉妒烏雲所遮蔽。隨著年歲漸長，我愈發相信頂尖書作都出自已故作家之手。即使他們尚在人世，感受他們的存在就像感受鬼魂一般。也正因如此，在路上遇見偉大作家，我們總會視他們如鬼魂，只會不敢置信地驚嘆遙望。偶爾有些勇敢的人會上前請鬼魂簽名。有時候我會提醒自己，這些作家不久便會死去，一旦他們死了，他們的著作遺產將會在我們心裡占據更寶貴的地位。不過當然了，事實並不必然如此。

假如我每日攝取的文學是我自己正在書寫的東西，情況便迥然不同。因為像我這樣罹此疾患的人，最佳療法就是每天寫作大半頁，這也是最大的幸福泉源。三十年來，我平均每天會獨自關在房裡、坐在書桌前十個小時，如果只算寫得夠好可以出版的作品，我平均每天的寫作量遠遠不及半頁。我寫的東西多半都不符合我自己的品管標準。我可以告訴各位，這是兩大痛苦泉源。

但請別誤會。像我這麼依賴文學的作家絕不可能膚淺到滿足於自己已經寫出的優秀傑作，也不可能因為這些書的銷量或成就便暗自稱慶。文學不容許這樣一個作家佯裝自己拯救了世界，倒是給了他拯救自己這一天的機會。每一天都很難熬，尤其不寫作、無法寫作的日子更難熬。重點在於要找到足夠的希望度過這一天，如果你正在閱讀的書籍或篇章寫得好，就要在其中找到樂趣與幸福，哪怕只是一天。

我來說明一下，在寫作不順利又無法沉浸書中的日子是什麼感覺。首先，我眼前的世界會起變化，會變得難以忍受、面目可憎。了解我的人就能看出這種變化，因為我自己也會變得和周圍所見的世界一樣。例如，晚上見到我一臉悲慘絕望，女兒就會知道我那天寫作不順利。我很希望別讓她看出來，卻做不到。在這些黑暗時刻裡，我感覺生死之間似乎已無界線。我不想和任何人說話，這樣也好，因為不管誰看到我處於這種狀態，也絕無意和我說話。每天下午一點到三點之間，這種絕望會以較溫和的形式降臨，但我已經學會如何藉由閱讀和寫作來應付，若是動作夠快，我便能挽救自己不墮入活死人狀態。

萬一有一大段時間無法接受筆墨治療，無論是因為旅行、沒繳瓦斯費、兵役（曾經有過一次）、政治事件（較近期發生過），或是任何其他阻礙，我都會覺得痛苦像水泥一樣壓在心裡。我的身體變得活動困難，四肢關節僵硬，頭腦石化，就連汗水的味道似乎也變了。這份痛苦似乎不斷增長，因為生活中充滿各種圖謀讓人遠離文學的事物。我可能坐在擠滿人的政治集會席上，或是在學校走廊上與同學聊天，或是假日與親戚聚餐，努力地和一個立意良善卻志趣不相投的人交談，或是被電視畫面吸引了目光；我也可能正在開一個重要的商務會議，或是正在購物、身在去找公證人的路上，或是正在拍簽證用的照片——這時眼皮會忽然變得沉重，即使是白晝時分，竟也能直接睡著。當我遠離家門，根本無法回到自己房間獨處時，唯一的慰藉就是在大白天裡小睡片刻。

所以，是的，我真正渴望的不是文學，而是一個可以讓我獨自沉思的房間。在這樣的房間裡，我可以對那些同樣擁擠的地方，諸如家庭聚會、學校集會、餐宴，以及所有參與的人，虛構出美麗幻想。我會想像出許多細節，讓那些擁擠的假日聚餐更加豐富多彩，也會讓與會者本身變得更有意思。當然了，幻夢中所有人事物都很有趣、吸引人而逼真，我會用已知世界的材料打造新的世界。接下來是關鍵核心：要想寫得好，首先必須厭倦外界干擾；要厭倦外界干擾，就必須進入生活。每當我坐在某個電話響不停的辦公室裡，和朋友及摯愛同在陽光普照的海灘上，或參加雨中喪禮，受到各種噪音轟炸時，換句話說，當我開始察覺當下情景的核心在我四周鋪展開來，我會忽然錯覺自己其實已不在現場，而是站在邊線上觀看。我會開始作白日夢。假如我心情悲慘，就只會去想自己有多無聊。無論是哪一種情形，心裡都會有個聲音催促我回到房間坐到書桌前。

我不知道一般人大多如何回應這樣的聲音，但我的回應態度會讓像我這樣的人成為作家，而且我猜它比較可能讓我們變成散文或小說作家，而不是詩人。思量至此，我能稍微深入地了解自己每天非吃不可的藥具有哪些特性，其中的有效成分包括無聊、實際生活與想像的生活。

這份自白帶給我樂趣，但誠實談論自己又令我感到恐懼——在這兩種心境共同引領下，我得到一個嚴肅而重要的領悟，現在我想與各位分享。我想提出一個簡單的理論，其發想概念是：寫作是一種慰藉，甚至是一種療癒，至少對我這種小說作家而言是如此，因為我們選擇主題、形塑手中作品，來滿足每天的白日夢需求。小說的靈感來自想法、激情、暴烈情緒與欲望，這點大家都知道。取悅情人、藐視敵人、讚頌喜愛的事物、喜歡以權威之姿談論自己一無所知的事、以緬懷往日時光為樂、夢想著魚水之歡或閱讀之樂與從事政治活動帶來的狂熱、耽溺在個人的煩憂或習性中……我們便是由以上這些意念，以及任何更隱晦或甚至更荒謬的欲望，透過既清楚又神祕的方式形塑而成。而我們所傾吐的白日夢，其靈感也同樣來自這些欲望。我們或許不明白這些白日夢從何而來，甚至不知道它們可能意謂著什麼，可是當我們坐下來寫作時，白日夢便會將生命氣息吹入我們體內，彷彿不知來自何處的風撥動了風鳴琴。甚至可以說我們就像不知何去何從的船長，臣服於這陣神祕的風。

同一時間，我們的部分心智可以準確無誤地在地圖上指出自己的位置，也能清楚記得自己要航向哪一點。即便無條件地隨風前行的時候，我還是能維持大致的方向感——至少其他幾位我認識並仰慕的作家是這麼說的。我在出發前會訂好計畫：將我想說的故事分好段落，決定這艘船要停靠哪些港口，計畫載運並沿途卸下的貨有哪些，預估航行時間，並且畫出路線圖。但假如來自未知方位的風灌滿我的船帆，決定改變我的故事路線，我也不會抗拒。因為船最熱切渴望的，就是在滿帆的來往航行間找到圓滿與完美的感覺。我就像在找尋一個特殊時空，在那裡一切互相交流、互相連結，甚至互相意識到彼此。然後突然間，風會平息下來，我也將停駐於一個萬物靜止之處。但是我會感受到在這片平靜迷濛的水域中有一些東西存在，只要我耐心等候，終會帶動小說往前行。

我最企盼的是我在小說《雪》中描述的那種心靈啟發，這與柯立芝（Samuel Taylor Coleridge, 1772-1834）在〈忽必烈汗〉中描述的靈感不無相似處。我企盼著靈感油然而生（就像詩之於柯立芝，還有詩之於《雪》的主人翁卡），以一種戲劇性的方式，最好已經具備適用於小說的場景與布局。倘若我耐心而專注地等候，願望就會成真。寫小說就是要對這些欲望、風與靈感敞開心胸，對內心的陰暗角落與其籠罩於靜止迷霧的時刻亦然。

其實小說不過就是一則故事，而這則故事會因這些風張滿帆，會回應這些從不明方位吹來的靈感、憑藉它建造成形，還能攫取我們為了消遣所虛構的所有白日夢，使之凝聚成一個有意義的整體。尤有甚之，小說更是一艘船，船上載著一個我們試圖保存的夢世界，永遠鮮活、隨時作好準備。將小說聚集成形的這些小小白日夢片段，在我們進入夢鄉那一刻，便能幫助我們忘卻我們渴望逃離的沉悶世界。我們寫得愈多，這些夢會變得愈豐富，而船上的第二個世界也會顯得更寬闊、更細緻、更完整。我們最後是透過寫作認識這個世界，對它了解得愈多，便愈容易將它裝入腦中到處走動。假如我正在寫某本小說而且寫得很順，我很輕易就能進入它的夢境。小說就是新的世界，我們藉由閱讀悠遊其間，如想更充分地體驗之，便是藉由寫作：小說家會試著形塑作品，使之呈現他想詳細闡述的夢。這些作品不僅能為細心的讀者帶來快樂，同樣也能為作者提供一個堅固安全的新世界，讓他可以在一天當中的任何時刻沉浸其中、尋求快樂。如果我自覺能創造出這樣一個神奇世界，哪怕只是其中的一小部分，都能讓我在來到書桌前、面對紙筆的那一刻感到滿足，我可以剎那間就拋下熟悉而無聊的日常世界，進入另一個較大的空間裡自在遊蕩。多數時候我都不想回到真實生活，也不想讓小說終結。這種感覺應該和讀者的反應有關，每當我告訴讀者自己正在寫新小說，我最樂意聽到的回應就是：「請盡量寫長一點！」有一點我要驕傲地自誇一下，比起出版商多年如一日的懇求：「盡量短一點！」我聽到前一句話的機會要多上千倍。

單一個人的喜悅與樂趣所造就的習慣，怎能產生令這麼多人感興趣的作品呢？《我的名字叫紅》的讀者喜歡拿莎庫兒的話來提醒我，大意是：凡事都試圖解釋是一種非常愚蠢的行為。在這一幕中，讓我自己產生共鳴的並不是與我同名的小主人翁奧罕，而是溫柔取笑他的母親。然而，若能容我再犯一次傻，和奧罕做同樣的事，我想解釋一下為什麼對作家有如良藥的幻想，也能對讀者起同樣作用。因為假如我讓自己遠離電話鈴聲，遠離日常生活的所有麻煩、要求，與煩悶，我就能全心投入我的小說世界，並寫得很好，一旦如此，在那無拘無束的天堂中，其運行規則就會讓我想起小時候玩的遊戲。好像所有事物都變得比較單純，在那個世界裡，好像每棟房子與建築、每輛車、每艘船都是用玻璃做成，讓我能一覽無遺，它們也向我吐露祕密。我要做的就是猜測規則並傾聽，欣然旁觀每個空間內發生的事，與書中人物搭上轎車與巴士在伊斯坦堡到處跑，造訪那些已經令我厭倦的地方，用新的目光去看待進而改造它們。我要做的就是盡情作樂、無須負責，因為（正如我們常常對小孩說的）在玩樂當中，很可能也會學到些什麼。

一個想像力豐富的小說家最大的優點就是能夠像小孩一樣忘卻這個世界，能夠不負責任並樂在其中，能夠玩弄已知世界的規則，但同時也能超越這些隨心所欲的幻想飛躍，看見自己將來必須讓讀者忘我地沉浸於故事中的重責大任。小說家或許整天都在玩樂，但他同時也深深堅信自己比其他人更認真嚴肅，這是因為他能直視事物核心，而這向來只有孩童能做到。在鼓起勇氣為我們曾經愛怎麼玩就怎麼玩的遊戲設定規則時，小說家感覺到將來讀者也會自願受同樣的規則、同樣的語言、同樣的語句吸引，總而言之就是受故事所吸引。所謂寫得好，就是能讓讀者說：「我也想這麼說，卻實在無法容許自己這麼孩子氣。」

我在小說世界中一面探索、創造、擴大版圖，一面訂定規則，等待來自不明方位的風讓我的船張滿帆，同時仔細研究地圖，而這個世界誕生自一種童稚的純真，有時我也苦求不得，這是所有作家都會遇上的情形。我偶爾會卡住，又或是回到之前擱置的某個點，卻發現接不下去。這種苦惱是家常便飯，不過我也許比其他作家更能輕鬆以對，要是先前的斷點無法接續，我總能轉向小說中的另一處缺口。由於地圖研究得夠仔細，我隨時可以著手寫另一個段落，無須按照閱讀順序來寫作。這點倒也沒有那麼重要，只不過去年秋天，我在設法解決各種複雜的政治事件時也碰上類似的卡關問題，當時感覺好像發現了一件與小說寫作也有關聯的事。我來解釋一下。

對我提起的訴訟與我隨後身陷的政治困境，使我身不由己地變得更「政治」、「嚴肅」，也更「負責」得多，那是令人悲傷的情勢，更是一種令人悲傷的心境——且容我面帶微笑地說。為此，我無法進入那種童稚的純真狀態，自然不可能寫得出小說，但這點不難理解，我也不感到驚訝。隨著事件慢慢發展，我會告訴自己我那快速消失的不負責任感、我那孩子氣的玩樂感與孩子氣的幽默感，總有一天會恢復，到時便能完成已經寫了三年的小說。然而，我每天早上依然早起，比伊斯坦堡其餘千萬居民都早得多，試著進入那本安躺在寂靜深夜裡的未完小說。這麼做是因為我萬分渴望回到另一個心愛的世界。我努力了一段時間後，便開始將小說一點一滴從腦海中拉出來，看著它們在眼前上演。不過這些並非我正在寫的小說的片段，而是截然不同的故事場景。在那一個個煩悶無趣的清晨，出現在我眼前的不是已經寫了三年的小說，而是另一部小說不斷擴張的場景、語句、人物與奇怪細節。不久之後，我開始記下這些片段，並草草寫下以前從未有過的想法。這另一本小說將是關於某位已故現代畫家的畫作。我發現當我設想這名畫家，也會同時想到他的畫作。不一會，我便明白為何自己無法在那段煩悶的日子裡重新捕捉到孩童不負責任的精神。我已無法再恢復稚氣，頂多只能回到童年，回到（如《伊斯坦堡》中所描述）我夢想成為畫家，而且只要醒著便畫個不停的歲月。

後來，對我的控訴撤銷了，我又重回已經寫了三年的小說《純真博物館》。但是，今天我正在準備另外那本小說，而其中一幕又一幕的情節正是在那段時間浮現出我腦海，當時我無法重返純真的稚氣，只能透過童年熱中的事物重返半途。這個經驗讓我對寫小說這門神祕藝術有了某種重要體悟。

要解釋這點，我可以拿「隱含讀者」的概念（偉大的文學評論家兼理論家沃夫岡・伊瑟爾〔Wolfgang Iser, 1926-2007〕提出的原理），加以扭曲以達到我自己的目的。伊瑟爾發明了一個以讀者為導向的傑出文學理論。他說小說的意義既不在文本也不在閱讀的背景，而是介於兩者之間。他主張小說只有在被閱讀的時候意義才會彰顯，因此當他提到「隱含讀者」，其實賦予了他們不可或缺的重要性。

當我幻想著另一本書的場景、語句與細節，而不是繼續已經著手的小說時，忽然想到這個理論，而它給我的推論暗示是：每一本未寫成卻還在幻想與計畫階段的小說（換句話說，也包括我那本未完成的作品），都必須有個隱含作者。因此只有再次成為它的隱含作者，我才能完成那本書。可是當身陷於政治事件中，或是思緒太常受未繳的瓦斯帳單、電話鈴響與家族聚會所干擾——這在日常生活中實在太發生了——我便無法成為隱含在夢想書中的作者。在涉入政治那段漫長煩悶的日子裡，我無法成為我渴望撰寫的書的隱含作者。後來那段日子過去了，我又回到小說中講述一個愛情故事，時間介於一九七五年至今，主角是伊斯坦堡的富人，也可說是「伊斯坦堡上流社會人士」，這是報紙偏愛的用詞。此外，我也如願以償地回到原來的自己，每當想到小說已多麼接近尾聲，也會感到快樂。但有了這次經驗之後，我終於明白為什麼這三十年來，會費盡心力想成為自己渴望撰寫的書的隱含作者。要幻想一本書並不難，我經常在做這件事，就如同我花很多時間想像自己是另一個人。難的是成為你的夢想書的隱含作者。也許對我來說尤其困難，因為我只想寫恢弘、厚重、充滿野心的小說，也因為我寫得實在非常慢。

不過也不用抱怨。已經出版七本小說的我大可以說：即使要耗費一點心力，我仍然可以成為一個能寫出自己夢想之書的作者。我寫完了這些書並拋到腦後，同樣地我也將能夠寫出那些書的作家幽靈拋到腦後。這七位隱含作者都很像我，過去這三十年來，他們從伊斯坦堡、從一扇和我相似的窗戶認識了人生與世界，由於他們對這個世界瞭若指掌並深信不疑，因而能夠以孩童玩耍時認真嚴肅與蓄意縱情的態度加以描述。

我最大的希望就是能再寫三十年小說，並利用這個藉口將自己隱藏在其他新的角色中。

2 我的父親

那天晚上我很晚才回家。他們告訴我父親死了。隨著第一陣刺痛而來的是童年留下的一個印象：父親穿著短褲露出瘦瘦的腿。

凌晨兩點，我到他的住處見他最後一面，他們說：「他在後面的房間。」我進入房裡。數小時後我回到華利哥納吉路，那時天剛要亮，尼尚塔希（Nişantaşı）的街道空曠冷清，雖然我已來回走過這條街五十年，街上幽暗的櫥窗卻讓我覺得遙遠而陌生。

上午，毫無睡意的我像作夢一樣地講電話、接待客人，並專心安排喪禮。也就在我接收慰問函、請求與祈禱、調解一些小紛爭、寫訃聞的時候，才終於覺得明白了為什麼在所有的死亡場合中，儀式會變得比死者更重要。

傍晚時分，我們前往埃迪尼卡普墓園（Edirnekapı）準備下葬事宜。哥哥和堂兄進到墓園的小辦公室後，計程車上只剩司機和坐在副駕駛座的我。就在那個時候，司機跟我說他知道我是誰。

我告訴他：「我父親死了。」我想也沒想就開始對他說起父親的事情來，真是大大出乎我意料。我跟他說他是個非常好的人，更重要的是我愛他。太陽眼看就要下山，墓園裡空盪盪、靜悄悄。聳立其間的幾棟灰色建築物不似平日那般陰森淒涼，而是散發出一種奇特的光。我說話之際，一陣聽不見聲音的冷風吹得懸鈴木與柏樹左搖右擺，這幅景象烙印在我記憶中，就如同父親那雙瘦腿。

在清楚得知還要等很久之後，已經跟我說過我們同名的司機用力而熱情地拍了兩下我的背，然後離去。我對他說的話，沒有再對第二人說過。但一星期後，我放在心裡的這件事融入了我的回憶與哀傷，若不將它化成文字記下，它會不斷膨脹，令我痛苦萬分。

我告訴司機：「我父親從來沒有對我板起過臉，甚至從來沒有罵過我、打過我。」說的時候其實沒有多想，所以忘了提及他最偉大的慈愛之舉。我小時候，父親總是帶著由衷的讚嘆看我畫的每幅畫；當我問他的意見，他總會細細審視每個胡亂塗寫的句子，彷彿在欣賞大師傑作；聽到我那些極其庸俗乏味的笑話，他也總會笑聲雷動。若非他給了我這份信心，要成為作家、要選擇寫作為業，會困難得多。他對我們的信心，以及他之所以能輕鬆地說服我和哥哥相信自己傑出而獨特，全是因為他對自己的聰明才智有信心。他幼稚天真到真心相信單憑我們是他兒子，就一定能像他一樣優秀、成熟、聰穎。

他確實聰穎：他能即時背誦傑拿．薛哈貝汀（Cenap Şahabettin, 1870-1934）的詩、能說出圓周率小數點後十五位數，也能聰明過人地猜出我們正在一起看的電影結局。他不太謙虛，總是津津樂道關於自己的聰明往事。例如，他很喜歡跟我們說他讀中學、還穿著短褲時，數學老師曾經把他叫到一個最高年級的班上，接著當小根杜斯走到黑板前，解出了難倒這群大他三歲的男學生的題目，老師稱讚一聲「很好」之後，小男孩便轉身對其他人說：「就是這樣！」面對他立下的榜樣，我發現自己是既嫉妒又渴望地期盼自己能更像他。

關於他的俊美長相也是一樣。每個人都說我像他，只不過他長得更帥。就像他父親（我祖父）留給他的財富，儘管他多次經商失敗都始終未能用罄，他的好長相也同樣讓他一生歡樂輕鬆，因此即使在最慘的時候，他依然保持天真樂觀，靠著善意與一種無可比擬、不可動搖的自負感撐了下來。對他而言，人生不是「爭取」而是「享受」。這世界不是戰場，而是遊戲場、是樂園，當他年紀漸長才略感氣惱，因為年輕時徹底享受的財富、頭腦與俊美長相，並未如他所願地壯大他的名聲或權力。不過，他一如既往，並未浪費時間去煩惱這些事。對於挫折他可以一笑置之，就如同他也能用同樣孩子氣的輕鬆態度，摒棄任何為他帶來麻煩的人、問題或財物。因此即使他在三十歲以後人生便開始走下坡，連續面臨各種失望挫敗，我也很少聽到他埋怨。他老年時期，曾與一位知名評論家一同用餐，後來那名評論家遇見我，還略帶憤慨地驚呼道：「令尊還真是什麼情結都沒有！」

他如彼得潘般的樂天拯救了他，讓他逃離憤怒情緒與執念。雖然他看很多書，夢想成為詩人，年輕時也翻譯過不少梵樂希（Paul Valéry, 1871-1945）的詩作，但我認為他太安於現狀，對未來太有自信，從來沒有被文學創作的基本熱情所支配。年輕時，他有一間很不錯的書房，後來卻樂於任由我掠奪。不過他看書不像我這麼貪婪，還會興奮激動得暈眩，他看書是為了消遣，為了轉移心思，而且往往半途而廢。別人的父親可能會肅然地談論將軍與宗教領袖，我的父親卻會跟我說他走在巴黎街上看見了沙特（Jean-Paul Sartre, 1905-1980）和卡繆（Albert Camus, 1913-1960）（比較屬於他那類的作家），而這些故事讓我留下極深刻的印象。多年後，我在一個美術館的開幕儀式上遇見埃達爾·伊諾努（Erdal İnönü, 1926-2007，他是父親的童年老友，也是國父凱末爾〔Mustafa Kemal Atatürk, 1881-1938〕的接班人、土耳其第二任總統伊士美〔Mustafa İsmet İnönü, 1884-1973〕的兒子），他面帶微笑對我說起父親二十歲那年，曾到安卡拉的總統官邸參加一場晚宴，當伊士美帕夏提到文學方面的話題，父親便問道：「我們怎麼連一個世界知名的作家也沒有？」我第一本小說出版十八年後，父親略帶靦腆地交給我一只小行李箱。當我發現裡面裝了他的日記、詩作、隨筆與文學創作，感到很不安，而我非常清楚為什麼：因為那是一個內在人生的紀錄，也是證據。我們不希望自己的父親是個普通人，我們希望他能符合我們心目中的形象。

我好喜歡他帶我去看電影，好喜歡聽他和別人討論我們看過的電影。我好喜歡他針對愚蠢、邪惡與沒有靈魂的人開的玩笑，正如我也好喜歡聽他談論某種新水果、他造訪過的城市、最近的新聞或最近出版的書，但我最喜歡他輕輕撫摸我。我好喜歡跟他出去兜風，因為一起待在車上，我至少能暫時感覺不會失去他。他開車時，我們無法注視對方，他便能像朋友一樣和我交談，碰觸最難以啟齒而敏感的問題。過一會，他會停下來說幾個笑話、擺弄收音機，並談論起當下聽到的音樂。

但是我最喜歡的還是靠近他、觸摸他、待在他身旁。念中學時，甚至上了大一，都是我人生最低潮的時期，當時總是情不自禁渴望他到家裡來，與我和母親坐下來聊點什麼，提振我們的精神。我年幼時，很喜歡爬到他腿上或躺在他身邊，聞著他的氣味、摸摸他。記得我還很小的時候，他在黑貝里島（Heybeliada）教我游泳，當我往水底沉、手腳狂舞之際，他會抓住我，我則十分欣喜，不只是因為又能呼吸到空氣，還因為我能環抱住他，並為了不想再沉下去而高聲大喊：「爸爸，別丟下我！」

但他確實是丟下了我們。他會走得遠遠的，到其他國家、其他地方、這世上我們所不知道的角落。當他舒展四肢躺在沙發上看書，有時候目光會從書頁上飄開，神遊起來。這個時候我便知道，在那個我認知為父親的男人體內，有另一個我無法觸及的人，而我猜想他正在夢想另一個人生，不由得感到不安。他有時候會說：「我覺得自己好像一顆無緣無故擊發的子彈。」不知為何，我聽了很生氣。還有其他不少事情也讓我生氣。我不知道誰比較有理。也許那個時候，我也渴望逃離。不過，我還是很喜歡看他一面播放布拉姆斯第一號交響曲，一面假裝拿著指揮棒激昂地指揮著假想的樂團。令我生氣的是，在尋歡作樂、逃避麻煩一輩子之後，他會悲嘆說放縱形骸沒有更深一層的意義，並試圖怪罪他人。我二十多歲時，偶爾會對自己說：「請別讓我變成像他那樣。」有時候卻又苦惱自己不能像他那樣快樂、自在、無憂又英俊。

許久之後，當我把這一切都拋到腦後，當我看待這個從未罵過我、從未試圖打擊我的父親時，目光不再受憤怒與嫉妒遮蔽，我才慢慢發現（並接受）我們之間有許多無可避免的相似處。因此，現在當我嘟嘟噥噥罵某個人笨蛋，或是向侍者抱怨，或是咬著我的上唇，或是把看到一半的書丟到角落，或是親吻女兒，或是從口袋掏錢，或是用一句輕鬆的玩笑話同某人打招呼，我都能察覺自己在模仿他。不是因為我的手臂、腿、手腕或是背上的痣像他。這是件令我害怕、驚駭的事，也讓我想起兒時多麼渴望能更像他。每個男人的死都始於他父親的死。

3 一九九四年四月二十九日小記

法國的《新觀察家》週刊邀請數百位作者敘述自己在四月二十九日當天的活動，不管他們身在世界哪個角落。我人在伊斯坦堡。

電話。我拔掉了電話線，而今天也一如往常，每當我長時間埋首寫小說（不管寫得順不順），總會有某一刻忽然想像這個時候剛好有人想聯絡我，要跟我說件重要的事，一件後果嚴重的事，電話卻打不通。可是我還是沒把電話線重新接上。過了好久，接上電話線後，我講了幾通應該馬上就會忘記的電話。有位記者從德國打來，說他即將造訪伊斯坦堡，希望和我談談有關土耳其「基本教義派」的興起以及伊斯蘭福利黨在市政選舉中的勝利。我又問了一次他於哪家電視台服務，他劈哩啪啦說出幾個字母。

字母、標誌與品牌。報紙、電視與街道看板上的藍色牛仔褲與銀行廣告的字母又再次令我震驚不已。我在路上遇見一位朋友，是個大學教授，她伸手從袋子裡掏出一份我每天都會看見的公司與品牌名單。她聽說這些公司的老闆支持伊斯蘭福利黨，並告訴我有不少人已經決定拒買這個牌子的餅乾、那個牌子的優格，也絕不再光顧名單上的商店與餐廳。一如既往，極度無聊之餘，我對我住的公寓大樓電梯裡的鏡子視而不見，轉而看著印在金屬牌上的品牌名：Wertheim。我用卡西歐計算機簡單算了一下這篇短文最後會出現的數字。上街後我看見一輛一九六〇年的「普利茅斯」和一輛一九五六年的「雪佛蘭」還在提供計程車服務。

街道與大路。雖然兩個月前土耳其的幣值一夕之間貶了一半，讓我們頓時陷入經濟危機，街道與大路上卻還是人潮擁擠。我和平時一樣，納悶著這些人都要上哪去，而這個念頭也反過來提醒我文學是個無用的職業。我看見帶著孩子的婦女佇足凝視商店櫥窗，看見中學生圍聚著竊竊私語、吃吃地笑，看見小販將商品（包括黑市外國香菸、雀巢咖啡、中國瓷器、二手羅曼史小說，還有幾乎都翻爛了的外國時尚雜誌）擺滿了清真寺整面牆邊。我看見一個男人推著三輪推車在賣新鮮小黃瓜，看見巴士上擠滿了人。聚集在外幣兌換所裡的小吃櫃前的男人，手裡抓著三明治或香菸或裝滿錢的塑膠袋，一邊盯著電子告示板上美元的上漲行情。有個雜貨店小弟將一箱瓶裝水扛到背上卸下車來。我再次瞥見最近才出現在這一帶的那個瘋子，並發現在這擁擠的人行道上，他是唯一沒拿著塑膠袋的人。他手上拿的是一個從車上搶救下來的方向盤，穿過人群時，方向盤便時而左轉時而右轉。午餐時間，我喝完柳橙汁正要回寫作的小工作室，碰巧看見一位老友混在剛作完星期五祈禱出來的人群中，我們笑談了片刻。

玩笑、笑聲與歡樂。我和畫家友人笑談起我們認識的幾個富人，他們放錢的多家銀行倒閉了，自己也面臨破產。我們為何而笑呢？因為結果證明他們並不像自己所說的那麼機靈或精明，我們笑的就是這個。傍晚，一位作翻譯的朋友來電邀我到幾家「meyhane」（傳統酒館）外面的街上喝一杯，向伊斯坦堡的福利黨市長表達「抗議」，我們也笑得極為開懷。因為新市長不停地騷擾這些酒館，將他們擺在街上的桌位移除，有數百名知識份子打算占據街頭，在人行道上喝到不省人事。很久很久以前，熱心政治的朋友對喝酒都抱持負面看法，如今卻好像忽然認定喝酒就等於參與成熟的政治活動。兩歲女兒魯雅就寢前，被我搔癢搔得大笑，我也笑了。或許這幾聲笑聲表達的不是歡樂，或許只是對四下的寂靜心存感謝，在伊斯坦堡這種喧囂不斷的城市，這樣的寂靜是令人渴望的。

伊斯坦堡的噪音。即使在我最刻意不注意、感覺最孤獨的時候，我（還有其他上千萬人）還是整天都會聽到這些轟鳴噪音：車子喇叭聲、巴士的隆隆聲、摩托車的嗶剝聲、建築工地的響聲、孩童的尖叫聲、流動攤販車上與清真寺尖塔上的擴音器聲、船笛聲、警車與救護車鳴笛聲、到處播放的音樂卡帶聲、甩門聲、鐵捲門砰然撞地聲、電話聲、門鈴聲、街角行車糾紛的吵架聲、警察的吹哨聲、校車的聲音……傍晚時分，天將暗之際，通常會有一段間歇期，感覺近乎安靜無聲。我從工作室後窗望向外面的庭院，看見成群的燕子嘰嘰啾啾從柏樹與桑樹上方飛過。從我坐的書桌位子，可以看到鄰近公寓的燈與電視螢幕已經亮起。

電視。晚餐過後，從各家窗口有合成色彩閃爍不定便看得出來，不少人也和我一樣正不停地轉台：有個頭髮染成金色的女歌手在唱土耳其老歌、有個小孩在吃巧克力、有位女總理在說一切困難都會迎刃而解、有一場足球賽正在一片碧綠草地上進行著、一個土耳其流行樂團、幾個記者在爭辯庫德族的問題、美國警車、有個小孩在朗誦古蘭經、一架直升機在半空中爆炸起火、一位風度翩翩的男士走上台後脫帽向鼓掌的群眾致意、又是那位女總理、一名家庭主婦邊晾衣服邊對著湊上前來的麥克風回答一兩個問題、一個女人在常識問答比賽中答對了獲得滿堂彩……有一度我望向窗外，忽然想到：除了我能看見燈光的遠方博斯普魯斯海峽上的船隻乘客外，整個伊斯坦堡的人都在看著同樣這些畫面。

夜晚。城市的噪音變了，變成一種呢喃，一種睏倦的嘆息。夜深之後我走回工作室，心想或許還能再多寫一點，途中看見四條狗成群在空無一人的街頭遊蕩。一家地下室咖啡廳裡還有人在打牌、看電視。我看見一家人，顯然是剛拜訪親戚回來，小男生趴在父親的肩上睡著了，母親懷有身孕，他們默默地、倉促地與我擦身而過，彷彿有什麼事情令他們害怕。到了半夜，我已在書桌前坐了許久，電話忽然響起，嚇我一大跳。

恐懼、妄想與夢。是那個每晚都打電話來的怪人，從來不吭聲，以沉默回應我的沉默。我將電話線拔掉，又工作許久，但心裡某個角落有種不祥預感，可能將有大禍臨頭。也許再過不久，民眾又會開始在街頭互相射擊；也許會發生內戰；也許報上預言的嚴重缺水危機，會在今年夏天成真；也許已經預期多年的大地震，這次會將整座城市夷平。午夜過後，當所有電視都關閉，公寓裡的燈也都熄滅了，一輛垃圾車空隆空隆地駛過。一如平日，有個男人會搶先垃圾車八到十步，將留在街上的垃圾桶傾倒出來，快速地翻找有用的瓶罐、金屬器具和一捆捆紙張，放進自己的粗布袋。再更晚一些，有個拾荒者驅著載貨馬車經過這條空盪盪、我已住了四十年的街道，貨車在舊報紙與一台洗衣機的重壓下咿呀作響。我坐在書桌前，拿出計算機。

總計。我作了簡單的計算，用天數乘以年數。假如數字正確，我已經這樣過了整整一萬五千三百天。上床睡覺前忽然想到，如果前方還有同樣的天數在等著我，就太幸運了。

4 春日午後

一九九六至一九九八年間，我每星期會為一家以政治幽默文章為主、名為《公牛》的小雜誌寫一篇短文，還會配合雜誌風格為這些抒情習作畫插畫。

我不喜歡春日午後，不管是市區景象、太陽火辣的照射方式、人群、商店櫥窗或熱度。我渴望逃離光與熱。有一股涼爽的罅隙風，從某些石砌或混凝土公寓大樓的高大正門吹入。進入這些大樓後還會更涼，當然也會更暗。冬天的黑暗寒冷都撤到這裡面來了。

如果能走進其中一棟，如果能回到冬天，如果口袋裡有一把鑰匙，如果能打開一扇熟悉的門、呼吸到一間涼爽黑暗的公寓的熟悉氣味，然後快樂無憂地溜進後間，遠離陽光與令人備感壓迫的群眾，那該有多好。

我也希望那個後間裡有張床，床邊有張桌子，桌上有一疊報紙和書，有我最喜愛的雜誌供我翻閱，還有一架電視機。我還希望能衣冠整齊地平躺在床上，欣然與我的絕望、我的痛苦、我的不幸人生獨處。人生最大的快樂莫過於能與自己的悲慘不幸正面相對。人生最大的快樂莫過於消失不見。

好吧，沒錯，我也希望有這樣一個女孩：有母親的溫柔體貼，又有職場女性的聰明歷練。因為她會很清楚我需要什麼，而我也信任她。
希望她問我：「你在煩什麼？」
希望我說：「你已經知道了。都是因為這些春天的下午。」
「你很沮喪。」
「比沮喪還糟。我想要消失。我不在乎我是死是活，甚至也不在乎世界末日。老實說，要是世界就在這一刻終結，再好不過。如果我必須在這個涼爽房間待上幾年，那也無所謂。我可以抽菸，我可以什麼事都不做光抽菸抽上好幾年。」
但隨著時間過去，我已經聽不見內心這個聲音。這是最悲慘的時刻。我孤單一人，被遺棄在繁忙的街頭。
我不知道別人是否也有同樣感受，但有時候在春日午後，世界好像變得更沉重。一切都變成混凝土，單調乏味得有如混凝土，汗流浹背的我簡直不敢相信其他人竟能照常過日子。
他們在街上閒晃，兩眼直盯著櫥窗看，他們也會透過巴士車窗盯著我看，在巴士噴了我一臉廢氣之前。廢氣？也是熱的。我驚慌地四處走避。
我進到一處拱廊商場，裡面很陰涼，我隨即冷靜下來。這裡面的人似乎比較不焦躁，比較容易理解。但還是能嗅到煩惱的味道。走向電影院時，我看了看沿路的商店。
以前，臘腸三明治都會使用狗肉，其實就是用在臘腸裡面。不知道現在是不是還這樣。
報紙上說，抓到了一些人用洗腳桶來製作清涼飲料。
他們住在這裡、見面來往、墜入愛河，然後迎娶那些把頭髮顏色染成很醜的金色的女孩。

我們口袋裡的紙鈔因為潮溼糊成一團。

這類美國電影現在會讓我感到驚異：一個男孩和一個女孩私奔了，前往另一個國家。儘管深愛對方，他們卻爭吵不休，但這些爭執只會更拉近他們的距離。我應該坐在最前面，那麼影片應該會清晰到能看見女孩皮膚上的毛細孔，那麼她和影片和車子應該會比這裡的其他東西都更真實。當他們開始大開殺戒，我應該要到前面去看。

5 晚上總筋疲力竭

每天晚上回家時總已筋疲力竭。直視前方的馬路與人行道，為了某件事生氣、受傷、七竅生煙。雖然想像力仍召喚出美麗的影像，腦中這些影片畫面還是快速閃逝。時間過去了。一點用也沒有。已經是晚上。毀滅與失敗。晚餐要吃什麼？

餐桌的燈亮著，旁邊擺了一碗沙拉，還有麵包，全部擺在同一個籃子裡，鋪著格紋桌巾。還有什麼？……一個盤子和豆子。我想像著豆子，但還不夠。餐桌上，依然亮著同一盞燈。也許來點優格？也許來點人生？

電視上在播什麼？不，我不看電視，看了只會生氣。我非常生氣。我也喜歡肉丸子——那肉丸子呢？所有的人生都在這裡，在這張餐桌旁。

天使們要我說明。

親愛的，你今天做了什麼呢？

我這輩子……都在工作。晚上，回家。上電視——但我不看電視。我接了幾通電話，被幾個人惹怒，然後工作、寫東西……我變成一個人……也變成——沒錯，感激萬分——一頭動物。

你今天做什麼了，親愛的？

你沒看見嗎？我嘴裡在吃沙拉。嘴巴裡的牙齒開始粉碎，大腦因為不快樂而融化，慢慢滴落咽喉。鹽在哪裡，鹽在哪哩，鹽呢？我們把人生一點一點吃光了。還有一些優格。「人生」牌。

然後我慢慢伸出手，撥開窗簾，在漆黑的外面瞥見了月亮。其他世界是最好的慰藉。月亮上的人在看電視。我最後再吃一顆柳橙，甜滋滋的，精神為之一振。

然後我就是所有世界的主宰。你明白我的意思吧？晚上我回家來，在打完那許多好的、壞的、不好不壞的仗之後回家來，完好無缺地回來，走進一個溫暖的家。有晚餐在等著我，我把肚子填飽，燈亮著，我吃了水果。我甚至開始覺得一切終究會圓滿解決。

然後我按下按鍵看電視。到了這個時候呢，我感覺好極了。

6 在寂靜的夜裡起床

桌上有一條醜醜的小魚，嘴張得很大、皺著眉頭，兩隻眼睛痛苦圓睜。那是一個魚形小菸灰缸，菸灰就撣進魚的大嘴巴裡。也許魚會抽搐，因為一根香菸冷不防地就塞進嘴裡來。菸灰就這樣「噗」地落進魚嘴裡，但抽菸的人絕不會遇上這種事，一輩子都不會。有人用魚的形狀做出瓷菸灰缸，於是這條可憐的魚就得年復一年地被香菸薰燙，而它的嘴巴張得夠開，所以要吞下的不只是髒菸灰。它的嘴巴大到足以容納菸蒂、火柴和各種髒東西。

現在魚就在桌上，但頃刻前屋裡沒人。當我走進來，看見了魚的嘴巴，看得出來這隻菸灰缸動物已經在寂靜的夜裡痛苦等候數小時。我不抽菸，所以我不會去碰它，但即便是現在當我打赤腳悄悄走過黑暗的公寓，我也知道過不了多久就會把那條可憐的魚拋到九霄雲外。

地毯上有一輛兒童三輪車，輪子和坐墊是藍色，籃子和前輪擋泥板是紅色。擋泥板當然只是裝飾用，這輛三輪車的設計是讓幼兒在室內、陽台上和其他沒有泥巴的地面上慢慢騎的。不過加了這擋泥板還是增添一種完整又完美的光環，就好像遮蓋了三輪車的缺點，讓它成長、成熟。這塊擋泥板讓它更接近全尺寸自行車原型的概念，也因而顯得更有模有樣。但是在這一切文風不動的寂靜中，當我再一細看三輪車，立刻發現到將我和這輛三輪車連繫在一起、讓我和它能建立起關係的，就是它（一如所有的自行車與三輪車）有個龍頭。假如我能像看待活人、看待活物一樣看待這輛三輪車，正是因為它的龍頭。龍頭是三輪車的頭、額、角。為了找出三輪車的內在人格，我採取了看人的方法：首先就是端詳面貌，又或是龍頭。這輛懶懶的小三輪車和所有不快樂的三輪車一樣低著頭，它的龍頭不是面向正前方，而是歪到一邊。一如所有哀傷生靈，它的希望有限。但外表看起來，它包覆在那個塑膠殼內至少還頗為輕鬆自在，這樣有助於趕走苦惱。

我默默走進漆黑的廚房。冰箱內明亮又擁擠，有如一條通往遠方歡樂城市的大道。

我拿出一罐啤酒，坐到餐桌旁，一本正經地喝著。眼前，在深夜的寂靜中，有一個透明的塑膠製胡椒研磨罐正在注視著我。

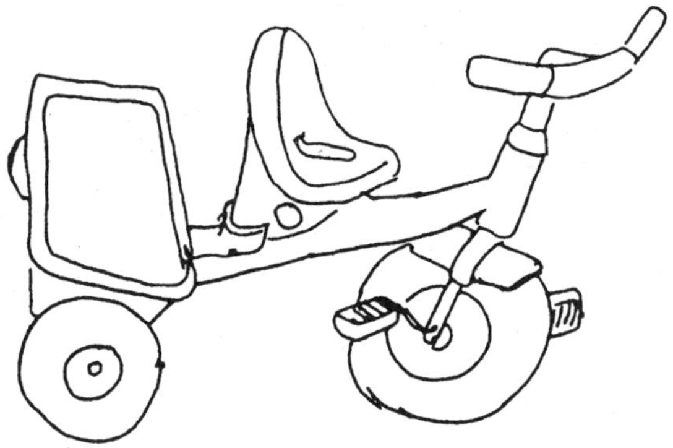

7 當家具在説話，你怎能睡得著？

有時候夜裡起床時，我會弄不明白為什麼亞麻油地板長這樣。每個方塊上都有那麼多條紋。為什麼呢？而且方塊各個不同。

稍後，暖氣管也一樣，彷彿自己扭動起來，像是在說：好無聊，我想當一陣子暖氣爐，不想當管子。

電燈看起來同樣奇怪。如果看不見燈泡，就能想像燈光是從鋅合金燈架和緞面燈罩散發出來，就好像一個人臉上散發出光彩，諸如此類。我知道這種情形偶爾也會發生在你身上。那麼舉個例子吧，如果我的頭顱裡亮著一個燈泡，在很深的地方，介於眼睛與嘴巴之間，那燈光從我的毛孔滲透出來該有多美——你也有能力作這種聯想。那光線特別從我們的臉頰與額頭傾洩而出：在晚上，停電的時候……

但是你從來不承認會想這種事情。

我也是。我沒有告訴任何人。

說留在門前那些空瓶既不屬於這個世界也不互屬。說門無論如何絕不會完全關閉或開啟，讓人有理由抱著希望。

說一整夜，直到清晨，單人沙發套上那些蝸牛圖形不斷地喃喃抱怨：「我們又扭又轉，卻沒人注意。」

說這附近某個地方，可能在我腳底下三吋深處或在天花板上，有奇怪的幼蟲在慢慢啃噬鋼筋與混凝土，像白蟻一樣。

說桌上的剪刀忽然一躍而起，展開一場已經要求許久、夢想許久的瘋狂剪殺行動，凡是出現在眼前的一切都逃不過它的攻擊，但這場血腥慘劇頂多只會維持十五分鐘。

說電話正在和另一具電話說話，所以才會變得安靜。

我沒有對任何人談起過這些事。有一段時間，因為無法與他人分享這些超級真實的畫面，讓我變得憂慮不安，甚至於緊張。沒有人說過這種事，那麼也許只有我能看得見。那伴隨而來的責任感豈止是負擔而已，它讓人不禁要問：為什麼這麼重大的人生祕密只吐露給我一人知道？為什麼那個菸灰缸的哀傷挫折只告訴我一人？為什麼愁苦的門閂只向我一人告白？為什麼只有我覺得打開冰箱門就會來到一個和我二十年前所見過一模一樣的世界？為什麼只有我非得聽著那座時鐘旁的海鷗叫聲和牆腳下一些小動物飛奔來去？

你有沒有仔細看過地毯邊緣？或是它圖案中隱藏的符號？

當世界閃爍著這麼多符號與稀奇事物，還有誰能睡得著呢？為了冷靜下來，我告訴自己大家不可能對這些符號這麼不感興趣。再過片刻，當我入睡後，也會變成某個故事的一部分。

8 戒菸

我已經戒菸兩百七十二天，現在大概已經習慣了，焦慮感緩和下來，也不再覺得身體哪個部位被切除。不對，更正：那種缺失感始終沒有停過，我也始終覺得被隔離於完整的我之外，只不過現在已經習慣這種感覺。說得更準確一點，我已經接受了苦澀的現實。

我絕不會再抽菸，永遠不會。

話雖如此，我卻仍會作著抽菸的白日夢。如果我說這些白日夢太祕密、太可怕，連對自己都要保密……你能明白嗎？總而言之，就在這樣一個白日夢當中，不管當時正努力地想做什麼，我都會眼看著幻夢如電影般緩緩進入高潮，心裡也會快樂得像剛剛點了根菸。

因此這便是香菸在我生活中的主要功能：將喜悅與痛苦、欲望與挫折、哀傷與歡樂、現在與未來的經驗放慢，然後在每個畫面之間找到新的道路與捷徑。這些可能性一旦消失，你就會覺得自己近乎赤裸。毫無防備又無助。

有一回我搭上計程車，司機接連不斷地抽著菸，車內瀰漫著美好的菸味。我開始深深吸氣。

「不好意思。」司機說著便要搖下窗戶。

「不，」我說：「請繼續關著。我戒菸了。」

我可以隔很長一段時間不想抽菸，可是一旦想了，那種渴望是來自內心深處。

這時我會想起一個被遺忘的自我，一個被藥物、謊言與健康警告所封閉的自我。我想變成另外那個人，變成以前那個會抽菸的奧罕，他對抗魔鬼的能力要強得多。

回想起昔日的自我時，問題不在於是否應該立刻點菸。我已不再像早期會感受到那種化學反應的強烈渴望，我只是懷念以前的自己，就像懷念一個摯愛的朋友、一張面容。我想要的只是回到以前那個我。我覺得好像被迫穿上不是我選擇的衣服，好像不得不變成一個我根本不想成為的人。如果抽菸，就能再次感受到夜晚的強度，感受到我一度以為是自己的那人內心的恐懼。

當我渴望回到從前的自己，不禁想起那個時候我會隱約感覺到一種永恆不朽的暗示。那個時候，時間不會流逝；我抽菸時，偶爾會因為快樂或絕望至極而覺得一切都會維持不變。當我無憂無慮地抽著菸，世界也立定不動。

後來我開始害怕死亡。抽菸的人可能隨時猝死，關於這點，報上的報導有百分之百的說服力。為了活下去，我只好放棄抽菸者，變成另一個人。這點我做到了。如今被我拋棄的自我與魔鬼聯手，想將我召回時間從來不動、也沒有人會死的那段日子。

他的召喚嚇不倒我。

因為你也知道，只要能令人滿意，寫作就能消萬愁。

9 雨中的海鷗——關於書桌對面屋頂上的海鷗

那隻海鷗站在雨中的屋頂，若無其事。好像根本沒有下雨，海鷗只是站在那裡，文風不動。若非如此，海鷗就是個偉大的哲學家，太偉大了以至於不會感到不悅。牠站在那裡，就在屋頂上，天空下著雨。那隻海鷗站在那裡好像在想：我知道，我知道，現在在下雨，但我也無能為力。或是在想：對，在下雨，但這又有什麼要緊？又或者可能這麼想：現在我已經習慣淋雨，沒有太大差別。

我的意思不是說這些海鷗非常堅強。我從窗口看著牠們，當我試著想寫點東西的時候，當我在房裡來回踱步的時候。就算是海鷗，面對自己生活以外的事物也可能驚慌失措。

其中有一隻生了雛鳥，兩團乾乾淨淨、毛茸茸的灰色小球在咕咕叫著，只是有點激動傻氣。牠們會冒險飛過原來的紅色屋瓦（現在已被牠們自己和母親糞便裡的石灰質染白了），先左轉再右轉，然後在某處落腳休息。其實也不能稱之為休息，牠們只是停下來罷了。牠們存在，如此而已。海鷗和多數人類及多數其他動物一樣，大半時間都無所事事，只是站在那裡。你可以說那是一種等待。站在這個世界上等待：等下一餐、等死、等睡覺。不知道牠們是怎麼死的。

雛鳥也無法站得筆直。一陣風吹得牠們的羽毛翻動，也吹得牠們全身亂顫。然後牠們又再一次停下來，接著再一次，牠們又停下來。牠們背後的城市不斷移動，下方的船隻、車輛、樹木全都在顫抖。

我剛才提到的那隻焦慮的鳥媽媽，偶爾會在某個地方找到一點什麼，帶回來餵孩子吃。這個時候會引起頗大的騷動：驀地一陣活躍、勤奮、驚慌。一條死魚如通心粉般的內臟——拉吧、拉吧，看看你能不能拉出來——被分食掉了。吃飽後，安靜無聲。幾隻海鷗站在屋頂上，什麼事也不做。我們一起等著。天空裡一大片鉛灰色烏雲。

但有件事我還是忽略了，當我踱步來到窗前才猛然想起：海鷗的生活並不容易。總共有多少海鷗啊！海鷗帶著不祥之兆站在每個屋頂上，默默想著某件我一無所知的事。想著詭詐的念頭吧？我猜想。

我是怎麼了解到這個的？有一次，我發現牠們全都凝視著破曉的黃光，那微弱的黃光。先是吹來一陣風，接著一陣黃色的雨。當那黃色的雨緩緩落下，所有的海鷗背轉向我，見牠們彼此嘎嘎交談顯然在等什麼。下方的城市裡，人們正急著躲進屋裡和車內，而上方的海鷗，則是昂首靜默地等著。那時我覺得我可以理解牠們。

有時候，海鷗會成群起飛緩緩升空。這個時候，牠們的鼓翅聲就像雨聲。

10 沙灘上一隻垂死的海鷗——這是另一隻海鷗

沙灘上有隻垂死的海鷗，孤孤單單。鳥喙靠在卵石堆上，眼神憂傷難受。海浪拍打著附近的岩石。被風吹亂的羽毛看起來已經毫無生氣。接著海鷗的眼睛開始隨著我轉動。這時是清晨時分，風很涼。頭頂上，生活仍繼續著，空中還有其他海鷗。奄奄一息的這隻海鷗是隻雛鳥。

看到我以後，海鷗忽然想站起來。身子底下的兩條腿無望地打顫。牠把胸膛往前推，嘴卻無法從卵石堆上抬起。在牠掙扎之際，眼中慢慢出現一種意義。就在這時候，牠又跌回卵石堆上，這回攤開了翅膀呈現死亡姿態，眼中的意義逸失在雲朵與海浪間。如今再無疑問了，這隻海鷗即將死去。

我不知道牠為何垂死。牠的羽毛變得灰灰的、亂蓬蓬。這一整季裡，我一如往年，看著許多海鷗雛鳥長大、學飛。昨天，經過兩度迎戰風與浪之後，有一隻歡天喜地地飛了起來，在空中畫出尖銳、無畏的弧線，第一次征服天空的海鷗都是這麼飛的。我稍後才注意到，這隻翅膀斷了，感覺上折損的好像不只是翅膀，而是全身。

與你同在一座斜坡上的其他海鷗正高興或憤怒地啼鳴時，你卻死在一個涼爽的夏日清晨，這想必很煎熬。但是看起來，與其說這隻海鷗即將死去，倒不如說牠即將脫離生命之苦。也許牠感覺到一些什麼、想要一些什麼，卻鮮少如願，又或是無一如願。一隻海鷗能想什麼，能感覺到什麼？牠眼周流露出一種悲傷，讓人聯想到行將就木的老人。死亡就是鑽進某種棉被底下，又或者看似如此。隨它去吧，隨它去吧，那麼我就可以走了，牠似乎這麼說著。

即使到了現在，我還是慶幸自己比那些厚顏無恥、盤旋在我們頭頂上的海鷗距離牠更近。我來到這處偏僻的海灘想要下去泡泡海水，我匆匆忙忙、想著心事，手裡拿了一條浴巾。然後我停下腳步看著海鷗，沉默無語、滿懷敬意。我赤腳下的卵石堆裡，有一整個世界。讓我感覺到海鷗將死的不是斷翅，而是牠的眼睛。

很久以前，牠看了多少、發現了多少，這你知道。就在一季的時間裡，牠已經累得像個老人，或許牠也遺憾自己這麼累。慢慢地牠將一切都拋下了。我不敢確定，但也許天空中的其他海鷗是在為這隻海鷗呀呀哀啼。也許大海的聲音會讓死亡更為容易。

後來，過了很久，過了六個小時後，當我再回到卵石灘上，海鷗已經死了。牠像要飛翔似地展開單翅，側轉身子，一隻眼睛睜得大大的，茫然地注視著太陽。牠所在的斜坡附近沒有其他海鷗飛翔。

我奔入清涼的海水，彷彿什麼事也沒發生過。

11 快樂

快樂是粗俗的嗎？我時常為此納悶，現在則是時時刻刻都在想。雖然我常說能快樂的人都又壞又笨，但偶爾我也會這麼想：不，快樂並不粗魯，那是需要頭腦的。

當我帶著四歲的女兒魯雅到海邊去，我就成了世界上最快樂的人。世界上最快樂的人最想要什麼？他想要的當然就是繼續當世界上最快樂的人，所以他知道每次重複做同樣的事有多重要。我們就是這樣，總是做同樣的事。

1. 首先我告訴她：今天我們幾點幾分要去海邊，然後魯雅會試著把時間拉近。不過她對時間的概念有點模糊，所以比方說，她會忽然跑到我身邊說：「時間還沒到嗎？」

「還沒。」

「再過五分鐘就到了嗎？」

「不是，還要兩個半小時。」

五分鐘過後，她可能會跑回來滿臉天真地問：「爸比，我們現在要去海邊了嗎？」或是稍後用一種企圖騙我上當的聲音問我：「現在該出發了吧？」

2.感覺好像遙遙無期，但最後時間還是到了。這時魯雅已穿上泳衣，坐上她那輛Safa兒童四輪車。車上有浴巾、更多泳衣，還有一個可笑的草編袋，我把袋子挪放到她腿上後，便依平時的方式拉著車往前走。

3.走過鵝卵石小徑時，魯雅會開口喊一聲「啊」。當鵝卵石把四輪車顛得嘎嗒嘎嗒響，她又會改喊「啊—啊」。石頭讓魯雅唱起歌來了！我們倆聽了，都笑起來。

4.走過毫無特色的小徑來到海灘。當我們將四輪車留在通往海灘的階梯旁，魯雅總會說：「強盜都不會來這裡。」

5.我們很快地把東西攤放到石堆上，脫去衣服，下水到深及膝蓋的地方。然後我會說：「現在很平靜，可是絕對不能跑太遠。我去游個泳，等我回來我們就可以玩了，好嗎？」「好。」

6.我於是出發去游泳，將思緒拋到腦後。停下時，回頭望向岸邊，看見穿泳衣的魯雅現在只像個紅色汙漬，心裡想著我有多麼愛她。此時在水裡的我很想大笑。她在岸邊玩水。

7.我往回游。到了岸邊後我們開始玩：（A）踢水；（B）潑水；（C）爸比的嘴噴水；

（D）假裝游泳；（E）把石頭丟進海裡；（F）和會說話的洞穴交談；（G）好了，別像個膽小鬼，來游泳吧，接著還有其他我們喜愛的遊戲和儀式，全部玩完以後就再玩一遍。

8.「你的嘴唇發紫了，你會冷。」「沒有，我不會。」「你會冷，我們上去吧。」就這樣來來回回拖延好一會，爭辯結束後便上岸去，我替魯雅擦乾身體換泳衣時——

9.她忽然從我懷裡跳開，赤裸著身子跑過海灘，邊跑邊笑。當我赤腳想跑過石堆，卻裝得像跛腳一樣，這讓打赤膊的魯雅笑得更厲害。「你看著吧，等我穿上鞋子就能抓到你了。」我說道，也真的這麼做了，惹得她大聲尖叫。

10.回家的路上我拉著魯雅的四輪車，我們倆都疲倦又快樂。我們在想著人生，也想著身後那片海，兩人都不發一語。

12 我的手表

一九六五年，我戴上第一只手表，當時我十二歲。一九七〇年，我把它丟了，那時它已經太老舊。那不是什麼高級名牌，只是一只普通的表。一九七〇年，我買了一隻歐米茄表，一直戴到一九八三年。我現在戴的第三只表也是歐米茄。不算很舊，是一九八三年底《寂靜的房子》出版幾個月後，妻子買來送我的。

手表就像我身體的一部分。我寫作時，把它放在書桌上，我看著它，感覺有點緊張。坐下提筆之前，我會把表脫下放在桌上，這時的我感覺就像一個脫掉上衣去踢足球的人。就像一個準備上場的拳擊手，尤其當我從外面回來把表放到桌上的時候。對我而言，這個動作意謂準備戰鬥。同樣地，如果工作了五、六個小時都很順利、都寫得很好，臨出門前，我也非常樂於重新將表戴上，甚至於在戴上表時能有一種任務完成、愉快的成就感。我迅速地從桌前起身，將鑰匙和錢放進口袋後便直接出門。我沒有等到把表戴好，表還拿在手裡，直到走上人行道沿街而行時，我才會戴上手表。對我來說這是莫大的喜悅。這一切在我心裡與奮鬥後戰勝的心情融合在一起。

我腦海中從未浮現過這個念頭：**時間過得好快！**

我會看著表面，時針與分針似乎都謹守本分指著該指的位置，但我不認為這是時間的概念或甚至是時間的分子。正因如此，我永遠不會買電子表。電子表以數字方式呈現這些時間分子，而我的手表面卻是個神祕的圖像。我喜歡看著它。時間的表面，在某些程度上它會讓人聯想到這個形而上的巧妙意象，或是某種相近的概念。

我最美的手表是最舊的那只，也是我最習慣的那只。我覺得自己把手表當成依戀的客體，這種形而上的親密關係、這種迷戀感，得回溯到我中學時期剛開始戴表的時候。但後來我心裡開始將它與學校鐘聲連結在一起，而且持續多年。

我對時間總是樂觀看待。一般而言，假如做一件事需要十二分鐘，我就覺得可以在九分鐘內完成。或者一件事需要二十三分鐘，就表示能在十七分鐘內完成。但即使做不到，我也不會氣餒。

就寢時，我會脫下手表放在近處。而醒來的第一件事就是拿起表看時間。我的手表就像個密友。甚至於連表帶戴舊了，我也不喜歡換新，因為那上頭有我肌膚的味道。

從前，我會從十二點左右開始寫作到晚上，不過真正的寫作時間是在晚上十一點到凌晨四點。然後四點鐘上床睡覺。

女兒出生前，我會徹夜工作直到清晨。眾人皆睡的這段時間裡，我的表面會注視著我。後來這個作息改變了。從一九九六年起，我養成習慣在五點起床，工作到七點。然後喚醒妻子和女兒，和她們共進早餐後再帶女兒去上學。

13 我不要上學

我不要上學。因為我想睡覺，我會冷，學校的人都不喜歡我。

我不要上學。因為有兩個小孩，他們比我大，他們比我壯。我從旁邊走過去的時候，他們會伸出手臂擋住我。我會害怕。

我會害怕。我不要上學。在學校裡，時間就不動了。所有東西都被留在外面，留在校門外。

比方說，我家裡的房間。還有我媽媽、我爸爸、我的玩具，和陽台上的鳥。當我在學校想到他們，就想哭。我看著窗外。外面的天空，有雲。

我不要上學。因為那裡的一切我都不喜歡。

前幾天我畫了一棵樹。老師說：「真的很像一棵樹，畫得很好。」我又畫了一棵，這棵也沒有葉子。

然後有一個同學走過來取笑我。

我不要上學。晚上上床時，我想到隔天還要上學，難過死了。我說：「我不要上學。」他們說：「怎麼可以說這種話？每個人都要上學。」

每個人？那就讓每個人去啊。我如果留在家裡會怎麼樣？我昨天去了，不是嗎？不然我明天不要去，後天再去好不好？

多希望能留在家裡待在床上，或待在房裡。多希望能去任何地方，就是別去學校。

我不要上學，我生病了。你看不出來嗎？只要一有人說到「學校」，我就覺得生病了，我就會肚子痛，連那杯牛奶都喝不下去。

我不要喝那杯牛奶，我什麼都不要吃，我也不要去上學。我好難過，誰都不喜歡我。還有兩個小孩，會伸手擋我的路。

我去找老師。老師說：「你為什麼老是跟著我？」我告訴你一件事，但你要答應我不生氣。我老是跟在老師後面，老師也老是說：「別跟著我。」

我再也不要去上學了。為什麼？因為我就是不想上學，就這麼簡單。

下課時間，我也不想到外面去。好不容易讓每個人都忘記我的時候，就是下課時間，而且什麼事都亂七八糟，每個人都跑來跑去。

老師很凶地看著我，她從一開始就不怎麼和藹可親。我不想去上學。有個男生很喜歡我，也只有他會用親切的眼神看我。別告訴別人喔，可惜我也不喜歡那個男生。

我就只能坐在那裡，我覺得好孤單，淚水流下我的臉頰。我一點也不喜歡學校。

我說我不想去上學。然後天亮了，他們帶我到學校去。我一絲笑容也擠不出來，我直視著前方，好想哭。我背著和軍人背包一樣大的包包爬上斜坡，兩眼盯著自己的一雙小腳爬上斜坡。所有的東西都好重：我背上的包包、我胃裡面的熱牛奶。我好想哭。

我走進學校。黑色的金屬柵門隨後關上。我哭喊著：「媽咪，你看，你把我留在裡面了。」

然後我走進教室坐下。我想變成外面的一朵雲。

橡皮擦、筆記本和筆，全都拿去餵雞吧！

14 魯雅與我們

1.每天早上我們一起去學校：一隻眼睛看著表，一隻眼睛看著書包、門、馬路。上車後，總是做同樣的事：（A）向小公園裡的狗揮手招呼；（B）車子加速轉彎時，身子撞來撞去；（C）會說：「請右轉下坡，司機先生！」同時互相斜瞄一眼大笑起來；（D）笑著說：「請右轉下坡，司機先生！」因為他非常清楚我們要上哪去，我們向來都叫同一家車行的計程車；（E）下車後牽著手走。

2.我幫她把書包背到肩上、親親她，帶她進校門後，便目送她的背影。我牢牢記下魯雅走路的樣子，我也好喜歡看著她走進學校。我知道她知道我在看著她，好像她知道我在看著就能讓我們倆都有安全感。首先有一個她每天要進去探險的世界，其次則有一個我們倆共享的世界。當我看著她，她也轉身看著我時，我們的世界繼續運轉著。但是接下來她起步奔跑，進入了我目光所不能及的新生活。

3.容我吹噓一下：我女兒很聰明，知道自己喜歡什麼。她會毫不猶豫地堅稱我說的故事最好聽，到了週末早上，她就會躺到我身邊要求聽她想聽的故事。因為她知道自己是誰，知道自己想要什麼。「要再說巫婆的故事，要讓她逃出監獄，但是不能讓她變瞎、變老，最後也不能讓她抓住那個小孩。」她不希望我跳過她喜歡聽的部分。我還在說故事，她就會告訴我哪些部分她不喜歡。因此跟她說故事既意謂寫故事，也意謂像寫故事的孩子一樣閱讀故事。

4.與所有的親密關係一樣，我們之間也有權力鬥爭。由誰決定：（A）看電視要看哪一台；（B）什麼時間上床睡覺；（C）要玩哪個遊戲與不玩哪個遊戲，而這個決定以及其他許多類似的決定、討論、爭執、惡作劇、甜蜜的欺騙、哭泣、譴責、賭氣、和解與懺悔，又該如何在漫長的政治協商後獲得解決。這些努力讓我們既疲憊又快樂，但是到最後會累積成為兩人關係的歷程，友誼的歷程。你們終究會互相體諒，因為你們不會放棄彼此。你們會為對方著想，分開時也會記得對方的味道。她不在的時候，我會非常想念她頭髮的味道。我不在的時候，她會聞我的睡衣。

15 魯雅傷心時

親愛的，你知道嗎？當你如此傷心，我也會傷心。我覺得在我的身體、我的靈魂裡，總之在某個地方，好像深深埋藏了這麼一個本能：每當看見你傷心，我也會跟著傷心。就好像身體裡有一部電腦說：**當你看到魯雅傷心，你也要傷心。**

我也可能無緣無故，而且突如其來就傷心起來。也許正過著尋常的一天，在整理冰箱或報紙或心思或頭髮。然後心念突然一轉：這個人生……不過先暫停一下吧。我望著魯雅，她的臉色沉重陰霾，整個人蜷縮在靠牆的長沙發上，就那麼躺在那裡用眼角餘光看著世界，而她父親就看著她看著這世界——是什麼讓她這麼不快樂呢？

一隻手裡抓著一隻藍色兔子。

另一隻手上枕著她那張不快樂的臉。

我走回廚房，一面翻找冰箱的抽屜一面尋思。會是什麼原因呢？我不由得納悶。肚子痛嗎？又或許她正初嘗憂鬱的滋味。隨她去吧，讓她去傷心，讓她沉浸在孤獨與自己的氣味中。聰明的人第一個目標就是要能夠在周遭每個人都快樂的時候感到不快樂。我曾一度這麼想。我喜歡聽人引申波赫士（Jorge Luis Borges, 1899-1986）的話說：「說真的，我一有機會就試著像所有年輕人那麼不快樂。」那也很好，但別忘了，她還不是年輕人，她是個孩子。

悄然無聲。

我打開冰箱，拿起一顆大紅蘋果，用盡力氣咬了一口。我走出廚房，她還像顆球躺在那裡。我停下來想了想。

走上前去。說，來，我們來玩骰子，盒子跑哪去了？找到盒子，打開的時候問對方：你要什麼顏色？我要綠色。好，那我就是紅色。然後擲骰子、數方格，一定要讓她贏。如果她開始想贏，如果她開始樂在其中，就會面露喜色說：

我贏了！

那麼就讓你領先。每局都讓你贏。

有時候我受夠了，心想，讓我贏吧，哪怕一次也好。讓這個小女生學會如何面對失敗。

行不通。她會把骰子丟到一旁，把遊戲盤掀翻，自己跑到角落去賭氣。

何不提議玩一個「不落地」的遊戲呢？你可以從餐桌跳到餐椅上，從餐椅跳到單人沙發、靠牆的長沙發、另一張桌子、暖氣架側面。你可以

用手摸地板，但只要被發現腳著地，就換你當「鬼」。不過別想要跳得太遠。

最好玩的遊戲是「官兵抓強盜」。在整棟房子裡，繞著桌子，從這個房間到另一個房間，繞著餐椅，電視機則無聊地報導著最新的樂園、政變、叛亂、選美，還有美元，和股票交易。看看我們，我們彼此追逐多麼有趣，根本不理會你和你那些廢話，看到了嗎？我們瘋狂地跑來跑去，打翻籃子、撞倒檯燈、壓垮報紙、優惠券、紙板堆起的一座座城堡，開始冒汗、大喊，卻不知道自己到底在喊什麼，有時候還會脫掉衣服。你都不知道我們在巧克力包裝紙、著色簿、壞掉的玩具、舊報紙、丟棄的水瓶、拖鞋和箱子之間跑得有多快。

可是現在連這個也做不到。

我坐在角落裡，看著塵土的顏色靜靜籠罩在市囂聲之上。電視開著，但沒有聲音，一點聲音也沒有。那幾隻海鷗的其中一隻正慢慢走過屋頂，我是從牠啪噠啪噠的輕輕拍翅聲認出牠的。我們倆凝視著窗外，好久好久都沒有說話，我坐在我的椅子上、魯雅躺在長沙發上，我心情愉快、魯雅悶悶不樂，我們同時想著：這景致多美呀。

16 風景

我要來談談這個世界和世界裡頭的事物。

為何從這裡開始，我說不上來。這天很熱，我和五歲的女兒魯雅來到黑貝里島，稍後我們去搭了馬車。我面向後坐，女兒面向我，看著前面的道路。我們行駛過花木扶疏的公園、矮牆、木屋、小片小片的菜園。馬車東搖西晃之際，我注視著女兒的臉，想從她的表情多少察覺出她在周遭的世界裡看見了什麼。

事物：物品、樹木和圍牆；海報、告示、街道和貓。柏油路。熱。以前曾經這麼熱過嗎？

接著開始上坡，馬兒走得吃力，車夫啪啪地揮動皮鞭。馬車慢了下來。我看著一棟房子。當世界從我們身旁流逝，我和女兒似乎看到一模一樣的東西。我們一樣接著一樣地看：一片葉子、一只垃圾桶、一顆球、一匹馬、一個孩子。但也還有：葉子的綠、垃圾桶的紅、球的彈跳、馬的表情、孩子的面容。接著這些事物一一溜走，反正我們也不是真的在看它們，我們的眼睛轉個不停。我們不是真的在看這個炎熱午後的世界的任何一部分。這個脆弱的世界，從我們身旁溜走，就好像從我們眼前蒸發消失。我們自己也幾乎像是慢慢飄走了！既看到了事物又沒看到。整個世界充滿熱的顏色，在我們心裡也看得到。

我們經過森林，但就連森林裡也不涼爽，彷彿在散熱。當道路變陡，馬又再次放慢速度。我們聽著蟬鳴。此時馬車移動得非常緩慢，正當道路看似即將消失在樹林間，我們看見了那片風景。

「吁！」車夫吆喝一聲讓馬停下。「讓馬兒休息一下吧。」他說。

我們看著風景。此時身在懸崖邊上，底下是岩石、大海，還有從蒸騰熱氣中冒出來的其他島嶼。大海的湛藍多美呀，海面上還有陽光閃閃爍爍：一切各歸其位，光芒閃耀純淨無瑕。我們眼前是一個組成完美的世界。我和魯雅默默地欣賞著。

車夫點起香菸，我們可以聞到菸味。

這片風景何以如此美麗呢？或許是因為能一覽無遺。或許是因為一跌落懸崖必死無疑。或許是因為遠看的事物總是美的。或許是因為我們從未從這個高度看它。那麼我們在這裡，在這個世界裡做什麼呢？

我問魯雅：「美麗嗎？為什麼美麗？」

「要是跌下去，會死嗎？」

「會，會死。」

她驚恐地凝視懸崖片刻。然後便覺得無聊了。懸崖、大海、岩石，這些從來不變、從來不動。無聊。出現了一條狗。「狗狗！」我們同聲說道。牠搖著尾巴在動。我們倆都轉而欣賞牠，誰也沒再看風景一眼。

17 我對狗的了解

這是一條泥巴色的狗，平凡無奇。牠搖著尾巴，眼神哀傷，不像好奇的狗那樣嗅聞我們。牠試圖用充滿哀戚的眼睛來認識我們，於是把溼溼的鼻子伸進馬車裡。

靜默無聲。魯雅害怕了。她把兩條腿往後縮，看著我。

「別怕。」我小聲地說，同時起身坐到魯雅的座位旁。

那條狗也退縮了。我們一起仔細端詳牠。一隻四條腿的動物。當狗會是什麼感覺？我閉上眼睛。當我開始想像當狗的感覺，便試著回想自己對狗所了解的一切。

1.最近有一位工程師朋友告訴我他賣一隻西瓦斯坎加爾犬給幾個美國人的經過。他接著給我看一本冊子，裡面有狗的照片，是一隻壯碩、漂亮、挺拔的坎加爾犬，介紹文字寫道：「嗨，我是一隻土耳其坎加爾犬，平均身高（多少公分），今年（多少）歲，我有這麼這麼聰明，有這樣這樣的血統。不久前，有個朋友走失了，但我們循著氣味走了四百哩路直到找到牠的飼主。我們就是這麼聰明又忠實……」諸如此類。

2.漫畫裡的土耳其狗，還有說別國語言被翻譯成土耳其語的狗會說：「hav!」但外國漫畫書裡的狗則會說：「woof!」（汪汪！）

關於狗，我能想到的大概就這麼多了。我努力地想，卻再也想不出其他。我這一生想必看過成千上萬隻狗，卻完全沒有其他印象浮現心頭。當然，除了狗有利牙、會咆哮之外。

「爸比，你在做什麼？」魯雅問道：「別閉上眼睛，我很無聊。」

我睜開眼說道：「車夫先生，這隻狗從哪來的？」

「狗在哪裡？」他問道，我便指給他看。車夫說：「那些狗是要去前面不遠的垃圾場。」

狗直視前方，彷彿知道我們在談論牠。

「冬天裡牠們肚子餓，很難受，會互相殘殺。」

接著是沉默，好長時間都沒有人開口。

「爸比，我好無聊。」魯雅說。

「車夫先生，我們走吧。」我說。

當馬車開始移動，魯雅的注意力轉移到樹木、大海和道路，把我也忘了。於是我再次闔上雙眼，最後再一次試著回想我對狗的了解。

3.我曾經很愛一隻狗。要是經過很長時間才看到我，這隻狗會欣喜若狂地扭仰在地等我去撫摸牠，甚至會興奮到尿失禁。後來牠被下藥毒死了。

4. 畫狗很簡單。

5. 某個朋友住的社區裡有一條狗，每回見到貧窮的路人經過就狂吠不止，如果經過的是有錢人，牠則一聲不吭。

6. 狗的斷鍊拖行在地的聲音讓我害怕，想必是聯想到什麼創傷吧。

7. 剛才那條狗沒有跟著我們。

我張開眼睛，心裡這麼想：人能記住的事其實少之又少。我在這世上見過成千上萬的狗，乍見時覺得牠們很美。這個世界也是以同樣方式令人驚奇。一會這裡，一會那裡，就在我們身邊。然後便消逝無蹤，一切成空。

8. 寫完這篇文章發表在某雜誌的兩年後，我在馬茨卡公園遭到一群狗攻擊。我被咬了，最後不得不在蘇坦納美（Sultanahmet）的狂犬病醫院打五針。

18 論詩性正義

小時候，有個和我同年的男孩（名叫哈桑）拉彈弓射石子，剛好射中我的眼睛下緣。多年後，另一個哈桑問我為什麼在我的小說裡，所有的哈桑都是壞人，讓我想起了此事。中學時，有個喜歡霸凌人的大胖子，一下課老是找各種藉口欺負我。多年後，只要想塑造某個較不討喜的人物，我就讓他像這個胖豬無賴一樣流汗。由於他實在太胖，光是靜靜站在那裡，手和額頭就會開始冒汗，最後就像一只剛從冰箱取出的大水罐。

我小時候跟母親出去買菜，對屠夫總是感到畏懼，他們在臭氣薰天的店裡工作那麼長時間，還身穿沾滿血漬的圍裙，揮舞著又大又長的刀。我也不太吃他們切給我們的肉，因為太肥了。在我的書中，屠夫象徵宰殺走私動物並從事血腥、可疑活動的人。而那些跟了我一輩子的狗，則被描繪成能讓我感覺親近的主角產生警覺與疑心的動物。

由於類似的天真正義感所致，銀行家、老師、軍人和哥哥從未被分派到好人角色。理髮師也一樣，因為還很小的時候被帶去理髮，我總是哭哭啼啼，隨著時間過去，我與理髮師的關係始終沒有改善。因為兒時的夏天在黑貝里島上愛上了馬，我總是給馬和馬車很好的角色。我的馬主角敏感、脆弱、孤獨、純真，而且經常受壞人欺負。由於童年充滿了時常對我微笑、帶著善意的好人，我的書中便也有許多好人，只不過說到正義，我們最先想到的總是懲罰惡人。在這樣一個讀者的心目中，就像逛美術館的人一樣，總有那麼一絲正義感：我們就是期望詩人多少能懲罰惡人。

一如我先前試著解釋的，我試圖要獨力懲惡，而且多半帶有濃厚的私人情感，但是讀者不會發現，只會認為復仇是美好的。詩性正義往往在童書與冒險漫畫的結尾達到高潮，這時候懲罰惡人的主角會說：「這一拳是為了這個……而這一拳是為了……」於是身為小說家的我也創造出這樣的場景來。我一行接著一行，細數著一個壞哈桑或是屠夫所犯下的種種可恨惡行，直到屠夫或是誰驚慌地丟下手中的刀，一面清理店面一面哭喊著：「拜託，兄弟，求求你手下留情，我還有老婆和孩子呢！」

仇恨會孕育仇恨。兩年前，我在馬茨卡公園遭到八、九條狗圍攻，感覺就像這些狗看過我的書，知道我將詩性正義強加於牠們身上，懲罰牠們成群流浪，尤其是在伊斯坦堡。因此這是詩性正義危險之處：做得太過火，毀滅的恐怕不只是你的書、你的作品，還有你自己的性命。你也許能優雅地實現復仇計畫，在無人知曉的情況下，你的文筆也或許會愈來愈美，但是轉角處總會有一群狗在等候懷有復仇之心的詩人落單，然後狠狠咬他一口。

19 暴風雨過後

暴風雨過後的清晨，走到街道上一看，一切都變了。我說的不是斷落的樹枝或躺在泥濘路上的黃葉，而是有更深層、更難以得見的東西改變了。在黎明晨光中隨處可見的蝸牛大軍、泥土裡的水分所散發令人煩心的味道、悶濁的空氣……這一些彷彿都預示著有什麼東西已從此改變。

我站在一個水窪旁，往裡頭注視。只見窪底有軟泥狀的土，像在等候徵兆、等候邀請。再往前一些，泛黃的草、殘敗的蕨類、綠色的香草植物，在看似水珠的苜蓿左近，在我右手邊的懸崖底下（我好奇而堅決地沿著懸崖而行），緩緩盤旋的海鷗似乎流露出前所未見的危險與果決。

當然了，這種清晰的感受、不知從哪吹來的風突然帶來的這種凜寒、被暴風雨清洗得乾乾淨淨的這片天空、整個大自然染上的這個新顏色，這一切都可能欺騙我。但我一路走著，忽然想到在暴風雨前，鳥與蟲、樹木與石頭、那個舊垃圾桶與這根傾斜的電線桿……萬物都對這個世界失去了興趣，看不見自己的目標，忘記自己所為何來。後來，在午夜過後、黎明第一道曙光出現前，暴風雨突襲而至，喪失的意義、喪失的志向也隨之恢復。

難道人非得在半夜被匡啷作響的窗戶、從窗簾縫隙吹入的風和雷聲吵醒，才能意識到生命比我們想的更深邃，而這個世界也更有意義？就像被暴風雨驚醒的水手會本能地衝向船帆，我也在半睡夢中跳下床，將開著的窗子一一關上，並關掉睡前未熄的一盞桌燈。全部忙完後，我坐在廚房裡喝水，廚房上方的燈卻被從裂縫間呼嘯而入的風吹得搖晃不定。驀地一陣強風吹來，彷彿撼動了整個世界，緊接著便停電了。四下頓時一片漆黑，踩在我赤腳下的廚房地磚感覺冰冷。

從我坐的地方，可以透過窗戶、透過搖擺的松樹與白楊，看見一波大似一波的海浪上的白色泡沫。在隆隆雷聲之間，似乎有一記閃電可能擊中附近某處海面。接著，在連續不斷的電光中，流雲、搖晃的樹枝尖、大地與天空全部相互交融。我站在廚房窗前看著外面的世界，手裡端著一只空杯，心滿意足。

可是到了清晨，當我四處走動想要了解一下情況，像個調查員徹底搜索一起暴力事故、一項傳奇犯罪、一個騷亂世界的現場時，我對自己說：只有在暴力的時刻、暴風雨的時刻，我們才會記得所有人都活在同一個世界。更晚一些，當我看著斷枝與被吹離停放處的腳踏車，心頭也浮現一句話：暴風雨來襲後，我們不只明白了大家都活在同一個世界，也開始覺得所有人都過著同一個生活。

有隻鳥（不知為何）掉入泥巴裡，是隻小麻雀，已經奄奄一息。當我正好奇又冷血地畫牠的素描，大雨開始猛烈地打在我翻開的筆記本與其他所有的素描上。

20 很久以前在這個地方

有一天，我在沉思與疲憊之際走進了那條路。沒有特別要找什麼，心裡也沒有設定目的地，只是想把每一條已經進入的路走到盡頭——一個迫不及待想回家的男人。我走著走著，心思散漫遊移，忽然抬頭望向在眼前鋪展的道路，在樹林間看見一片屋頂，看見彎道的美麗弧度，看見路旁的矮樹叢，看見第一片秋葉。

眼前的景象實在太令人著迷，我不由得在路中央停下腳步。我看著腳踏車轍往前延伸，看著路徑上的柏樹枝頭幽暗蔽空。左側的群樹、和緩的彎路、清朗的天空，這所有一切串連起來的方式——多美的地方呀！

這條路讓我產生溫馨的聯想，就好像很久以前曾經住在這裡，事實上這是我第一次來訪。為什麼它在我眼裡如此之美？這景致很像我一直想去的地方。我有多常想到這些：近在眼前那美麗的路彎、樹蔭、站在這裡凝望這片風景的喜悅。就是太常想到眼前的風景，如今才會覺得像回憶，覺得像是充滿許久以前見過卻絲毫未放在心上的一切事物的回憶。

不過在我心裡某個角落還是知道，這是我第一次走上這條路。我完全不想再回到這個地方，也沒有意願或甚至欲望在此逗留太久。我打算要忘了它，正如我們都會忘記來時路。我就是定不下心來，我還有其他事要做。

所以即使美麗的風景令我讚嘆不已，我還是繼續往前走。我想忘記自己看到的，卻始終沒有忘記，始終沒有。

回到市區的喧囂後，再次投身日常生活的群魔殿，那條路、那個地方，即使試著想遺忘卻仍令我深深著迷，於是變成回憶浮現腦海。這次是真正的回憶了。我行經那條路，它的美觸動了我，只可惜我仍匆匆前行。如今遭我背棄的那個地方重回到我心頭。如今它已屬於我的回憶，屬於我自己的過往。

是什麼將我和它繫在一起呢？就是它那豐沛的美；還有，在完全不知道那裡有個這麼美麗、令人驚奇之處的情況下與它巧遇，接著在看見它之後，睜開了眼、敞開了心。對此我毫無懷疑。或許正因為我毫無懷疑，才會受到眼前美景所驚嚇，繼續往前走。但我所背棄的事物卻在下述的時間、以下述的形貌浮現我心頭：

1.當置身於群體之間、聚餐、與朋友熟人聊天時，我會為某些小小的無禮言詞而生氣，此時我就會忽然想起那條從我眼前延伸出去的路、那些柏樹與懸鈴木、那片神祕的屋頂和地上的那些落葉，並且回想良久。要將那片風景從我心上移除太困難了。

2.被雷聲與暴風雨驚醒的夜裡，或是當電視裡那個女人告訴我隔天的天氣如何，我就會忽然想像起那個地方下雨，風雨肆虐，還會聽見雷鳴，並想像雷電擊中那附近某個地方。當天地交融，當曾經目睹沉默的我的懸鈴木在暴風雨中簌簌打顫，當暴風雨恢復了那裡的原始面貌，誰知道會看見什麼樣的美景呢？在這裡，在離那裡如此遙遠的地方，想這麼無聊的事真是浪費生命。

3.假如回到那條路上的那個時間點，回到我停下腳步欣賞風景的地方，就站在那裡等候，我將會走上截然不同的人生道路。會發生什麼事呢？我不知道。片刻過後，我應該又會繼續走，但內心深處知道這條路將帶我到一個完全不同的地方，而我一旦到達那個地方，便會展開完全不同的生活。

21 那個無親無故的男人的房子

這是那個無親無故的男人的房子，坐落在一座小山丘上，一條蜿蜒長路的盡頭。這條路有些地方露出石灰的白，有些地方則蓋著青草的綠，到達山頂後便愈來愈窄。我們就在這裡停下來喘口氣，吹風納涼。如果再走遠一點，會有個地方可以乍然看見山丘另一側，到此風停了，所在之處是一個面南而炎熱的豔陽地。道路至此已經十分遠離常有人走動的路徑，因此有螞蟻在這裡築穴，道路與曠野也連成一片難以分辨。

無花果樹。空心磚的碎屑。塑膠瓶。已經開始分解並不再透明的塑膠包裝紙片。偶爾炎熱，偶爾有風。這些都屬於那個無親無故的男人。這些東西想必全是他搬來堆積的，因為沒有其他人會到這裡來。

很久以前，他並不是一個人。他來的時候，有妻子和他一起。聽說，她是個好女人，有一些朋友住在附近，就是底下那幾棟房子。但和那個後來無親無故的男人一樣，她也沒有親人，沒有一個來自她家鄉的故人。那些朋友都來自別的黑海城市。如果我的聽聞屬實，那個無親無故的男人在城裡曾經有過產業，他很富裕，不過——他們說到這裡，總會面露微笑——他老是和人起衝突，所以也跟在這裡一樣難以安身。不，以前的他不是這樣。有一天，他的妻子必須住進山下的醫院。他也去了，去了醫院。後來他妻子死了。這一切持續了多年，這些年來他的妻子都在生

病。現在他整天就是看電視、抽菸、惹事，夏天裡他會到海岸邊一家餐廳當服務生。

令我震驚的是電視，因為從他山丘上的家能眺望到令人驚嘆、不同凡響的遼闊美景。光是在這裡凝望其他山丘、凝望風輕掠的海面上反射的陽光、凝望從四面八方駛向這座城市的船隻、凝望群島、凝望來來往往的渡船、凝望鄰近山下因為離得太遠造成不了傷害的群眾、凝望遠方的迷你清真寺與清晨時沒入淡淡雲靄間的房舍、凝望整座城市，光是這樣都能待上好多年。從幾年前開始，這裡就不再蓋新房子了。

一隻快活的海鷗發出一聲長嘯。下方某處的收音機聲隨風飄來。

其實，這棟房子證明了他的確從故鄉城市帶了些錢來。他們是這麼說的。

他鋪在屋頂的磚瓦一排排整齊畫一。他用高品質鐵皮搭蓋增建的屋頂，邊緣還用石頭壓住固定。若走近房子，可以看到屋後有間煤磚砌成的廁所，塑膠水缸則是後來增加的。另外可以在荊棘叢、灌木叢與幼松林當中看見椅子、木板和碎屑。

某天傍晚，我們站在風中看著其他環城山丘上的社區，看著以同樣瓦片、磚塊、塑膠與石頭搭建的房子時，那個男人走出來，冷冷地盯了我們許久。他手裡拿著一樣我從未見過的東西，像是火鉗，也可能是小鍋具的把手。這時我才發現他的房子是用大量鐵絲、管子和繩索綁在一起的。

他走進屋去消失不見。

22 理髮師

一八二六年，當鄂圖曼軍隊與西方交戰連番受挫，而傳統的禁衛隊「新軍」又抗拒現代化改革，不願自我提升到歐洲標準，一心改革的蘇丹馬哈穆德二世便派出新制軍前去攻擊禁衛隊在伊斯坦堡的總部，將它夷為平地。那是個重要時刻，不僅只是在伊斯坦堡的歷史上，在鄂圖曼帝國的歷史上亦然，土耳其全國的中學生都被教導以西化、現代化、民族主義的觀點來看待這一刻，並稱之為「吉祥事件」。但較不為人知的是，這起吉祥的事件涉及了數萬「新軍」在城中心區發生的衝突以及在街道與商鋪裡的大屠殺，該事件多方改變了伊斯坦堡的面貌，即使到了今天都還能看得出來。

當然，主張民族主義與現代化的歷史學家所說的確有幾分真實。四百五十年來占盡優勢地位的新軍，大多數都屬於同一個蘇非教派拜塔胥教團，該教團與城裡的店主關係密切。新軍派駐在城裡各處，武裝走在街頭，除了執行今日警察與憲兵的多數勤務外還擁有各式各樣的商店。他們在街頭所展現的洶洶氣勢意謂他們能夠強力反抗主張改革的情勢。馬哈穆德二世首先派軍隊前往咖啡廳和理髮店，這些店的店主多半是新軍兄弟會成員，在確保軍隊出征勝利後，他又進一步封了這些咖啡廳與理髮店，這麼做和其他無數蘇丹想要鎮壓街頭暴民是同樣心態，其中最有名的就是穆拉特四世，據說現在入夜後他還會喬裝打扮在城裡的街頭四處遊蕩。馬哈穆德二世的做法或許可以和我自己那個時代經常看見的某種情形作個比較：那就是近代的共和國政府偏愛關閉報社。一直到很最近，城裡的每間咖啡廳和理髮店都像我童年時期的共乘小巴「dolmuşes」，被利用來製造並渲染新聞、傳說、猖獗的謠言、瞞天大謊，以及民怨與反抗行動的故事，藉此暗中破壞宗教領袖與國家政府的意見聲明，進而為散布有人陰謀對抗他們的謠言鋪路。至於在清真寺、教堂與市場周圍的社區，以及博斯普魯斯海峽的沿岸村落，每間店也同時是地方上的報社。

那個時期，伊斯坦堡以百家爭鳴的幽默雜誌自豪，其中又以《禿鷹》最為著名，這本雜誌對新聞的修飾與對都市傳奇的誇大，將這份反抗精神表達到了極致，因此在我童年時期，每家理髮店裡都能見到。今日，隨時都有電視機大聲放送，淹沒了舊日的傳播管道，於是城裡咖啡廳與理髮店的八卦與反抗行動的力量也大為減弱。伊斯坦堡的幽默雜誌在黃金時期曾一度創下聯合發行量近百萬的佳績，但隨著電視時代來臨而風光不再，這應該並不令人訝異。（多年後走進紐約的理髮廳，發現店內為等候者提供的不是幽默雜誌而是《花花公子》，我並不特別吃驚。）至於《禿鷹》，在我童年時，凡是少了這本雜誌的理髮店都不算完備，但後來傳出消息說雜誌老闆尤蘇夫・紀亞・歐塔齊（Yusuf Ziya Ortaç, 1895-1967）獲得一個私人基金會暗中贊助，而該基金會受到總理阿德南・曼德列斯（Adnan Menderes, 1899-1961）與執政的民主黨掌控。不過這種事早在一八七〇年代就有了，當時的蘇丹阿布杜哈密二世（Abdülhamit, 1842-1918）便利用收買反對黨的刊物來加以控制，這項傳統以較細膩的手法流傳至今。

我小時候在理髮店等候理髮時，手裡翻著《禿鷹》，偶爾停下來細看當地畫家畫的諷刺漫畫（被物價嚇呆了的市民等等），或是興致盎然地看著關於老闆和祕書的笑話、熱門幽默作家阿濟茲・涅辛（Aziz Nesin, 1915-1995）寫的故事和從西方雜誌抄襲來的連載漫畫，卻也不忘隨時豎起耳朵傾聽周遭的談話。大家討論最久的話題當然就是足球和足球彩券。還有些人，像老牌理髮師托托就會一面遊走於三張椅子同時為三名客人服務，一面發表他對拳擊或賽馬的想法，他偶爾會賭賭這個。他的理髮店有個時髦店名叫「維納斯」，地點位我們在尼尚塔希住的那條街對面的通道底。托托一頭白髮、倦容滿面又老垮著臉，而年紀較大的兩位老闆中的另一人則是性情急躁的禿頭男子，至於第三位老闆四十來歲，留著一撇細細的小鬍子，像美國演員道格拉斯・費爾班克斯（Douglas Fairbanks, 1883-1939）。我記得相較於和客人聊高物價、附近新開張的店、時下的歌手明星或國內政治，他更有興趣討論國際事務與世界局勢。最令我印象深刻的是每當來了一位特別高貴、博學、學有專精、有權有勢或是上流社會的客人，這個理髮師和另外兩人就會以「我們當然沒概念……」起頭，很謙卑地提出問題，而客人一旦被他們引得打開話匣子，他們也會立刻將話題直接轉入那個人的知識與權力領域。若是得到「那東西價值多少里拉」或「那些貨船比足球場還大」之類的答案，或是聽說某知名政治人物有什麼驚人弱點或有過什麼懦弱行為，他們就會低低發出類似「嘖嘖嘖」或「呿呿呿」的聲音，好像一大群小鳥，又或者原本貼著頭皮平順滑行的剃刀會暫停下來，理髮師與客人便趁此空檔在鏡中對看一眼，隨之而來則是一段耐人尋味的沉默。

如果試著用「最近怎麼樣？」或「一切都順利嗎？」或「要不要喝杯茶？」之類的問題啟動對話，客人卻仍沉著臉不出聲，他們便會三人自己嘰哩咕嚕地聊起來。在這些對話中，一人扮演老是走霉運的人，第二人是每回被取笑的對象，第三人則永遠是狡猾精明的那一個。他們透過這些交談互相刺激的方式（例如「這星期麥梅特又聰明地騙了托托一次」），讓我想起會在收音機上聽到的喀拉狗子與哈奇法的鬥嘴，喀拉狗子是傳統影子戲的主角，哈奇法則是他牙尖嘴利的老婆。有一次，有個客人刮完鬍子、脫掉圍巾、讓小弟梳完頭髮、給了小費離開店後，那個留著費爾班克斯小鬍子、片刻前還對客人畢恭畢敬的老闆，竟開始用此人的母親與老婆罵髒話，我也是這樣才發覺成人世界裡有這種心口不一的人，孩提時代的我從未見過比他們的怒氣還要深的東西。我兒時的理髮店會使用剪刀、大推剪（剪得不好就會遭人憤憤地丟到一旁）、梳子、避免頭髮掉入耳朵的棉花球、古龍水、粉，還有大人用的舊式刮鬍刀、刮鬍泡、削髮梳和白色圍巾。時至今日，除了少數電器（如吹風機）之外，工具並無太大改變，這必定也提醒了我們，雖然伊斯坦堡的作家從未記錄過自己的傳統，這些數百年來都使用相同工具、邊工作邊八卦的理髮師，說話方式想必也是數百年如一日。

我們可以從時代的細密畫中看到十七世紀便已使用舊式的刮鬍刀。在通過阿哈麥德蘇丹面前時，理髮師基爾特[1]的代表為了證明自己技藝高超，便派一名理髮師從展示馬車的車頂倒掛下來，為客人完美無瑕地刮鬍子。在那個時代，客人要刮鬍子得把頭擱在理髮師腿上，這項習俗為一則經典愛情故事鋪了路，故事敘述一個男人只為了接近理髮師的美麗學徒，便想方設法把所有頭髮、鬍子、髭鬚、頰髯與毛髮全剃光了。同樣動機也出現在凱雷姆與阿絲莉的民間故事中，故事裡的情郎去拔牙，只為了接近美麗的牙醫，這提醒了我們理髮師與牙醫都同樣具備專業知識與有幾分重疊的專業技術。理髮師也會施行割禮與其他小手術，有時在他們的咖啡廳，有時則在另外的建物中進行，因此他們在伊斯坦堡社會裡占了極重要的地位。不過我小時候之所以害怕理髮師，是因為他們能像牙醫拔牙一樣，很有技巧地從你嘴裡掏出話來，然後又像報紙一樣快速傳播出去。

所以當我坐在「維納斯」理髮店裡看著《禿鷹》雜誌，聽到一個聲音說「來吧，小少爺」時，總會緊張得像被叫上牙醫診間的椅子。這並不只是因為髮剪有時會拉扯到脖子上的毛髮，或是剪刀尖端會刺進皮膚（我光顧理髮廳的經驗似乎總是疼痛的），我害怕是因為覺得自己可能會無意間洩漏家裡的祕密。我有個叔叔去了美國再也沒有回來。當他們把一塊白布套到我頭上，緊緊綁得像在綁一個即將送上絞刑台的人之後，開口第一個問題就是：「你叔叔什麼時候從美國回來？」我不知道。「他已經去幾年了？」

「他去好——久了。」另一個理髮師會如此回答。「他不會回來了，不會，永遠不會。他有沒有服兵役？」接著便是一陣沉默。我會瞪著前方，羞愧得就好像「逃」出國躲避兵役的人是我，同時也會想起祖母哭著讀叔叔愈來愈少寄來、使用的土耳其語也愈來愈蹩腳的家書。不過我真正害怕的是理髮師會從我嘴裡套出其他家人成功對外隱瞞而我也不想記起的祕密。

是否因為已經預見這些風險，是否因為從我走進理髮廳的那一刻就感覺到自己很快會汗如雨下（就像今天與一位有意探我隱私的記者相對而坐的情形一樣），我才會在第一次光顧理髮店便嚎啕大哭？接下來的幾次，還有我生病的時候，都是那個臉上毫無笑容的白髮老闆托托，將他的生財工具打包到一個袋子裡，來家裡為我理髮。他會將報紙鋪在桌上，再擺上一張小板凳讓我坐

---

1 譯注：基爾特（guild），中世紀後半在歐洲形成的一種職業工會。

上去，剛好和他的剪刀同樣高度。這個陰鬱的人平時便難得加入多嘴的同伴之列，在這裡也十分沉默，加上我也跟他一樣不喜歡這樣的理髮插曲，不久之後我便又回到理髮店去剪頭髮了。這時我才領悟到當理髮師默默地為你整理門面，沒有從你嘴裡套話、沒有分享鄰里之間或政治上的八卦消息，也沒有罵人，那就根本稱不上是理髮師。

23 火災與廢墟

我出生前，祖父母和叔伯、爸媽與我們這個大家族的其他成員，同住在一棟石砌大宅裡，後來租給一間私立小學，再後來就拆了。我自己讀的小學在另一棟大宅裡，最後宅子燒毀了。就讀中學後，我和同學在另一棟老舊大宅的院子裡踢足球，而這棟也慘遭祝融，後來便拆除了，如同我兒時許許多多的商店與建築物。

伊斯坦堡的歷史就是火災與廢墟的歷史。從十六世紀中葉起，建造木屋的風氣開始普及，一直到二十世紀的前二十五年為止。也就是說三百五十多年之間，為這座城市塑造風貌、開拓馬路街道的就是火災（大清真寺的興建除外）。我童年時期，住家火災的遺址是大家經常討論的話題，也帶有一絲不吉利的氣息。由於一樓是以磚石建造，所以會剩下幾面燒焦但未毀壞的牆壁、一樓的樓梯（大理石階若非燒毀就是被偷）、屋瓦、碎玻璃和花瓶，還會有小小的無花果樹從瓦礫堆中冒出來，孩子們就在這裡玩耍。

我年紀不夠大，沒能目睹整個社區的燃燒毀滅，倒是目睹了燒毀最後幾棟木造大宅的火災。其中多數都發生在半夜，起因成謎。在消防隊抵達前，住在附近的孩童與年輕人都會聚集在他們曾經玩耍過的空屋院子裡，一面看著烈焰一面交頭接耳。

「他們放火燒掉美麗的大宅。」稍後回到家裡，我叔叔會這麼說。

那個時候，拆掉舊家改建新的公寓大樓以向世人炫耀自己的富有與新潮是違法的。不過民眾會先搬走，一旦宅子因為疏於照料、木頭腐朽、年久失修而無法居住，就能獲得拆屋許可。有人為了加速取得許可，便拆除屋瓦讓雨和雪下進來。還有一種更快速、更大膽的做法，就是趁著夜裡四下無人之際放一把火燒了。有一度聽說放火的人就是留下來管理宅子的園丁。也有人說這些屋子燒毀前已經賣給建商，是建商自己的人放火燒的。

這些富人偽裝成尋常罪犯，在半夜裡將充滿回憶、三代同住過的屋宅付之一炬；我們家族十分鄙視他們。但儘管感到膽寒受辱，我的家人也同樣無情地賣掉了我父親、叔伯與祖母曾經住過的三層樓裝飾藝術風大宅，最後在原址蓋起一棟醜陋無比的公寓樓房。事後，父親為了說服我相信他並未參與這項計畫，也從未「真正」想拆掉那間美麗的老宅，便經常談起要從安卡拉搬回來，當初是因為他的工作搬過去的。回來以後，他站在花園門前看見老屋在大槌的敲擊下粉碎倒塌，便哭了起來。

和無數擁有這類大宅的伊斯坦堡老家族一樣，我親眼目睹「搬入公寓」引發家人間許多紛爭。原則上，誰也不想看到那些老屋被毀，但是誰也阻止不了爭吵、反目，或是導致無數家庭為了財產對簿公堂那根深蒂固的對立態勢，到最後還是拆了你爭我奪的大宅，並在原地建造一棟新的、醜的、打從一開始就沒人喜歡的公寓大樓。過一段時間，大家都會惋惜懷念被毀的老宅，但他們心中當然有話沒說出口，那就是希望利用新公寓的收入讓生活更加富裕。然而每個人都毅然決然地轉移了良心的譴責，將這件可恥的事怪罪到其他家人身上。

伊斯坦堡的人口在極短的時間內便從百萬增為千萬，假如從上空鳥瞰，就會立刻明白為何這一切有關貪婪、內疚、懊悔的家族紛爭都只是徒然。你會看到底下的混凝土大軍像托爾斯泰的《戰爭與和平》中的軍隊一樣浩浩蕩蕩、勢不可擋，一路席捲宅院、樹木、庭園與野生生物。你會看到這支軍隊行經之處所留下的柏油軌跡，也會發現它正步步進逼曾經讓你過著寒盡不知年的天堂生活的社區。即使在研究過地圖與數據，並追蹤過這支無人可擋的軍隊的移動路徑之後，曾考慮到或許有哪一個人能解決家族的紛爭，你也很可能會想起托爾斯泰對於個人在歷史上扮演的角色所抱持的黯淡想法。假如我們正好生活在一個無情擴張的城市，我們謀生度日的廳房、庭院與街道，以及那些為我們的回憶與自身靈魂塑形的牆壁，都已注定在劫難逃。

對於抗拒不從，或明知無可迴避仍試圖拖延的人，最後的打擊就是土地徵收。在我幼年時期，伊斯坦堡有許多鄂圖曼時期的窄小街道被清除改建成大馬路，當時土地被徵收便意謂遭到驅逐，在不公平的情況下被迫無家可歸。過去五十年間，伊斯坦堡歷經過兩次大規模的造路（或是土地徵收）運動，第一次我約莫六、七歲。我還記得一九五〇年時，與母親走在金角灣對面海岸邊、走在鄂圖曼廢墟塵土之間的恐怖感。遭破壞的地區看起來猶如戰區，每塊空地閒置在那裡等待新生命的同時，也充斥著無盡的恐懼與謠言——據說有些地主獲得的補償比其他人優惠；據說有一些不必要的徵收；據說已經畫出未來徵收的地圖；據說有某些具有權勢的政治人物在暗中操盤，保留了某條街道或是變更了地圖；據說博斯普魯斯海峽與金角灣沿岸的道路無論在哪裡轉進一條通過村落市場的窄巷，就表示這裡有某個非常有錢或接近權力中心的人住的房子，所以道路不得不轉彎。共乘小巴上的老婦人、為客人理髮刮鬍的老理髮師和始終感謝道路變寬的計程車司機經常熱烈談論這種傳聞——強烈支持拆毀行動的計程車司機，總是堅稱做得還不夠。這不只是期望能有寬闊的巴黎式林蔭大道，其實還表達了伊斯坦堡新居民對於舊城與其文化的憤怒——對於先他們而來的一切的怨恨；也表達了共和政府希望忘記這座城市的基督教與國際風格的建築，忘記這座城市中的拜占庭甚至於鄂圖曼的遺跡。一九七〇年代，當國內汽車業開始生產中產階級買得起的汽車後，快速道路的需求增加，也注定了過去很快便要隱沒在混凝土與柏油底下。

觀看城市有兩種方法。一種是觀光性質，初來乍到的外國人會看建築物、紀念建築、馬路大道和城市的輪廓外觀。另一種則是內在景致，那是一個有我們睡覺的房間、走廊、電影院與舊教室的城市，一個由我們最寶貴的記憶中的氣味、光線、色彩構成的城市。對於從外觀看的人而言，城市與城市之間可能非常相似，但一座城市的靈魂在於它的集體記憶，而城裡的遺跡則是它最有力的見證。

一九八〇年代大破壞運動期間，有一天我走過塔拉巴什路碰巧看見幾輛推土機沿路來回，並有一小群旁觀民眾。那個時候，工程已經進行好幾個月，所有人都習慣了，憤怒與反抗情緒也已平息。儘管下著毛毛雨，牆面仍不斷崩塌然後化為塵土，我們站在一旁看著別人家的房子和回憶被摧毀，但我覺得更令我們煩亂的是看到伊斯坦堡歪來扭去地改變形貌，心裡知道相較之下我們自己的生命甚至更加脆弱無常。看到孩子們在斷垣殘壁間遊蕩，一面撿拾門板、窗戶和木塊，我才了解到這堆瓦礫是何等強烈地象徵著記憶的喪失，而我們對此記憶的喪失似乎終究也會習以為常。

我從小學最後幾年一直到中學畢業都是就讀西司里．泰拉奇中學，幾年前我去參觀了已經搬空而且不久就要拆除的校舍。至今我已經在相同的街道走了五十年，當我經過如今已成為停車場的母校舊址，不禁回想起從前讀書的日子和最後一次的空教室巡禮。一開始，荒廢的校舍有如一把匕首刺進我心裡，但現在已經慢慢習慣了。一座城市裡的廢墟也有助於遺忘。首先我們會失去記憶，但卻知道自己忘記了，會想找回來。接著我們便忘記自己忘記了，而城市也再無法想起自己的過去。為我們帶來莫大痛苦並開啟遺忘之路的廢墟，到頭來便成了其他人能修築新夢想的空地。

24 法蘭克福香腸

那是一九六四年一月某個冷天，剛過中午。我站在塔克辛（Taksim）廣場的角落裡（當時那裡還沒有六線道公路，也比今日破敗得多），就在其中一棟希臘式舊公寓大樓一樓的三明治快餐店外面。我心中氾濫著愧疚與不安，卻也幸福洋溢，因為手裡拿著一份剛剛在快餐店買的法蘭克福香腸三明治（frankfurter）。我咬下一大口，沒想到當我站在市區的雜亂喧鬧中，嘴裡一面咀嚼食物，眼睛一面看著不停兜轉的無軌電車、成群的逛街婦女和趕著上電影院的年輕人，歡喜之情卻驟然離我而去，因為我被逮到了。哥哥正從人行道走過來，而且看見我了，當他走近，我一眼就看出當場把我逮個正著的他樂不可支。

「你這是在幹什麼，竟然偷吃法蘭克福香腸？」他帶著輕蔑的笑容問道。

我低下頭，盡可能偷偷地把三明治吃完，就像做壞事一樣。那天晚上回到家，果然不出我所料，哥哥用一種高高在上又略帶同情的口吻，將我踰矩的行為告訴了母親。在屋外大街上吃法蘭克福香腸，正是母親嚴禁的諸多行為之一。

直到六〇年代初，法蘭克福香腸三明治在伊斯坦堡人眼中都是非常特殊的食物，只有在二十世紀初期才引進伊斯坦堡的德式啤酒屋才吃得到。自六〇年代起，由於小型瓦斯爐出現、國產冰箱價格降低，加上土耳其開設了可口可樂與百事可樂的裝瓶廠，忽然間到處可見「三明治快餐店」，而他們賣的餐點也很快就成為國人的日常飲食。六〇年代期間，旋轉烤肉（目前在歐洲普遍稱為「döner」，在美國則使用它的希臘名稱「gyro」）尚未發明，法蘭克福香腸盛極一時，對我們這種喜歡在街頭吃東西的人是最重要的食物。你會透過玻璃盯著整天在小火上熬煮的暗紅色番茄醬汁，從那許許多多有如快樂的水牛在泥漿中打滾般的法蘭克福香腸中挑出一根來。你會對拿著夾子的人指出那根香腸，然後迫不及待地等他組合三明治。他會應顧客要求，把麵包放進烤箱烤一下，接著塗上深紅醬汁，將番茄和薄而透明的酸黃瓜片鋪到香腸上，最後再擠上一層芥末醬。有些較時髦的店還會加美乃滋。美乃滋一度被稱為俄國醬，但現在因為冷戰的關係改稱為美國醬。

一開始，這些自命不凡的快餐店與三明治店多半開在貝佑律區（Beyoğlu），不僅改變了當地居民的速食習慣，接下來的二十年間，更進一步對伊斯坦堡其他居民與全土耳其人產生相同影響。伊斯坦堡最早的烤三明治機器出現於五〇年代中，大約在同一時期，麵包店也開始生產烤起司三明治專用的麵包。烤起司三明治一成為主要商品後，貝佑律區的快餐店又接著改造漢堡。那個時期大型三明治店的先驅取名時，偏愛一些會讓人聯想到其他陸地與海洋，聯想到奇幻疆域的名稱，諸如「大西洋」、「太平洋」等等，店內牆面則以高更那些天堂般的遠東島嶼畫作裝飾。每家店供應的漢堡口味都截然不同，這暗示了土耳其最初的漢堡就和伊斯坦堡許多方面一樣，也是東西合璧。對一個走在貝佑律街頭的年輕人而言，這些三明治的名稱代表了歐美，但包在裡頭的漢堡碎肉卻是一個頭戴圍巾的親切女廚師、一個以餵飽所有年輕人為傲的女人，根據她自己的私房食譜、用她自己充滿愛的雙手做出來的。

這正是母親反對的依據，她無比嫌惡地說，這些漢堡裡的碎肉取自「不明動物身上的不明部位」，並且不只禁止我們吃漢堡，還有法蘭克福香腸、沙拉米臘腸和蒜味香腸，因為這些肉源也難以確知。偶爾報上會報導警方突襲某家非法蒜味香腸工廠，發現香腸中含有馬肉或甚至驢肉。有件事我其實不該坦承：從前上體育館和球場看籃球和足球賽時，場外會有攤販販售塞著肉丸和蒜味香腸的麵包，那是我這輩子吃過最好吃的三明治。我本身對足球賽的興趣與足球或球隊的命運較無關係，反而是在於觀眾與現場的感受。排隊買票時，那濃濃的深藍色煙霧從肉丸攤位飄過來，一點一點滲入我的鼻腔、頭髮與外套，直到我再也無法抗拒。我和哥哥互相發誓回家絕對不會說之後，便各自買一份香腸三明治。小販把香腸放在炭火上烤到有如皮革一般，然後連同一片洋蔥塞進半條麵包內。這時再配上一杯優酪乳「愛蘭」（ayran）十分對味。

這些來源不明的香腸與漢堡不僅是我母親的噩夢，也是所有中產階級家庭的母親的噩夢。因此沿街叫賣蒜味香腸三明治的小販總會高喊「阿皮！阿皮！」指的是絕不使用馬肉或驢肉的知名品牌阿皮寇魯（Apikoğlu）香腸。一九六〇年代的伊斯坦堡人自從在最早期的三明治快餐店門口享用到最早期的烤三明治後，每次一上電影院，就會受到這些三明治所使用的香腸與熱狗的生產公司的廣告轟炸。早期有一支廣告至今仍烙印在我心上，它本身也是國內最早的自製卡通之一：各式各樣牛隻帶著幸福快樂的表情，走進一個巨大的手繪絞肉機的入口，當這些牛乘著降落傘從天而降，想到能為人類服務便喜不自勝。不過怎麼搞的？一隻露出牙齒、帶著狡猾微笑的可愛驢子，不知怎地混進了空降的牛群中。當驢子來到絞肉機入口，觀眾開始不安起來，但就在牠變成香腸之前，突然有一隻大拳頭從入口伸出來將驢子打飛出去，接著一個女性聲音向我們保證可以

「安心」購買某某牌香腸。

在伊斯坦堡（一如其他地方），民眾在街上吃速食不只因為沒時間、沒錢，或沒其他選擇，在我看來，也是為了逃避那份「安心」。伊斯蘭傳統對於食物的觀念，深深植基於母親、女性、神聖私生活等相關觀念中，要拋開這個傳統，要擁抱現代生活成為都市居民，就必須準備好並樂於吃下來源、配方都不明的食物。由於這種意志行為需要任性，甚至於勇氣，因此率先大膽嘗試的人多為學生、失業者、不滿份子，以及為了追求新奇任何東西都能往嘴裡塞的傻瓜。這類人首先聚集在足球場入口處、獨立路上、中學與大學附近，以及城裡最貧窮的社區，而他們從這樣的聚集方式中獲得的樂趣（加上冰箱與瓦斯爐等便利設備帶來的興奮感），幾乎一夕之間改變了不只伊斯坦堡、而是全國的飲食習慣。一九六六年，土耳其足球隊在卡拉達薩雷（Galatasaray）的主場阿里・薩米・楊（Ali Sami Yen）球場出賽保加利亞，群眾在簡陋的露天攤位前推擠，造成一輛販售法蘭克福香腸的推車起火，火勢迅速蔓延，我驚恐地目睹原本正一邊吃法蘭克福香腸一邊等著看球賽的大批觀眾起伏波動，從二樓掉落下來，自己摔死的同時也壓傷他人。

雖然在遠離家門的骯髒街道上吃著不知是誰做的食物，或許能稱為「現代化」或「文明」，但是在同一時間接受這個習慣的人還是會想方設法，去避免往往會隨著現代化而來的孤僻個人主義。在七〇年代旋轉烤肉風靡全土耳其、迅速建立新標準之前，也有一股類似的「浪馬軍」（lahmacun）風潮。以阿拉伯皮塔餅（或口袋麵包）稱之或許比較貼切，不過二十年後我發現有家店將它形容為「土耳其披薩」（至於土耳其語的「皮塔」（pide）和「披薩」（pizza）語源是否相同，這話題改天再來討論）。不過讓全國人為浪馬軍傾倒的功臣並非伊斯坦堡的三明治店與烤肉店，而是一支新的攤販大軍，他們在城裡的大街小巷蹓躂，以一個熟悉的橢圓形箱盒征服市民。如今你甚至不需要自己到路口轉角的三明治快餐店去填飽肚子。無論你站在哪裡，浪馬軍小販都會穿著白色圍裙現身，當他打開箱盒，立刻冒出一陣夾雜著燉洋蔥、絞肉與紅椒香味、令人口水直流的熱氣。為了嚇唬我們，母親會說：「那些浪馬軍不是用馬肉做的，而是用貓肉和狗肉做的。」可是浪馬軍小販箱盒外的彩繪各有特色，有色彩鮮豔的花朵和枝葉，有浪馬軍的圖案，還有安特普（Antep）、阿達納（Adana）等城鎮的名稱，我們看著看著總會屈服於欲望。

伊斯坦堡的街頭小吃最好的一點並不是每個小販各自追求流行，供應不同的特產，而是他們只賣自己熟悉喜愛的東西。當我看到那些人把母親或妻子在家裡做給他們吃的鄉里粗食，推到大城市的街上來賣，並深信其他人也都會愛吃，我真正享受的其實不只是他們賣的鷹嘴豆抓飯、烤肉丸、炸淡菜、淡菜鑲飯，或阿爾巴尼亞炒羊肝，還有他們裝飾的攤位、三輪推車與椅子所散發的自豪之美。這樣的人沒有以前那麼多了，但有一段時期他們會在伊斯坦堡街上四處遊走，儘管周遭人潮湧動，他們的靈魂仍活在屬於妻子與母親的那個「乾淨」世界。還有一樣街頭小吃也抵擋了由工廠統一生產的趨勢，那當然就是「魚三明治」。舊日裡，當大海還很乾淨，魚又多又便宜，人行道上也擺滿從博斯普魯斯海峽捕獲的鰹魚時，不只有岸邊的船上，連社區中心和足球場外也都能見到賣魚三明治的小販。

六〇年代時，有一位童年友人非常迷戀街頭小吃，他有時會面帶微笑、滿嘴食物地說著那句帶有挑釁意味的口頭禪：「就是有這土味才好吃！」這麼說也是為了自我防禦，以免因為吃下不是由母親廚房做的食物而感到傷心內疚。

每當我邊吃邊享受街頭小吃時，最強烈感受到的就是孤單的罪惡。商販會沿著狹長桌檯的牆邊放置鏡子，以便讓空間顯得大一些，卻似乎也放大了我的罪惡感。我十五、六歲獨自去看電影途中都會在這些地方逗留，我會看著鏡中的自己站在那裡，吃著漢堡、喝著「愛蘭」，發現自己並不好看，於是感覺孤單愧疚，迷失在城市的茫茫人海中。

25 博斯普魯斯海峽渡船

搭乘伊斯坦堡渡船時，我從不覺得自己在穿越這座城市，而是會感受到城市裡屬於我的位置，也會看到我的生活如何與周遭人的生活和諧共存。我知道屬於我的位置在博斯普魯斯海峽、金角灣，以及勾勒伊斯坦堡外形的馬爾馬拉海岸邊。還有塑造出這座城市的所有建築物（包括門窗），它們的意義依其距離這些海水與水道的遠近、依其高度，也依其視野而定。住在城市屋裡和走在城市街上的人也一樣，在他們內心某個角落都知道自己離這些水域多近或多遠。至於可以從窗戶看見這些水域的人（早在昔日，他們可不只是幸福的少數），每當看著渡船來來往往，便會覺得這座城市是個中心、是個門檻，是全部，也會感覺到一切多少都會有圓滿的結局。

正因如此，每當跨上這些日夜將一切看在眼裡的渡船，從城市這一頭前往另一頭或是純粹出遊，我們總是雀躍地從外面去看自己在城內世界裡的位置。所以四十年前，我和哥哥搭著渡船從群島到卡拉廓伊（Karaköy）去的時候都會屏息以待，看誰先看到我們社區的高樓和我們自己家的窗戶。為了把熟悉的街道、高聳的建築和廣告看板看得更清楚，我們會爬上渡船頂層甲板，到一個靠近船長室的地方，但一看到後心馬上往下沉。從行進間的船隻甲板上看去，我們生活了一輩子的街道、那些熟悉到深深烙印在記憶中的大樓、那些從早到晚看了一遍又一遍的廣告看板，似乎全都顯得沒那麼重要，平凡無奇。從遠方看見自己住的街道與住家雖然興起童稚的興奮感

（現在每回踏上渡船，我仍會感覺到這股興奮），卻因為一個黯淡的念頭蒙上陰影：如果城裡的數百萬扇窗戶與數十萬棟建築物都如此相似，你與他人生活的相似程度恐怕遠遠超出你的想像。

倘若從渡船甲板上看到的市景提醒了我們與他人有多麼相似，那麼從那數百萬扇相同窗口看見的市景告訴我們的則恰恰相反，它喚醒了我們內心想要與眾不同、想要獨樹一格的欲望。因為看著城市渡船在水道中來回疾馳，獨自移動穿越市中心，我們會覺得自由。共約四十多艘的渡船在我看來長得都一樣，父親和他的兄弟們卻知道每一艘的名稱與船號，而且即使只是遠遠地看見輪廓也能認得出來。這一艘的煙囪比其他的高一點，要不就是斜一點；有幾艘的船長室位置高一點，或是船尾寬一點。當父親看見一艘渡船駛來，哪怕還只是天邊一個黑影，也能猜出船名與船號，我們不禁肅然起敬並請求他說出祕訣，但很快就發現要熟知這些小小差異何其困難。父親和叔伯們心目中各有一艘專屬於自己的渡船，每當他看見這艘渡船軋軋行駛過博斯普魯斯海峽，就會高興得像是看到自己的幸運號碼，然後開始對我們這些孩子講述這艘船的歷史與其特殊之處。我們能不能看出並欣賞它那高大煙囪的美妙線條，以及船身的優雅曲線？我們看不看得出來當船乘著水流前進時會微微往上傾斜？當渡船非常接近岸邊，當它繞過我們站立的阿肯特伯努（Akıntıburnu），我們全部的人都會向船長揮手。在那個年代會有一名官員站在阿肯特伯努，拿著紅綠旗幟指揮城內線渡船。

這些渡船是燒煤的，煙囪會冒出濃濃黑煙。無風的日子裡，這股黑煙便懸浮在空中，順著航行曲線直到博斯普魯斯。在我仍夢想著成為畫家的童年與少年時期，每當完成一幅博斯普魯斯海峽的水彩風景畫後，最大的樂趣就是在天空處橫加上渡船排放的煙。

有了父親與叔伯作為榜樣，我和哥哥也各自認領一艘渡船。不管在哪裡看到都會歡天喜地並會向對方報告，這些船年齡大約與我們相仿，自一九五〇年代開始行駛於博斯普魯斯與群島之間。「帕莎巴契」號（Paşabahçe）是從利物浦送來的，與另外兩艘兄弟船的差異在於它煙囪低矮，這艘是「我的」船，一九五八年某個夏天傍晚，船長應叔叔的要求，在經過我們位於黑貝里島的住家時鳴了兩聲笛。叔叔就在前一天才去見船長並說服他，然後事先告知了我，那一整天我都焦急地等待帕莎巴契號在傍晚從家門前經過。在那個夏末的傍晚時分，當我透過松林間看到船從後方島嶼的燈光中現身，立刻衝到岸邊，站在庭園台階頂端全身顫抖地等候著。我永遠忘不了它在兩座島嶼間鳴放的那兩聲船笛，第一聲陰鬱低沉，第二聲憤怒響亮，而且就在我預期的地點。在那靜定無風的晚上，來自渡船深處的宏亮聲響回盪於山巒與群島之間，接下來一陣寂靜，那一刻的我與整個大自然、整個世界合而為一，恍如夢中。緊接著便聽到從六公尺外，廚房旁邊樹林間的餐桌傳來歡呼聲，我的大家族（祖母、叔叔、母親、父親等等）正在那裡吃晚飯，聽見渡船向我鳴笛致意便鼓掌歡呼。我現在每天還能從工作室的窗口看見帕莎巴契號一兩次。

帕莎巴契號連接外島交通、來回行駛於博斯普魯斯沿岸，至今已有五十年，但是渡船給予我們的連續感與優雅感慢慢消失了。博斯普魯斯海峽許多舊的渡船碼頭都已經關閉，有些變成餐廳，另外一些則遭到無情拆除。至於父親與叔伯們熟知船號與身影的那些渡船，除了一兩艘改裝成觀光餐廳外，其餘都沒了、消失了、送進拆船廠了。不過還是有幾艘舊渡船運行於博斯普魯斯，也依然有數以十萬計的乘客，或是列於船舷邊看著城市的房屋一間一間溜過，或是站到甲板上呼吸博斯普魯斯的清爽空氣，又或是每天早上上班途中，坐在這些渡船裡喝茶。我從工作室看見的渡船背後，總能看見許許多多受歡迎的白點，尤其是冬天的時候。海鷗極善於捕捉民眾丟出的芝麻圈（simit）和麵包屑。冬天裡，博斯普魯斯渡船上總會有人向海鷗丟擲麵包屑。昔日的人不將渡船當船而是當人物看待，因而打造出一種一對一的關係，如今這樣的關係已逐漸消失了。從前，當這些三層高的渡船經過岸邊住宅，身在最上層甲板的船長會與正在一邊給爐子添柴火一邊作白日夢的家庭主婦四目交接。如今，乘客搭乘的是來自挪威的快速雙體船，船身內部都像是安靜無風的電影院，他們不會望向窗外，只會看著船內的電視。

我最喜歡晚上進港靠岸後的博斯普魯斯渡船。我們要是坐在碼頭邊的傳統酒館裡，渡船會把又長又高的鼻子伸過來加入我們的談話，像個好奇又威嚴的父親，至少當我們偶爾朝它瞄上一眼，會這麼覺得。其次則是船長在自己艙房裡抽菸，而船員在沖洗甲板的時候。如果時間很晚、天氣又炎熱，便會有某個船員穿著睡衣跑到一整天有數千人熙來攘往的碼頭上找一張長椅睡覺，另一人則坐在對面的長椅，邊抽菸邊凝視漆黑的博斯普魯斯海峽。在夜裡那個時間，寧靜（與停泊在碼頭邊綁著繩索的渡船）讓人想到一個美麗的人正健康地熟睡著。

26 王子群島

我出生一週後就被帶到黑貝里島，在這裡度過一九五二年的夏天。祖母有一棟花園環繞的二層樓大宅，位在森林當中，靠海很近。一年後，在這棟宅子那寬敞有如門廊的陽台上，我被拍下剛開始學步的照片。二〇〇二年寫這篇文章時，我一如以往在黑貝里島租了間房子，就離童年住過的那棟不遠。從那時到現在五十年間的夏天，我多半都在王子群島度過，寫了許多小說——群島包括布日迦茲島（Burgaz）、布尤卡達大島（Büyükada）、塞德夫島（Sedefada）和黑貝里島。在黑貝里島的第一棟宅子的陽台上，我和堂兄弟們每年夏天都會在某處牆角標記自己的身高。雖然經過家人不和、生意失敗與繼承糾紛等一連串事件後，宅子已經賣掉，我還是偶爾會去看看，會去找我們畫在牆上的記號，看看自己長高了多少。

對我來說，伊斯坦堡的夏天就從我們出發前往群島開始。在這之前，學校得先放假，海水得先溫暖到可以游泳，櫻桃和草莓的價格也得先大跌。兒時，出發到群島去的準備時間要比今日長得多。因為島上的宅子沒有冰箱（在那個年代，冰箱是昂貴的西式奢侈品），祖母會先將尼尚塔希的冰箱解凍，然後搬運工人會到家裡來用麻布袋把它包起來，利用滑輪組把冰箱放低扛到肩上。鍋碗瓢盆用報紙打包，地毯放上防蠹丸後捲起來，接著冬屋的扶手椅、木製家具與窗簾在經過洗衣機、吸塵器、爭執與修繕等持續不斷的轟然噪音後，蓋上報紙以免受夏陽侵害。完成這些工作後，終於才急急忙忙搭上一艘外形特殊、我們一眼就能認出的渡船，這時候的我總是興奮難耐，每年夏初的這趟九十分鐘船程感覺彷彿永無盡頭。當眾人吸著涼爽的海風、苔蘚與春天的氣味，我和哥哥會沿著船身從頭走到尾走個一兩趟，接著求祖母或母親向穿著白襯衫、端著托盤、四下走動的商販，給我們倆各買一罐汽水。然後我們會到下面去找家裡的廚子聊天，他要負責看管我們的行李、箱子和冰箱。當渡船停靠前兩站克拿勒島（Kınalı）與布日迦茲島，我們會認真看著船員綁繩索和碼頭邊的情況，不放過絲毫細節。

每座城市都有一個其他地方聽不到的聲音，一個所有市民都很熟悉，彷彿大家共享的祕密般的聲音，例如巴黎地鐵的警笛聲、羅馬摩托車的嗡嗡聲、紐約奇怪的呼呼聲。伊斯坦堡也不例外，有一個所有居民都深知的聲音，那就是不管渡船停靠在哪個小小的、圍繞著輪胎的木板碼頭，都會發出的金屬呻吟聲，這聲音大家已經聽了六十年。渡船好不容易到了黑貝里島，我和哥哥立刻衝過碼頭奔上島去，完全不理會身後祖母和母親呼喊著要我們當心，別絆倒摔跤了。

伊斯坦堡的富人與中上階層人士自十九世紀中葉開始到群島上旅行，並建造避暑別墅。直到十八世紀末，都只有大型的划槳貨船在行駛，從托普哈內（Tophane）海岸出發需要半天時間。較早期，這些小島專門流放被推翻的拜占庭皇帝與失勢的政治人物，除了監獄、修道院、修道士、葡萄園與小漁村外，這裡全是空地。自十九世紀初，群島開始成為伊斯坦堡的基督教徒與黎凡特人[2]，還有各大使館相關人士的避暑度假勝地。一八九四年，英國製蒸氣渡船成為夏季的日

2　譯注：黎凡特人（Levantines），指地中海東部地區的人。

常交通工具後，伊斯坦堡與布尤卡達大島之間的航行時間縮減為一個半小時到兩個小時。一九五〇年代有了「快捷」交通服務，伊斯坦堡的富人更能每天晚上只花四十五分鐘便回到島上——這和拜占庭皇帝、皇后與王族也許一生才那麼一次搭乘槳船前往的半天旅程，已不可同日而語，至於妄想稱帝卻因篡位失敗遭到烙剜雙目的人，就更不用說了。一九六〇、七〇年代間，伊斯坦堡的富人尚未發現安塔利亞（Antalya）、波德倫（Bodrum）或南海岸等地時，從卡拉廓伊出發的晚班渡船簡直一位難求，因此這些要人會派一名男僕先去占位，等尊貴的僱主來了再讓位給他。城裡的富裕階級，無論信奉猶太教、基督教或回教，都不太可能有閱讀習慣，除了抽菸、呆望海水與彼此以消磨時間之外，這些天生具企業家頭腦的通勤乘客，也會籌辦彩券與抽獎活動活絡氣氛。獎品可能是巨大的鳳梨或整瓶的威士忌酒——兩樣都是奢侈的象徵，因為一般取得不易。還記得有一天晚上，叔叔回到黑貝里島的宅子時面帶微笑，手上捧著一隻贏來的大龍蝦。

從一九八〇年代馬爾馬拉海受到汙染開始，群島中最大的布尤卡達大島慢慢地不再能讓富人們晚上出門閒逛，順便不經意地炫耀那身能證明自己階級身分的歐洲服飾。一九五八年某個夏日午後，有一艘華麗的遊艇來接我們和父母親去參加一場在布尤卡達大島岸邊舉行的宴會。我記得看見一些美麗女子穿著泳衣躺在岸邊，一面往身上抹油，男性富人則自信滿滿地互相打招呼、開玩笑，還有穿白色制服的侍者端著托盤為他們供應飲料與開胃小點心。黑貝里島是海軍學院所在，較受軍眷與官員喜愛，或許正因為如此，我總覺得布尤卡達大島比較富裕。當我走在布尤卡達大島街上，看著歐洲進口的乾酪與黑市威士忌，聽著從安納托利亞俱樂部流瀉出來的音樂聲與喋喋不休的歡樂交談聲，可以感受到這裡正是「道地的有錢人」消磨度日的地方。童年時的我出於羞愧與貪心，會留意到種種程度的差異，諸如這個船尾馬達與另一個馬達之間的馬力差異、抵達後鑽入馬車的男人與步行的男人之間的差異、自己出門購物的女人與有人效勞的貴婦之間的差異。

除了豪華宅邸、美麗庭園以及棕櫚樹與檸檬樹之外，還有一樣事物讓這些度假小島流露出與伊斯坦堡其他地區截然不同的氣氛，那就是馬車。小時候只要獲准坐在車夫旁邊，我都會雀躍不已，在自家庭園玩耍時，我也會模仿韁繩上的鈴鐺聲、達達馬蹄聲和車夫的手勢動作。四十年後，我還是會在相同的小島上陪女兒玩相同的遊戲。今天的馬車仍和當年一樣，便宜、安靜又實用，要愛上這些馬車你須得學會接受市場裡、擁擠的街道上與馬車站內濃烈的馬糞味，甚至要學會愛這氣味，愛到去找出它的所在，那麼當旅途中疲累（有時還遭到殘酷鞭打）的馬兒優雅地揚起尾巴，往路面投下一坨熱氣蒸騰的排泄物，你才會夠孩子氣地面露微笑。

進入十九世紀以前，群島主要是希臘傳教士、神學院學生與漁民過冬的地方。在一九一七年俄國革命後，白俄羅斯人開始來到群島中的幾座小島上定居，村落開始成長，開滿了華麗餐廳與夜總會。隨後成立了黑貝里島海軍學院，與幾間肺結核診所，此外伊斯坦堡的猶太族群大舉遷入布尤卡達大島，亞美尼亞族群則遷至克拿勒島。接下來又湧入另一批人來為觀光客提供服務，儘管群島愈來愈擁擠，基本的特色卻沒變。

自從一九九九年伊茲密特（Izmit）強烈地震讓群島感受到震撼，加上一個廣為流傳的消息說下一個大地震的地點很可能會離得更近，群島人口已逐漸移出。我總愛想像群島的秋天，那時小學與中學又開學了，旺季已近尾聲，讓我可以享受冷清庭園引發的愁緒，我也愛想像傍晚與冬日。

去年，就在這樣一個秋日裡，我遊蕩於黑貝里島上冷清的庭園與門廊間，驀然想起小時候我是如何狼吞虎嚥各家各戶在返回伊斯坦堡前來不及採收的無花果和葡萄。這些人家我們只是遠遠地見過，從未有機會變得熟稔，此時進入他們空空盪盪的庭園，爬上他們的台階、盪著他們的鞦韆，並從他們的陽台上看周遭的世界，讓我感到一種黯然的喜悅。去年這趟散步像極了小時候在圍牆間跳來跳去的散步玩耍，在這之後，我去了伊士美帕夏的宅邸。以前我只去過一次，印象很模糊，依稀記得是四十五年前和父親同去，前總統還把我抱到腿上親我。現今這棟宅邸的牆上掛著帕夏從政時期的照片，還有他穿著黑色單吊帶泳衣，從一艘小帆船跳入海中的度假照片。籠罩房屋的空蕩寂靜令我感到膽怯，多麼像夏末時的黑貝里島。這棟宅邸的浴缸、水槽與廚房設備，它的水井、蓄水池、地板的鋪設、老舊的廚櫃、窗戶的線腳，與其他無數細節，被那發霉、灰塵與松樹的淡淡氣味所包圍，一切的一切都讓我想起那間已不再屬於我們的家族宅院。

每年夏天八月底九月初，從巴爾幹半島南飛的鸛鳥群會直接飛越群島上空。此時的我也如孩提時代，來到外面的庭園欣賞這群朝聖客無聲鼓動翅膀之際流露出的神祕堅毅。小時候，當最後一批鳥經過了兩星期後，就是我們該哀淒地打道回伊斯坦堡的時間了。一回到家，我會拿起窗台上被太陽晒得發白的報紙。看著已經三個月前的新聞時，不由得恍惚暗想：時間怎麼過得這麼慢！

27 地震

我在午夜到黎明之間（後來發現是凌晨三點）被第一陣天搖地動驚醒。那天是一九九九年八月十七日，我人在塞德夫島，就是緊鄰布尤卡達大島的小島，當時正睡在石屋的書房中，距離書桌約三公尺左右的床彷彿在海上遭遇暴風雨的小船劇烈搖晃著。地底下傳來一陣可怕的呻吟聲，似乎就在我的床正下方。我沒有停下來找眼鏡，憑著直覺多於理性，立刻便跑著奪門而出。

外頭，在我眼前的松柏樹林背後、在遠方市區的燈光間、在海面上，黑夜震顫不止。一切好像都在同一時間發生。我心裡有一部分在記錄著地震的猛烈強度、傾聽著來自地下的噪音，另外卻有一部分迷惑地自問：這麼晚了，為什麼所有人都射起槍來？（或許是一九七〇年代的炸彈、殺人與夜間空襲，讓我將槍火與災難聯想在一起。）事後我思前想後，還是想不出會是什麼聲音這麼像機關槍射擊聲。

第一陣顫動持續四十五秒，奪走了三萬條人命。搖晃結束前，我從側梯爬到樓上妻女睡覺的地方。她們已經醒了，在黑暗中害怕地等著，不知如何是好。停電了，我們便一起來到庭園，走進被寂靜籠罩的黑夜。可怕的隆隆聲已經停止，周遭的一切彷彿也同樣懷抱恐懼等待著。庭園、樹木、這座高岩環繞的小島……深夜一片悄然，只有樹葉細微的窸窣聲與我的怦然心跳聲，訴說著某種可怕的感覺。我們在漆黑樹下小聲交談，帶著一種奇怪的遲疑，或許是害怕再度引發地震。接下來又有幾次輕微顫晃，嚇不著我們。稍後，我躺在吊床上，七歲女兒睡在我腿上時，便聽見卡塔勒區（Kartal）沿岸傳來救護車鳴笛聲。

接下來幾天，在連續不斷的餘震當中，我傾聽著其他許多人講述自己在最初那致命的四十五秒間採取的行動。兩千萬人都感受到那第一陣震動，也聽到地底的隆隆聲，後來互相聯絡上之後，大家談論的不是驚人的死傷數字，而是那四十五秒。大部分人都說：「沒有親身經歷是不會了解的。」

一名藥劑師從一棟被震倒成瓦礫堆的公寓大樓底下爬出來，毫髮無傷，還有另外兩人也從同一棟大樓平安逃出，他的說法與這兩人的證詞相同，可見他不是幻想。他住的五樓建築跳到半空中（他非常清楚地感受到），然後跌回原地摔得粉碎。有人醒來發現自己和住家在左右搖晃，有一種超現實感，當建物開始傾倒，居民也準備受死，沒想到墜落的勢頭被隔壁棟建築給削弱，這些人發覺自己抓住了某樣東西的一角。鬆了口氣的他們張開雙臂互相擁抱，後來從瓦礫堆中找到的屍體也能證實這一點。鍋具、電視、櫥櫃、書架、裝飾品、牆上的懸掛物……所有的東西都從安置處被扭扯下來，因此當各家的母親、兒子、叔伯與祖母發狂似地尋找彼此，都會被他們不知道屬於自己的哪樣東西砸到，也會撞上他們認不得的牆壁。這些牆瞬間變形，上面的物品全部脫離掉落，家具翻覆，塵煙瀰漫又一片漆黑，這一切都讓住家變得迥然不同，許多人因而不知所措。不過在那四十五秒內，也還是有一些人趁建築倒塌前，奔下幾層樓逃到街上。

我聽說一對爺爺奶奶躺在床上等死，聽說有人走到外面本以為是四樓陽台，不料竟成了一樓的門廊，還聽說開始搖晃時有人正在開冰箱，結果放進嘴裡的東西連嚼都來不及嚼就吐了出來。有為數驚人的人聲稱主震開始前一刻，他們都還醒著並站在家中某個角落。也有人自稱原本在黑暗中掙扎前進，後來被劇烈顫晃嚇得趴倒在地，動也不敢動一下。還有不少人宣稱根本沒下床，他們面帶平和的微笑告訴我，當時他們把床單蓋在頭上，一切交給阿拉——許多死者被發現時便是這樣的姿勢。

這些故事全都是口耳相傳，透過伊斯坦堡快速的八卦網路傳進我耳裡，民眾成天掛在嘴邊就只有地震。事發後的早晨，所有主要的私人電視台都派出空拍團隊進入災區，持續拍攝。我所在的小島，以及四周幾個較大、人口較多的島嶼，死傷極少，然而震央離此的直線距離卻只有四十公里。我們正對面的海岸邊，倒了許多偷工減料的建物並死了許多人。那一整天，布尤卡達大島的市場都籠罩在懼怕、愧疚的靜默中。我無法接受地震距離這麼近、奪走這麼多性命，還重創了我度過大半童年的地方，我愈是不敢置信，便愈對事實感到驚恐。

災害主要發生在伊茲密特海灣。這個海灣呈新月形，假如把它想像成土耳其國旗上那彎新月，我的小島所屬群島就位在星星的位置。我出生一星期後就被帶到群島中的一座島上，接下來的四十五年間，我遊歷並居住過其中幾座島以及海灣沿岸的許多不同地方。亞洛瓦市（Yalova）的溫泉深受凱末爾喜愛，在我童年時期還以冒牌的威斯汀飯店聞名，如今已成廢墟。我父親曾擔任過負責人的石化工廠起火燃燒，我還記得當年廠址仍只是野地時的模樣，也記得煉油廠是如何像雨後春筍般在那片空地上冒出。新月形海灣沿岸的小鎮，我們曾經開車或乘汽艇前去造訪、購物的村落，整條海岸線上持續地加蓋巨大的公寓大樓，而我在《寂靜的房子》裡感傷地描述的那些地區，後來則都變成大型避暑度假中心。如今這些樓房多被夷平，否則也已無法居住。如果我內心整整兩天不肯接受這些事實，努力地想否認這場災難的嚴重性，或許都得怪我當時正在寫的小說。為了它，我不想離開我的小島，不想離開仍和以前一樣的寧靜生活。

到了第二天，我再也按捺不住。首先我們乘著一艘小汽艇到布尤卡達大島，然後搭上固定班次的渡船歷經一小時航程，到達對岸的亞洛瓦。沒有人要求我或是陪我同行的友人（他是《讚美地獄》一書的作者）跑這一趟，我們倆也都沒打算將見到的情形寫下來，或甚至告訴任何人。純粹是受到一種欲望驅動，想靠近已死或瀕死之人，想離開我們的幸福小島去觀察（又或者是去緩和）恐懼心情。渡船上和其他每個地方一樣，眾人不是看報就是低聲談論地震。我們旁邊坐了退休的郵局局長，他說他在布尤卡達大島開了一家小店，專賣來自亞洛瓦的乳製品，他就住在亞洛瓦。現在地震過了兩天，他要回家看看有沒有倒塌的櫥櫃或其他家具可能造成危險。

昔日的亞洛瓦是個小鎮，沿岸種滿樹木，大片草地是伊斯坦堡的蔬果來源。過去三十年間，綠地已被土地與混凝土取代，果樹遭砍伐以便建造數千棟公寓大樓，而此地的夏季人口也暴增到將近五十萬。我們一踏入市區，就看見原本有如獨石柱般的混凝土建築十有八九不是成了瓦礫，就是受損太嚴重無法進入。我們也很快便發現根本無望完成心裡暗中滋生的幻想，譬如或許可以幫助某個人，可以抓著某塊碎石的一角幫忙抬起等等；因為經過了兩天，瓦礫堆下幾乎已無生還者。只有擁有專業技術的德國、法國與日本團隊，才能找到僅剩的寥寥數人。更重要的是，這場災難的影響太全面了，除非有人抓著你的手臂請求特別協助，否則你無法判斷自己能做些什麼。

有很多人像我們一樣，震驚地在街上來回遊走。我們與他們一起走在坍塌、翻覆、粉碎的建築物間，走在被碎石瓦礫壓扁的車輛間，走在搖搖欲墜的牆壁、電線桿與清真寺尖塔之間，跨過混凝土塊、碎玻璃，與遍布在每條街上的電話線與電線。我們看見小公園、空地與中學庭院裡，搭起了帳篷；我們看見士兵，有些在封閉街道、有些在撿拾碎石；我們看見有人迷惘地走來走去，尋找如今已不存在的地址，有人在尋找失蹤的心愛的人，有人在分析這場災難的罪責，有人在爭奪搭帳篷的地點。街道上的交通川流不息：有載著盒裝牛奶和罐頭食物的救難車輛、有滿載士兵的卡車，還有吊車和推土機前來移除深深嵌入圓石路面的粉碎土石。一如沉迷於遊戲中的孩童會忘記真實世界的規則，彼此不相識的人也打破所有的世俗規範攀談起來。這場災難讓每個人都覺得自己活在一個陌生的世界裡，生命中最隱密而殘酷的法則彷彿都暴露了出來，就像那些房屋的家具在牆壁毀損傾倒後暴露在外。

我凝視這些建築物許久許久，有些側躺在地，有些少了半截或是斜靠旁邊的建物，彷彿是哪個孩子淘氣排列的城市模型玩具，有些則是樓頂砸在對街建物上，立面整個脫落。機器製地毯從高處垂掛下來，宛如無風日裡的旗幟，支離破碎的桌子、無靠背的長沙發、椅子與客廳的其他家具，被煙塵覆蓋褪了色的枕頭，翻覆的電視，還有花盆和花安然無恙地端坐在已經全毀的房屋的陽台上，遮篷好似橡膠製品彎折扭曲，吸塵器的軟管朝虛空中伸展開來，腳踏車撞進牆角，敞開的衣櫥展示著五顏六色的洋裝與襯衫，關閉的門後掛著長袍與外套，薄紗窗簾若無其事地在微風中沙沙作響……我們漫無目的地從一棟房子走到另一棟，驚愕凝視著暴露在外的內部，這些剖面揭露了生命是何等脆弱，是何等無力抵禦惡行。我們感受到自己的性命是多麼倚賴那些最令我們鄙視的人所作的決定。那許多卑劣的承包商，那些收賄的黑心議員與不合法的營建公司，那些滿口謊言、已遭抱怨多年的政客——他們來自我們當中，來自我們的內部，而我們的譴責卻未能保護自己不受他們的惡行所害。

我們一條街又一條街地走了好久，感覺這場災難改變了歷史與我們的心，而且永遠無法復原。有時我們會走進一條小街道，裡頭的房屋半立著，尚未完全倒塌，但也已不堪居住；有時會走進某家後院，地上覆蓋著玻璃、混凝土與陶器碎片，有棵松樹被傾斜的建物壓住卻未折斷，還有我心想是這家主婦在廚房忙碌時，從後窗望向庭院會看見的景致。對面廚房窗邊的老婦人、每晚在同一個角落看電視的老人、半拉開的窗簾後面的少女，這些熟悉的景象如今已不復見，因為從這個角度看了那麼多年的對街廚房、角落、薄紗窗簾都不在了。曾經觀賞著這些景象的人很可能也不在了。

最後得以逃出這些建物沒有喪生的倖存者，此時坐在牆頭、街角和天曉得從哪撈來的椅子上，等候還在裡面的人被救出。有個年輕人指向倒塌的混凝土塊當中不特定的某一堆說道：「我爸媽在那邊，我們在等他們被拖出來。」還有一人說他從庫塔雅（Kütahya）趕來，發現母親的公寓都粉碎了，他說：「認領遺體後我們會盡快離開。」

在街上走動的每個人，不管是站在廢墟前，是無助地看著救難隊員、吊車、士兵，還是坐著呆望冰箱、電視、家具與從家裡搬出的一箱箱衣服，每個人都在等待些什麼。或是等待失蹤親友的下落；或是等待確認母親真的在建築內（說不定她半夜，就在地震發生前，出門去了什麼地方，儘管這完全不是她會做的事）；或是等待挖出叔伯、兄弟、兒子的屍體後就能拋下這個地方；或是等待看看救難隊帶著挖掘器具抵達後，能不能從成堆的塵土與混凝土碎塊中挖出他們的財物和一些貴重物品；或是等待某人去找到一輛小貨車，好把搶救出來的東西運走；或是等待醫療人員到來，等待道路開通，好讓一些更專業的救難隊伍能夠進入，救出他們還活埋在瓦礫堆下的妻子或兄弟。雖然電視與報紙極力誇大這類奇蹟，事實上到了第三天結束，已經幾乎無望再救出依然活著的人，哪怕還能聽到人聲，哪怕還能聽到那些還撐著想讓人聽見他們的存在的人發出的聲響。

廢墟有兩種。一種是建物有如被丟棄的箱子側躺著，還能看出原來的形貌，不過樓地板已經塌陷在一起，猶如手風琴的風箱皺褶。這種建築會產生氣室，因此還有可能找到生還者。另一種廢墟沒有層次，沒有混凝土塊，而且無法猜測它原本的形狀，只是一堆粉末、鐵、破碎家具、細碎混凝土，叫人難以相信裡面還會有人存活。他們從這些瓦礫堆中將屍體一一拉出，進度很慢，好像用細針在挖井。當士兵用吊車慢慢抬起一塊混凝土板塊，原來住在建築內的居民和尋找心愛家人屍體的人，便會睜著缺乏睡眠的雙眼在旁觀看。某具屍體出現時，他們說：「昨天他在裡面哭喊了一整天，可是沒有人來！」有時候有挖掘設備，有時候則只有千斤頂、鐵條或十字鎬可以探測間隙空間。找到屍體之前，會先找到死者的私人物品：一幅裱框的結婚照、一個裝項鍊的盒子、衣物，還有濃濃的屍臭味。每當在混凝土當中開出一個洞，由一名專家或勇敢的志願者拿著手電筒進入搜尋時，在廢墟周圍等候的群眾間便會湧過一波聲浪，每個人都說起話來，還有哭聲與叫喊聲。進到裡面的志願者大多與該建築沒有私人關連，只是剛好聽到裡面傳出聲響，便請求在前面的裝載機或徒手挖掘的人幫忙，但因為四周實在太吵雜，根本聽不清他在請求什麼。這一切花費了那麼多時間，大家很快便意識到要抬起每塊石頭、搬出每具屍體，恐怕得耗上幾個月。可是屍臭味如此濃重，又擔心爆發傳染病，要拖幾個月是不可能的事。最大的可能是到了某一刻，未挖出的遺體會連同剩下的瓦礫堆（包括破碎混凝土、生活用品、停止的時鐘、包包、碎裂的電視機、枕頭、窗簾和地毯）一併挖起，運送到遠方某處埋葬。我內心有一部分希望佯裝這一切都沒發生，忘記自己看見的一切，但又有另一部分想要盡力見證，再轉告他人。

我們看見有人走在街上喃喃自語，有人必須將車挪到某處空地然後睡在車上，有人將家具與食物從半毀的屋裡拿出來排放在人行道上。我們看見頭頂上有幾架直升機來來回回飛行，也看見作為停機坪的足球場中央有人躺在一間臨時醫院內，而緊鄰醫院旁邊則是一排又一排已化為土塵的建築物。我們巧遇一位攝影師朋友，他娶了一位作家為妻，當時正要前往岳父家，一面順便拍照。那棟老房子平安無恙，他岳父告訴我們他在半夜裡聽到從粉塵瓦礫中傳出什麼樣的聲響。我們又遇見其他熟人，後來在一間半毀的小屋空空的庭院裡，我們摘了覆滿塵土的甜葡萄來吃。

看見我們、看見相機，每個人都高喊：「記者，要把這個寫出來！」接著便開始發洩他們對政府、對議會、對竊賊般的承包商的不滿。他們的聲音在媒體上大聲回響著，只不過挨罵的政治人物、政府官員與收賄的市長極可能還會再次出馬競選，並再度受到這些選民青睞。這些厲聲抱怨的人很可能也曾在人生中某一刻，為了規避建築法規向市議員行賄，甚至覺得不這麼做才是愚蠢。在土耳其，總統會為行賄之舉說話，說這是「務實」；在土耳其，一切靠著非正式的安排運作，民眾對於欺騙行為會哀嘆卻能容忍。在這樣一個國家、這樣一個文化裡，幾乎不能奢望承包商避用次等的鋼筋混凝土、遵守法規，因而蒙受較高成本的損失，就為了防範一場可能在未來傷害到別人的假設性地震。有一個關於地震的傳說藉著口耳相傳流傳極廣，眾人之所以津津樂道是因為它讓屋主們成了無辜的受害者。該傳聞說某個承包商蓋的房子只有一棟沒倒，而唯一倖存的就是他自己的住處。

地震前沒有採取任何預防措施，地震後又無法適當動員進行救援，政府已大失民心。但是有太多人在無助之餘，一心夢想著會有個更強大的力量像阿拉一樣照護自己，因此可以預期政府將無須太費力便能重建聲望。或許軍隊也是一樣，他們沒有即時提供援助，一開始幾乎不見蹤影，部分原因在於軍中建築也大多損毀了。國人的自尊、國家的自信，這些也都在地震中受到嚴重震撼。我在不少地方聽到民眾說：「德國人和日本人都及時給了我們幫助，我們自己的政府卻沒有！」在報上也看到相同的話。大家舉出了哪些理由呢？「我們只是沒有組織。」有位年長者如此說，因為他知道認命比憤怒更具療癒力。當城內某個角落有麵包放到發霉，卻有另一個角落麵包短缺；當民眾壓在混凝土底下呼救、失去生命，救援車輛卻因為沒油或是塞在遙遠的車陣中，一籌莫展。

我們看見一個人開著滿布塵土的老爺車慢慢行駛在後街巷弄間，每接近一處引起他注意的廢墟，就會停下來，衝著車窗外的群眾高喊：「我跟你們說過多少次了？這是阿拉在懲罰你們，你們應該放棄罪惡。」群眾當中有人開口痛斥打發他走，他便憤怒又得意地離開前往下一處廢墟。

我讀過一篇文章是一位看法與他相同的分析家所寫，撰文者認為軍隊與國家過度插手宗教事務，如今才會受到懲罰。但我也聽到有人質疑：若是如此，為什麼會有那麼多清真寺與尖塔毀壞？

在這片慘景，這些廢墟與屍體當中，當然也有興高采烈的時刻。像是見到生還者從瓦礫堆中走出來──即使已經過這麼長時間！像是見到來自全國各地的援助，還有一些援助來自於向來被我國政府玷汙為敵人的國家！但最主要且不言可喻的歡喜泉源則是：無論如何都活了下來。有些人到了第三天便接受這場災難的現實，並開始思考未來，他們不顧一切警告與禁令，俐落而小心地將財物搬出舊家。我們看著兩名年輕人走進一間傾斜四十五度角的一樓公寓，拆下天花板的枝形吊燈。

碼頭邊大栗子樹下的咖啡廳人滿為患。儘管死亡失蹤者無數，在這裡的民眾仍沉浸於大難不死的狂喜之中。店經理找到一部發電機，得以使冰箱裡的飲料保持冰涼。過來與我們同桌而坐的年輕人不想談地震，只想談文學與政治的回憶。

回程中，我們又見到那位回家查看的郵局局長。「我走進我們住的那條街，放眼看去，我們的房子不見了。」他口氣平靜地說：「瓦礫堆底下好像有個十二歲的女孩。」他聲音很輕，好像自己多少有錯，也幾乎不怎麼抱怨。

稍後友人指出，英國人連在度年假期間碰到下雨都會抱怨，而這個人房子都沒了卻毫無怨言。我們接著推測或許正因為人民毫無怨言，土耳其的地震才會奪走那麼多人命，可是我們並不喜歡自己這樣的思考方向。當天晚上，我們擔心還會再有地震（與全國人民一樣），便露天睡在庭院裡。

渡船行駛到新月形海灣中央時，我才發覺自兒時至今，這片海灣沿岸聚積了多少新居民，而那些外表相同的混凝土公寓，更讓一個個小鎮融合連成了一座城市。如今這整個地區的人都活在恐懼中，因為科學家信誓旦旦地說還會發生更致命的地震，而且震央會離伊斯坦堡更近。這場地震會在何時發生還不清楚，但根據報上的地圖顯示，具全面毀滅性的斷層線正好從我們現在慢慢接近的小島底下穿過。

28 伊斯坦堡的地震憂懼

以前，我從不曾停下來尋思：坐在書桌前能看到的那座聳入雲霄的清真寺尖塔，可不可能倒下來壓到我？這座清真寺是為了紀念蘇里曼大帝（Süleyman I, 1494-1566）之子，也就是英年早逝的奇哈吉王子（Şehzade Cihangir, 1531-1553）而建，自一五五九年起，這兩座高聳的尖塔便屹立於陡坡上，俯臨博斯普魯斯海峽，作為永續的象徵。

樓上鄰居來找我分擔他的地震憂懼，也是他先提起了這個話題。我們半驚慌半戲謔地走到陽台上，推斷尖塔的距離。在四個月內，伊斯坦堡已經發生兩起大地震與無數的餘震，這些事實與三萬的死亡人數仍深深刻印在我們心上。尤有甚者（我可以從這位工程師鄰居眼中看出這點），我們倆都相信科學家的說法：不久的將來，在馬爾馬拉海某處，距離伊斯坦堡更近的地方，還會再發生足以讓十萬人瞬間死亡的大地震。

我們對尖塔所作的粗略目測無法讓自己安心。在細讀過幾本書與百科全書後，我們才想起過去四百五十年間，奇哈吉清真寺（那個「永續的象徵」）已經兩度遭地震與火災損毀，因此矗立在我們眼前的圓頂與尖塔已毫無原始清真寺的影子。稍微再進一步研究後發現，伊斯坦堡史上有名的清真寺與紀念建築多半都至少曾遭地震摧毀過一次（也包括聖索菲亞大教堂在內，其圓頂在建成二十年後於一次地震中坍塌），而且有不少都毀損過不只一次，後來才又重建得「更耐震」。

至於尖塔，遭遇就更坎坷了。過去五百年間，所有發生在伊斯坦堡災情慘重的地震當中，倒塌的尖塔數目遠遠多於塌陷的圓頂，其中包括一五〇九年發生在伊斯坦堡、人稱「小審判日」的那一次，以及一七六六與一八九四年的兩次大地震。最近的兩次地震後，我和朋友見到了無數倒塌的尖塔，不只是在電視與報紙上，而是到了災區現場親眼見到。多數情況下，這些尖塔都倒在毗鄰的建築上，例如睏倦的警衛玩雙陸棋玩到深夜的學生公寓、母親半夜起床餵幼子吃奶的屋宅，或是（發生在博盧〔Bolu〕的第二次大地震中）家人聚在一起看著電視晚間新聞正在探討再次地震可能性的時候，竟有一座尖塔像切蛋糕的刀子一樣切下來，將客廳一分為二。

尖塔即使未倒塌，也大多都受損了，無法修復的便用鐵鍊與吊車吊起後摧毀。因為在電視上看過許多尖塔倒塌的慢動作，我與鄰居友人都知道尖塔是怎麼倒下的。如我先前所說，下次地震的震動應該會來自博斯普魯斯海峽與馬爾馬拉海，因此我和鄰居便著手計算我們這座尖塔倒塌的角度，並試著將過去的災難納入考量：高於陽台的部分經過八月地震後已經略微扭曲變形，還有稍早的一記雷電打中了星月標誌正下方的石面，讓石塊飛進下方中庭。

考慮過所有的因素後可以明顯看出，假如尖塔倒下的角度真如我們用手和一截線繩所預測，那麼肯定是壓不到我們的。我們這棟面向博斯普魯斯海峽的公寓建築，離尖塔實在太遠，距離大於它的高度。鄰居告辭時說道：「所以尖塔不可能壓到我們。其實，我們大樓壓到尖塔的可能性要大得多。」

接下來幾天我繼續研究，試著確認我工作室所在的大樓會不會壓倒在尖塔上，而我與家人同住的大樓又會不會像我工作的大樓那樣傾倒，但這回我沒有找鄰居一起。不是因為他和許多我熟識的人一樣，會用黑色幽默來緩和對地震的憂懼，而是因為他和我們所有人一樣，一心只想用自己特有的方法來處理對死亡的恐懼。我的鄰居敲下了我們這棟六層樓公寓的一小角，送到伊斯坦堡科技大學請他們分析混凝土強度，現在正和其他數以千計也做了同樣事情的人一起在等候結果。能做的都做了，他覺得這樣的等待令他感到平靜，就我所知是這樣。

至於我，我認為只有獲取更多知識內心才能平靜。探訪地震災區後，我得知建築物倒塌主要有兩個原因：建造時偷工減料與土質不佳。於是我和其他許多人一樣，開始調查我住家與工作室所在的大樓建造在什麼樣的土壤之上，以及建造得堅不堅固。我的做法是找建築工程師談談、檢視地圖，並與其他許多和我一樣已發展出擔憂恐懼習性的人交換心得。

雖然最近這兩次地震震央離市區都在一百四十五公里以上，卻都讓所有的伊斯坦堡居民從睡夢中震醒，而三萬的死亡人數更赤裸裸地揭發建築業者把房子蓋在不良的土質上還偷工減料，完全沒有防震設計。對於整個大伊斯坦堡地區的兩千萬居民而言，擔心自己的家無法承受科學家所預言的地震強度並非杞人憂天，噩夢也隨之而來。即使房屋與公寓依照建築法規建造（這是極不可能的事），但一想到這些規章制度所要防範的地震遠比我們現在預期的更輕微，實在也令人振奮不起來。因此，即便房子不是那些敷衍了事的無良建商用數量太少的鋼筋與劣質混凝土所建造，而是自己的父輩與祖父輩蓋的，也不能斷定就安全無虞。再者，許多公寓大樓的建商也向市議員行賄，以便增加樓地板面積，並為了製造店面空間而貿然移除梁柱與承重牆，使得原本脆弱的建築更加脆弱。除此之外，即使你有確切證據能證明你的大樓承受不起預測的強震，即使你毅然決然拿出約公寓價值三分之一的費用進行修繕補強，你還得說服那些與你想法不同、抱持懷疑態度、無動於衷、消沉、無腦、投機而且八成身無分文的鄰居也這麼做。

所以儘管天大的危險迫在眉睫，我還沒碰到太多伊斯坦堡的公寓居民願意面對現實，動手改善自家大樓的安全，卻倒是知道有不少擔心地震的人不僅無法說服鄰居，也無法說服自己的妻子、丈夫和孩子。另外還有人負擔不起改善住家安全的費用，還有人雖然認命卻又擔心害怕，只能抱著犬儒心態逃避，說道：「算了，就算我真的花了那些錢讓自己的大樓變得安全，但萬一被對街倒塌的大樓壓到呢？」就因為這種無助、這種無望，使得數以百萬的伊斯坦堡人夢見地震。

我自己作的夢和其他許許多多人告訴我的夢境很相似。在夢裡，你會看到自己正睡著的床，並想起臨上床前對於地震的焦慮。突然間地震來了，好強烈。你看著床前後搖晃，看著一場慢動作的地震，你的小房間、你的家、你的床和周遭所有事物，一時全都失去定位，只見它們一面搖晃一面變形。慢慢地，你的視野擴展到房間以外，涵蓋的景象就如同電視上從直升機看到的，到處都是被夷平的城鎮，這時你才開始意識到災情慘重。但是儘管瀰漫著審判日的氣氛，無論在夢裡或清醒時的你都暗自高興，因為目睹地震就證明你倖存了下來。將地震歸咎於你弄錯了優先順序的母親、父親、配偶也是一樣，他們責怪你，但他們也還活著。這些夢有一部分起源於恐懼與想要一了百了的欲望，或許正因如此，才會有那麼多人想到自己雖然害怕，卻也覺得洗滌了內心的罪惡，就像參加過一場宗教儀式。許多人飄蕩在清醒與睡夢間的黑暗區，恐懼地顫慄著，他們認為睡夢中一定真的發生了地震，是真實的顫動引發作夢，這時如果身旁沒有人可以喚醒商量，如果無法自行確認這只是作夢還是真實的事，第二天早上他們一定會看報搜尋最新的餘震報導。

當我們確信無法保障自家的安全，便認定只有一個方法能擺脫所有地震倖存者都會有的即將大難臨頭的感覺，那就是回去找那些曾出言警告伊斯坦堡即將發生大地震的科學家與教授，請他們重新斟酌評估。

首先發言的是土耳其唯一一座大天文台的主任伊什卡拉教授，他告訴民眾說我們的斷層線與加州非常類似，從土耳其最北端延伸到另一端，如果以圖表記錄最近幾次的大地震，就能看出地震從東邊開始慢慢向伊斯坦堡靠近。自從一九九九年八月的第一場大地震後，整個媒體大軍都找上伊什卡拉教授，他每天晚上奔波於各個電視台，反覆重述這麼多年來根本沒人在意的觀點，而所有的主持人都會問他同一個問題：「那麼請問教授，今晚還會有地震嗎？」剛開始露面時，他的回答總是：「地震隨時都可能發生。」後來，因為數百萬人被嚇得驚慌失措，數百人在發生強度小得多的地震時跳窗逃生，再加上政府抱怨民眾的絕望衍生了混亂，他於是作了修正，說詞變成：「我們不可能預測下次地震發生的時間。」儘管如此，在導致三萬人喪命的強烈地震發生兩天後，當餘震的強度增加、全國人都盯著電視上的他時，我們還是覺得他在暗示當天晚上可能會再次發生地震，因此所有人都跑到外面露宿公園、庭院和街頭。這位教授不修邊幅、心不在焉，頗有愛因斯坦的神韻（只是缺乏他的天賦），他到後來深受伊斯坦堡人民喜愛，因為在最絕望、最懼怕地震的那段日子，他屈服於徹夜難眠的居民的意志，給了我們一個雖然不太具說服力卻較為光明的展望（譬如，暗示斷層線可能比原先想的更遠離伊斯坦堡），而且每當傳達壞消息時總是面帶微笑，說話的口氣也總是非常親切悅耳。

另外則有一些科學家堅持自己的預報，不肯粉飾太平，尚戈教授便是這樣一位專家。他以「美妙」來形容第一場地震，那場害死三萬人的地震，作風像個冷酷無情的醫生，大大激怒了每個人。不過民眾之所以怨恨這些不肯軟化預測結果的科學家還有更大的原因，那就是他們對於即將發生劇烈地震的證明讓人無法反駁，而且還以咄咄逼人、近乎殘酷的態度表達己見。其實這個教授如惡魔般的憤怒背後有其潛在原因，不只是因為地震區已經蓋起容納千萬人的危險建築，卻沒有人理睬科學界的微弱警告聲，還因為國際媒體已經引述他的話一千三百次，卻沒有人聽見。所以他才會像個憤怒的祭司，預言不信神的人很快便會遭受懲罰。

這些科學家上的是娛樂節目，平日的主要來賓都是選美皇后和健美先生，主持人還會不時打斷科學家的詳細分析問道：「請問近期內會有地震嗎？震度會有多強？」十一月十四日，在某個極為重要的新聞節目上，由於來賓對關於馬爾馬拉海斷層的最新資料討論得過於熱烈，當天柯林頓總統抵達土耳其訪問的新聞，竟直到節目進行了四十五分鐘才約略一提。那個節目就和其他無數節目一樣，最後並未針對主持人持續不懈、問了無數次的問題給予確切答案，而主持人也明白正因為如此，我們只能期待更多不確定的討論、質問與公開聲明。

排除少數幾個科學立論顯然不可靠的人之後，看起來沒有一個出面說明的科學家願意提供大眾一點希望，說地震可能永遠不會來，因此住在不安全土地上的不安全建築內的數百萬伊斯坦堡人，很慢很慢地了解到要避免恐懼只能自力救濟。這就是為什麼有些人最後將這件事交給阿拉，或交給時間，乾脆把它拋到腦後，也有些人在前一次地震後採取了一些防護措施，由此得到不實的安慰。

很多人睡覺時床邊會放著用塑膠袋包起的巨大手電筒，那麼一旦發生地震又停電，便能在陷入火海前找到逃生的路。手電筒旁邊還放了哨子和手機，哨子可以引起搜尋瓦礫堆的救難人員注意，有人會直接掛在脖子上（有一個人掛了口琴）。另外有些人也會掛著家裡的鑰匙，地震發生後便無須花時間找鑰匙。有人則是不再關門，以便一路暢通地從二樓或三樓住處逃出去，還有人在窗邊垂掛繩索，可以晃晃蕩蕩下到自己的庭院。前幾個月當中，有些人被連續不斷的餘震驚嚇到連在家裡都戴著礦工帽。由於第一次的強震發生在夜裡，民眾強烈希望自己隨時作好準備，便穿著整齊地上床睡覺——即使住在極高樓層，要快速下樓逃到外面的機率微乎其微。我甚至聽說有人太擔心事發時身上沒穿褲子，因此無論上廁所或洗澡都匆匆忙忙，有些夫妻也因為類似的擔憂而失去行房的興趣，還有人打造避難所儲藏食物、飲料、鐵槌、燈等等，以求能逃離熊熊燃燒的大城市，在沒有電、道路橋梁都崩塌的情況下存活下來。地震過後，有人開始隨身攜帶大量現金。在許多住家，角落被認定是不安全，床被拖離牆邊，避開負載過重的架子與衣櫥。避難處設置在冰箱與烤箱等重要家電設備旁，理論上這些可以保護你不受崩落的天花板壓傷，總之報上是這麼教導民眾建立這種「活命三角」。

我在自己寫小說寫了二十五年的長桌一端也作了大同小異的準備。我用書房裡最厚的幾本書（包括一本四十年歷史的《大英百科全書》、一本歷史更悠久的《伊斯蘭百科全書》和我尋找過去地震史料的來源之一《伊斯坦堡百科全書》），在桌子底下打造了一個避難所。我確信這個避難所堅固到足以承受掉落的混凝土塊後，躺在裡頭作了幾次地震演習，並依指導蜷縮成胎兒姿勢以保護腎臟。地震小手冊中還建議找個安全角落儲存乾糧、瓶裝水、哨子與鐵槌，但我一樣也沒做。日常生活中充滿這些小小的預防措施，這個裝瓶、那個裝瓶，實在是夠了。我之所以遲遲不肯將這些東西帶到書桌來，會不會是因為隱隱意識到作這樣的調整可能會讓自己的意志消沉得更快？

不，我的原因更深層也更神祕。我看過許多人也微微流露出這種眼神，只不過鮮少說出來，我且稱之為慚愧吧，略帶內疚與自責的慚愧。這種感覺有點類似有個親戚是酗酒的罪犯或是自己突然間破產，這時你不僅希望自我保護，也同樣希望對別人隱瞞自己的困境。第一場大地震後，國外的友人與出版商來信問我的情況，我出於慚愧無法給予任何答覆。我將自己封閉起來，像一個剛剛被診斷出罹癌的人，第一個掛心的就是不讓任何人知道。起初，我若想談論這個話題，只會找與我處境相同，也憂慮下一次大地震的人，對地震的看法與我相同的人。不過這些對話多半更像是連續的獨白，我們憤怒而激動，機械式地不停重複專家的意見，而他們各自悲觀與樂觀的程度也很快就變成眾所周知的常識。

有一段時間，我將調查範圍侷限於我居住與工作的社區，試圖查出這裡的土地承受過往地震的情形。當我發現一八九四年的地震中，這兩處社區只倒了幾棟建築，不禁鬆了口氣。然而，我研究了倒塌房屋的完整清單，看到被塌陷屋頂壓到的人名（有希臘屠夫、有擠奶工人、有營區裡的鄂圖曼士兵），並得知我在無數情況下造訪過的市場與歷史建物原來都是震毀後重建的，想到生命的短暫、想到人與尖塔的脆弱，心中充滿哀傷。

有一家雜誌刊出一張小地圖，試圖呈現未來地震的災難梯度，我看了勃然大怒。我住的社區被畫成深色，代表有可能是受災最嚴重的地區之一。或者這只是我的感覺呢？憑著一張這麼小又簡陋的地圖足以斷定任何事情嗎？我拿出放大鏡，細細檢視塗在這張無字地圖上的致命汙點，甚至於我的街道與我的住家，並試著對照較詳細的地圖。沒有其他報紙登過任何地圖，沒有任何消息來源說我的社區特別危險，因此我認定這肯定是弄錯了，盡量想就此忘記。而我知道如果不對任何人提起，會比較容易做到。

幾天後，我發現自己會在半夜拿著放大鏡，仔細研究同一張簡陋地圖，檢視那個深色汙點。房東察覺我在擔心大樓地基的土壤品質，便挖出一張照片來，那是四十年前他驕傲地與打地基的工人合照的相片。我已經在同一個社區住了四十年，看到照片，便回想起許多往事，可是當我拿起放大鏡，看的卻是土裡的岩層。科學家的矛盾說詞與電視台不負責任的收視率戰爭，讓伊斯坦堡的居民夾在焦慮絕望與興奮鬆懈之間，一天晚上因為聽到新的壞消息而徹夜未眠，另一天晚上則是因為宣布暫時解除警報（根據最新衛星畫面，地震只會有芮氏規模五級的強度！）也同樣徹夜未眠。因此我也是這樣，來來回回地研究地圖上那個汙點底下的土質。該雜誌的編輯一再強調不用太在意他們那張簡陋的小地圖，我也接受了他們的說法，但仍不免細細思量那個黑點最後可能會如何襲擊我的住家與我的人生。

這段時間，疑慮與謠言就像一群又一群的瘋狗在城內亂竄，我也隨時留意著。地震後那幾天，我聽說海水變暖，證明很快又會再次地震，也聽說地震與前一個星期的日蝕有怪異關聯，但只是付之一笑。有個年輕女孩氣憤地斥責我說：「別笑那麼大聲，要是再有地震會聽不到的。」有傳聞說地震是分離主義派的庫德游擊隊員的傑作，還有傳聞說是美國人造成的，他們的軍用醫療船現在正趕來救援（「不然你以為他們動作怎麼會這麼快？」陰謀論者如是說。）另外有一個令人義憤填膺的版本，說該艘醫療船指揮官一臉傷心地站在甲板上，內疚地嘆息道：「看看我們做了什麼好事！」

接下來，猜疑妄想開始慢慢轉向國內。每天早上來按門鈴送牛奶和報紙的管理員，會用以前通知停水一小時的同樣口氣告訴你，當天晚上七點十分將會發生一場強烈地震，毀滅整個伊斯坦堡。或是某個魔鬼科學家非但沒有為即將到來的災難提出個人貢獻，還已經逃往歐洲。又或是聽說政府非常清楚會發生什麼事，已經偷偷進口一百萬個屍袋。你還會聽說軍方已經派出挖土機在城郊空曠處挖掘集體墓穴，或是某個朋友對自己住家的結構（當然還有底下的土質）心懷疑慮，便搬到同一條街上的另一棟大樓，卻發現新家更不安全。伊希琉特（Yeşilyurt）是伊斯坦堡最富裕的鄰區之一，土質卻幾乎是最差的，當屋主開會討論地震事宜，分成了兩個對立陣營：有人希望討論如何保護自己，也有人說這種言論會使房地產價格下跌。大約就在同一時間一位記者朋友告訴我，他無法印出我為了調查小地圖上那個黑點而想查閱的幾張地圖，怕會激怒房地產業者與屋主。

兩個月後，我住家樓上的鄰居跟我說，當初送混凝土樣本去大學分析，校方已經送回一份報告。結果就跟我對工作室那棟大樓的調查一樣，既不全然令人沮喪也不全然令人信心大增。如何看待這個結果得由我們自己決定，就像那天要確認尖塔會不會壓到我們，那也是個主觀的決定。

約莫同一時間，我聽說有位音樂界的老朋友在經過歌覺（Gölçük），也就是八月地震中災情最慘重的小鎮後，決定再也不踏進伊斯坦堡的家。他搬進他認為結構比較堅固的希爾頓飯店，直到那個地方看起來似乎也不夠安全了，便開始成天在外奔波，所有的工作都倚靠手機，在街上來去匆匆好像趕時間似的。聽說他始終馬不停蹄地奔忙之際，還會喃喃自語：「我們為什麼不離開這個城市？為什麼不離開？」

雖然第一場地震的震央距離市區有一百公里，卻有數千名伊斯坦堡人喪命，這讓所有人感受強烈，於是較貧窮地區興起了出走潮，也導致房租下降。不過大多數伊斯坦堡人仍待在多半不安全的建築裡，沒有採取任何防護措施。到了這個時候，無論是煩人的科學家、受到採信的謠言、遺忘之舉、千禧年慶祝活動的延期、戀人的擁抱或是認命，一切都納入了地震這個概念，幫助我們「與它共存」，現在大家都這麼說。前幾天，一個氣色紅潤健康、新婚不久、個性非常開朗的年輕女生，到我的工作室來討論書的封面，她自信滿滿地解釋自己的因應之道。

「你知道地震無法避免，所以你會害怕。」她揚起眉頭說道：「可是當你度過每一刻，都像是認為地震不會剛好在那一刻發生，若非這樣，你什麼事也做不了。不過這兩個想法是互相矛盾的。打個比方，現在我們都知道地震過後站到陽台上非常危險。儘管如此，我現在就要出去站在陽台。」她用老師的口吻告訴我，隨後緩慢地打開門，小心地跨出陽台。我待在原地，她則站在那裡看著對街的清真寺與其背後的博斯普魯斯海峽景致。過了一會，她透過打開的門，用較為流暢的語氣說：「當我站在這裡，我無法相信地震會在這個當下發生。因為要是真的相信，我會害怕到無法繼續待在這裡。」片刻後她從陽台進來，隨手關上門，然後帶著幾乎細不可察的微笑說道：「這就是我的做法。我會走到陽台上，站在那裡的時候，就在腦中努力想像自己對抗地震獲得一次小勝利。累積這樣的小勝利，我們就能打敗尚未到來的大地震。」

她離開後，我走到陽台上欣賞尖塔、伊斯坦堡的美景，與從薄霧中浮現的博斯普魯斯海峽。我已經在這個城市生活了一輩子。和那個在街頭來回踱步的朋友一樣，我也問了自己同樣問題：為什麼一個人會無法離開？

因為我甚至無法想像自己不住在伊斯坦堡。

書與閱讀

Books and Reading

小說只有在提出關於人生的形式與本質等問題才彌足珍貴。（為數不多的）偉大小說家能讓我們永誌不忘，不是因為他們直接向書中的主人翁探詢這個問題，或讓書中的講述者與想法類似的人進行討論，而是因為當他們在描述人生諸多瑣碎而奇異的細節與大大小小的問題之際，也透過結構、語言、氛圍、口氣和語調引出了這些問題。

29 我如何淘汰一些書

最近兩次地震的第二次發生時（就是十一月發生在博盧那次），我聽見書房一端傳出敲擊聲，接著書架吱吱嘎嘎、咿咿呀呀了許久許久。我躺在後間床上，手裡拿著書，看著頭上的裸燈泡搖來晃去。沒想到我的書房竟然助長地震的氣燄，竟然肯定並遵奉它的信息，這讓我感到害怕，而這些彷彿預告世界末日的暗示也讓我憤怒。前幾個星期的餘震中又發生同樣情形，於是我決定懲罰我的書房。

就這樣，我出奇心安理得地從書架上挑出兩百五十本書加以拋棄，而且速戰速決地作出選擇，就像蘇丹踱步於奴隸群中，挑選出該鞭打的人，也像有錢人指定該解僱的僕人。其實我在懲罰的是我自己的過去、我的夢想。當我最初發現這些書，拿起、買下、帶回家、收藏起來、取出閱讀，帶著無比的愛詳讀，同時想像著將來再讀它們會有什麼想法，夢想就是在這些過程中孕育出來的。認真一想，這似乎比較不像懲罰而像解放。

這帶給了我什麼快樂？要討論我的書和書房，從這裡說起倒是個好的開始。我想說幾件關於我書房的事，卻又不想像某種人宣稱自己愛書，其實只是為了讓你知道他有多特別、又多麼地比你更有教養、更文雅。我也不想像某些喜好賣弄的愛書人，會告訴你他們在布拉格小巷弄的一家二手小書店找到某某珍本。不過，我居住的這個國家認為不看書的人是正常，看書的人則多少有缺陷，因此在普遍的煩悶與粗野之中有這麼一小撮會看書還設置書房的人，他們的炫耀、執著與自命不凡，我也只能尊重。說了這麼多，其實在此真正想討論的不是我有多麼愛書，而是我有多麼不喜歡書。敘述這件事最好又最快的方法，就是回想我是怎麼淘汰它們的，又為了什麼。

既然我們（某種程度上）確實會把書房整理成我們希望朋友看見的樣子，那麼便有個輕鬆清書的方法，怎麼說呢？就是考慮自己比較想藏起或徹底清除哪些書，完全不讓朋友看見。我們可以丟掉大量的書，以免被人知道你曾經把這種無聊的東西當回事。我們從童年進入青少年，從青少年進入青年這些階段，都被這種執念控制著。當哥哥將他羞於承認童年看過、現在已不再感興趣的書和成綑收集的足球雜誌（例如《費內巴切》〔*Fenerbahçe*〕）送給我，可說是一石二鳥之計。我也用同樣手法清除了許多土耳其小說、蘇聯小說、拙劣詩集與社會學教科書，更遑論一些二流的鄉村文學，以及我以《黑色之書》裡那個檔案管理員的方式收集來的左翼宣傳小冊。我還以相同做法處理了以前定期買的科普書籍，以及記述某某人如何獲得成功、我也總是忍不住想看的虛榮回憶錄，還有各種文雅、沒有插圖的色情文學作品，首先會焦慮地將它們藏到隱密角落，然後才丟棄。

當我決定丟掉某本書，那種丟臉的震顫感會掩藏住不是一望即知的深刻委屈。覺得丟臉不是因為想到書房裡有這麼一本書（也許是政治的自白、粗糙的翻譯書、流行的小說，或是所有收錄的詩都很相像也和其他的詩很相像的詩集）而不安，而是知道自己曾一度如此看重這本書，不但花錢買下、放在書架上多年，甚至還讀了一部分。讓我羞愧的不是書本身，而是自己曾經看重過它。

現在進入正題了：我的書房帶給我的不是自豪，而是自我報復與壓抑。和那些為自己受的教育感到自豪的人一樣，有時候當我看著這些書、撫摸著它們，並拿起其中幾本來看，也會覺得快樂。年輕時，我還想像過自己成為作家後，要站在藏書前面拍照。但如今想到自己曾在它們身上投資時間與金錢，想到當初像個搬運工辛辛苦苦把書搬回家之後又藏起來，真是尷尬到無以復加，而最令我痛苦的則是知道自己曾經「依附」過這些書。隨著年齡增長，我會開始丟書或許是想說服自己，書房裡擺放的全是自己看過的書的我，也擁有這種書房主人該有的智慧。偏偏我買書的速度比丟書的速度快。因此若和一位生活在富裕的西方國家、博覽群書的朋友相比，他書房裡的書會比我少得多。幸好對我來說，必要的不是擁有好書而是寫出好書。

一個作家的進步大大仰仗於閱讀好書。但有效閱讀並不是用眼睛和心思慢慢地、仔細地研究文章，而是要全心全意進入文章的靈魂。這也是為什麼我們一輩子只會愛上幾本書。即使經過高度精挑細選的個人書房，裡面的藏書還是都在彼此明爭暗鬥，這些書的爭風吃醋會引發創意作家某種憂鬱的心情。福樓拜（Gustave Flaubert, 1821-1880）說得沒錯，如果一個人夠用心地讀完十本書，就會成為智者。大致上，多數人根本做不到，所以才會收藏書並炫耀書房。由於住在一個幾乎沒有書和書房的國家，我至少有個藉口說我書房裡那一萬兩千本書能驅策我認真看待自己的工作。

在那當中或許有十本、十五本是我真正愛的書，但我對這個書房卻沒有感情。不管以形象、家具收藏、一堆灰塵，或是可以感知的負擔而論，我都一點也不喜歡。與這裡面的內容物產生親密感，就像和女人交往，而這些女人的最大優點在於隨時都準備好要愛我們。我的書讓我深愛的一點就是可以隨時拿起來閱讀。

我畏懼「依附」一如畏懼愛，因此任何淘汰書的藉口我都欣然接受。不過在過去十年間，我找到了一個以前從未想到過的新藉口。年輕時我只因為作者是「我們國內作家」，便買下一些書，甚至讀了它們，後來也還讀過不少作家的作品，但最近幾年，這些作家串通一氣、收集證據，想證明我的書寫得有多差。一開始，我很高興他們把我當回事，但現在我更慶幸找到一個比地震更好的清書藉口。於是我的土耳其文學書架上，出於愚笨、平庸、不算成功、禿頭、年齡介於五十到七十的男性作家筆下的書，正迅速流失中。

30 論閱讀：文字或影像

在口袋或包包裡放一本書，尤其是傷心的時候，就等於擁有另一個世界，一個能帶給你快樂的世界。在我不快樂的年輕時期，想到這樣一本書，一本我渴望閱讀的書，便有如一種慰藉，能幫我熬過在學校打呵欠打到滿眼淚水的日子。稍後的人生中，這念頭則能幫我捱過一些可能出於義務或是不想失禮而參加的無聊會議。我且列出幾個讓我不是為了工作或有所啟發、而是為了樂趣的閱讀原因：

1. 我前文曾提到的「另一個世界」的吸引力。這可以視為逃避心理。即便只是想像，只要能夠逃離日常生活的憂傷，在另一個世界度過一段時間，還是很好。

2. 十六歲到二十六歲期間，我努力地想讓自己成為有用的人、想提升自己的意識，並藉此形塑自己的靈魂，而閱讀正是這番努力的核心。我應該變成什麼樣的人？世界的意義何在？我的思想能延伸多遠？還有我的興趣、我的夢想、我心裡能看見的土地呢？在體會他人的生活、夢想，以及他們故事與文章中的反芻省思之際，我知道我會把這些藏在記憶最深的角落，永不忘懷，就像年幼的孩子不會忘記第一眼看到的樹木、葉子、貓。我會利用從閱讀蒐集到的知識，畫出通往成年的途徑。由於以如此幼稚的樂觀心態為出發點，想要造就自我、形塑自我，那些年的閱讀對我來說是一種從想像深處汲引出來，充滿熱情又好玩的計畫。可是最近我幾乎不再這樣看書了，或許也是因為如此，我的閱讀量大減。

3. 讓我覺得閱讀充滿樂趣的另一個原因是自我意識。閱讀時，我們內心會有一部分抗拒著不肯完全投入其中，並慶幸自己能執行如此深入的知性任務，也就是閱讀。這一點普魯斯特（**Marcel Proust, 1871-1922**）非常了解。他說有一部分的我們留在文本之外，注視著我們身前的桌子、照亮盤子的燈、周圍的庭院或是更遠的景象。我們注意到這些事物的同時，也在品嘗孤獨與想像力的運作，並且慶幸自己比不看書的人更有深度。我可以理解讀者想要暗自慶幸的心理（只要不是太過火），可是對那些驕傲吹噓的人卻少有耐心。

因此每當我談起自己的閱讀生活，一定要馬上這麼說：如果我能從電影、電視或其他媒體得到我上述的第一與第二種樂趣，也許我會少看一點書。也許將來有一天可能會成真，但我想應該很困難。因為文字（以及文字形成的文學作品）有如水或螞蟻，再沒有任何事物能像文字這麼快速又徹底地滲入生活的裂縫、孔洞與無形缺口。在這些縫隙中，我們能最早探查到事物的精華——那些讓我們對生活、對世界好奇的事物——並最早加以披露的則是好文學。好文學就像一句有待提出的明智忠告，因此和最新的新聞一樣具有「不可或缺」這項光環，這也是我至今仍十分依賴它的主要原因。

不過我認為，若將這種樂趣視為與注視、觀看的樂趣背道而馳或互相競爭，是錯誤的。或許是因為我從七歲到二十二歲一直想當畫家，那些年就像著魔似地不停畫畫。對我來說，閱讀就是把文字轉化成自己內心的電影版本。當我們看書看到一半，也許會抬起頭來讓眼睛休息一下，目光也許會落在牆上的一幅畫、窗外的景色或更遠的景象，但這些事物卻沒有進入心思，因為我們還在忙著將書中的想像世界化為影像。要看到作者想像的世界，從另外那個世界找到快樂，你就得運用自己的想像力。當一本書讓我們自覺不只是一個想像世界的旁觀者，也堪稱是它的創造者，它便讓我們享受到創作者與世隔絕的莫大快樂。也正是這「與世隔絕的莫大快樂」讓閱讀書本、閱讀偉大的文學著作，對所有人都深具吸引力，對作家而言更是重要無比。

31 閱讀的樂趣

今年夏天我讀了斯湯達爾（Stendhal, 1783-1842）的《帕瑪修道院》。閱讀這本奇妙的書時，每看完幾頁，我便會將目光從手上的舊書移開，遠遠地凝視它的泛黃書頁。（就如同小時候喝著最喜愛的汽水時，也會不時停下來，充滿愛意地凝視手上的瓶子。）由於今年夏天我無論到哪裡都帶著這本書，我曾多次自問為什麼光是知道書在身旁就會如此快樂。事後我也會自問可不可能談論我從中獲得的喜悅——不談論小說本身卻先談論這點，應該就好像不先描述自己愛上的女子，就談論起我對她的愛。而這正是我現在試圖要做的事。（凡是想將小說與喜愛閱讀小說分開來看的人，應該跳過底下每一個括弧插入句。）

1. 隨著故事中描述的事件（滑鐵盧戰役、在一個小領地裡為了愛情與權力的陰謀鬥爭），我內心被強烈的情緒占據。我的快樂來源不在於這些事件本身，而在於事件所激發的心靈與情緒反應。我體驗這些事件也體驗到種種情緒，就像一種聯覺（synesthesia）。我體驗到青春的喜悅、生存的意志、希望的力量、死亡的事實，還有愛和孤獨。

2. 當我細細體會作者的弦外之音、他文筆的力道、他觀察的力量、他的熱忱、他直探核心的方式，與他的才思敏捷，彷彿感覺到他在我耳邊低聲傳授他的畢生智慧，而且只說給我聽。雖然知道在我之前已有百萬人讀過此書，我卻覺得這書中有許多段落、許多小細節、細微精妙處與共鳴，是我與作者共有的，只有我們倆能夠意會——何以有這種感覺，我也想不通。與如此才華洋溢的作家這般心靈相通讓我有了信心，因此和所有快樂的人一樣，我的自尊也跟著提升了。

3.作者生平的某些細節（他的孤獨、他對愛情的失望、讀者對他作品的喜愛不如他所期望等等），以及關於寫作這部小說的傳奇故事（據說斯湯達爾是根據義大利的舊史事發想，在五十二天的時間內口述由祕書寫成），在我看來就是我自己的人生故事。

4.對我產生影響的不只是因為我自覺與斯湯達爾十分相似，他敘述的許多場景、他對景物的描述，與他對時代的描繪（宮殿內部、拿破崙的外形容貌、米蘭郊外的湖泊與周圍環境、透過作者這個都市人的細膩感受所折射出來的阿爾卑斯風景，此外還有爭辯、謀殺與政治陰謀），也同樣刻印在我心上。我和普魯斯特筆下的主人翁不同，我從未僭用其他角色的身分，也不認為這些事件正發生在我身上。我並不存在於小說中。但是從一開始，我就以興奮享受的心情進入一個與日常世界截然不同的空間，然後仔細研究小說的內部世界，幾乎就像以前研究汽水瓶內的液體一樣。這就是為什麼我要隨身帶著書。

5.我第一次看這本《帕瑪修道院》是在一九七二年。看到第一次閱讀時畫線的段落與寫在空白處的心得，我笑了，是對自己的年輕熱情黯然失笑。不過，對於當初拿起這本書，而且為了開啟自己的心胸面向新世界、為了讓自己變得更好而熱切閱讀此書的年輕人，我心中仍然有愛。比起自己現在的讀者心態，我更喜歡那個樂觀、尚未完全成形、自以為能看清一切的年輕人。因此每當坐下來讀這本書，我們總是成群結隊：有二十歲的我、有我的知己斯湯達爾、有他的主人翁，還有我。我喜歡這群人。

6.因為這本書讓我想起自己曾經是什麼樣的人，我把它當成珍惜的物品。它粗製濫造的封面已變得破爛，偶爾我還會玩弄用來當書籤的絲帶。許多年前，也曾在封底內側寫了一些註記。我仍會不斷拿出來看。

7.於是我得自閱讀的樂趣融合了我把這本書當成物品的喜愛，因此即便要去一個沒時間看書的地方，我也會隨身攜帶著書，就像戴著可能帶來快樂的護身符。如果在什麼地方感到無聊或心煩，我會隨手將書翻開閱讀一段，心情便會平靜下來。到了現在，這本書的內頁與封面帶給我的快樂就跟文字本身一樣多。這本書帶給我的快樂就跟閱讀它一樣多。

8.在我們避暑的小島黑貝里島上，有時到了晚上我會在一條冷門的路上找一張路邊長椅，就著街燈看書。當我看的是這本書，便覺得它也和月亮、海洋、雲、樹、灌木與砌牆的石頭差不多，都是自然界的一部分。或許因為時空背景設定在遙遠的過去，這書似乎就像一棵樹或一隻鳥一樣自然不造作。能夠如此接近自然讓我精神大振，我覺得這本書似乎讓我的品格變好了，為我清除了生命中所有的蠢行與惡行。

9.某一次，我正快樂地隔著一段距離凝視著書——其實我凝視的不是泛黃書頁，而是書後方遠處的樹林與黑色大海——不由得自問這本書有何意義，竟能讓我如此快樂。當我領悟到問這個問題就像在問人生本身的意義，便覺得這本書彷彿讓我更接近人生意義的答案，接近到可以針對這個議題略說一二。

10.人生的意義與快樂緊密相連，一如所有偉大的小說。人生和小說一樣，有純真的希望、有衝動、有奔向幸福快樂的歷程。但不只是如此。人會希望仔細思考那個欲望、那個衝動，而好的小說（如《帕瑪修道院》）正好符合這個目的。到最後，一本奇妙的小說會變成我們的人生和周遭世界裡不可少的一部分，讓我們更接近人生的意義。它取代了我們在生活中可能永遠無法找到的快樂，讓我們從它的意義中獲得喜悅。

11.現在讓我快樂的是可以在閱讀的同時，也將這所有念頭放在內心某個角落——儘管我開始覺得我的快樂恐怕會破壞小說的神祕。

32 有關書封的九件事

——假如一個小說家能在完成作品後不去夢想書的封面，他便是個明智、各方面都平衡且成熟的成人，但也同時失去了最初讓他成為小說家的那份純真。

——想到自己最愛的書，不可能不同時想到它的封面。

——我們都希望看到更多讀者為了封面買書，更多書評在輕蔑批評書作時想到這群讀者。

——在書的封面詳細描繪主角，侮辱的不只是作者的想像力，還有讀者的想像力。

——當設計者決定《紅與黑》應該使用紅搭黑色的書衣，或者當他們以藍色房屋或城堡的插畫來裝飾名為《藍屋》或《城堡》的書，不會讓人覺得他們忠於內文，反而讓人懷疑他們是否真的看過書。

——看完一本書多年後，若是再瞥見它的封面，立刻就能回到很久以前，捧著書窩在角落裡進入書中世界那一天。

——成功的書封可以作為管道，偷偷將我們帶離我們生活其中的平凡世界，引領我們進入書的世界。

——一間書店的魅力不在於店裡的書，而在於形形色色的封面。

——書名和人名一樣，能幫助我們在百萬本類似的書中辨識出其中一本。但書的封面則像人的臉，若不是讓我們想起一度體驗過的快樂，就是承諾一個我們尚未探索的喜樂世界。因此我們才會像注視人臉一樣熱情地注視書的封面。

33 讀還是不讀：《一千零一夜》

我七歲時第一次看《一千零一夜》的故事。當時我剛念完小學一年級，和哥哥到瑞士日內瓦過暑假，父母親都已事先搬過來，因為父親在當地找到一份工作。離開伊斯坦堡時，嬸嬸給了我們幾本書好讓我們利用暑假增進閱讀能力，其中一本就是《一千零一夜》的故事選集。那本書裝訂精美，印刷用紙十分高級，記得那年暑假我看了四、五遍。天氣熱的時候，我吃過午飯會回房間休息，然後躺在床上一遍又一遍地看同樣的故事。我們住的公寓與日內瓦湖畔只隔一條街，當微風從敞開的窗口吹拂進來，乞丐彈手風琴的旋律從住所後面的空地飄升上來，我會不知不覺神遊沉溺於〈阿拉丁神燈〉與〈阿里巴巴與四十大盜〉的世界裡。

我造訪的國度叫什麼名字？第一次的探險告訴我那是個陌生遙遠的地方，比我們的世界原始，卻是被施了魔法的王國的一部分。走在伊斯坦堡街上會遇見與書中主人翁同名的人，這或許讓我覺得與他們更親近了些，只是在他們的故事裡完全看不到我世界的影子，也許在極遙遠的安納托利亞村莊的生活是這樣，在現代伊斯坦堡卻不是。因此第一次讀《一千零一夜》的我就像個西方小孩，對東方的奇妙讚嘆不已。我無從知道這些故事是很久以前從印度、阿拉伯和伊朗滲透入我們的文化，也無從知道我出生的伊斯坦堡是產生這些美妙故事的傳統的活見證，更無從知道故事裡的慣例（謊言、詭計、欺騙、戀人與叛徒、偽裝、意外發展、驚喜）都與我故鄉城市那糾結又神祕的靈魂深深地交織在一起。直到後來才從其他書中發現，我第一次讀到的《一千零一夜》的故事，並非如法國翻譯家安托萬·加朗（Antoine Galland, 1646-1715）與首位選編這些故事的人所說，是從敘利亞的古代手稿中挑選出來的。加朗並非在某本書中看到〈阿里巴巴與四十大盜〉或〈阿拉丁神燈〉，而是從一個名叫漢那·狄亞的阿拉伯基督徒口中聽來，而且是在很久以後要選編他的故事集時才寫下來的。

說到這裡就進入正題了：《一千零一夜》是東方文學的珍寶。但因為我們生活其中的文化已經切斷與自身文化遺產的連繫，忘記它從印度與伊朗得到了些什麼，反而沉迷於西方文學的衝擊，這本書才會經由歐洲回到我們這裡來。雖然曾以多種西方語言出版（有些譯者是當代的頂尖傑出人士，有些則是極其怪異、極其錯亂、極其賣弄學問），最著名的還是加朗的作品。同時，加朗於一七〇四年開始出版的選集，也是影響最深遠、讀者最多且最持久的一本，甚至可以說是這條無窮盡的故事鏈第一次以有限實體的形式出現，這些故事能夠馳名全世界，這個版本本身功不可沒。整整大半個世紀裡，這本選集對歐洲的寫作起了強而有力的影響。《一千零一夜》的氣息在斯湯達爾、柯立芝、德·昆西（Thomas De Quincey, 1785-1859）與愛倫坡（Edgar Allan Poe, 1809-1849）的書頁間簌簌流動。但如果將選集從頭到尾讀完，也可以看出那個影響的限度。它主要投注的焦點或許可以稱為「神祕的東方」，故事裡充斥著奇蹟、超自然的怪異事件與恐怖場景，然而《一千零一夜》不只有這些。

二十多歲再重看《一千零一夜》時，我便能更清楚地看到這一點。當時我看的是萊夫·卡拉達（Raif Karadağ, 1920-1973）翻譯的版本，他在一九五〇年代向土耳其民眾重新引介此書。當然，和大多數讀者一樣，我並沒有從頭到尾看完，而是寧可順應自己的好奇心，一個故事一個故事跳著看。第二次閱讀此書，我感到困擾惱怒。儘管受懸疑的情節所吸引，一頁頁翻得飛快，卻又憎惡、有時甚至是痛恨閱讀的內容。話雖如此，我看這本書從不覺得是出於義務，就像有時候讀經典文學的那種感覺。我看此書看得津津有味，卻也痛恨自己的津津有味。

三十年後，我大概知道自己如此心煩的原因了：在大部分的故事裡，欺騙的戰爭不斷在男女之間上演。他們反反覆覆、永無止境的遊戲、欺瞞、背叛與挑釁令我不安。在《一千零一夜》的世界裡，女人永遠不可靠，她們說的話一句也不能相信，她們只會玩一些小把戲、用一些小聰明來欺騙男人。翻開書的第一頁，當雪赫柔莎德為求活命，以說故事迷惑一個沒有愛的男人，這樣的氛圍就開始了。假如整本書都不斷重複同樣的模式，只是反映了在誕生出這本書的文化中，男人對女人抱著何等深層而根本的恐懼。這點倒是十分符合一個事實：女人運用最成功的武器就是女性魅力。在這方面，《一千零一夜》強力表達出了那個時代的男人內心最大的恐懼，那就是可能會被女人拋棄、戴綠帽、推入孤獨深淵。這些故事中能激發出最強烈恐懼（並提供最大受虐樂趣）的，就是關於某蘇丹眼睜睜看著整個後宮嬪妃與黑奴通姦的故事。它證實了男性對女性所有最強烈的恐懼與偏見，因此受歡迎的現代土耳其小說家會選擇從中榨取靈感並非偶然，就連獻身政治的「社會寫實作家」凱末・塔希爾（Kemal Tahir, 1910-1973）也不例外。可是二十幾歲的我淹沒在男人對於永遠不可靠的女人的恐懼中，這樣的故事讓我覺得窒息，「東方色彩」太過濃厚，甚至有點粗糙。那個時候，《一千零一夜》似乎太過於迎合窮街陋巷的品味與喜好。那些粗鄙的、表裡不一的、邪惡的人（即使他們不是從一開始就很醜陋，也會因為誇張的道德敗壞而變得醜陋）總是持續不斷地令人厭惡，一再地展現自己最惡劣的特質，只為了讓故事能繼續下去。

西化的國家有時候會染上清教徒的嚴謹特性，我第二次讀《一千零一夜》所產生的反感有可能來自於此。在那個年代，像我這種自認為摩登的土耳其年輕人，往往會將東方經典文學視為一座無法穿越的幽暗森林。如今我認為我們只是少了一把鑰匙，少了一種入門方法，而無法進入這個保留了現代樣貌，卻仍可讓我們欣賞到精妙玄奧、詼諧幽默與隨性之美的文學。

直到第三次看《一千零一夜》，我才得以對它產生好感。不過這次我想了解長久以來它令西方作家如此著迷的魅力何在？是什麼原因讓此書成為經典？如今我看出它是一片故事的大海，浩瀚無垠的大海，而令我震驚的是它的野心，是它內部暗藏的幾何結構。和以前一樣，我還是一個故事一個故事地跳著看，要是看到一半覺得無趣了便不再往下看，而是改看另一則故事。然而我發覺我真正感興趣的不是故事的形式、長短、強烈情感，也不是它的內容，原來最吸引我的竟是它那窮街陋巷的特色，竟是我曾一度憤慨譴責的墮落細節。或許隨著時間過去，我逐漸接受了事實，認為自己活了這麼久也該知道人生充滿背叛與惡意。因此第三次閱讀時，我終於能夠將《一千零一夜》視為藝術作品來欣賞，能好好品味書中那些跨越時空的邏輯、偽裝、捉迷藏等遊戲，與許多招搖撞騙的故事。其中有一則精采的故事敘述哈倫．拉希德[3]某天晚上微服外出，去看他的分身，也就是假哈倫．拉希德如何冒充他，我在小說《黑色之書》中將這則故事加以改寫，只是讓它呈現一種以一九四〇年代伊斯坦堡為背景的黑白電影的感覺。我到了三十五、六歲，在英譯版注解的幫助下，終於能夠讀懂《一千零一夜》中暗藏的邏輯、特定人士才懂的笑話、豐富的內涵、平淡又奇異的美妙之處、醜陋的插曲、狂妄與低俗——總而言之，這是個百寶箱。我早期與此書的愛恨關係已不重要：無法在書中認出自己世界的小孩是因為他尚未認清人生，而不屑地斥之為粗俗的憤怒少年也是一樣。我慢慢了解到除非我們如實接受《一千零一夜》，否則它會繼續讓我們極不快樂，就如同我們拒絕如實接受人生一樣。讀者應該不抱著期望或偏見，隨自己興之所至、依照自己的邏輯，想怎麼讀這本書就怎麼讀。不過我或許已經說得太多，在一個讀者進入此書前給予他任何預設的想法都是不對的。

我還想利用此書來談談閱讀與死亡。大家談到《一千零一夜》總不忘提及兩件事，其一是從來沒有人有辦法把這本書從頭到尾看完，其二是凡是從頭到尾看完全書的人一定會死。機警的讀者若是看出這兩句警告之間的關連，看書時自然會提高警覺。但其實沒有理由害怕，因為所有人總有一天都會死，不管有沒有看過《一千零一夜》。

一千零一夜……

3 譯注：哈倫・拉希德（Harun al Rashid, 766-809），阿拉伯帝國阿拔斯王朝的第五任哈里發。

34《崔斯川·商第》代序：每個人都應該有這樣一個叔叔

序曲

我們都會想要一個像崔斯川·商第（Tristram Shandy）這樣的叔叔，一個老是在說故事的叔叔，儘管機靈地用笑話、文字遊戲、魯莽、瘋狂、反覆、執著與可笑的裝腔作勢吸引著我們，自己卻會迷失在故事裡；他雖然精明、有教養又老於世故，內心卻仍是個頑童。每當這個叔叔說得太久或是偏離過了頭，父親和嬸嬸就會說：「夠了！你把孩子嚇著了，你讓他們臉都發白了！」不過，從一字一句聆聽叔叔那些曲折離奇的故事，到後來聽上癮的不只是小孩，大人也一樣。因為一旦習慣了這個叔叔的聲音，就隨時都會想聽。

人生中還有其他許多階段，我們會依戀上一個聲音，一個說故事人的語句。在擁擠的辦公室、在軍中、在學校、在同學會上，我們首先會從聲音的特色辨識出這些特殊的人。有時候因為已經聽得太習慣，所以當我們想和他們說話倒不是好奇他們要說什麼，而是純粹只想再聽聽他們的聲音。我們也可能像依賴某個多嘴鄰居，或是那種一上台，根本都還沒開口就能逗笑觀眾的演員一樣地依賴這個叔叔。在土耳其，這種叔叔也會讓我們想起自己最喜愛的專欄作家，他們不管遇上什麼事都能寫成故事。在真實生活中，每當我們習慣了這種聲音、這種說故事人，最渴望的就是聽到自己的想法、自己的經驗被表達出來，但卻是以說故事人的聲音與其獨特觀點來表達。這差不多就像一個住在樓上、每天會見面的親戚，或是醒著的時候都待在一起的軍中同袍，你對這個人聲音的需求，幾乎已經大到如果少了它，世界與人生本身便似乎不再存在。我們都應該有這樣的叔叔。

但要遇見勞倫斯．史特恩（Laurence Sterne, 1713-1768）這樣的叔叔，每四十年才會有一次機會。我小時候，親叔叔會逗我們玩，他用的不是文學而是數學謎題。儘管我很不情願接受討厭的考驗測試，卻還是想證明自己有多聰明，光憑這份狂熱我就會拚命找出答案。不過還有另外一個原因：叔叔有個非常美麗的妻子。五歲時，我經常去找嬸嬸，奶奶家的舊家具、薄紗窗簾和布滿灰塵的裝飾品，都無損她的美麗。四十年過去了，看到嬸嬸我依然會想起愛去找她的自己。蒙老天眷顧，她的兩個兒子都成了牙醫，在尼尚塔希開業。有一天我正要離開大堂哥的診所，發現大門從外面上了鎖。我站在那裡一面觀看一面品嘗著嘴裡的丁香餘味，忽然有一隻虎斑貓擠過柵門縫走進對街的雜貨店。那隻貓進入的雜貨店所賣的小菜（meze）仍然是尼尚塔希的第一美味，尤其是包餡的多爾瑪（dolma）。

偏離主題

上一段所做的就是所謂的偏離主題。商第會用離題的旁枝末節來編織故事，因為這是大家都會做的事，便覺得無須再用我們的日常語言另起新名。在《紳士崔斯川．商第的生平與見解》（*The Life and Opinions of Tristram Shandy, Gentleman*）一書中，我們始終沒能看到崔斯川．商第的生平與見解，一直到最後才聽說崔斯川的出身，然後在誰也沒注意到之前，他便下場消失了。說起自己出生的這個世界的歷史、說起父親對於門第的看法、說起人生這個籠統話題，史特恩筆下這個主人翁似乎可以說個沒完沒了，但從未在一個主題上停留太久。他就像隻快樂的猴子，在樹枝間盪來盪去，無一停時，從一個主題跳到另一個主題，隨時都在往前進。

大部分時間，讀者都會有一種史特恩不知道自己的故事要往哪發展的感覺。但有一些知名評論家如維克多．什克洛夫斯基（Victor Shklovsky, 1893-1984），已經著手證明內文中有某些線索，連同全書的敘述架構，都顯示史特恩的小說經過非常細心的計畫。那麼且來看看我們這位說故事人在第八卷第二部分，對這個主題有何說法：當今世上，一本書的起頭存在著幾種方法，而我確信我選擇的途徑是最好的，至少是最接近宗教的，因為我只寫出第一句，第二句便留給全知的上帝了。

整個故事都依循相同邏輯，不斷地離題，頻繁得可以說離題正是此書的主題。但若是史特恩能猜到像我這樣的人或許能逼他把話說清楚，他應該會馬上改換主題。

那麼主題是什麼？

當小說家一偏離主題，我們就會覺得無聊。畢竟每當我們覺得小說無聊，都是這樣抱怨的，我們會說它離題了。然而一本小說不再有趣，可能有許多原因。長篇幅描寫大自然會讓某些讀者呵欠連連；有些人覺得無聊是因為性愛描述不夠多，有些人則是因為描述太多；有些人會被作者的極簡風惹惱，有些則氣惱作者把複雜的家庭背景交代得太詳細。一部小說是否吸引人並不在於它是不是具有上述特點，而在於小說家的技巧與風格。換句話說，一部小說可以是關於任何一切。《崔斯川．商第》就是這樣一本書：關於任何一切的書。

別忘了，所謂「任何一切」其實遵循著明確的邏輯。作家大可以把所有題材、任何題材都放進小說裡，但即便如此，只要作者一偏離主題、花太多時間說他想說的事，或者涵蓋了不必要的細節，讀者很快便會感到無聊並失去耐心。（不耐是《崔斯川．商第》中一個重要的概念，史特恩很喜歡說他寫作是為了打發無聊。）史特恩之所以能寫任何題材與所有題材（儘管敘述形式不尋常，卻仍能引起讀者興趣），就在於我先前描述的那個奇怪聲音。這本書雜七雜八拼湊了許多古怪故事和無須當真的說教，一分鐘前還在聽托比叔父的冒險經歷，下一分鐘便看見某個週日，崔斯川的父親在替他的老爺鐘上發條。隨著尚未出生的崔斯川．商第慢慢與小說家史特恩合而為一，我們也能在作者開始講述崔斯川的故事時，得知他內心的一切變化。

那麼告訴我們作者的故事

史特恩的父親是個一貧如洗的士官。史特恩於一七一三年出生於愛爾蘭，早年與家人住遍愛爾蘭與英格蘭各個有軍隊駐紮的城鎮。十歲過後，便再也沒有回去過愛爾蘭。十八歲那年父親去世，家境變得更為窮困，但有位遠房親戚希望這個孩子能在教會謀職，因此在親戚的資助下，他繼續在劍橋研讀神學與古典文學。畢業後，他進入英格蘭國教會，由於和幾名地位顯赫的神職人員有親戚關係，而得以一路平步青雲。他在二十八歲那年迎娶伊莉莎白．藍利，生了幾個孩子，卻只有女兒莉蒂雅活下來。直到一七六〇年，年屆四十七歲出版《崔斯川．商第》之前，除了妻子罹患憂鬱症外，史特恩的一生乏善可陳。

無論是聖公會或回教遜尼派，神職人員說的故事自然而然都會有源自於聖經、清楚明白的道德規範。因此神職人員講述故事有其目的，而這種目的也是我們那些衛道之士與負有社會責任的評論家想在文學中找到的。我們聆聽伊瑪目[4]努魯拉的週五講道，因為他有一個目標，他要傳授一個道德訓誡，至於他的技巧、他的眼淚、他令我們感動與害怕的能力、他的聲音，與他講述的力道都只是次要。正因為如此史特恩才會格外顯得清新獨特，他雖是神職人員，卻發明了一種堪稱「沒有目的的故事」的形態。他寫作不為特定目的，也不為訓誡，純粹只為了說故事的樂趣。再者，他是刻意投身於這種現代人的愛好，沒有目的並不是缺點，而是這本身就是一個目的。他和一個喋喋不休閒扯淡的人，差別便在於此，儘管他的口氣與外表常常讓人聯想到言不及義的閒談。

在史特恩生活的社會裡，大家並不習慣看到神職人員不為任何目的寫小說，還寄到倫敦出版供廣泛大眾閱讀，此舉引發憤怒與嫉妒自是不在話下。他飽受攻擊，其中包括不欣賞他的風趣玩笑的人，還有那些憤怒、嫉妒的好事者，這種人向來不勝枚舉。有人指責他寫色情小說，說他身為神職人員寫這種東西太瑣碎，說他寫的小說毫無意義，說他嘲弄宗教，還說他的文法拙劣、文句零碎並虛構一些意思不明確的字眼。

除了這些攻訐持續不斷，他還得應付家裡的問題與日趨衰退的健康（他上了年紀後感染了肺結核）。但他依然機智風趣不減往昔，而且從未停止打趣。史特恩實在太高興了，大家都知道書一開始暢銷後，他立刻奔赴倫敦，乘勝追擊又出了新的幾卷，並捏造他與女人之間的「纏綿戀情」。因為史特恩會很樂意讓大家知道，有讀者聰明到懂得欣賞《崔斯川·商第》，也有作家受到他的影響——這點在土耳其這樣的國家看來或許很奇怪，因為這裡有宗教保守份子、傳統主義者、開不起玩笑的民族主義者，與沉悶無趣的激進派政治人士。

好吧，那麼《崔斯川·商第》的主題是什麼？

請容我明說，假如你已經覺得不耐，並暗自質疑這篇序文何時才會結束，你絕對沒有耐性看完這本書。為了回應你固執的懇求，我現在就列出第一卷各章的分析說明：

4　譯注：「伊瑪目」原意為領袖或導師，即伊斯蘭教中站在最前面帶領教眾禮拜者。

1. 敘述者站在一個介於作者與崔斯川本人之間的立場，描述他出生的悲慘情況。
2. 作者提到 Homunculus（小人兒），也就是讓他受胎的精子的複製品。
3. 我們發現托比叔父將下一章會出現的故事告訴了作者。
4. 我很滿意我的故事這樣開始，作者如是說，接著他繼續告訴我們關於他受胎的那個夜晚。
5. 作者告知我們他出生於一七一八年十一月五日。
6. 作者警告讀者：如果我一路開玩笑，偶爾還穿上小丑服（即使是全副武裝準備充分），也請不要丟下我飛奔離去。
7. 一位教區牧師與妻子在尋找產婆的過程中，困難重重。
8. 他讓我們知道他的看家本領——依我當時的興致，有時候拉小提琴有時候畫畫——並寫了一句話獻給某人。
9. 說明這句獻詞。
10. 回到產婆的故事。
11. 介紹約利克先生，他和莎士比亞作品中那個死後骷髏受到檢視的弄臣同名。
12. 約利克的玩笑與他令人遺憾的結局。
13. 再一次回到產婆的故事。
14. 作者在此解釋了他為何不結束故事，卻繼續轉入岔路：一個關於離題的離題論述。
15. 作者母親的結婚證書與其故事。
16. 他父親從倫敦回來。

17.他父親希望回家。
18.在鄉下準備生產與種種意見。
19.他父親痛恨崔斯川這個名字，與他的種種哲學執念。
20.作者責備讀者不用心——本序文作者偶爾也會做這種事。當然，這並不代表他是個用心的作者。
21.誕生時間逐漸接近，但仍出現大量離題敘述。
22.作者省思自己的敘事模式：若有必要一言以蔽之，我的創作傾向於離題打岔，卻仍繼續向前——兩者同時並進。
23.我有意用無聊的話題展開這一章，而且無意阻撓自己的想像力。關於消遣。
24.以托比叔父作為消遣。
25.托比叔父在戰爭中鼠蹊受傷，最後以自誇結束第一卷：如果讀者還無法猜出這些事件的蛛絲馬跡，主要的責任還是在我身上，因為我這人有個脾氣，要是我覺得你可能稍微知道或猜測到下一頁的內容，我就會撕掉那一頁。

那麼主題是什麼？

主題就是永遠不可能看到故事的重點、核心、本質，於是內容雜亂、敘述散漫，很輕易便轉移注意力、產生新想法、找到離題的藉口。假如史特恩沉迷於微不足道的小事與離題本身的邏輯

（別忘了，我們的作者是多麼堅決不讓讀者猜出下一頁會發生什麼事），假如他極其樂意挑戰那些滿口抱怨的人——抱怨書的開始與結尾毫無意義、抱怨中間過程的意義隱晦不明，抱怨整本書不僅對大腦是沉重負擔，還充滿不得要領、毫無節制的內容——原因就在於這正是重點所在。無論就主題或形式而言，《崔斯川．商第》都徹底反映了真實人生。

那你的意思是什麼？這就是人生嗎？

這個問題是小說家最好的朋友，特別是有人怒氣沖沖地提問時，我甚至會建議小說家寫書時刻意去挑起。小說只有在提出關於人生的形式與本質等問題才彌足珍貴。（為數不多的）偉大小說家能讓我們永誌不忘，不是因為他們直接向書中的主人翁探詢這個問題，或讓書中的講述者與想法類似的人進行討論，而是因為當他們在描述人生諸多瑣碎而奇異的細節與大大小小的問題之際，也透過結構、語言、氛圍、口氣和語調引出了這些問題。在讀到某本特別的小說之前，我們對於人生有自己的想法，而一般小說又更強化了這些想法，例如浪漫通俗小說被認為表達了真正的愛情，政治通俗小說將抱怨偽裝成政治，還有過去數千年來無數故事一再告訴我們，昔日世間的好人已經被唯利是圖的黑心人所取代等等，但是偉大小說的作者會提供我們另一種新方法去了解人生。

乍看之下，《崔斯川．商第》並不容易讀，這種挑戰讀者對於人生與寫作的基本觀點的書往往都是如此，會讓人憤怒地加以斥責。我們會說：「根本不知所云，看到一半就放棄了。」極度聰穎的讀者也會和那些鑑賞力平平的人有相同抱怨，兩者都會說：「看不懂，因為人生不是這樣。」可是當愚鈍的讀者自負地說完全看不懂，還指責此書挑戰他們的狹隘規則（不少人撰文批評史特恩的敘述手法紊亂、道德敗壞，而且不遵守文法規則），感受細膩的讀者卻較為不安。他們在憤怒的煙幕與牢騷背後，其實知道偉大的文學能讓一個人明白自己在結構體系中的位置，於是他們在提醒自己寫作是最深奧也最奇特驚人的人類活動之餘，也在某個獨處時刻重新拿起這本書來。

這種書所觸及的事實，天生好讀者總能看得出來，裝腔作勢的文人卻永遠也不了解。儘管對此書的奇特雜亂頗有微詞，聰明讀者仍會在偶然間發現它的珍貴之處與才氣洋溢的片刻，從中認出道地文學的根基，這點是那些沉悶無趣的文學立法者永遠也做不到的。但是這種慧眼是絕對揣摩不來的。就連傑出的才子塞繆爾．詹森（Samuel Johnson, 1709-1784）談到你手中這本書時，也會展現出學究氣的一面，他不耐地口不擇言道：「奇怪的東西都不會持久，《崔斯川．商第》絕不會持久。」在《崔斯川．商第》初版兩百四十年後的今天，能為土耳其譯本寫序，我感到榮幸又愉快。

那麼這本書給了我什麼啟示？

正如我不斷地提醒自己（請原諒我也不斷提醒你），我住在一個貧窮的國家，在這裡閱讀好書的習慣不是為了消遣而是為了實用，而且讀書人有義務為較不幸的人服務。既然命運如此，我找到了一個簡單卻是欺騙的方式讓讀者喜歡看書，那就是一開始就指出書會讓他們有何進步。例如：《崔斯川·商第》和所有偉大的小說一樣，具有豐富的人生要素——其儀式、心境與細微處。因此，《戰爭與和平》為我們呈現波羅第諾戰役的細節，《白鯨記》廣博地描述捕鯨業，而《崔斯川·商第》則提供了寶貴而深入的觀察，讓讀者一窺一個出生於十八世紀愛爾蘭、後來成為英格蘭牧師的男孩的一生與他的時代。此外，《崔斯川·商第》也是「文人的詼諧」或「哲學式幽默」的頂尖典範，與羅伯特·伯頓（Robert Burton, 1577-1640）的《解剖憂鬱》（*Anatomy of Melancholy*）、塞萬提斯（Miguel de Cervantes, 1547-1616）的《唐吉訶德》（*Don Quixote*，我們甚至可以用土耳其語寫成 *Don Kişot*，這已經成為我們的詞彙之一），與拉伯雷（François Rabelais, 1494-1553）的《巨人奇遇記》（*Gargantua and Pantagruel*）並駕齊驅。被缺乏耐心的讀者稱為離題的淵博知識、全面性的哲學論述、過度炫耀的學識、性格與人類靈魂的探討——沒錯，這本書中全部都有，但史特恩以高明的幽默風趣與佯裝正經的手法表現這些嚴肅主題，加上書中主角透過冒險經歷嘲弄、推翻並質疑這些哲學主張，使得硬性內容獲得平衡。最重要的是這些偉大、博學、精采的書還是與書有關的書，它讓我們知道對人生深入而根本的認識純然來自於閱讀書籍，然後再寫新書加以反駁。這種哲學小說的首例是《唐吉訶德》，講述故事的主人翁從書中獲得許多夢想卻也毒害他的一生，他本身便是騎士文學的受害者。至於最後一例（或許也是文學界第一部寫實小說）則是《包法利夫人》，該書中的女主人翁受到浪漫小說毒害，又無法找到她想尋求的愛，便選擇更進一步毒害自己。

這部小說最後的「寫實」場景（令艾瑪·包法利屈從的不是書而是致命毒藥），對於全世界的文學都起了巨大影響，而這過量的「寫實主義」也荼毒了土耳其的文學，迫使它囿於表面現實。我們生活在歐洲外圍，並相信歐洲是所有真理的源頭，因此始終深信這種直截了當的寫實主義是唯一前進之道，以至於到了六十五年後，《尤利西斯》首度出版時，我們還在忙著忘卻自己的文學傳統，忽視我們的寫作與感覺方式。我們忘了寫實小說並非土生土長的傳統，而是我們近年來從西方引進、效法福樓拜的敘事手法，福樓拜還在一八五〇年親自來過伊斯坦堡。如今，我們承擔的新世代充滿心胸狹隘、毫無幽默感的愛國評論者，到頭來竟將所有非表象寫實的敘述法斥為「有違我國傳統」。假如《巨人奇遇記》與《崔斯川．商第》之類的書能早一點翻譯出來，或許能對我們這小小的文學界產生影響，而微不足道的土耳其小說或許也能較見容於我們錯綜複雜的生活。（現在聽到奧罕嘮叨這種事，你應該已經學會不生氣了吧？因為他畢生都在為此努力。）至於《尤利西斯》這部小說，盡了最大力量將世界從表象寫實主義中拯救出來。一旦鑽出寫實主義的鳥籠，微不足道的土耳其小說應該張開自己的傳統與夢想之翼，開始飛翔！

呵，光是從序文便收穫這麼多的讀者，心中想必充滿了愛與喜悅呀！現在讓我悄悄對你說這本書最大的用處、你能從中學到些什麼。仔細聽，而且別想在六年內拿它偽裝成自己的想法。

那麼聽好了，以下就是本書教給你基本的一課

所有偉大的傳奇、宗教信仰與哲學背後的邏輯，都是為了教給我們重大而基本的真理。我們且將此種做法稱為「宏大敘述」，因為它需要一個詳細的故事形態，而且比一般認為的更具文學

性質。在文學小說中有許多方法，能將人的日常生活與歷險收納入這些宏大敘述。這些小說所呈現的人物會將心思設定在某個根本要素、某個探索過程、遠方的某一點。倘若某個人物過度沉溺於肉欲或追求金錢，我們可能會斷定他是個單面向的、簡化而誇張的角色，但假如該人物為這個（關於愛、民族尊嚴或政治理想的）宏大敘述效力，便能蒙受其光環，也因此看起來絕非單一面向。唐吉訶德就不是一個簡化而誇張的人物，而是一個完整的人。但《崔斯川．商第》卻告訴我們，不管一個人的目標與人格為何，也不管他的性情如何穩定，他的心思與生活都會雜亂得多。

換句話說，無論我們相信的是一個宏大敘述，或其實是相信它的影子，兩者都描述得太過清晰，無法表達現實的形貌。我們的人生並沒有一個中心，沒有單一焦點，我們腦中的思緒太過混亂，永遠不可能對準這樣一個焦點。人生也是如此。我們就像崔斯川，一輩子不停地從一個主題跳到另一個主題、說著故事、心隨念轉，每當忽然想起什麼便對自己說「要是如何如何就好了」。我們隨時都很樂於（也很容易）分心，心思飄忽不定，我們會說故事說到一半忽然開了個玩笑，這麼做的同時反映了人生的驚奇與巧合，這是宏大敘述永遠辦不到的。雖然我們大多活在當下，拚命地保護自己、拚命地站穩腳步，卻還是有那麼一刻會捫心自問人生的意義——或許當我們臨死前，也或許如這部小說的情形，正等待著出生。那時我們的心思不會呈現出宗教、哲學與傳奇讓人聯想到的宏大形貌，而會反映這本書的形貌。

總而言之，人生不像偉大小說中的敘述，卻像你手中這本書的形貌。

不過要注意：人生不是像書本身，只是像它的形貌。因為這書無法結束任何一段故事，事實上也不知所云。

終曲

人生沒有意義，只有這個形貌。

這我們已經知道了，那史特恩為何還要寫一本六百頁的書來證明？如果你想這麼問的話，我的答案如下：

所有偉大小說都能讓你睜開眼睛，看見你本來就已經知道卻無法接受的事物，而你之所以無法接受該事物，只是因為還沒有一本偉大小說讓你睜開眼睛去看罷了。

35 熱愛偉大意象的雨果

有些作者是因為文章之美而深受喜愛。這是讀者與作家之間最單純的一種關係，最接近完美。還有些作家深深刻印在我們心上，則是因為人生經歷、對寫作的熱忱，或是在歷史上的地位。對我而言，雨果（Victor Hugo, 1802-1885）屬於第二類。年輕時我便知道他是個小說家，是《悲慘世界》的作者。我很喜歡他傳達大城市的組成結構、描寫充滿戲劇性的城市街頭的方式，也很喜歡他以自己的邏輯，讓兩件毫不相干的事在同一時間發生在同一座城裡（一八三二年，巴黎人攻打彼此街壘之際，卻能聽見從兩條街外傳來的撞球聲）。他影響了杜思妥也夫斯基，而我年輕時，十分傾心於一種誇張又戲劇化的幻象，喜歡把城市想像成窮苦潦倒的人聚集之處，陰暗骯髒，可見他也影響了我。年紀稍長後，我開始對雨果的表達方式感到厭煩，覺得浮誇、矯情、賣弄、不自然。在他的歷史小說《九三年》（*Ninety-Three*）中，他花了許多煩人的篇幅描述暴風雨中，船上一具鬆脫的大砲滾來滾去。納博科夫（Vladimir Nabokov, 1899-1977）責備福克納（William Faulkner, 1897-1962）受雨果影響時，舉了一個苛毒的例子：「L'homme regardait le gibet, le gibet regardait l'homme.（男人看著絞架，絞架看著男人。）」影響我最深，也是雨果人生經歷中最令我困惑的，就是他利用感情（在此指的是這個浪漫字眼的負面意思！）、透過華麗詞藻與高度戲劇性製造偉大意象。舉凡法國知識份子，從左拉（Emile Zola, 1840-1902）到沙特，無不受惠於雨果與他對偉大意象的熱愛。他認為熱中政治的作家是真理與正義的鬥士，這個觀念對全世界的文學影響至深。高度意識到自己熱愛偉大意象，而且十分留意自己是否樹立了此意象的雨果，成了他自己崇高理想的活象徵，也因此將自己變成了雕像。有自覺的道德與政治姿態讓他流露出矯揉造作的神情，難免讓讀者感到不自在。在探討「莎士比亞的天才」時，雨果自己就說了：「偉大」的敵人是「虛偽」。

儘管雨果裝腔作勢得厲害，但在經過政治流放後的勝利回歸，加上他公開演說的本事，給了他一定的可信度，他筆下的主角便繼續活在歐洲（以及全世界）的想像中。也許這純粹只是因為太長久以來，法國與法國文化都置身於文明的最前線。很久以前，不管抱有多麼強烈民族主義的法國作家，說話的對象都不只是法國人，而是全人類。但今非昔比了。或許正因為如此，法國人持續地愛戴這位奇怪至極的偉大作家，最主要其實是在緬懷法國過去的光輝時期。

36 杜思妥也夫斯基的《地下室手記》：墮落的樂趣

我們都知道墮落的樂趣。或許應該換個說法：想必每個人都經歷過一些時刻，會發現自甘墮落是愉快的，甚至是輕鬆的。即使告訴自己說自己沒用（一而再、再而三地，好像多說幾次就會成真），也會突然解脫，不再受那些順應社會的道德禁令約束，不再為了要遵守規矩法令而擔心得快要窒息，也不再咬牙切齒努力地和別人一樣。受到他人貶低時，我們會落入主動羞辱自己的最初那個境地。接著我們會發現在這樣的處境中，能夠幸福無比地沉溺於自己的存在、自己的氣味、自己的汙穢、自己的習慣，能夠放棄所有自我提升的希望，並且不再培養對其他人類的樂觀想法。這個休息處實在太舒服，讓人忍不住心存感激，感激將我們帶入這個自由與孤獨時刻的憤怒與自私情緒。

這是我在三十年後二讀杜思妥也夫斯基的《地下室手記》，內心最感到震撼的一份認知。但年輕時讀此書，我並未特別留意墮落的樂趣與道理，倒是對於主角獨自晃蕩於聖彼得堡這座偉大城市，以犀利的妙語批判自己看到的一切的那份怒氣深有所感。我將「地下室人」視為《罪與罰》裡的拉斯科尼科夫的變體，是個完全失去罪惡感的人。憤世嫉俗讓主人翁展現有趣的邏輯與吸引人的語氣。我十八歲第一次閱讀《地下室手記》便十分珍視，因為我本身對於伊斯坦堡的生活有許多尚未說出口的想法，它都公開表達了。

年輕時的我，能夠輕易並立即認同一個脫離社會、自我封閉的人。特別能引起我共鳴的是他堅稱「活過四十歲是可恥的」（杜氏讓四十歲的主角說出這樣的話，而他自己則已四十三歲），但我也同意他之所以被隔離於祖國的生活之外，是因為受到西方文學的毒害，而且自我意識過度強烈，或者應該說任何形式的意識都是一種病。我可以理解他如何藉由自責來減輕痛苦、他為何覺得自己的長相十分愚蠢，以及自問「我能忍受這個人的注視多久？」這個遊戲，他之所以百玩不厭的原因。這些習氣我都有，我無須先細細詢問關於主角「古怪疏離的性格」，這些習性已經將我和他緊密連結在一起。至於此書與書中作者在字裡行間偷偷透露的更深層的東西，十八歲的我有可能感受到了，但我不喜歡，其實我是感到不安，於是便拒絕試著去了解，並很快將它從記憶中抹去。

如今，我終於能比較自在地談論此書真正的主題與泉源，那就是一個無法讓自己變成歐洲人的男人內心的嫉妒、憤怒與驕傲。之前，我把地下室人的憤怒與他個人的疏離感搞混了。因為我和所有西化的土耳其人一樣，喜歡把自己想得比實際上更像歐洲人，自然傾向於認為地下室人所闡述、令我欽佩不已的哲理，是一種反映個人絕望心情的怪癖。我從未將他精神上的不安與歐洲聯想在一起。土耳其文學一如俄國文學，也受到歐洲思想家的影響。六〇年代末期，從尼采（Friedrich Wilhelm Nietzsche, 1844-1900）到沙特的存在主義，在土耳其風行的程度不下於歐洲，因此在我看來，地下室人闡述奇怪哲理的字句並不奇異，而是本質上具有「歐洲色彩」——這使我更遠離了這本書悄悄對我訴說的事情。

《地下室手記》對那些和我一樣住在歐洲邊緣、對歐洲思想有異議的人，悄悄說了一些祕密，若想更進一步了解這些祕密，就得來檢視杜氏撰寫這部怪異小說的那幾年。

在前一年，也就是一八六三年，杜氏在極度不快樂與失敗的刺激下，展開第二趟歐洲之旅。他心裡想著要逃避妻子的疾病、《當代》（*Time*，他擔任編輯的雜誌）的失敗與聖彼得堡本身。此外，他也計畫在巴黎幽會比他小二十歲的情婦蘇絲洛娃（Apollinaria Suslova, 1839-1918）。（當他們終於在同一座城市碰面，他將她藏起不讓屠格涅夫〔Ivan Sergeyevich Turgenev, 1818-1883〕見著）。杜氏平時猶豫不決的性情又在此時發作，因此沒有直接前往巴黎見情婦，卻先去了威斯巴登（Wiesbaden）賭博，輸了一大筆錢。旅程的拖延不只為他帶來這個厄運，還揭開年輕又無情的蘇絲洛娃真面目。在等候杜思妥也夫斯基時，她找到了另一個情夫，而當杜氏抵達巴黎，她也對他毫不隱瞞。無論是流淚、威脅、侮辱、乞求、怨恨、長時間焦慮、痛苦折磨——《賭徒》與《白痴》中的主角所承受的一切，諸如面對強勢而驕傲女性時的自卑、徹底失去自我、徒勞的痛苦表情與手勢，這一切杜氏都先承受過了。

承認失敗並結束這段戀情後回到俄國的他，得知罹患肺結核的妻子已命在旦夕。他哥哥米哈伊（Mikhail Mikhailovich Dostoyevsky, 1820-1864）努力地想取得許可再辦一本新雜誌，以接續先前失敗的那本，但還是屢屢碰壁。最後好不容易申請通過，卻短缺資金，元月號的《時代》（*Epoch*）直到三月才發行，訂閱的數量不夠多，排版也糟透了。

《時代》雜誌就在這種拮据又毫無制度的情況下刊登了《地下室手記》，整個俄羅斯沒有一個人發表評論。

《地下室手記》最初的構想是一篇評論文。杜氏原本想寫一篇文章，評論車爾尼雪夫斯基

（Nikolay Gavrilovich Chernishevsky, 1828-1889）在前一年出版的小說《怎麼辦？》（*What Is to Be Done?*）。這本書在西化、現代化的年輕世代中有大批擁護者，與其說是小說，倒不如說是一本宣揚美化版實證啟蒙運動的教科書。一九七〇年代中期，該書翻譯成土耳其文在伊斯坦堡出版，前面附了一篇序文大力抨擊杜思妥也夫斯基（說他是個陰險又沒天分的小資產階級）。由於這篇序文反映出土耳其年輕的親蘇共產主義者幼稚的決定論與烏托邦幻想，杜氏對車爾尼雪夫斯基的憤怒在我看來便也真實得彷彿發自我自己的內心。

不過杜氏的憤怒並不是單純地表達反西化或敵視歐洲思想，令他氣憤的是他的國家所接收到的歐洲思想是二手貨。他被激怒不是因為這個思想傑出、獨特或具有烏托邦傾向，而是它讓接受這種思想的人獲得膚淺的滿足。他厭恨看到俄國知識份子抓住一個剛從歐洲傳來的觀念，便自以為聽聞了全世界和（更重要的是）自己祖國的所有祕密。他無法忍受這種巨大幻想帶給他們的快樂。杜氏並不是抱怨俄國年輕人讀了車爾尼雪夫斯基的書之後，利用這位俄國作家發展出一套粗糙、不成熟、二手的「決定論辯證法」，令他苦惱的是這種新的歐洲哲學竟如此輕易便擄獲人心大獲稱頌。雖然他喜歡嚴詞批評西化的俄國知識份子不食人間煙火，但我看得出來這是一種迴避。要讓杜氏相信一個觀念，重要的不在於它合乎邏輯而在於它「不成功」，不在於它可信而在於它碰觸到某種不公不義。一八六〇年代間，俄國有一些西化自由主義者與現代化份子大力宣揚傅利葉（François Marie Charles Fourier, 1772-1837）的決定論烏托邦社會主義，杜氏對他們滿是憤怒與痛恨，而在這些強烈情緒背後真正令他義憤填膺的是，這些人是如何沉浸在自己思想的聚光燈中，毫不害臊也毫不質疑地擁抱成功。

說到這裡，情況甚至變得更晦暗複雜，而搖擺於東西方之間或本土與歐洲之間的地方向來如此，因為杜氏雖然厭恨西化自由主義者與唯物論者，卻接受他們的立論。別忘了杜氏正是同樣懷著這些觀念長大的，他接受過現代教育，也受過工程師的教育訓練。他的觀念是由西方思想塑造而成，這是他唯一知悉的思想。我們可以假設他或許希望以另一種方式思考，希望借助另一種較「俄式」的邏輯，但他並沒有選擇接受這種教育。即使到了他人生末期，在寫《卡拉馬助夫兄弟們》（*The Brothers Karamazov*）的時候，仍可以從他的筆記中看到他開始對俄國東正教神祕主義者的生平感興趣時，第一個發現的就是自己對這類題材幾乎一無所知。（不過我還是喜歡他譴責自己「不食人間煙火」時採取的務實姿態。）依據同樣思路，應該可以作出以下的結論沒錯：杜思妥也夫斯基接受了所有這些來自歐洲的思想觀念，他本身對於個人主義的想法也出於同源，他知道歐洲思想一定會傳遍俄國，而他也正是為此而反對。但容我再強調一次，杜氏反對的不是西方思想的內涵，而是它的必要性、它的正當性。他痛恨國內那些現代化的知識份子，因為他們利用這些觀念讓自己的重要性變得正當合理，這滿足了他們的驕傲。我們要記住，在杜思妥也夫斯基的詞典裡，驕傲是最大的罪惡，他使用「驕傲」一詞一向只有貶意。他在記述兩年前第一趟歐洲之行的〈冬記夏日印象〉（*Winter Notes of Summer Impressions*，發表於《當代》雜誌）中，將西方所有弊病（個人主義、熱中財富與中產階級的物質主義）與驕傲自大連結在一起。某次怒氣發作時，他宣稱英國教士驕傲與富有的程度不相上下。另一次發作時，則將法國一家人手挽著手走在街上形容為自大的表現，並嘲弄說這是民族特性。八十年後，沙特在《嘔吐》（*Nausea*，一部秉持著地下室人的靈魂所寫的小說）一書中，單就這項觀察創造出一整個世界來。

《地下室手記》的獨特性來自於杜氏的理性思緒與憤怒的心之間那塊黑暗空間——理性在於他接受俄國能因西化受惠的處境，卻又為驕傲的俄國知識份子到處傳播不偏不倚的唯物思想而氣憤。我們且回想一下研究杜氏的學者都同意的一點：《地下室手記》是《罪與罰》與後續幾部偉大小說的起點，這是他找到自己真實聲音的第一本書。因此，探索杜氏在這個人生關頭如何調解他的知識與憤怒之間的緊張關係，也就更加有趣了。

杜氏向哥哥承諾要寫的反車爾尼雪夫斯基的文章始終沒有寫出來，他顯然無法撰文批評他自己也接受的哲學。他和所有想像力豐富、寫作時仰賴想像力多過理性的作家一樣，寧可將想法鋪陳於故事與小說中。話雖如此，《地下室手記》的前半部既是小說，也可說是一種長篇論文，有時會獨立出版。

這個部分以聖彼得堡一位四十歲男子的憤怒獨白形式呈現，他在繼承了一小筆遺產後辭去工作，自絕於日常社會之外，結果只是落入一種極度痛苦的孤立狀態，他稱之為「地下室」。此書主角的第一個攻擊標的就是車爾尼雪夫斯基所謂「理智的自我主義」。車氏認為人性本善，若能在科學與理性的幫助下受到「啟發」，人便會發現理智的行為對自己是有利的，即使在追求自己的利益，也能同時建立一個絕對理性的烏托邦社會。但是地下室人主張人類即使擁有完全清醒的理智，能夠清楚明白自己的利益所在，仍不一定能依據自己的利益行事。（這可以解讀為「西化對俄國也許有好處，但我還是想反對。」）接下來，地下室人描寫道，人類對於「理智」的運用更加混亂。「一個人充滿力量就證明他不是機器裡的一個小齒輪，而是一個人……因此，我們不會照別人的期望做事，反而會屈服於不理性。」就連西方思想的最強力武器：邏輯，地下室人都加以抗拒，甚至對二乘以二等於四都表示懷疑。

這裡需要注意到的事情，不是地下室人針對車爾尼雪夫斯基提出中肯（或至少是成熟）的反駁，而是杜氏創造了一個能接受其他觀念、並能以令人信服的方式加以捍衛的人物。他在創造這個人物時的發現，讓他成為真正的小說家，對他日後的作品也極其重要。違背自己的利益行事、苦中作樂、忽然開始捍衛起與他人對你的期望南轅北轍的事——諸如挑戰歐洲理性主義的這許多衝動、追求一個開明自我的需求？在當時也許不容易看出這個計畫有多麼獨特，因為太常被抄襲了。

我們來看看地下室人做的一項實驗，他藉此證明自己拒絕遵從「所有人行事都會以自己的最大利益為考量」的觀念。

有一天晚上，他經過一家下等酒館，看見有人在撞球桌旁起衝突。稍後他看見一個人被丟出窗外。這時地下室人立刻興起強烈的嫉妒：他希望受到同樣的羞辱，他也希望被人從窗口丟出。於是他走進去，但並未遭受他夢想中的毆打，反而受到截然不同的羞辱。有一名軍官認為他擋了路，便將他拉到角落，但他流露出的態度像在處理一件無足輕重的物體，連受人鄙視的價值都沒有。後來令地下室人備感痛苦的是這個意想不到的屈辱。

從這個小場景，我看見了杜氏後來小說中的所有特色元素。如果說杜氏後來像莎士比亞一樣，成為一個改變我們對人類的了解的作家，那麼這個新觀點便是從《地下室手記》開始萌芽，而假如我們仔細研究，便能看出他是如何獲得這重大發現。失敗與不快樂讓杜氏大大遠離了志得意滿的贏家與高傲者的心靈世界，也讓他開始對那些輕視俄國的西方知識份子感到憤怒。但儘管他想抗議西化，他依然是西式教育與教養下的產物，依然在實踐一門西方藝術，亦即小說的藝術。《地下室手記》的誕生便是因為他渴望寫出一個故事，讓主角經歷這所有的精神與意識狀態，又或許是他迫切希望創造出一個主角與一個世界，能以令人信服的方式凝聚這一切矛盾。

開始寫書時，杜氏寫信給編輯哥哥說道：「我不知道寫到最後會是什麼樣，也許不會是好藝術。」文學歷史上的重大發現（和時尚一樣）鮮少經過計畫，也難以解釋。只有當創意作家用盡所有想像力穿透他們的虛擬世界的表面，汲取出看似矛盾且無法妥協的一切，才會有解放的驚人發現。

一開始坐下來提起筆時，作者不可能知道自己的作品會往哪個方向進展。但假如今天我們接受這個事實，認為人或許有可能想要擁抱自己的氣味、自己的汙穢、自己的失敗與自己的痛苦，假如我們了解喜愛墮落自有其道理，這都得歸功《地下室手記》。杜思妥也夫斯基有一種陰鬱如詛咒般的矛盾心情，不僅對歐洲思想既熟悉又憤慨，還懷抱著背道而馳卻又不分軒輊的渴望，既想屬於歐洲又想迴避。現代小說的獨創性正是源自於這樣的矛盾心情，想起這一點真叫人安慰。

37 杜思妥也夫斯基的恐怖附魔者

依我之見，《附魔者》（*Demons*）是有史以來最傑出的政治小說。我第一次看的時候二十歲，只能用驚愕、敬畏、害怕且完全信服來形容它帶給我的衝擊。沒有其他任何一本小說對我影響如此之深，沒有任何故事讓我對人類靈魂有如此沮喪的認識。人的權力意志、寬恕的能力、自欺欺人的能耐、對信仰的愛恨與需求、既神聖又世俗的嗜好……令我震驚的是杜思妥也夫斯基認為這些特質都能並存，且根植於一個關於政治、欺騙與死亡，平凡糾結的故事中。我很欽佩這部小說迅速地傳達它包羅萬象的智慧。這可能是文學的首要優點，傑出的小說吸引我們進入忘我之境的速度，就跟書中主角衝入複雜高潮的情節一樣快，我們深深相信書中的世界，正如我們深深相信書中的主角。我熱切相信杜氏的預言之聲，正如我熱切相信他筆下的人物與他們自白的癖好。

比較難解釋的是這本書為何如此令我心生畏懼。尤其震撼我的是那個令人難以忍受的自殺場景（即將熄滅的蠟燭與陰險的另一人，從另一個房間觀察動靜），和一樁出於恐懼而未經縝密構思的謀殺所呈現的暴力。或許令我震驚的是書中主角如此快速地在偉大思想與渺小的鄉下生活之間來回轉換，這種突兀，杜氏不只在他們身上看到，也在自己身上看到了。讀這本小說時，感覺好像就連日常生活最小的細節也和書中人物的偉大思想有關，正因為看到這樣的關聯，我們才得以進入妄想者的可怕世界，在那裡面所有的思想與偉大理想都相互牽連。存在於本書中的祕密社團、關係糾結的基層組織、革命份子與告密者也都是這樣。這個人人互有關聯的恐怖世界既是個偽裝的面具，也是一條管道，可通往隱藏在所有思想背後的偉大真理，因為在這個世界背後還有另一個世界，而在這另一個世界裡，我們可以質疑人的自由與上帝的存在。在《附魔者》中，杜氏給了我們一個利用自殺來證明這兩大觀念（人的自由與上帝的存在）的主角，而且他的手法恐怕沒有一個讀者忘得了。杜氏將信念、抽象思想與哲學矛盾具體化或戲劇化的技巧，鮮少作家能望其項背。

杜思妥也夫斯基於一八六九年開始創作《附魔者》，當時他四十八歲，剛剛撰寫並發表《白痴》，也寫了《永恆的丈夫》（*The Eternal Husband*）。那個時候他住在歐洲（佛羅倫斯與德勒斯登），是兩年前為了逃避債主，也讓自己能平平靜靜地寫作而去的。他在構思一本關於信仰與缺乏信仰的小說，並起名為《無神論，大罪人的一生》。他對虛無主義者（也許可以定義為半無政府主義、半自由主義者）充滿怨恨，因此要寫一部政治小說嘲弄他們對俄國傳統的憎恨、他們對西方的熱愛，與他們的缺乏信仰。這部小說寫了一段時間後，他開始變得興致缺缺，並因為無意中在俄國報上看到一則政治謀殺的新聞，又從妻子的一位朋友口中聽聞，不禁勃然大怒（也只有流亡者會如此憤怒）。就在那一年，一個名叫伊凡諾夫的大學生遭四名友人殺害，因為他們認為他是警方派來的奸細。在這個年輕人互相殺害的基層組織裡，為首的是有才氣、詭計多端又殘酷的涅查耶夫（Sergey Gennadiyevich Nechayev, 1847-1882）。在《附魔者》中，由斯提潘諾維契·維赫文斯基擔任涅查耶夫的角色，一如真實的情形，他和幾位朋友（托卡欽科、魏金斯基、席伽利奧夫與李安欣）在公園裡殺死被懷疑告密的夏托夫，並將他的屍體丟入湖裡。

這起謀殺案讓杜氏得以看穿俄國虛無主義者與西化者的革命與烏托邦夢想，發現其背後有一股強大的權力欲——想掌控配偶、朋友、周遭人事物、整個世界。因此，當我還是左傾的年輕人，讀到《附魔者》總覺得書中寫的不是一百年前的俄國，而是已經屈服於偏激政治、暴力根深蒂固的土耳其。就好像杜氏在我耳邊說著悄悄話，教導我靈魂的祕密語言，將我拉進一個激進份子的社團，這些人雖然因為改變世界的夢想而熱血澎湃，卻也封閉於祕密組織內，沉浸在以革命之名欺騙他人、詛咒並詆毀那些想法或願景與他們不同的人等等樂趣之中。還記得我當時暗自納悶，為何沒有人談論這本書中揭露的事。這裡頭能告訴我們太多關於我們自己這個時代的事情，在左派的圈子裡卻受到忽視，也許這便是為什麼我閱讀時，會覺得它在悄悄向我傾吐祕密。

我的恐懼還有另一個私人原因。因為當時，也就是涅查耶夫謀殺案發生與《附魔者》出版大約一百年後，有一樁類似的罪行發生在土耳其的羅伯特學院（Robert College）。我一些同學所屬的某革命支部，在一位聰明又殘酷的「英雄」（後來人間蒸發了）鼓動下，深信一名成員背叛了他們。於是某天夜裡他們拿棍棒砸他的頭將他殺死，然後將屍體塞進行李箱放到船上，在划船穿越博斯普魯斯海峽時被逮獲。驅使他們行動的念頭，讓他們願意鋌而走險動手殺人的念頭，在於「最危險的敵人就是離你最近的那人，也就是老是先離開的那人」——因為我在《附魔者》裡先讀到過了，所以內心能感受得到。數年後，我問一個也屬於那個支部的朋友是否看過《附魔者》，因為他們無心之中仿效了書中的情節，但他對這本小說毫無興趣。

雖然充滿恐懼與暴力，《附魔者》卻是杜氏最有趣、最具喜感的小說。杜思妥也夫斯基是個筆法精湛的諷刺作家，尤其在熱鬧的舞台背景中更顯出其功力。杜氏利用卡馬金諾夫這個角色，尖刻地反諷了他在真實生活中既視為朋友又厭恨的屠格涅夫。屠格涅夫之所以令杜氏苦惱，因為他是個富有的地主，而且認同那些（依杜氏之見）鄙視俄國文化的虛無主義者與西化者。就某種程度而言，《附魔者》是他寫來抗議《父與子》（*Fathers and Sons*）的小說。

但是儘管對左翼自由份子與西化者憤恨不平，對他們瞭若指掌的杜氏偶爾也還是忍不住帶著愛談論他們。他寫到史蒂芬．特羅菲莫維奇的結局，以及他遇見自己一直以來夢想的那種俄國農夫的情景時，如此由衷地抒發情感，使得自始至終都對此人的自負抱以蔑笑的讀者，也不得不發出讚嘆。就某方面而言，這可以視為杜氏向這個西化的、孤注一擲的革命知識份子道別的方式，打發他去平靜地放縱自己的熱情、錯誤與自負。

我一直將《附魔者》當成一本公開可恥祕密的書，而這些祕密是激進的知識份子（亦即住在歐洲邊陲、遠離中心，與自己的西方夢想交戰，又因為懷疑上帝而飽受折磨的人）想要隱藏不讓我們看見的。

38《卡拉馬助夫兄弟們》

我清楚記得十八歲時，獨自在一棟面向博斯普魯斯海峽的屋裡，在我自己的房內閱讀《卡拉馬助夫兄弟們》的情景。那是我第一次看杜思妥也夫斯基的書。在我父親的書房裡，除了有康斯坦絲．嘉奈特（Constance Garnett, 1861-1946）的著名英譯本之外，還有一本一九四〇年代出的土耳其文譯本，那書名那麼強烈地喚起象徵俄羅斯的奇異感，以及它的不同與它的力量，有好一段時間，這本書不停地召喚我進入它的世界。

一如所有偉大的小說，《卡拉馬助夫兄弟們》對我有兩個立即但相反的影響：它讓我覺得自己在世上並不孤單，卻又讓我覺得與其他人隔絕，孤立無助。當我沉迷於小說中可以得見的世界時不會孤單，因為我覺得書中所披露最驚人的話語都是我自己曾經有過的想法，而最令我震撼的場景與千變萬化的影像也似乎都來自我自己的回憶——看偉大小說時總是如此。可是這書也同時向我洩漏統治暗影處的規則、那些沒有人談論的事情，因此也讓我感到孤單。我自覺像是有史以來第一個看這本書的人，杜思妥也夫斯基好像在小聲說著關於生命與人類一些神祕難懂、無人知曉的事，而且只說給我聽——以至於當我坐下來和父母一起吃晚飯，或是當我在學校（當時我在伊斯坦堡科技大學念建築）擁擠的走廊上想和朋友正常地聊聊政治，都會覺得這本書在我內心顫動，我便知道從此以後人生再也不一樣了。相較於書中的驚人世界，我自己的生活與煩惱實在渺小而微不足道。我想說出來：我正在看一本深深震懾了我，並將會改變我一生的書。誠如波赫士曾說過：「發現杜思妥也夫斯基就像第一次發現愛，或是大海——這標記著人生旅程中重要的一刻。」我第一次讀杜思妥也夫斯基，總像是標記著我失去純真的那一刻。

杜氏在《卡拉馬助夫兄弟們》與其他偉大小說裡悄悄對我說的祕密是什麼呢？是不是：雖然我們永遠不可能自始至終相信任何事，我還是會一直渴望著上帝或信仰？或者是：要接受我們內心有個魔鬼在咒罵我們內心最深處的信念？或者是：誠如我那段時間所想像的，快樂不會只來自濃烈熱情、迷戀、美好想法等等多采多姿的生活元素，也會來自與這些浮誇醒目的概念恰恰相反的謙卑態度？或者是：人類這種動物總是搖擺於希望與絕望、愛與恨、真實與想像等兩個極端之間，而且搖擺得比我以前所想的更快、更不確定？或者是：就像杜氏描繪的卡拉馬助夫家的父親一樣，人就連哭泣時都不真誠，都還有一部分在玩花樣？杜氏之所以引發我內心如此大的恐懼，是因為他不肯以抽象方式貢獻智慧，而是將這些真相放進一些在在令人感到真實的角色中。看《卡拉馬助夫兄弟們》時，我們會不由得納悶：人真能這麼快速地擺盪於兩個極端之間嗎？而那孤注一擲的心情會不會是十九世紀五〇至七五年間，俄國正遭逢社會危機之際，杜氏本身（也許還有俄國知識份子）的心境？然而與此同時，我們心裡也能感受到主角們種種精神上的不安適。看杜氏的書，尤其是年輕時，會有一個接著一個令人驚嘆的發現。《卡拉馬助夫兄弟們》（如同他所有的小說）有非常縝密的構思，一旦進入它仔細編織的事件網絡中，我們會發現（而且多少有點驚慌失措）這故事設定的背景，是一個還在成形中的世界。

對某些作家來說，世界是一個已經完全成熟、處於完成狀態的地方。像福樓拜與納博科夫這類的小說家，就比較沒興趣挖掘支配世界的基本規則與架構，而比較樂於展示它的色彩、對稱、陰影與半隱半現的玩笑，他們也比較不關心生活與世界的規則，而比較在意它的表面與質地。閱讀福樓拜與納博科夫的樂趣不在於發現作者內心的美妙想法，而在於觀察他們如何留意一些小細節與他們熟練的敘述手法。

但願我能說有另外一群作家，而杜氏是其中之一。可是我不能說杜氏是這群人當中最清醒而有趣的一個，因為他是唯一成員。對於像杜氏這樣的作家，世界是個正在成形的地方，尚未完成，總是缺少些什麼。我們自己的世界也是一樣，正在成形中，所以我們會想挖得更深，以便了解支配這個世界的規則，並在裡面找到一個角落，或許能讓我們按照自己分辨是非的想法生活。然而我們這麼做的同時，卻開始感覺自己彷彿也成了書中試著揣摹的那個半完成世界的一部分。當我們與小說博鬥著，不只感受到這個依然在建構中的世界所給予的恐懼感與不確定感，也開始覺得幾乎要為它負責，就好像與書的搏鬥變成了個人奮鬥的一部分，要來譯解我們自己的生命本質。這便是為什麼讀杜思妥也夫斯基時，得知關於自己的事會讓我們如此害怕，因為規則從來都不很清楚。

何謂相信某件事、對上帝或宗教的信仰通往何處、何謂擁抱某種信條直到最後、如何在這種形而上的問題與社會和日常生活間取得協調……多數人年輕時腦中都縈繞著這些令人慷慨激昂的問題，而這些問題也盤據了杜氏一輩子，他在《卡拉馬助夫兄弟們》一書中，作了比以前都更深入而全面的檢視。《卡拉馬助夫兄弟們》是基本讀物，最好能在年輕時閱讀。由於書中反映了痛苦、憂懼，以及年輕時最深切苦惱的祕密欲望（我想到的是本書的核心主題弒父與隨之而來的內疚），對年輕讀者是個震驚的經驗。佛洛伊德（Sigmund Freud, 1856-1939）寫過一篇關於杜氏的知名文章，除了強調《卡拉馬助夫兄弟們》的傑出與重要之外，還拿索福克勒斯（Sophocles, c. 496-406 B.C.）（《伊底帕斯王》）與莎士比亞（《哈姆雷特》）作類比，指出這些故事令人驚駭的元素都在於弒父。

但是到了人生後期，理解力圓熟之後，我們依然能津津有味地讀這本小說。第二次閱讀時，我最欣賞杜氏利用當地文化與其卑微傳統對抗現代的神聖價值（諸如企業體系、威權與戰爭、質疑與反叛的權利）的手法。《白痴》裡的各種觀念在此書中處理得更為純熟，例如杜氏讓伊凡·卡拉馬助夫告訴我們，聰明的人注定要謙卑內疚，而愚蠢的人則有純潔與堅定的傾向。第二次閱讀時，我無法順應杜氏的意圖去厭恨老卡拉馬助夫，他粗野的態度、他對孩子們的關注、他的耽於享樂與他說謊的習性都讓我忍俊不住，他彷彿真實人物的寫照，很像我所知道的真實人物。多數偉大作家寫作時會違背自己的信念，或至少會不經意地加以質疑，以至於偶爾看起來像是違背了這些信念。在《卡拉馬助夫兄弟們》中，杜氏透過主角們的衝突與心靈上的極度痛苦，讓自己的信念接受最大考驗。看到杜氏竟能創造出這麼多個性鮮明獨特的人物，並以如此豐富的細節、色彩與令人信服的深度，讓他們在讀者心目中栩栩如生，實在也只能驚嘆再三。其他作家（例如狄更斯〔Charles Dickens, 1812-1870〕）會創造出令人難忘的角色，但我們記住的多半是這些角色奇怪、可愛的特性。而在杜氏的世界裡，盤據我們心頭的卻是主角飽受折磨的靈魂。因為，很奇怪，卡拉馬助夫家三兄弟也是心靈上的兄弟，讀者會試圖從他們當中作選擇，去認同他們、討論他們、與他們爭辯——很快地，與卡拉馬助夫家的每個兄弟爭辯就演變成辯論人生。

年輕時的我最能認同阿羅莎，他心地純潔、想去看每個人的優點，並努力去了解身旁所有的人，這一切都在在打動我內心衛道的部分。不過有一部分的我也知道（就像《白痴》裡的米希金王子），這種純潔必須費很大的力才能得到。因此我終於看清那個熱中理論、熱中書本的絕對論者伊凡，才更貼近我的本性。凡是住在貧窮的非西方國家、喜歡以道德訓人，並總是埋首於書本與思想中的憤怒青年，多少都有一點伊凡的無情冷靜。我們可以從伊凡身上看到杜氏在《附魔者》裡探討的政治陰謀家的些許影子，這些人在布爾什維克革命後繼續統治俄國，他們為了追求一個偉大理想願意走極端，願意採取最殘酷的手段。可是這個兄弟，他仍然是卡拉馬助夫家的一員，無論有多大的憤怒與熱情、無論做得多過火，對愛的渴望依然讓他受了傷，而杜氏細膩傳達的溫柔憐憫之心軟化了他。我把老大狄米特利當成一個疏遠的主角，現在也還是這麼看他。他太世故，這方面像父親，他與父親爭奪一個女人使他比其他兄弟都更真實，但也正因如此更容易被遺忘。當我們發現狄米特利與父親何其相像，最後面對他的問題便覺得事不關己，我的意思是我們心裡就感受不到這些問題。令我懼怕的則是另一個兄弟（同父異母的私生兄弟），那個男僕司米爾迪可夫。他喚起一種「我們的父親也許有其他生活」的可怕念頭，也喚醒中產階級對貧窮階級的憂懼，擔心被他們監視、批判、定罪。從司米爾迪可夫殺人後所施展的誠實、無情、精準的邏輯思考看來，他證明了一個不重要的角色有時候透過機智與直覺的運用，也能掌控局面。

杜氏寫《卡拉馬助夫兄弟們》這個關於一個鄉下家庭的故事時，也一面在應付著政治與文化間的左右為難，這個難題將困擾他一生。寫這本書那些年，他（與托爾斯泰）是俄國最偉大的小說家，直到他生命終了，民眾才終於接受這個事實。就在寫這部小說前，他發行了一份雜誌叫《作家日記》（*The Diary of a Writer*），裡面收錄了他的想法、他厭惡的人事物，和關於政治、文化、哲學與宗教的小品文。他在妻子的協助下自行出版了最後幾本書和這份雜誌，由於那本雜誌在當時是全國最受歡迎的文學知性期刊，他的生活甚至因此改善不少。年輕時的杜氏是個左翼西化的自由主義者，但是到了人生末年，他卻為泛斯拉夫主義說話，甚至還讚美沙皇，因為他在一八六一年解放農奴，讓杜氏年輕時的夢想得以成真（此外，杜氏於一八四九年因政治罪行遭處死，臨行刑前也是沙皇赦免了他）。杜氏對於自己與沙皇家族建立的這小小私人關係頗為自豪。一八七七至七八年的俄土戰爭在泛斯拉夫主義的影響下爆發，他一聽到開戰的消息，便前往大教堂含淚為俄國人民祈禱。（在土耳其向來習慣將《卡拉馬助夫兄弟們》各個譯本裡對於好戰的土耳其人的言論加以移除或修改。）到了七十歲，經常收到讀者與仰慕者來信、甚至受到敵人尊敬的杜氏，已經是個疲憊的老人，在《卡拉馬助夫兄弟們》出版一年後，便與世長辭。數年後，他的妻子回想丈夫當時還會繼續爬四層樓去參加一個定期的文學聚會，雖然爬得筋疲力盡、氣喘吁吁，但一抵達後，全場的鴉雀無聲讓他感到無比自豪，光為這點他就甘心了。儘管肝臟疾病引發黃疸症狀，杜氏仍不肯放棄邊抽菸邊喝茶，邊寫作到黎明的樂趣。

杜氏的寫作生涯是一連串的文學奇蹟，在健康衰退之際寫出史上數一數二的偉大小說，對他是最後慈悲的一擊。沒有其他小說像這樣來回擺盪於一個人的日常生活（他的家庭糾紛、他的金錢問題）與他的宏大思想之間，沒有其他小說如此擄獲人心。小說一如管絃樂，是西方文明最偉大的藝術，因此寫出史上最偉大小說之一的杜思妥也夫斯基，竟然就像今日心胸褊狹的回教徒一樣厭恨西方與歐洲，這一點著實格外諷刺。

39 殘酷、美與時間：論納博科夫的《愛達》與《蘿莉塔》

誠如我說過的，有些作家儘管教了我們許多關於人生、寫作與文學的事，而我們閱讀其作品時也充滿愛與熱忱，卻始終留在過去。即便後來再重讀，也不是因為他們依然能打動我們，而是出於懷舊，出於被帶回到第一次閱讀那段歲月的喜悅。海明威（Ernest Hemingway, 1899-1961）、沙特、卡繆，甚至福克納都屬於這一類。現今再拿起他們的書，並不期望看到什麼令人興奮激動的新洞見，只是希望**回憶**他們曾經如何影響我、如何塑造我的靈魂。他們或許是我偶爾會渴求的作家，卻不是我現在仍會需要的作家。

相反地，每回拿起普魯斯特的書，都是為了提醒自己他是多麼無止境地留意著主角們的熱情。讀杜思妥也夫斯基，則是因為需要提醒自己：不管這位小說家有其他哪些憂慮與構思，他最注重的還是深度。這類作家的偉大似乎有一部分是源自於我們對他們的深切嚮往。還有一位讓我百讀不厭的作家就是納博科夫，我想我永遠也無法放下他。

暑期出遠門度假前收拾行李時，或是準備到飯店去寫最新小說的完結篇時，將已經翻得破舊的《蘿莉塔》（*Lolita*）、《幽冥的火》（*Pale Fire*）與《說吧，記憶》（*Speak, Memory*，依我之見，這是納博科夫最細膩傑出的散文作品）放進行李箱，為何感覺像是在打包我的藥呢？

是因為納博科夫式的散文之美。但我所謂的**美**也無法解釋這點。因為納博科夫作品的美背後總是隱藏著某種凶險（**sinister**，他還用這個字取了某本書名）、一絲暴虐。假如「超越時空」的美是一種幻象，納博科夫的生平與時代便反映在這幻象當中。這樣的美連同殘酷與邪惡一起簽入了與魔鬼的契約中，我又怎會受到感動呢？

他書中有一些知名場景，諸如蘿莉塔打網球；夏綠蒂慢慢步入沙漏湖；失去蘿莉塔的韓伯特站在小山頂上的路邊，聆聽小鎮上（一幅布勒哲爾〔Pieter Breughel, c.1525-1569〕的無雪風景畫）孩童嬉戲聲，然後在樹林中與年輕時愛過的人相會；《蘿莉塔》的後記（他說雖然只有短短十行，卻花了一個月才寫成）；韓伯特去找卡司賓城裡那個理髮師；或《愛達》（*Ada*）裡擁擠的家族場景等等。看到這些，我第一個反應是：生活就是這樣，這位作家正在講述我已經知道的事，但他誠實得堅定而驚人，因此在該流淚的時候我便熱淚盈眶了。納博科夫是個充滿傲氣與自信的作家，對自己的天賦瞭如指掌，他曾經說自己擅長將「對的字眼擺在對的地方」。他對於「適切字眼」（**le mot juste**，福樓拜對於這種卓越選擇能力的用詞）的敏銳嗅覺，讓他的文筆有一種令人目眩神迷、近乎超自然的特質。但是在才氣與想像力賦予他的這些質樸字句背後隱藏著殘酷。

為了進一步了解我所謂納博科夫的殘酷，我們就來看看韓伯特去卡司賓城找理髮師的段落——只是為了殺時間，之後不久蘿莉塔便無比殘忍（且正正當當）地離開了他。那是一個鄉下老理髮師，天生饒舌，替韓伯特修鬍子時喋喋不休地說著自己打棒球的兒子。他用圍在韓伯特身上的圍巾擦擦眼鏡，然後放下剪刀朗讀一段關於兒子的剪報。納博科夫用寥寥幾個神奇的句子便讓這個理髮師栩栩如生。對我們在土耳其的人而言，熟悉得好像他就住在這裡。然而到了最後一刻，納博科夫打出最後一張最令人驚駭的牌。韓伯特對這個理髮師實在興致缺缺，因此直到最後一刻才發覺剪報裡那個兒子已經在三十年前去世。

納博科夫用兩句話，花了他兩個月才臻於完美的兩句話，描繪一間鄉下理髮店與絮叨誇耀自己兒子的理髮師，語氣中不僅活力充沛，對細節的留意也可媲美契訶夫（Anton Chekhov, 1860-1904，納博科夫直言欣賞的一位作家）。接著，將甘心追隨的讀者帶進「死去的兒子」的誇張離奇劇情後，他立刻放手讓我們又回到韓伯特的世界。從這個殘忍又諷刺的決裂手法可以看出，我們的敘述者對理髮師的悲痛絲毫不感興趣。而且他胸有成竹，相信我們也身陷在韓伯特的愛戀驚慌中，因此不會比他更想在已經死去三十年的理髮師兒子身上多作停留。於是我們也分擔了伴隨殘酷而來的內疚，這是追求美的代價。二十多歲時，我讀納博科夫總有一種奇怪的內疚感，但也總會以納博科夫式的傲氣形成一面護盾來對抗這種內疚。這是我追求小說之美，也是我享受小說的樂趣所付出的代價。

要想明白納博科夫的殘酷與其殘酷的美，就得先回想生活是多麼殘酷地對待納博科夫。生於俄國貴族世家的他，在布爾什維克革命後失去了地產與所有財富。（後來他豪氣地自稱不在意。）他離開俄羅斯來到伊斯坦堡（在西凱吉〔Sirkeci〕的某間旅館住了一天），然後首先流亡到柏林，從柏林再到巴黎，德軍入侵法國後又移民到美國。雖然他在柏林時精通標準俄語，一到美國便不再使用母語。他父親是個自由派政治人物，在一次謀殺中陰錯陽差遭到殺害，就像他在《幽冥的火》中極盡諷刺冷酷之能事描述的事件。四十多歲來到美國的他，不只失去母語，還失去了父親、世襲產業與家人，家族裡的成員散布到了世界各地。他會展現一種奇特的惡毒（艾德蒙・威爾森〔Edmund Wilson, 1895-1972〕稱之為「打落水狗」），他會驕傲地避開所有政治界的人，他還會譏笑甚至貶損一般人的粗野態度與低俗品味，如果不想因為這些事對他太苛責，就必須記住他在真實人生中失去的一切，尤其他還對筆下的男女主角如蘿莉塔、塞巴斯欽・奈特與約翰・謝德等，寄予莫大同情。

從納博科夫對卡司賓理髮師的描述就能清楚看出，他呈現殘酷的方式便是以非常詳細的闡述，來證明生活中，無論是自然、其他人、周遭環境、街道或城市，沒有任何人事物會回應我們的痛苦、我們的煩惱。這項認知讓我們想到蘿莉塔對於死亡的說法（「你完全只能靠自己」），而她的繼父也對此表達讚賞。讀納博科夫的濃厚喜悅來自於可以看清一個殘酷事實：我們的生活根本與這世界的邏輯格格不入。接受這個事實之後，便能開始欣賞美的本身。只有在發現支配這個世界（這個只能透過偉大文學來欣賞的世界）的深層邏輯後，我們才可能從手中掌握的美獲得慰藉。到頭來，我們對抗殘酷人生的唯一方法就是納博科夫那細膩勻稱之美、他的自我調侃與鏡子遊戲、他對光的讚頌（這位一向極度自覺的作家稱之為一種「稜鏡巴別塔」），以及他那美如蝴蝶翅膀顫動的文筆（失去蘿莉塔後，韓伯特告訴讀者如今他只剩下話語，還以半嘲弄的口吻裝模作樣地說什麼「愛是最後的避風港」）。

進入這個避風港的代價就是殘酷，也進而產生我描述過的那種內疚感。由於納博科夫的文筆之美來自殘酷，同樣的內疚使它有了缺陷，因此在追求那種超越時空、充滿幼童純真的美的韓伯特也是一樣。我們可以感受到作者（即這篇令人驚異的文章的敘述者、說話者）自始至終都試圖克服這份內疚，而這個企圖只是讓他無畏的憤世嫉俗態度、卓絕的抨擊火力，與經常回到過去、回到童年回憶的習慣，更變本加厲。

在納博科夫的回憶錄中，可以發現他將童年視為黃金時期。雖然納博科夫寫作時心裡想著托爾斯泰的《童年》（*Childhood*）、《少年》（*Boyhood*）與《青年》（*Youth*），但托爾斯泰從盧梭（**Jean-Jacques Rousseau, 1712-1778**）處衍生而來的內疚，納博科夫顯然毫無興趣。很明顯地，他覺得內疚是童年結束、布爾什維克黨人迫使他離開俄國的浪漫愜意生活後，緊接而來的痛苦，是他在磨練自己文筆時承受的痛苦。普希金（**Alexander Pushkin, 1799-1837**）曾經說過：「如果所有俄國作家都寫自己失去的童年，還有誰會談論俄國本身？」雖然納博科夫正是普希金所抱怨的那種傳統的現代實例，亦即地主貴族文學，但他絕對不只如此而已。

納博科夫與佛洛伊德的爭辯，他在刺激對方時獲得的樂趣，都顯示他想要自我辯護，想要辯稱他對自己童年的黃金時期並未感到強烈內疚。換句話說，他想要保護自己不受內疚限制、不作內疚宣言，而不是保護自己不受佛洛伊德的愚蠢言行（據納博科夫本人的形容）所傷。因為開始撰寫關於**時間**、**記憶**與**永恆**時——有關這些題材的篇章堪稱他的頂尖傑作——納博科夫也嘗試了一種佛洛伊德式的巫術。

納博科夫的時間概念讓他得以逃避伴隨著美而至並會產生內疚的殘酷。在《愛達》中詳細琢磨這個概念的納博科夫提醒了我們，記憶能讓我們隨身攜帶著童年，還有我們以為已經拋到身後的黃金時期。納博科夫用一種細膩的抒情筆法，具體呈現這個簡單、不言自明的觀念，只用一個簡單的句子來顯示過去與現在如何能夠並存。與所有事物的偶遇會在最意外的時刻讓人想起過去，那些影像充滿奇妙的回憶，讓我們睜開眼睛看見即使在當下這個醜陋的物質世界裡，也始終與我們同在的黃金時期。據納博科夫的說法，記憶是作家也是想像力最豐富的泉源，它用過去的光環圍繞著現在。但這並不像普魯斯特筆下的敘述者，在日薄西山、已無未來之際回到過去。堅持探索記憶與時間的納博科夫，談論的是一個對現在與未來都很確定的作家，而且這作家知道自己的記憶是從遊戲中誕生，歷經風風雨雨後形塑而成。《蘿莉塔》的均衡活力便來自於偶爾平靜、偶爾激動地來回於過去與現在之間的迅速飛掠：韓伯特的敘述很快地從他的童年回憶（早在蘿莉塔之前）跳到她逃離他們一起度過的快樂時光之後的回憶。當納博科夫提到這些奇妙回憶，會反覆使用**天堂**這個字眼，有一段他甚至提到**天堂的冰山**。

反觀《愛達》，納博科夫則是企圖將已逝的昔日天堂帶回到現在。納博科夫知道由已逝的黃金時期回憶建構而成的世界，無論在他當時居住的美國（蘿莉塔的美國，一個搖擺於自由與粗野之間的國度），或是在俄羅斯（當時已是蘇聯的一部分）都不可能倖存，因此他混合了這兩個世界的記憶創造出第三個國度，那是一個完全想像出來的文學天堂。由於混合了太多他認為清白無瑕的童年細節，這個世界怪異而奇妙，充滿放縱且徹底幼稚的自戀。我們看到的不是一個年長作家在蒐集童年回憶，而是納博科夫以一部優雅而狂妄的精心力作，將自己的童年移植到老年裡面來。我們看見他筆下為愛情苦惱的主角們不只實現了童年的愛情，還保存著他們的生命狀態，讓他們能將這份愛帶進棺材。韓伯特或許畢生都在找尋童年失去的愛，但愛達與凡卻想永遠生活在從他們童年的愛煥發出來的天堂裡。首先我們得知他們是表兄妹，後來變成親兄妹。和他極力想要痛恨的佛洛伊德一樣，納博科夫很謹慎地披露這個真相，暗示道將我們逐出童年天堂的正是禁忌。

納博科夫式的童年是個遠離內疚與罪惡的天堂，我們可以感覺到他是真正憧憬愛達與凡相愛的那份自私。這反而讓我們倒向深愛凡卻得不到回報的可憐的露西特。當凡與愛達陶醉在敘述者為他們創造的天堂裡，露西特（本書中最現代、最煩惱也最不快樂的角色）便成了納博科夫式的殘酷下的犧牲者，被排擠在書中重要場景與美好愛情之外，令許多讀者感到同情。

就在這個時間點上，作者的偉大與否要取決於讀者。當納博科夫努力地將他的天堂帶進我們的時代，並為他自己創造一個逃避現實的地方，他決心縱情於自己私密的玩笑與雙關語、自己的祕密樂趣與遊戲，也決心好好抒發他對無窮無盡的想像力的讚佩之情——這個衝動在《愛達》一書中製造出了一些時刻，讓他失去缺乏耐心的讀者。普魯斯特、卡夫卡（Franz Kafka, 1883-1924）和喬伊斯（James Joyce, 1882-1941）也都會在這個時間點上拒絕讀者，但與這幾個作家不同的是，後現代玩笑之父納博科夫已經預見讀者的反應，因此將自己捲入遊戲當中：他提到凡的哲學小說的困境，提到他「周旋在小客廳裡搖著扇子的淑女名媛間誇誇而談」，是如何被視為不重視文學名氣而顯得自負。

我年輕時，身邊每個人都認為小說家應該從事社會與道德分析，我便拿這種納博科夫式的高傲姿態當擋箭牌。從土耳其的角度看，《愛達》與納博科夫於一九七〇年代寫的其他小說，都像是一個「與現代隔絕」而不存在的世界裡的幻想。我擔心我打算在小說中設定的社會背景，有一些殘酷而醜陋的需求會把我壓得喘不過氣，因此我覺得在道德方面，不只有必要接受《蘿莉塔》，也有必要接受《愛達》之類的書，因為在這些書中，納博科夫將他的雙關語、性幻想、博學、文學遊戲、自我調侃與對諷刺的愛好等等極限又更往外推了。這正是為什麼我覺得偉大的文學就存在身旁左近，一個被挑撥離間的內疚之風吹涼了的地方。《愛達》是一位偉大作家企圖根除這份內疚，並利用文學的力量與意志將天堂帶到眼下來的作品。因此當你一旦對這本書、對凡與愛達的亂倫結合失去信任，這書就會淹沒在與納博科夫的意圖恰恰相反的罪惡之中。

40 卡繆

於是隨著時間過去，只要想起讀過的作家，就一定會重新造訪首次讀他們時認識的世界，也會回想起被他們喚起的最初的渴望。愛慕一個作家，不只因為他帶我們進入一個縈繞不去的世界，還因為他多少造就了現在的我們。對我來說，卡繆就和杜思妥也夫斯基、波赫士一樣，同屬這類基本作家。這種作家的文筆會帶你進入一個有待填入意義的風景，卻又暗示著任何具有形而上構思的文學，也和人生一樣有無限可能。在你年輕而且理所當然充滿希望時讀這些作家的書，會激勵你也想要寫書。

我讀卡繆比讀杜思妥也夫斯基和波赫士更早一點，當時十八歲，是受到建築工程師父親的影響。一九五〇年代期間，伽利瑪出版社（Gallimard）出版了一本又一本卡繆的書，父親若不在巴黎，無法親自去買，便會安排讓書寄到伊斯坦堡。他字斟句酌地看完書後，很喜歡討論。雖然他偶爾會試著用我能理解的字眼來解說「荒謬哲學」，我卻直到很後來才終於了解為什麼這能讓他產生共鳴：對我們來說，這種哲學不是來自西方大城市，或這些城市的宏偉紀念建築與華宅內部，而是來自一個邊緣化地帶，一個一部分現代、一部分伊斯蘭、一部分地中海特色的世界，就像我們所屬的世界。卡繆在《異鄉人》、《鼠疫》與其他許多短篇故事裡設定的風景是他本身童年的風景，而他滿懷愛意仔細描繪的陽光照耀的街道與庭園，既不屬於東方也不屬於西方。此外還因為卡繆是個文學傳奇：父親不只著迷於他年紀輕輕便成名，聽到他的死訊時也同樣震驚，當時的他還年輕英俊卻死於車禍意外，各報無不爭相稱之為「荒謬」。

父親和所有人一樣，在卡繆的文筆中發現一種年輕的光環。雖然如今那些措詞已不只反映作者的年紀與外貌，我卻依然能感受到那種光環。現在重讀卡繆的作品，我會覺得他書中的歐洲還是個年輕的地方，什麼事都可能發生。就好像歐洲文化尚未龜裂，好像只要專心凝視這個物質世界，幾乎就能看到它的本質。這或許反映了戰後的樂觀氣氛，因為戰勝的法國重新在世界文化中、尤其是文學界扮演主要角色。對於世界其他地方的知識份子，戰後的法國是個難以企及的理想，不只在文學上，在歷史上也一樣。今天我們能更清楚看出，正是因為法國卓越的文化地位，才使得存在主義與荒謬哲學於一九五〇年代期間，不僅在歐洲，也在美國與非西方國家的文學文化中，享有如此崇高的聲譽。

正是這種年輕的樂觀促使卡繆將《異鄉人》中法籍主角無心殺死一名阿拉伯人一事，視為哲學而非殖民問題。當一位擁有哲學學位的傑出作家提到一個憤怒的傳教士、一個急於出名的藝術家、一名騎上單車的跛足男子，或是一個和情人到海灘去的男人，總能夠盤旋直下，進入一個令人暈眩且具有暗示性的玄奧沉思當中。在所有這些故事裡，他像個煉金師似地重組生活中的平凡細節，將這些卑金屬化成一種哲學文章的細絲工藝。暗藏在這底下的基礎，當然就是法國哲學小說的漫長歷史，卡繆和狄德羅（Denis Diderot, 1713-1784）一樣都是其中一員。卡繆的獨特之處在於他不費吹灰之力地將海明威式短句與寫實敘述法，融入這個以尖刻妙語與略帶學究氣又具些許威嚴的口吻為基礎的傳統。雖然這類故事屬於包含愛倫坡與波赫士在內的哲學短篇故事傳統，但其色彩、活力與氣氛卻得歸功於卡繆這位記敘文小說家。

讀者無可避免地會對兩件事印象深刻：一是卡繆與主題之間的距離，一是他那輕柔、近乎喃喃自語的敘述方式。他彷彿無法決定是否該帶讀者更深入故事，結果便讓我們懸在作者的哲學憂思與內文本身之間。這點或許反映了卡繆人生最後幾年所遭遇的那些令他筋疲力竭、招致罵名的問題。有些則表現於〈沉默的人〉（*The Mute*）開頭的幾段文字，在此卡繆多少有些自覺地暗指老化的問題。在另一個故事〈工作中的藝術家〉（*The Artist at Work*）中，可以感受到生命結束前夕的卡繆生活得太緊繃，名氣的負擔也太大。但真正讓卡繆受到嚴厲譴責、身敗名裂的，無疑是阿爾及利亞戰爭。他身為阿爾及利亞裔法國人，夾在對地中海世界的愛與對法國的忠誠之間，不禁心力交瘁。儘管他明白反殖民的憤怒與為了發洩這份怒氣所導致的激烈反抗所為何來，卻無法像沙特那樣對法國政府採取強硬姿態，因為他有些法國友人被那些為獨立而戰的阿拉伯人（或是法國媒體所謂的「恐怖份子」）用炸彈炸死了。所以他選擇一言不發。沙特在這位老友去世後，寫了一篇充滿憐憫的感人短文，披露卡繆不失尊嚴的沉默底下隱藏著何等的苦惱深淵。

被迫表明立場的卡繆，轉而選擇將他的心理地獄呈現在〈來客〉（*The Guest*）文中。這篇完美的政治故事裡描繪的政治，不是我們熱切地為自己選擇的東西，而是我們被迫接受的不幸意外。文中人物的塑造描述很難不令人認同。

41 不快樂的時候閱讀伯恩哈德

我感覺到悲慘絕望，同時正在讀湯瑪斯．伯恩哈德（Thomas Bernhard, 1931-1989）的書。其實我並不想看他的書，我誰的書都不想看，因為太不快樂了，無法清晰思考。打開一本書、讀上一頁、進入另一人的夢想，這些都是為了讓思緒停留在自己的淒慘處境所找的藉口，也提醒著我世上其他人都避開了我跌入的那個痛苦之井。到處都有人自鳴得意地吹噓自己的成功與小小的優雅、自己的興趣、自己的文化與自己的家人。好像所有的書都是用這種人的口氣寫成的。不管書中描述的是十九世紀的巴黎舞會、牙買加的人類學之旅、一座偉大城市的貧窮環境，或是一個人下定決心畢生致力於研究藝術，這些書涉及的生活經驗都與我本身的經驗毫無關係，所以我想全部忘記。由於無法在這些書中找到和我與日俱增的痛苦有絲毫類似的感覺，我不只氣書也氣自己：氣書是因為它們忽視我所受的苦，氣自己則是因為竟然愚蠢到讓自己陷入這種無意義的痛苦中。我一心只想逃離自己無心造成的苦惱。但是書讓我作好迎接人生的準備，書是推我向前的主要力量，因此我不斷告訴自己，如果想把自己拉出那片烏雲，就得繼續看書。可是每當打開一本書，聽到作者的聲音說他接受世界的原貌，或者即使想要改變也還是認同這個世界，我就感到孤單。書與我的痛苦相距遙遠。再者，也是書讓我意識到我所陷入的悲慘狀況獨一無二，我是個獨一無二的白痴可憐蟲。所以我才會不斷告訴自己：「書不是拿來看的，而是用來買賣的。」在地震過後，只要一被書惹惱，我就會找個理由丟書。於是我帶著憎惡與幻滅的心，試著讓自己和書之間長達四十年的戰爭告一段落。

這就是我翻閱幾頁伯恩哈德的書時的心境。我讀這幾頁不是希望從中獲救。有本雜誌想作關於伯恩哈德的特刊，請我寫點東西。因此有筆債得償還，而且很久以前我非常喜歡伯恩哈德。於是我開始重讀伯恩哈德，而自從烏雲罩頂以來，我第一次聽到有個聲音說我自稱不幸的悲慘狀況，其實不像我想的那麼嚴重、那麼糟。書中並沒有特別哪一句或哪一段落明白說出這一點，內容都在談論其他事情，諸如對鋼琴的熱愛、孤獨、出版商、顧爾德（Glenn Gould, 1932-1982）等等，但我還是覺得這些只是藉口，其實它們在談論的是我的痛苦，感受到這點讓我精神為之一振。問題不在痛苦本身，而在我如何感知。問題不是我不快樂，而是我在特定某些方面感到不快樂。在這個不快樂的時候閱讀伯恩哈德有如打了一劑強心針，儘管知道我讀的那幾頁並不是為此而寫，甚至不是為了安慰那些努力想振作的讀者而寫。

這一切該作何解釋呢？為什麼在不快樂的時候讀伯恩哈德的書，彷彿吃下萬靈丹？也許是因為放棄的氛圍。或許我是受到一種道德觀點的安撫，這觀點明智地暗示最好別對人生期望太高……但也可能與道德無關，服用一劑伯恩哈德便能清楚看出，只有保持自我、堅持自己的習慣、自己的憤怒，才可能有希望。伯恩哈德的文章中暗示著，最愚蠢的行為就是放棄自己的激情與習慣以求更好的生活，或是放棄一些樂趣，諸如攻擊他人的愚蠢言行，或得知人生從來都只是我們的激情與錯亂扭曲的詮釋。

不過我知道無論怎麼企圖公式化都只是徒勞，不僅因為很難從伯恩哈德的字句中確認我所說的，也因為每次重看都發現伯恩哈德的書很抗拒被簡化。但在我又重新開始自我懷疑之前，至少容我這麼說：伯恩哈德的書最令我享受的不是書中的背景或道德觀，而是單純置身在那些書頁中，欣然接受他無可遏止的怒氣並為他分擔。心愛的作家邀請讀者一起用同樣強烈的力道爆發怒氣，這便是文學的撫慰方式。

42 伯恩哈德小說裡的世界

文學趨勢的歷史可以追溯回到兩千多年前，而兩次大戰之間則出現一種注重「精簡」的新類型，持續支配著代序者喜用警句格言的趨勢。海明威、費茲傑羅（F. Scott Fitzgerald, 1896-1940）與其他奠定兩次大戰之間文風的美國作家，樹立了一項文學規戒：凡是思想正確的作家在描寫場景時，都應該盡可能以最簡短的方式、利用最少的字句，不一再重複。

伯恩哈德不是一個想讓自己顯得思想正確或用句精簡的作家。「重複」是他世界的磚石。他筆下孤單而偏執的主人翁會一面來回遊蕩，強迫性地發洩某種憤怒激情，一面一而再、再而三地重複相同的錯亂扭曲語句。可是不只如此，在以驚人能量描寫這些人物的進展之際，伯恩哈德也會一再重複相同的語句。因此提到《混凝土》（*Concrete*）裡的主人翁花費多年時間寫一篇關於聽力的論文時，伯恩哈德並不像傳統的小說家會說「康拉德經常覺得社會一點也不重要，他在寫的論文才最重要」，他反而是透過主角沒完沒了的重複來傳達這個概念。

他循環式的思緒（其實與其說是思緒，應該說是怒吼、咒罵、尖叫與以驚嘆號終結的詛咒語）讓理性的讀者很難投入。我們會讀到奧地利人全是白痴，接著又會讀到德國人和荷蘭人也是；他會告訴我們醫生一律都窮凶極惡，藝術家大多都很愚蠢、膚淺又粗魯；我們會讀到科學界裡存在著騙子，音樂界裡則有冒牌貨；貴族與富人是寄生蟲，而窮人則是投機的詐騙者；多數知識份子都是裝腔作勢上了癮的蠢貨，而多數年輕人則是什麼都覺得好笑的笨蛋；我們還會讀到欺騙、壓迫與毀滅他人都是人類歷久不衰的愛好。某某城市是全世界最噁心的城市，某某劇院不是劇院而是妓院。某某作曲家是目前最傑出的，某某人是最優秀的哲學家，但既然沒有其他作曲家或哲學家可一較高下，他們都只是「所謂的」作曲家和哲學家而已……諸如此類。

托爾斯泰或普魯斯特會用美學盔甲來保護自己與書中主人翁，並藉此保障他們的想像世界不會出現這種過分的描述，因此看他們的書，我們可能會將這類攻擊視為（套伯恩哈德的話說）「某個痛苦的貴族或某個自負但仍具有同情心的主角的矯揉作態」，可是在伯恩哈德的世界裡，它們卻是棟梁。在普魯斯特或托爾斯泰這類「平衡穩定」的作家的作品中，我們或許會將這種偏執的重複視為「人類美德與弱點的世界裡的一片葉子」，但在此它卻是整個世界的具體實例。大多數心繫於描繪「完整人生」的作家會將「偏執、錯亂與過度」邊緣化，伯恩哈德卻把這些放在正中央，而我們形容為人生的這個經驗的其餘部分則被他推到邊緣，只有在用來羞辱人生的小細節中才能明顯得見。

這些藉由偏執獲得力量的攻擊與咒罵之所以吸引我，有部分原因在於伯恩哈德那無窮盡的言詞能量，但這吸引力也來自主角的處境。憤怒提供了伯恩哈德的主人翁力量，得以防禦這世上的邪惡、愚蠢與悲慘。伯恩哈德的主角迸出這一大串輕蔑詛咒，並不是像自信、成功的高尚人士用來看輕周遭的人，會有這種憤怒是因為太常直接面對隨時可能降臨的災難，是因為接受了人類真正本質為何的痛苦事實，而且也是這份怒氣使他的主角免於崩潰，讓他們能站穩腳跟。我們一再讀到角色們「無法站穩腳跟」、「最後被毀了」、「在角落裡凋零了」、「到最後也被壓垮了」。

對伯恩哈德那些被殘酷愚蠢圍困的主角而言，他人的毀滅可作為危險的預警。這個概念或許可以用他們的語言表達如下：要堅持、繼續、容忍、屹立不倒的人，第一要件就是詛咒世界，第二則是把這份激情變成一種深刻的、達觀的、有意義的企圖心，再不然最低限度也要沉迷在妄想中。一旦我們生活的世界受這些妄想界定，我們就會化約成那些我們無法放棄的東西。

《修正》（*Correction*）中的主角就像維根斯坦（Ludwig Wittgenstein, 1889-1951），正專心地準備一部尚未著手、需要花多年時間研究的傳記，可是他姊姊認為他在阻撓自己的前程，於是對姊姊的恨占滿他的心思。《混凝土》的主角也是這樣：雖然掛心關於「聽力」的論文，還是滿腦子想著自己寫論文的種種狀況。同樣地，《伐木工》（*Woodcutters*）中迷人的主角宴請了所有他最討厭的維也納知識份子，卻將所有待客的能量導向更加憎惡他們。

梵樂希曾經說過，嘲罵低俗言行的人其實是在表達他們對該言行的好奇與喜愛。伯恩哈德的主角持續不斷回到自己最痛恨的人事物上，想方設法地煽動這股恨火，事實上他們只能靠厭惡與輕蔑活下去。他們討厭維也納，卻匆匆趕去；他們討厭音樂世界，卻脫離不了；他們討厭自己的姊妹，卻會拚命找到她們；他們憎恨報紙卻受不了不看報；他們嘲弄知識份子的喋喋不休，一旦聽不到了又會哀嘆；他們痛恨文學獎項，卻會穿上新西裝巴巴地趕去領獎。他們試圖讓自己無可挑剔的這份努力，讓人想起了《地下室手記》裡的主人翁。

伯恩哈德帶了點杜思妥也夫斯基的色彩。他筆下主角的偏執與激情，他們抵抗絕望與荒謬的努力，也有卡夫卡的影子。不過伯恩哈德的世界更接近貝克特（Samuel Beckett, 1906-1989）的世界。

貝克特的主人翁沒有這麼常嘲罵自己的環境，比起遭遇到的災難，他們更在意自己精神上的苦悶。不管多麼努力想逃離，伯恩哈德的主角對外界始終抱著開放態度，為了逃避自己內心的痛苦，他們接納了外界的混亂。貝克特盡可能試著抹去因果的循環，而伯恩哈德卻緊盯著這些因，不放過任何細節。伯恩哈德筆下的人物拒絕向疾病、失敗與不公投降，他們抱著狂怒與盲目意志奮戰到底。即使到最後他們失敗了，我們讀到的也不是他們的挫敗與投降，而是他們執著的爭吵與掙扎努力。

如果要再找一位可以帶領我們進入伯恩哈德世界的作家，路易—費迪南．謝琳（Louis-Ferdinand Céline, 1894-1961）應該是最佳人選。和謝琳一樣，伯恩哈德是在一個必須與生活搏鬥的窮苦家庭長大。他從小沒有父親，戰爭期間過著貧困的苦日子，還染上肺結核。和謝琳一樣，他的小說大多有自傳色彩，記錄一場持續不斷的戰役，其中充滿障礙、憤恨與挫折。和大力抨擊路易．亞拉貢（Louis Aragon, 1897-1982）與艾爾莎．特奧萊（Elsa Triolet, 1896-1970）等作家，並譏罵自己出版商伽利瑪的謝琳一樣，伯恩哈德也會對老友與關照他並頒獎給他的機構大發雷霆。完全自傳式的《伐木工》中描寫的那場晚宴，伯恩哈德確實在奧地利辦過，當時他邀請了幾個朋友與熟人，故意要羞辱他們。但儘管謝琳與伯恩哈德內心都有熊熊燃燒的地獄之火，兩人的遣詞用句卻有天壤之別。謝琳呈現的句子會愈來愈短，最後以「……」結束。伯恩哈德的創新手法則是用一個句子無窮無盡地重複著迂迴的（或者說得更正確一點是晦澀的）辱罵，不甘因段落而中斷。

當迷霧散去，我們會看到一連串可愛的、無情的、有趣的小軼事。伯恩哈德的書中雖然咒罵不斷，卻不具戲劇性，反而是一個故事一個故事堆積而成，我們從書中獲得的感受並非來自整本書，而是來自散布於其中的小故事。假如記得這些故事多半是由「所謂的」藝術家與知識份子的八卦、羞辱與殘酷描述所組成，就會覺得伯恩哈德小說裡的世界不只十分形似我們的世界，有時連精神也很接近。我們每個人生氣時會沉溺在殘酷的攻擊與偏執的怨恨中，他不但把這些情緒表達出來，還更進一步將它們製造成「好藝術」。

但就在此時，他對藝術的恨遇上了麻煩。因為他連連羞辱的報紙愈來愈常報導他，受他輕蔑的獎項評審不斷頒給他愈來愈多獎，而被他多所嘲弄的劇院也迫不及待要上演他的劇作——而且讀者是那麼渴望相信書中內容是真實的，最後卻發現那畢竟只是故事，難免有上當之感。所以或許應該趁現在提醒讀者，小說家生活的世界與他筆下人物居住的世界是截然不同的領域。但倘若你仍堅稱這另一個世界就是作者本身的世界，堅稱它的所有力量來自一股真實的憤怒，那麼每次讀完伯恩哈德的小說，你都得自問為什麼在尋找一種「道德觀」時，你會覺得好像被拉進一場遊戲——與小說中那些漫畫般的人物，甚至於與小說本身玩的一場遊戲。

43 巴爾加斯—尤薩與第三世界文學

所謂的第三世界文學存在嗎？在不落庸俗與褊狹的前提之下，可能為所謂的第三世界國家確立其文學的基本優點嗎？以最細膩入微的表達來說（例如，引述愛德華．薩依德〔Edward Said, 1935-2003〕的話），第三世界文學的概念是用來強調這些位於邊緣地位的文學是多麼豐富而廣闊，以及它們與非西方特性、與民族主義之間的關係。但是當詹明信（Fredric Jameson, 1934-2024）之輩主張「第三世界文學作為國家寓言」，只是禮貌性地表達他不在乎被邊緣化的世界的文學是多麼豐富複雜。一九三〇年代，波赫士在阿根廷寫出他的短篇故事與隨筆短文，就傳統定義而言，阿根廷也是第三世界，但波赫士居於世界文學核心地位卻是不爭的事實。

然而，很清楚地，在第三世界國家有一種特殊的敘述小說。這種小說的特色與作家所在地點較無關係，比較重要的是他知道自己遠離世界文學核心，而且內心能感受到這個距離。若要說第三世界文學與其他文學有何區別，倒不是產生該文學的國家裡的貧窮、暴力、政治或社會動盪等現象，而是作家會意識到自己的作品多少遠離了核心（那些評述他的藝術——亦即小說藝術——歷史的核心），並且將這個距離反映在作品中。此處的關鍵在於第三世界作家被放逐於世界文學中心之外的感覺。第三世界的作家大可以選擇離開自己的國家，（像巴爾加斯—尤薩〔Mario Vargas Llosa, 1936-〕一樣）重新定居於某一個歐洲文化中心，可是他的自我感覺可能不會改變，因為第三世界作家的「放逐感」與其說是地理因素，倒不如說是心理狀態，那是一種被排擠、永遠是個局外人的感覺。

同樣地，這種身為局外人的感覺也讓他無須對獨創性一事感到焦慮。他不必為了找到自己的聲音而被迫與前輩先人競爭，因為他探索的是新領域，觸及的是他文化中從未被討論過的議題，寫作對象也往往是不同的、新興的、在他的國家前所未見的讀者群——這便賦予他的作品特有的獨創性、真實性。

在一篇充滿年輕朝氣、關於西蒙・波娃（Simone de Beauvoir, 1908-1986）《美麗的影像》（*Les Belles Images*）的評論中，巴爾加斯—尤薩暗示了像這樣的志業可能會有哪些引導原則。他讚美波娃不只寫出一本傑出的小說，還拒絕了當時（一九六〇年代）十分風行的新小說（nouveau roman）的寫作目的。據巴爾加斯—尤薩所說，西蒙・波娃最大的成就便在於採用亞蘭・羅伯格里耶（Alain Robbe-Grillet, 1922-2008）、娜塔麗・薩羅特（Nathalie Sarraute, 1900-1999）、米榭・畢托爾（Michel Butor, 1926-2016）和貝克特等作家的小說形式與寫作技巧，目的卻截然不同。

巴爾加斯—尤薩在另一篇關於沙特的論述中，詳細闡述了他對於「使用」其他作家的技巧與形式的看法。往後的幾年裡，巴爾加斯—尤薩抱怨沙特的小說缺乏機智妙語與神祕感，說他的隨筆寫得雖然清晰明白，政治觀點卻很含糊（或是令人混淆），還說他的技巧過時又平庸。他也驚愕地表示自己在信仰馬克思主義的時代，曾深受沙特影響，甚至被他所毀。巴爾加斯—尤薩斷言自己對沙特的幻想破滅，起因於一九六四年他在《世界日報》讀到的一篇文章。在這篇聲名狼藉的文章裡（連在土耳其也鬧得沸沸揚揚），沙特將文學與在一個像比亞法拉這樣的第三世界國家裡即將餓死的黑人小孩相提並論，並說只要這種痛苦的情形繼續下去，貧窮國家想要從事文學活動就是「奢望」。他甚至暗示第三世界的作家永遠無法心安理得地享受所謂文學的奢侈，並下結論說文學是富裕國家的專利。巴爾加斯—尤薩也確實坦承不諱，沙特某些方面的想法、他細心的邏輯推理與他堅稱文學太過重要、絕不能兒戲的說詞，讓他「很受用」——多虧了沙特才讓巴爾加斯—尤薩在文學與政治迷宮中找到自己的路——所以說到底，沙特是個「有用的」嚮導。

要想永遠意識到自己與核心的距離，要想探討靈感的機制以及其他作家的發現能有哪些幫助，就得具有一種濃厚的單純（而根據巴爾加斯—尤薩，沙特毫無單純或天真可言）。巴爾加斯—尤薩本身的濃厚單純不只反映在小說上，也反映在他的評論、隨筆與其他作品中。

無論是撰寫關於兒子加入拉斯特法里教，或是對於尼加拉瓜左派政黨桑地諾民族解放陣線的政治描繪，或是敘述一九九二年的世界盃足球賽，他從未缺席，從未讓自己袖手旁觀。他對卡繆特別有研究，但回想年輕時讀他的作品卻是態度散漫——當時沙特對他的影響實在太大。多年後，在利馬遭遇恐怖攻擊得以倖存之後，他讀了卡繆對歷史與暴力的長篇論述《反抗者》（*The Rebel*），因而認定自己喜愛卡繆勝過沙特。不過他還是讚美沙特的論述能切中議題核心，同樣的讚美也能用在巴爾加斯—尤薩的評論上。

對巴爾加斯—尤薩而言，沙特是個令人氣惱的人物，也許甚至是個父親形象。影響沙特至深的約翰・多斯・帕索斯（John Dos Passos, 1896-1970），對巴爾加斯—尤薩也很重要，他讚賞他拒絕濫情並以新的敘述形式做實驗。巴爾加斯—尤薩和沙特一樣，會以拼湊、並置、蒙太奇、剪貼與類似的敘述手法來編排小說。

在另一篇評論中，巴爾加斯─尤薩讚賞多麗絲．萊辛（Doris Lessing, 1919-2013）是那種「投入」沙特式文字意義的作家。在巴爾加斯─尤薩看來，「投入」的小說就是充滿當代的爭吵、傳奇與暴力的小說，而他早期的左派小說便是這種類型的佳例。不過我們在這些早期小說中看到的是一個充滿想像力、愛開玩笑的左派份子。巴爾加斯─尤薩撰文討論過無數作家，如喬伊斯、海明威、巴代伊（Georges Bataille, 1897-1962）等，其中令他受益最多的則是福克納。巴爾加斯─尤薩對於《聖殿》（*Sanctuary*）的讚賞（如場景的並置與時空的跳躍），在他自己的小說中甚至更加明顯。他在《利圖馬在安地斯山》（*Death in the Andes*）中，將這項技巧（無情地交叉剪接聲音、故事與對話）運用得出神入化。

這部小說的發生地點在偏遠的安地斯山上一些正逐漸瓦解的荒涼小鎮，那裡有空曠的谷地、礦床、山路和唯一一片全然沒有荒廢的礦場，情節隨著調查一連串可能涉及謀殺的失蹤案而展開。調查員利圖馬下士與民防隊裡和他同級的湯瑪士．柯雷諾，只要讀過巴爾加斯─尤薩其他小說的讀者對這兩人都不陌生。他二人在山間漫遊訊問嫌犯之際，也會互相講述自己的情史，並時時留意著毛派光輝之路游擊隊的伏擊。他們沿路遇見的人與他們述說的故事，再混合他們的個人經歷，創造出一幅包羅萬象的浮世繪，呈現痛苦貧困的現代祕魯。

當然，最後發現殺人嫌犯就是光輝之路游擊隊員，和在當地經營酒店的一對夫妻，他們還會舉行一些讓人聯想到印加習俗的奇特儀式。在描述了光輝之路成員冷酷地在當地施行政治謀殺後，加上古老的印加獻祭儀式的證據也逐漸明朗，故事氛圍顯得愈來愈陰暗。吹過安地斯山荒野的是一陣不理性的強風。死亡在這本書中隨處可見，無論是在祕魯的貧窮境況、游擊隊戰鬥的猙獰現實，或是普遍的絕望氛圍中。

但是讀者不禁要納悶現代主義者巴爾加斯─尤薩是否膽怯了，因為他幾乎像是變成一個後現代的人類學家，回到故鄉去研究當地的不理性、暴力、前啟蒙期的價值觀與儀式。本書中充斥著傳說、古老神祇、山靈、魔鬼、惡靈與女巫，多到沒有必要。「但是當然了，當我們試圖用腦袋去了解這些殺戮就錯了，」書中某個人物如是說：「這些並沒有合理的解釋。」

令人驚訝的是，小說本身的結構並沒有不理性的跡象。《利圖馬在安地斯山》有兩個矛盾的企圖心：一來想展現笛卡兒（René Descartes, 1596-1650）式的理智與邏輯成為推理小說，二來又想創造一個不理性的氛圍，暗示暴力與殘酷的隱性根源。由於這些相互矛盾的目的，便沒有空間讓新的觀點浮現。《利圖馬在安地斯山》終究是一部典型的巴爾加斯─尤薩小說，儘管有片刻的混亂，敘述卻是從頭到尾都在掌控中，角色的聲音語調都經過細心的調整轉換。該小說的力量與美存在於它緊密的架構中。

雖然《利圖馬在安地斯山》迴避了現代主義有關第三世界的陳腐假設，卻仍不像（比方說）品瓊（Thomas Pynchon, 1937-）的《萬有引力之虹》（*Gravity's Rainbow*）那樣的後現代小說。它將「他者」視為不理性，在典型的事務與環境背景中嵌入：巫術、奇怪的儀式、荒涼的景象與野蠻行為。但若是草率將它視為對於神祕文化的粗糙陳述可就錯了，因為這是一個以逗趣且多半詼諧的方式描述祕魯日常生活的寫實文本，簡而言之，就是可靠的歷史。書中敘述游擊隊在一座小鎮的活動與後續的審判，描繪一名士兵與一個妓女之間如連續劇般的戀情，都具有報導文學的可信度。即便《利圖馬在安地斯山》裡的祕魯是個「沒人能了解」的地方，它也是一個人人都極其理所當然地抱怨低薪、抱怨冒生命危險賺這低薪有多麼愚蠢的國家。雖然巴爾加斯—尤薩始終具有實驗精神，卻也是拉丁美洲最寫實的作家之一。

他的主人翁利圖馬下士是《誰是殺人犯？》（*Who Killed Polomino Molero?*）裡的中心人物。這本也是推理小說。在以妓院為名的《青樓》（*The Green House*）一書中，利圖馬享受著雙重生活，另外在《胡莉亞姨媽與作家》（*Aunt Julia and the Scriptwriter*）中，也有一段關於他的精采描述。透過利圖馬，巴爾加斯—尤薩提供給讀者一個有充分依據又悲天憫人的士兵形象，他有腳踏實地的實際、有堅定的責任感讓他無偏激之虞、有正直謹慎的態度、有存活的本能，還有刻薄的幽默。

巴爾加斯—尤薩自己上過祕魯的軍事中學，對於軍中生活有深入了解，也大大利用在寫作上，譬如在《城市與狗》（*The Time of the Hero*）和《龐達雷翁上尉與勞軍女郎》（*Captain Pantoja and the Special Service*）中所描述的年輕官校生之間的競爭與口角，後者是關於軍中官僚與性事的諷刺作品。他尤其擅長描寫男性情誼，能洞見威武姿態中的脆弱，描繪出無可救藥地愛上妓女的男子漢，他也善於表現能為男性驅除傷感的低俗笑話。他的刻毒妙語向來十分有趣，而且絕不是無的放矢。如果把他的小說從第一本看到最後一本，就能看出巴爾加斯—尤薩始終偏愛才能出眾的務實派與語帶嘲弄的溫和派，更勝於空想的理想主義者與狂熱份子。

士兵是《利圖馬在安地斯山》的主角。作者幾乎沒有費力去理解光輝之路游擊隊員，他們象徵著純粹的不理性與一種瀕臨荒謬的邪惡。這與作者隨著年歲增長而改變的政治傾向大有關係。年輕時，信奉馬克思的現代主義者巴爾加斯—尤薩著迷於古巴革命，但隨著性格成熟後變成自由派，到了一九八〇年代，他嚴詞批評那些說「整個拉丁美洲都要效法古巴」的人，如鈞特．葛拉斯（Günter Grass, 1927-2015）。巴爾加斯—尤薩半戲謔地將自己定義為「這世上兩個欣賞柴契爾夫人並痛恨卡斯楚的作家之一」，還補充說「另一個作家，其實稱之為詩人比較正確，就是菲利普・拉金（Philip Larkin, 1922-1985）」。

看過《利圖馬在安地斯山》中對光輝之路游擊隊的敘述後，再讀到巴爾加斯—尤薩年輕時的一篇文章會感到頗為訝異，那篇文章是為了向一位在「與祕魯軍隊的一場衝突中」喪命的左派游擊隊員，也是他的一位朋友致意而寫的。我們不禁要納悶像我們這樣的人，是否一旦不再年輕便看不到游擊隊員的人性了？又或是過了一定年齡後，我們這種人便不會有游擊隊的朋友？巴爾加斯—尤薩的寫作功力實在高明，觀點也著實令人讚賞，即使某些地方的政治見解與讀者分歧，他口氣中卻有一種小男孩的真誠，讓人忍不住心生愛憐。

薩拉薩爾・邦迪（Sebastian Salazar Bondy, 1924-1965）是祕魯頂尖的優秀作家，年紀輕輕便潦倒去世。巴爾加斯—尤薩在早期一篇關於邦迪的文章中問道：「在祕魯當作家有何意義？」這個問題想必讓所有人都感到悲哀，不只是因為祕魯缺乏適當的讀者群和嚴謹的文學出版文化。當巴爾加斯—尤薩寫到祕魯作家被迫承受的貧窮、淡漠、忽視與敵意，他的憤怒很輕易便能讓人感同身受。即使這些作家熬過了這一切，也會被認為活在真實世界之外，因此巴爾加斯—尤薩才會說「所有祕魯的作家最後都注定會失敗」。當我們讀到巴爾加斯—尤薩的年輕活力與他對祕魯中產階級的憎惡（他形容他們「比其他所有人都愚蠢」），當他哀嘆祕魯人對書籍全無興趣、對世界文學的貢獻也微不足道，當他形容自己對外國文學的極度渴望，他聲音裡的哀愁明明白白地正是遠離核心的哀愁，有關那種心境，我們這些人是再了解不過了。

44 魯西迪：《魔鬼詩篇》與作家的自由

薩爾曼．魯西迪（Salman Rushdie, 1947-）曾因為筆下的誇張場景被標記為最精粹而魔幻的寫實主義者，也曾為自己的書創造許多夢想，如今這些場景與夢想彷彿都成了真實人生：他自己的小說在印度、巴基斯坦與大多數回教國家都被禁了。英國與美國出版商蒙受的怒氣也不下於作者與小說，無論東西方都有抗議示威活動。進書的書商受到威脅。民眾公開焚書時，也一併焚燒作者肖像，如今何梅尼（Ayatollah Khomeini, 1902-1989）更下令懸賞魯西迪的人頭。有人說他下半輩子只能躲躲藏藏度日，也有人說動個整形手術、換個新身分，他或許又能安全無虞地走在人群間。當全世界媒體持續以驚人的篇幅活靈活現地報導追捕新聞，報導殺手可能取道哪扇門或哪個煙囪，我們也聽到了關於思想自由的討論——或者應該說討論小說家的想像世界應該如何合法地加以限制。土耳其雖是非以宗教立國的共和國，對於回教與言論自由卻有嚴格限制，住在這裡的我們總是甘於坐在邊線上，看著邊界另一邊的遊戲由熱轉冷漸趨平靜，藉由從外國媒體蒐集到的一些細節自娛。

不，我的意思不是說這裡的人完全不感興趣，而是就跟在伊朗一樣，最急於投入該議題的人大多沒看過這小說的一字半句，事實上也根本不看小說。宗教事務管理局獲令召開緊急會議，好像這件事對伊斯蘭歷史帶來神學方面的挑戰，於是從不看小說的伊瑪目訓斥從不看小說的會眾，而沒有看過這本小說的記者也對（同樣沒看過這本小說的）教授提出神學方面的問題，然後設想出深為可恥卻與神學毫無關係的標題：「他應該被殺或不應該被殺？」

魯西迪的《魔鬼詩篇》（*The Satanic Verses*）和他的第二部小說《午夜之子》（*Midnight's children*）一樣，都被冠上「魔幻寫實」的標籤，這種手法至今已為世界文學注入二十年活力，但世系可回溯到拉伯雷。葛拉斯的《錫鼓》（*The Tin Drum*）與馬奎斯（**Gabriel García Márquez, 1927-2014**）的《百年孤寂》（*One Hundred Years of Solitude*）是這類型中最傑出的兩本書，都已發行土耳其譯本，我們可以從中看到作者筆下的人物與其世界，並不遵循物質世界的律法原則。在這些小說裡，我們看到動物會說話、人會飛、死者會站立、迷人的鬼魂與幽靈到處蹓躂、物品會活動，還有，自然事件會轉為超自然，和《魔鬼詩篇》一樣。雖然《魔鬼詩篇》裡的人物會跟妖魔鬼怪爭吵、會從人變成魔鬼或山羊，它卻也講述了兩個互相交織、輕易便能融入寫實小說的故事。這兩則故事關注的是兩個來自孟買的印度人，移居倫敦成為英國人的命運。

吉百列是個電影明星，從小在和我們的伊斯坦堡相似的孟買長大，在類似我們的電影重鎮葉西坎（**Yeşilçam**）中嶄露頭角，後來因扮演印度教神祇而成名。薩拉丁是個孟買的回教徒，並和魯西迪本人一樣，被有錢的商人父親送到英國讀一所公立學校。（有一度敘述者將他定義為「一個轉化成英國人的印度人」。）兩個主角在一次搭乘印度航空飛往倫敦的旅途中相遇。那班印航飛機（一如既往愛玩文字遊戲的魯西迪，替飛機取名為「花園」[5]）遭到錫克教恐怖份子劫持，被迫降落後重新起飛，即將抵達倫敦時竟憑空消失。機上所有人都死了，但兩位主角有如從天而降，毫髮無傷地落在被雪覆蓋的英格蘭，不過卻像卡夫卡筆下的葛雷戈．桑姆薩一樣起了變化。本是音樂家的薩拉丁變成一隻長了角、腿上毛茸茸的山羊。跑在他前面的吉百列外貌沒有改變，性格卻變了。吉百列陷入一種必須以藥物控制的誇大妄想的興奮狀態，自認為是與他同名、向先知穆罕默德傳達古蘭經神諭的大天使。兩個主角走過英格蘭的土地來到倫敦（在小說中稱為「勒文倫．德溫敦」）的旅程，基本上就是印度人與巴基斯坦人移民到該城市的故事。

兩個主角像雙胞胎似地一起出發，每次分開後都會再次遇上，不管變得更好或更壞。他們的進展好壞不一定：有時站在天使這邊，有時站在魔鬼那邊。不過，讓我繼續看下去的動力並不是那些超自然的歷險——我讀魔幻寫實小說向來如此。敘述者將倒敘、回想、離題閒話與次要情節都交織在一起之後，書的紋理結構才浮現，因此我們首先留意到的便是敘述者：他處處都在發表長篇演說（例如有一大段對於柴契爾主義政治的批評）。最令我印象深刻的是他和他的主角描述他們早期在孟買的生活時，會用一種充滿神話的語言。（魯西迪和納博科夫很像，都喜歡玩文字遊戲，喜歡使用行間韻、罕見的字眼和新字。）當敘述者讓自己與他的主角遠離他們的「伊斯蘭青春時期」，開始尋求轉變，除去一種語言、一種文化，便有某種怒氣滲透了進來。數年後，敘述者回到自己的國家，他父親對這個英國化的兒子說出自己對於憤怒與其後果的看法：「如果你出國去就厭恨自己的同胞，那麼你也只會從同胞身上獲得厭恨！」

何梅尼下達追殺令後，不只有《魔鬼詩篇》，連魯西迪之前的作品也都被禁止翻譯。

事到如今，我們不得不請曾經目睹圖蘭・杜孫（Turan Dursun, 1934-1990）因為研究古蘭經而遭殺害的民眾，對於魯西迪受到的威脅稍加內省。

5 譯注：書中飛機名為「玻絲坦號」（Bostan），即波斯語的「花園」。

政治、歐洲與其他忠於自我的問題

Politics, Europe, and Other Problems of Being Oneself

儘管一個作家的真實與否，的確取決於他是否能和自己生活其間的世界緊密互動，但也同樣要看他能不能了解自己在那個世界裡的地位變動。其實沒有不受社會禁律與民族傳說困擾的理想讀者，正如沒有所謂的理想小說家。但不管在國內或國際上，理想讀者還是所有小說家寫作的對象，首先將他想像成形，然後心裡想著他寫書。

45 筆會亞瑟・米勒演說

一九八五年三月，亞瑟・米勒（Arthur Miller, 1915-2005）與哈羅德・品特（Harold Pinter, 1930-2008）連袂來到伊斯坦堡。當時，他們或許是全世界戲劇界最重要的兩個人物，只可惜到伊斯坦堡來不是為了戲劇或文學活動，而是因為當時土耳其政府冷酷地箝制言論自由，導致許多作家在獄中受苦。一九八〇年，土耳其發生軍事政變，數十萬人鋃鐺入獄，而一如既往，作家總會遭受最嚴苛的迫害。每當我瀏覽舊報與當時的年鑑回顧那個時期的情形，很快就會看見對我們而言最具象徵性的影像：一群男人坐在法庭上，兩旁站著憲兵，他們理了光頭，皺眉聆聽案件的審查。那當中有許多作家，米勒和品特前來伊斯坦堡就是為了見他們與家人、提供協助，並讓全世界注意到他們的處境。這趟行程由筆會（PEN，即國際詩人、劇作家、編輯、散文家與小說家協會的簡稱）與赫爾辛基觀察組織聯合安排。我前往機場迎接他們，因為我和一位朋友將擔任接待。

我受邀擔任這份工作不是因為當時與政治有任何關係，而是因為我是個英語流利的小說家。我欣然接受，不只因為能為陷入困境的作家朋友出點力，也因為如此一來便能與兩位文學巨擘相處數日。我們一起造訪經營艱困的小出版社、隨時可能關門大吉的小雜誌社陰暗又布滿灰塵的總部、雜亂的新聞編輯室，以及受苦的作家與其家人、他們的住家和他們常去的餐廳。在那之前，我一直處於政治世界的邊緣，若非逼不得已從未進入過，但現在聽著這些鎮壓、殘酷與毫不掩飾的惡行的故事，簡直就要窒息。我覺得被內疚感拉了進去（也被休戚相關的感覺拉了進去），但同時也感覺到一股勢均力敵的欲望，想保護自己遠離這一切，什麼都不管只管寫出美好的小說。我和朋友帶著米勒和品特搭計程車從一個約會趕到下一個約會，穿梭在市區車流中時，我們會討論街頭小販、雙輪馬車、電影海報，以及沒有圍圍巾和圍著圍巾的婦女，西方人看到這種區別總是很感興趣。有一幕深深烙印在我腦海，至今仍清晰可見，地點就在貴賓下榻的希爾頓飯店。在一條很長的走廊一端，我和朋友略帶激動地低聲耳語，而走廊另一端的陰暗處，米勒和品特也處於同樣激烈耳語的狀態。

我們所到的每個房間都能明顯看到同樣緊繃的沉鬱氣氛，一個接著一個房間裡全是憂慮不安、菸抽不停的男人，而這種氛圍則是由傲氣與內疚營造出來的。有時候大家會坦率地表達這種感覺，有時候則是我自己的感受或是從他人的表情動作察覺。我們會見的作家、思想家與記者，當年大多自詡為左派份子，因此他們的麻煩可以說和他們熱愛西方自由民主國家的自由有極大關係。過了二十年，當我看到這些人有半數（大概吧，我不知道確切人數）投入了與西化、與民主扞格的民族主義陣營，當然感到哀傷，不過最近中東發生的事件也讓相信民主是未來趨勢的人猶豫了。

然而，我當時的接待經驗與後來幾年的類似經驗讓我對一件事感觸特別深，雖然是大家都知道的事，我還是想藉此機會再強調一下：不管國家局勢為何，思想與言論自由都是全人類的權利。現代人企盼這些自由便有如飢餓者渴求食糧，因此無論以民族情感、道德敏感度或期待在國際間獲得利益等理由，都絕對無法理直氣壯地加以限制。許多西方以外的國家都羞愧地忍受貧窮之苦，不是因為擁有言論自由，而是因為沒有。至於從這些貧窮國家移民到西方或北方，以逃避經濟困境或殘暴壓制的人，我們也知道他們有時會在富裕國家遭受更殘暴的歧視對待。我們必須警覺到這些移民在西方、尤其是在歐洲面臨的仇外情緒。我們必須警覺到當地人以宗教、種族根源為由，詆毀移民與少數族群的傾向，以及移民前的國家政府對他們施加的迫害。不過尊重少數族群的人權、尊重他們的人性，並不代表要迎合各種信仰，或是容忍有人為了遵從那些少數族群的道德準則，而攻擊或企圖限制他人的思想自由。我們當中有人較了解西方，有人對住在東方的人較有感情，也有人（就像我）試圖雙方面兼顧，但這些情感、這種想要了解的欲望，絕不應該妨礙我們對人權的尊重。

我一向難以將自己的政治判斷說得一清二楚——我會覺得虛偽，好像自己說的不完全是事實，因為我知道這麼一來就得把我對生活的想法簡化成單旋律音樂、單一觀點，而我畢竟是個小說家。在我生活的這個世界，原本受暴政壓迫的受害者可以在很短的時間內忽然變成加害者，因此我也知道抱持堅定信念本身就是一件困難的事，有時候還很危險。我還深信大多數人都會同時懷有矛盾的想法，而探索這種隨時處於自我矛盾的特殊現代心境，正是寫小說的大半樂趣。所以我認為言論自由無比重要，它能讓我們發現我們生活其中的社會的隱匿真相。除此之外，依我個人的經驗，我稍早提到的傲氣與羞愧也扮演了一定的角色。

我再說個故事，也許能稍微說明二十年前，我帶米勒和品特在伊斯坦堡四處參訪時所感受到的羞愧與自豪。他們來訪後的十年間，我發現自己培養出一種遠遠超出自己期望、極為強有力的政治人格面具，原因主要在於巧合、善意、憤怒、內疚與個人的嫉妒，而這些嫉妒與我的著作全然無關，卻是來自與言論自由有關的議題。約莫同一時間，有一位印度人（是位年長的紳士）來到伊斯坦堡，並找了我，他曾為聯合國撰寫過關於我們這個地區言論自由的報告。巧的是我們也約在希爾頓飯店見面。一在桌邊坐下，印度紳士便問了一個問題，說也奇怪，那個問題至今仍縈繞在我心上。

「帕慕克先生，在貴國有沒有哪些情形是你想寫進小說，卻因為害怕遭到起訴而退縮迴避的？」

接下來是一陣很長的沉默。他的問題讓我一時慌了手腳，不禁想了又想、想了又想，整個人陷入一種杜思妥也夫斯基式的絕望中。這位聯合國的紳士想問的顯然是：「在貴國的諸多禁忌、法律禁令與高壓政策下，有什麼是沒能說出來的？」但由於他（或許是不想失禮）請坐在對面這個充滿熱情的年輕作家，從自己的小說來考慮這個問題，缺乏經驗的我也就當真了。十年前比起現在，遭法律與國家高壓政策所禁的議題要多得多，可是我一一檢視卻找不到一個我想「在自己的小說裡」探討的。然而我知道如果我說：沒有任何議題是我想寫進小說卻不能探討的，會予人錯誤的印象。因為在小說**以外**，我已經開始經常高聲談論這所有的危險議題。再者，我不也經常憤怒地幻想在小說中提出這些議題，純粹只因為它們被禁嗎？腦中轉著這些念頭之際，我立刻對自己的沉默感到羞愧，也再次深刻意識到言論自由關係著人的傲氣與尊嚴。

有許多我們敬重珍惜的作家選擇挑起被禁的話題，只因為禁令本身已傷害到他們的自尊，這是我個人的經驗談。因為當另一家出版社的另一位作家不自由，就沒有一個作家是自由的。事實上，正是這種精神賦予世界各地的筆會作家團結的力量。

有時候朋友會理所當然地告訴我或某人說：「你這樣說不對，要是換個表達方式，不要惹惱任何人，你現在也不會惹上這麼多麻煩。」但是更改自己的文字，包裝成每個人都能接受的樣子，而且還駕輕就熟，有點像夾帶違禁品闖海關，同樣地，就算走私成功，也會產生一種羞恥墮落的感覺。

思想的自由，因為能表達內心深處的憤怒而獲得的快樂——先前已經提過這對榮譽感與尊嚴有多大的影響。那麼現在不妨捫心自問：詆毀文化與宗教，或是說得更中肯些，打著民主與思想自由的名義毫不留情地轟炸各國，這樣的行為究竟多「正當」？今年筆會慶祝活動的主題是「理性與信仰」。伊拉克戰爭無情暴虐地殺害了將近十萬人，既未帶來和平也未帶來民主，反而點燃反西方的民族怒火，對於在中東努力爭取民主與政教分離的少數族群，情勢也變得艱難許多。這場野蠻殘酷的戰爭是美國與西方之恥，而國際筆會這樣的組織與品特、米勒這樣的作家，則是他們的榮耀。

46 禁止進入

這個人懶洋洋地在街上閒逛——或許只是在殺時間等著與人碰面，或許因為不趕時間便提早一站下公車，也或許只是對這個從未來過的地帶感到好奇。這個遊人在街頭漫步之際，一面沉思卻仍一面留意周遭環境，注視著布料店、藥房櫥窗、擁擠的咖啡館、成串掛在牆上的雜誌與報紙，這時忽然看到一塊牌子寫著「禁止進入」。他並不在意這塊牌子，反正不是寫給他看的，因為就算沒有牌子，那樣的門也絕不會讓他感興趣或受吸引。他心裡想著自己的事情，活在自己的世界裡，沒興趣走進那扇門。

但話說回來，這個告示仍提醒他漫無目的的遊蕩也有其限制。一開始或許看不出來，可是原本對他毫無意義的這扇門，如今卻驟然提醒他有些界線是他的想像力無法跨越的，他原本逍遙自在悠遊其中的想像世界如今蒙上了陰影。也許他應該直接把它拋到腦後。但為什麼寫那塊牌子呢？那畢竟是一道門，而門就是讓人進入的。可見掛這塊牌子是為了提醒他雖然有些人能走進這扇門，卻有人不能。也就是說「禁止進入」的告示牌是個謊言。其實上面應該寫的是「不是每個想進入的人都能進入」。它暗示著某些特權人士可以通行，至於不具有必要特權的人即使想進入也會被擋在門外，而在此同時，不想進入的人也和想進入的人遭遇相同命運。

街上這個男人循著這條思路得到合理的結論後，忍不住好奇會有哪些人想進去卻吃了閉門羹。獲准進入的又究竟是哪些人？什麼原因讓他們可以進去？什麼原因讓某些人有此特權，其他人卻沒有？想到這裡，漫遊者提醒自己：能否進入也許無關特權，也許這扇門內住的只是尋常人家，不想讓他人看見屋內的悲慘生活。不過此時已從白日夢中清醒的遊人想起了大多數人會給家門打鑰匙，為的正是這個目的，於是他又回到原來的想法：這扇門是一種暗中維護特權的方式。這些有特權的主人沒有特別提供鑰匙給所有能進入的人，讓他們像一般老百姓一樣出門前可以先鎖上門再把鑰匙放進口袋，反而寫了「禁止進入」。

既然這個神遊的人才走兩步就能想到這些，那麼把這塊牌子掛在門上的人想必也依循同樣思路。也許有幾個人說：「別放這塊『禁止進入』的牌子，還是給每個人打副鑰匙吧！」但支持掛牌子的人肯定是堅持不能這麼做。為什麼呢？因為問題太複雜，不是區區幾把鑰匙就能解決。說不定有很多人，很多知道牌子不是寫給他們看的人，不會遵守「禁止進入」的告示，而且人數多到無法打鑰匙。最合理的推斷是：某天，屋裡的人一塊坐下來討論誰可以進來、誰不行。他們可能會說：「外面有太多人進來了，不要讓所有人都進來！要把哪些人排除在外呢？」於是他們蹺著腳、喝著咖啡，開始爭辯該接受哪些門外人、又該拒絕哪些人。討論結束後，也許連他們都會被逐出門去。

在外頭看著這扇門的男人以前便曾目睹類似的緊張局面，因此可以想像釘掛這塊牌子的人，也可以猜到他們討論的過程。首先掌控局面的是那些情緒激動、想要保護自己的產業、娛樂與特權的人，但因為這種憂慮很無聊，說法很快就會改變。那些問道：「你所謂**我們的產業**、**我們的娛樂**和**我們的習慣**是什麼意思？」的人，會被反問道：「你所謂的**我們**是什麼意思？」這麼一個簡單的問題會立刻引發騷動。這些人此時已經發現假裝不知道自己是誰有多好玩。這場討論會讓有些人覺得困擾，不得不挺身對抗四、五個外來的人。在他們的引導下，討論會變成一個謎語，一個認同的問題。這是最好玩的。他們個個大顯神通細數自己與眾不同的優點，卻又不是直截了當地說出來。這局面實在太有趣，大家不由得心想怎麼沒有早點掛出「禁止進入」的牌子。不一會，對他們自詡的優點不以為然的人，全都聚集在門外街上。現在無論他們如何界定自己，外面的人都是他們的反對方，甚至可以說他們現在自我界定的唯一方式，就是說出自己與外面的人不同之處。許多不動腦筋的傻瓜從門前經過，並未發現這一點。有些人很感激這些傻瓜，他們心想：招納幾個這種人倒也不錯，可以讓他們知道我們是如何變成現在這個樣子，也許當他們變得和我們一樣，我們的力量會更強大。

這個時候，有些人便會察覺這塊牌子的目的，是為了吸引門外那些享受不到門內特權的傻瓜的注意。這塊牌子的作用（對這位遊人的作用）就是讓所有從門前經過的人感覺像局外人。有些人雖然不想進門，但光是看到牌子便有此感覺。

當這位遊人開始覺得自己在門前站得久了些，也同時看清這塊牌子多少將世界一分為二，有人能進入有人不能。這世界充滿了類似的無意義區隔，儘管有無數路人不會特別注重這一個，但事實上還是有一些人夠重視，才會不嫌麻煩在門上釘了這麼一塊牌子。此時此刻，已然回神的遊人確切認定了，這種身分認同的言論其實是可恥的自誇與自我膨脹，不禁怒從中來。這扇門背後的人是誰——會是誰呢？他頭一次有了想進入的衝動。但這麼做除了落入這群自鳴得意者的圈套之外有什麼好處？他只需兩三秒鐘就能預言他們心裡會閃過什麼念頭。就在這個時候，他忽然想到要開門應該很容易。兩三個人就能輕易將門踢開，或是用肩膀撞開。若非如此，他們最初也不會掛上牌子。他要是想進去，只需去向一兩位兄弟求助。多虧有這塊牌子，他不是已經推測到自己與其他所有的門外人都有著共同命運嗎？於是現在站在門外的男人開始想像一個新世界在眼前展開。只要他願意，大可以找來所有命運相同的人，引導他們討論性格問題。現在對他來說，知道自己是誰、扮演什麼角色變得重要了。他必須建立起一個身分，來否定那些傲慢的門內人象徵的一切。

於是遊人開始思考自己特殊的優點、娛樂、所有物與人際關係，然後將它們一一轉變成他必須自豪地宣示與保護的東西。由於過於急躁地讚揚自己的性格，他甚至開始對那些不具有相同優點、那些不像他的人感到憤怒。與此同時，他感覺門內的人恐怕早已預料到這樣的情勢轉折，但他不會只因為這是他們的遊戲計畫，就放棄所有造就他的特質。要對付他們，他有一步棋可以走，受靈感啟發的一步棋。在他著手規畫這步棋之前，很明智地問自己有何目的。短短幾分鐘前還在街上遊蕩、沉溺於自己思緒中的男人如此問道：「我是為了要進去嗎？或者我是想找出自己和其他所有無法進入的人的共通點？」但他又不想這麼冷靜地分析思考，現在的他最想做的就是發洩內心上湧的怒氣。發洩過後便能平靜下來，或許甚至能忘記這塊牌子，偏偏不知道該怎麼發洩怒氣，使得他更加心浮氣躁。慢慢的，被排擠的苦悶愈來愈強烈，導致他的怒火愈燒愈旺。他之所以苦悶，或許是因為覺得自己和所有門外人同屬一個階級，擁有相同的資質與靈魂。這有點藐視的味道──這是他的心與靈都不願接受的事實。

此時，站在門外盯著牌子看的男人，清楚意識到自己落入了陷阱，幾分鐘前他還快活地在街上閒晃，根本不在意這扇門，如今竟然自覺遭門貶低。對於自己的脆弱，對於自己如此輕易動怒，他幾乎試圖一笑置之，他有足夠的幽默感讓他得這麼做，可是他還是覺得非得證明這個不必要的小羞辱、這個令人苦惱的禁止告示是多此一舉。掛上這塊「禁止進入」告示牌的人——他們知不知道當他們動手維護自己的安全感、自己的優點、自己的獨特性，這樣的舉動會羞辱他人並造成他人困擾？看著牌子的男人現在已認定掛牌子的人正是有此意圖，他們會在門口掛上「禁止進入」的牌子，就是為了讓他這種人心神不寧。他們的目的達到了：門外的不平靜逐漸擴大。接著就在一瞬間，他看到更重要的事實。沒錯，掛出牌子的人有可能並未預見這份不平靜，他們只是想保護自己，想將自己與外面的人區隔開來。但他們肯定知道這麼做會令人心碎並大為惱怒。若是如此，這一切便隱含著幾分冷酷無情——這些人太為自己著想，完全沒想到自己的行為會造成多麼不平靜、悲苦的心情。

最主要的是我不喜歡只想著自己的人，那人暗想道，還在為那塊牌子苦惱。其實困擾他的與其說是那塊牌子，或許應該說是他自己的本性，是深藏在他靈魂深處的東西。如果我們能懷有這個想法，他當然也能，說不定此時此刻他正在這麼想。不過這種想法得之不易，因為它會讓人聯想到自己心神不寧的原因，或許在於自己的不足、自己的缺點。眼下站在門外的人心裡想著，掛牌子的人已事先猜到這羞辱之舉足以讓像他這樣的人停下腳步，而這麼一想他的怒氣又更為熾烈。但是他並沒有完全沖昏頭，仍然想到自己的憤怒其實不全然有理。

47 歐洲在哪裡？

我走在貝佑律區的街上，偶遇一間舊書店。這一帶是伊斯坦堡歐洲區裡最歐式的地區，而這條狹窄蜿蜒的街道上那些規模不大的修理店、賣鏡子與家具的小店鋪，還有簡陋的餐廳，我都很熟悉，這間書店是新開的，我便走了進去。

昔日的伊斯坦堡二手書店賣的是積滿灰塵的書稿與其他印刷品，但這間截然不同，裡面既沒有滿布灰塵的書塔，也沒有堆積如山等著標價的書，到處乾乾淨淨整齊美觀，就像這一帶正開始盛行起來的古董店，書本甚至還分門別類。所以這是一間「古董商」書店，在這一區這類商店已經開始取代舊商家。我鬱鬱寡歡地凝視著書架上一本本精裝書立正站好，猶如紀律嚴明的現代軍人。

我在一個角落裡發現一個擺放希臘法律書籍的長書架，原主人想必是已經過世或早已搬到雅典的希臘律師，如今還留在這裡又可能有興趣買這些法律舊書的希臘人寥寥無幾，因此我猜店主人是因為這些書裝訂精美才擺在空架上。我拿起書輕撫著，令我感動的倒不是書的封面或內容，而是想到原主人的家世或許能回溯到古老的拜占庭帝國時期。忽然間，我留意到擺放在這些書旁邊的書本。那是法國歷史學家阿爾貝．索雷爾（Albert Sorel, 1842-1906）二十世紀初的傑作《歐洲與法國革命》（*L'Europe et la révolution française*）全八卷。我經常在二手書店看見這套書。小說家納希・席瑞・厄利克（Nahit Sirri Örik, 1895-1960）發現這幾本大部頭的書與我們這個時代息息相關，便將它翻譯成土耳其語，由當時正在推行西化的共和國政府國家教育部出版。有許多伊斯坦堡的知識份子不管在家裡講什麼語言（希臘語、法語或土耳其語），都讀過這套書，但我清楚得很，他們和法國讀者不同，後者在書頁中尋找的是與自己的回憶、自己的過去之間的連繫，而前者尋找的則是他們的未來、他們的歐洲夢。

對於像我這種懷著不確定感生活在歐洲邊緣，只有書為伴的人，歐洲始終像個夢，像個未來的憧憬，像個有時渴望有時畏懼的幻影，像個有待完成的目標也像個危害。總之是個未來——但從來不是記憶。

因此我本身對歐洲事物的記憶也一樣，就我能生動表達的程度而言，與其說是記憶其實更像零碎片段的夢。我對歐洲並沒有真實的記憶，有的只是一個一輩子住在伊斯坦堡的男人對歐洲的夢想與幻覺。七歲那年夏天，我在日內瓦度過，因為父親在那裡當工程師。同名的大噴泉周圍矗立著許多建築，我們家就坐落在其中，第一次聽到教堂鐘聲時，我並不覺得自己身在歐洲，而是在基督教國度。有土耳其人會拿著菸草生意賺的錢到歐洲來花，還有其他許許多多人會來尋求政治或經濟庇護，我也跟這些人一樣滿心驚奇與讚嘆地走在日內瓦街上，這麼自由的感覺也許讓我有點不習慣，但回想起我所看到的商店櫥窗、電影院、民眾的面容與市區街景，這些都只是我對一個想像的未來最初的匆匆一瞥。像我這樣的人，對歐洲唯一感興趣的就是把它當成一種未來幻象——和一種威脅。

在歐洲邊上有許多知識份子執著地沉迷於這種未來，正因為我也是其中一人，才能在伊斯坦堡的書店裡找到索雷爾的史書。一百三十年前，當杜思妥也夫斯基在一份俄國報紙上發表他對歐洲的印象，他問道：「閱讀報章雜誌的俄國人當中，有誰不是加倍了解歐洲勝於了解俄國？」接著又半氣憤、半打趣地補上一句：「其實我們了解歐洲有十倍之多，但我只說『加倍』以免冒犯人。」生活在歐洲邊緣地帶的諸多知識份子對歐洲這種困擾不安的興趣，已是數百年來的傳統了。對某些人來說，這是一種杜思妥也夫斯基認為會激怒人的過火現象，但也有人視之為自然而不可避免的過程。這兩派之間的爭吵催生出一種偶爾暴躁、偶爾富有哲理或諷刺的文學，而最令我感到親切的也正是這種文學，不是歐洲與亞洲的偉大傳統。

這項文學傳統的首要規定就是每個人都得選邊站。關於歐洲的辯論在土耳其由來已久，到了一九九六年，伊斯蘭福利黨加入聯合政府後，辯論之風又再度熱絡起來，而每次新的回合一展開，都會先試著界定與駁斥夢幻版與噩夢版的歐洲。無論是自由派人士或伊斯蘭教徒、社會主義者或社會名流，人人都對這個議題有話要說，我也聽過太多勸誡的聲音說我們應該討論**哪個**歐洲（人道的歐洲、種族歧視的歐洲、民主的歐洲、基督教的歐洲、科技的歐洲、富裕的歐洲、尊重人權的歐洲），以至於經常覺得自己好像一個孩子在餐桌上聽了太多關於宗教的討論而心生厭煩，乾脆放棄信仰上帝。有些時候真希望忘記自己聽說過的關於這個話題的一切。不過我還是想和歐洲讀者分享一些回憶，也分享一些關於住在歐洲邊緣的人私生活上的祕密。以下是我們住在伊斯坦堡的人，展現自己歐洲身分的幾個方式：

1. 在我那個中上階層的西化家族裡，有句話是我從小聽到大的：「歐洲人都這麼做。」如果他們正在草擬有關捕魚的新規定，如果你正在給家裡挑選新窗簾，或是在醞釀對付敵人的惡毒計畫，只要說出這幾個神祕字眼，就能讓任何有關方法、色彩、風格或內容的討論戛然而止。

2. 歐洲是性愛天堂。相較於伊斯坦堡，這個猜測相當正確。我和許多書呆子同胞一樣，第一次看到裸女圖片就是在一本歐洲進口的雜誌裡。這肯定是我對歐洲最初也是最深刻的記憶。

3.「要是歐洲人看到這個，會作何感想？」這是一個既害怕又渴望的心態。我們都很怕當他們看到我們有多不像他們，會給予嚴厲譴責。所以我們才希望監獄裡少一點虐待事件，或至少虐待後沒有留下痕跡。有時我們又會很樂於向他們展現自己有多麼不同，例如我們想要會見某個伊斯蘭恐怖份子，或是我們希望第一個射殺教宗的是土耳其人。

4. 一般人在說完「歐洲人都非常彬彬有禮、有氣質、有教養又優雅」之後，往往會加上：「可是當他們得不到他們想要的……」而接下來舉的例子會反映出說話者民族情操的怒火有多麼熾熱：「我在巴黎搭計程車時，司機覺得我給的小費太少……」或是「你不知道他們也組了十字軍嗎？」

在所有這類陳述中，歐洲是一個不是全黑就全白的地方，毫無模糊空間。對於像我這種住在歐洲邊緣又執著地對它感興趣的人，它最主要還是一個不斷改變面貌與特質的夢。我這個世代和前幾個世代的人，大多都比歐洲人本身更熱切相信這個夢。這是在土耳其與歐盟的協商談判變得如此緊張又混亂之前的事。

我一輩子都住在伊斯坦堡的歐洲海岸邊，換句話說就是歐洲，所以就地理上而言，我很輕易就感覺自己是歐洲人。但是在我寫這篇文章時逛的那些伊斯坦堡書店裡，能證明這個身分的唯一跡象，就是在上個世紀翻譯成土耳其語的那套索雷爾的著作。現在的人都盡量不探詢《十八世紀東方問題》（*La question d'Orient au dix-huitième siècle*）了，是不是因為這本書以阿拉伯文出版，而自從共和國初年，政府為了更歐化而採用拉丁字母之後，再也沒有人懂阿拉伯文了？或者是因為我們已經發現歐洲太令人困擾、問題太多，是我們以前作夢都想不到的？我也說不準。

48 如何成為地中海人

六〇年代初期，我九歲。父親用一輛歐寶老爺車載著全家人（母親、哥哥、所有人），從安卡拉開到梅爾辛（Mersin）。經過數小時後，大人告訴我再過片刻將是我第一次見到地中海，會讓我永生難忘。行經托魯斯山脈（Taurus Mountains）最後幾座山峰時，我雙眼直盯著地圖上形容為平穩的道路，看著道路蛇行穿過幾座黃色小山，就在這個時候：我看見了地中海，而且牢記了一生。土耳其語稱之為「白海」，可是海水是藍色的，而且還是我前所未見的藍，也許是因為我一直預期它會符合土耳其名稱。我想像它會略帶白色調，或許是個想像的大海，會像沙漠一樣讓人看到海市蜃樓。然而這片海看起來再熟悉不過了。那熟悉的海風一路飄升到山上，湧進車窗。地中海是我認得的海洋。都怪它的土耳其名稱愚弄了我，讓我以為它會是我從未見過的景象。

數年後，我讀到知名史學家費爾南．布勞岱爾（Fernand Braudel, 1902-1985）關於地中海的著述，才發覺那次其實不是我與地中海的第一次邂逅。布勞岱爾的地圖涵蓋了達達尼爾海峽、馬爾馬拉海、博斯普魯斯海峽和黑海。依他之見，這些都是大地中海延伸出來的水域。對布勞岱爾而言，地中海之所以為地中海是靠著共同的歷史、共同的貿易與共同的氣候，黑海、馬爾馬拉海和博斯普魯斯海峽沿岸生長的無花果樹與橄欖樹便是佐證。

我還記得這個簡單的論證讓我感到多麼混亂而困惑。這麼多年來我一直住在伊斯坦堡，難道其實是住在地中海而不自知？我怎麼可能不知道自己是地中海人，或甚至不知道何謂地中海人呢？

隸屬於一座城市、一個國家或一片海的最佳方式，或許就是根本不知道它的界限、它的樣貌，或甚至它的存在。只有忘記自己是伊斯坦堡人，才是最道地的伊斯坦堡人。最真實的穆斯林並不知道什麼是伊斯蘭文化、什麼不是！只有當土耳其人不知道自己是土耳其人，才算是純正的土耳其人！這樣看待事情是對的，可是對我卻行不通，因為我確實對地中海有印象，而這個印象和我居住的伊斯坦堡毫無關聯。不只因為在我眼中，伊斯坦堡是個比「地中海」所傳達的概念更陰暗、更灰色、更北方的城市，還因為地中海屬於比我們南方的人，那些人的國家與文化都和我們南轅北轍。如今看來，這種錯覺、這種困惑倒是反映了土耳其對於地中海尷尬而不確定的立場。

不斷西進的鄂圖曼土耳其人在十四世紀來到巴爾幹半島的地中海沿岸。已經征服伊斯坦堡並進入黑海的他們，充分意識到可利用地中海作為進一步征戰的據點。在鄂圖曼帝國的鼎盛時期，將現今所謂的中東地區都納入版圖，自然有權利認為地中海是「mare nostrum」（我們的海）。我們的中學課本也誇口說，當時的地中海已是「內海」。這是軍國主義虛張聲勢的宣言，其中隱含的邏輯很簡單，不像那些想把地中海視為具有獨特文化地區的人想得那麼複雜。對鄂圖曼人而言，地中海就是一個地理實體：這是一片水域，是一連串的路線、海峽與通道。我必須承認，我喜歡這個純粹的幾何辨識法，而某種程度上我也是這種方法的受害者。

即便如此，這個內海卻是危險重重。這裡是威尼斯大帆船、馬爾他船隻、海盜船、起因不明的暴風雨和各種災難的發源地。當迷霧散去，鄂圖曼人看見的不是一個陽光普照的溫暖天堂，而是面對許多船隻、旗幟與敵人（他者）的全面威脅。少年時期我很喜歡看阿布杜拉・濟亞・柯札諾魯（Abdullah Ziya Kozanoğlu, 1906-1966）寫的歷史小說，從這些書中可以看出，對巴巴羅斯（Barbaros, c.1478-1546）、德拉古（Dragut, 1485-1565）和其他海上戰士而言（他們一出生便都是基督徒），地中海只不過是個獵場。

倘若這片獵場，這個我們稱為地中海的戰區，有一絲自然的魅力，那就是它的形狀，在地圖上的位置賦予了它神祕氛圍。柯立芝〈古舟子詠〉裡的大海可能讓人聯想到上帝、犯罪、懲罰、死亡與不死的夢想，但在鄂圖曼人眼中卻是有待征服的海。他們在意的不是可能潛藏在海面底下的傳奇野獸與神祕動物，而是他們親眼所見，奇怪又令人擔憂的海中生物。看著這些生物會惹人發笑，會讓人想編故事，就像遊記作家埃維里亞・卻勒比（Evliya Çelebi, 1611-1682）那樣。鄂圖曼人視地中海為一部百科全書、地圖上的一個形體、一個有待造訪的地方。這裡是軍事地區，是打仗的地方，與傳說、怪獸和未知世界的祕密毫無關係。因此，在我《白色城堡》一書中，十七世紀的土耳其人和義大利人正面交戰並俘虜戰囚，並非偶發事件。

將地中海視為單一實體的觀念是虛構的，從這個觀念發展出來的單一地中海特性也一樣，必須在被發現之前捏造並精心構思。不過這個地中海夢（主要是文學幻想）完全來自北方，是北方歐洲的作家讓地中海的人民發現自己是地中海人。最初提到地中海性格的不是荷馬或伊本・赫勒敦（Ibni Haldun, 1332-1406），而是旅居義大利和到地中海旅行的歌德（Johann Wolfgang von

Goethe, 1749-1832）和斯湯達爾。要想敞開心胸接受地中海人在文學與色情方面的種種可能性，要想探索地中海人的細膩情感，你就得對……比方說，湯瑪斯·曼的《魂斷威尼斯》（*Death in Venice*）裡那個無趣的主人翁阿申巴赫起共鳴。保羅·鮑爾斯（Paul Bowles, 1910-1999）、田納西·威廉斯（Tennessee Williams, 1911-1983）和佛斯特（E.M. Foster, 1879-1970）遠在今日的地中海作家之前，便已探索了地中海性格中的性欲部分。卡瓦菲（Constantin P. Cavafy, 1863-1933）比其他任何作家都更徹底地擁抱這個夢，但他今天以地中海代表詩人而聞名，那是因為像卡瓦菲這樣的詩人是勞倫斯·杜雷爾（Lawrence Durell, 1912-1990）的《亞歷山卓四部曲》（*Alexandria Quartet*）中的主角之一。地中海的人民就是透過這些北方作家，才發現自己是地中海人，而且不屬於北方，也與那裡的人不同。

至今還沒有單一的地中海國或地中海旗幟，也還沒有出現對非地中海人一竿子打翻地羞辱或殺害的事件，因此我們可以將地中海人這個身分視為單純的文學遊戲。

即使再聰明的思想家，一旦談論文化與文明過久，也會開始言不及義。因此談論地中海身分時，絕不能忘記把這項艱巨計畫只當成有趣的文字遊戲。

那麼以下有幾個基本原則，可供想取得地中海身分的人參考：

1. 要有「地中海是個統一實體」的觀念，如果真是如此也不是壞事。那麼我們當中得申請簽證才能去西班牙、法國和義大利的人，便有一條新途徑可以前往一個我們所屬的地方。
2. 地中海身分的最佳定義都在非地中海作家寫的書裡。不必抱怨這點，只要盡量效法他們描述的地中海人，就可以取得你的身分了。

3. 如果作家想把自己當成地中海人，就得放棄其他某些身分。例如，法國作家想成為地中海人，就必須放棄一部分法國特色。同理可證，想成為地中海人的希臘作家也必須放棄他一部分的巴爾幹與歐洲身分。

4. 你若想要成為真正的地中海作家，每當提及它時不要說「地中海」，只說「那片海」就好了。談到它的文化與特點時，也不要說出名稱，完全不要用到「地中海」三個字。因為要成為地中海人最好的辦法就是絕對不要談論它。

49 我的第一本護照和其他歐洲之旅

一九五九年，我七歲時，父親神祕失蹤，數週後我們接到消息說他人在巴黎。他住在蒙帕那斯一間廉價旅館，筆記一本接著一本地寫（後來到了晚年，他把這些筆記本裝在一只手提箱裡留給了我），偶爾坐在圓頂咖啡館（Le Dôme），會看到沙特從外面的街上走過。

祖母本來都會從伊斯坦堡寄錢給他。祖父是個商人，靠著鐵路業賺了不少錢。幸虧有祖母的焦躁關注，才沒有讓父親和他幾個叔叔把所有繼承的家業都敗光，公寓沒有全部賣掉。但是在丈夫去世二十五年後，我的祖母斷定家裡的錢快花光了，便不再寄錢給巴黎那個浪蕩子。

於是父親就這樣加入了身無分文、窮苦潦倒的土耳其知識份子之列，這些人為數眾多，也已在巴黎街頭遊蕩了一個世紀之久。父親和祖父、叔父們一樣，是個建築工程師，數學頭腦極好。錢花光以後，他看到報上一則徵人啟事，便去應徵，之後受僱於ＩＢＭ，外派到日內瓦的公司。那個時代，電腦仍以打孔卡運作，一般大眾對電腦的了解微乎其微。於是我那放蕩不羈的作家父親，就成了歐洲第一批土耳其外籍勞工之一。

不久，母親便去與他同住，她把我們丟在豪華又擁擠的祖母家，自己匆匆趕往日內瓦。哥哥和我得等到學校放暑假，而且這段時間裡，我們倆都得去辦護照。

記得我們當時擺姿勢擺了好久，而攝影師就在一個奇妙的裝置後面擺弄著，那個木製裝置架在三角架上，配備一個折疊蛇腹，還蓋了塊黑布。為了讓經過化學處理的感光板曝光，他的手腕必須優雅地扭一下讓鏡頭打開一剎那，不過在他這麼做之前，會先看著我們說「笑一個」，因為我覺得這個老攝影師很可笑，所以第一張護照照片上的我正在咬臉頰。除了這次拍照之外，我大概有一整年都沒梳頭髮了，護照上說我的頭髮是栗褐色。我在翻護照本的時候想必是翻得太快，沒發現它把我的眼珠顏色寫錯了，而且一直到三十年後再翻開護照才注意到這個錯誤。這讓我領悟到一件事：護照這文件證明的不是真正的我們，而是別人心目中的我們，這和我想的剛好相反。

我和哥哥穿著新外套，口袋裡裝著新護照，飛進日內瓦時內心充滿恐懼。飛機傾斜飛行準備降落，在我們看來，這個叫瑞士的國家裡，所有事物都位在一道無遠弗屆的陡坡上，連天上的雲也一樣。飛機轉彎後拉直，我們才發現這個新國家和伊斯坦堡一樣，也建立在平坦土地上，如今回想起當時鬆了口氣的心情，我和哥哥都還會失笑。

這個新國家的街道比較乾淨、冷清，櫥窗比較多變化，路上車也比較多。乞丐不像伊斯坦堡的乞丐，空著手乞討，而是站在窗下拉手風琴。丟錢給其中一人之前，母親會先用紙把錢包起來。從我們住的地方走五分鐘就能到隆河上的橋，河水在此注入利曼湖（即日內瓦湖）；而我們的公寓是「附家具」的。

因為這個原因，所以我把住在另一個國家和「坐在別人坐過的餐桌邊吃飯」、「使用陌生人用過的杯盤」、「睡在多年來被別人睡得凹陷的床上」等事聯想在一起。另一個國家意謂屬於他人的國家，我們現在用的東西永遠不會屬於我們，這個古老的國家、這另一個國度也永遠不會屬於我們，這是我們必須接受的事實。母親曾在伊斯坦堡一間法語學校上過課，那年夏天每天早上，她都會叫我們坐到空空的餐桌前，試著教我們法語。

後來我們註冊就讀一間公立小學，才發現根本什麼也沒學會。父母親以為只要日復一日地讓我們聽老師講課，應該就能學會法語，但他們錯了。下課時，我和哥哥會穿梭在成群嬉戲的孩子當中，找到對方後便拉起手來。這個陌生國度是個無邊無際的園地，裡面滿是快樂玩耍的孩童。我和哥哥會站得遠遠的，心懷嚮往地看著這個快樂園地。

哥哥雖然不懂法語，倒著數三的倍數卻是全班最厲害的。不過在這所語言不通的學校裡，唯一讓我與眾不同的其實是我的沉默。就像你可能會拒絕作那種沒有人說話的夢，我也拒絕去上學。被帶到其他城市與其他學校後，個性變得內向能保護我避開生活的難題，卻也讓我享受不到生活的多采多姿。某個週末，他們也把哥哥帶離學校，將護照放到我們手裡後，便送我們離開日內瓦，回到伊斯坦堡的祖母家。

我再也沒有用過這本護照，雖然上面有「歐洲理事會會員國」的字樣，卻成了我第一趟歐洲歷險失敗的印記，我從此毅然決然變得內向，甚至堅決到接下來二十四年都沒有離開過土耳其。年輕時的我，想到那些拿著護照前往歐洲或更遠處的人，總是充滿羨慕與嚮往，但儘管有種種機會，我還是提心吊膽地認定自己命中注定只能窩在伊斯坦堡的角落裡，沉浸在書海中，盼望著有些書能讓我變成完整的個人，還有些書能有朝一日讓我成名。那段時間裡，我相信最能了解歐洲的方法，就是鑽研最傑出的歐洲書籍。

最後，是我的書促使我申請第二本護照。關在房裡數年後，我終於變成作家。如今我受邀前往德國，那裡有許多獲得政治庇護的土耳其人，他們應該會很樂意聽聽我讀一些尚未翻譯成德語的書本內容。申請護照時，我愉快地期待能認識德國的土耳其讀者，可是在旅途中，這份文件終究讓我聯想到一種身分認同的危機，而這個危機在接下來多年間還會繼續折磨其他無數人。

關於身分認同，我得先講第一個故事。一九八〇年代中與後續時期，我彷彿在不斷重複的夢境中，再次搭上那些準時得不可思議的德國列車，疾馳於城市之間，經過幽黑森林、遙遠村落的教堂鐘樓和月台上沉思的旅客。每到一處，土耳其裔的東道主都會來接我，並為自己的準備不周道歉，儘管我並未發覺任何缺失。帶我參觀市區時，他會先告訴我當晚參加活動的有哪些人。

回想起那些誦讀活動我十分心喜，參加的人有政治流亡人士與家人、有老師、有德土混血的年輕人，都是希望對土耳其知識份子的生活多一點了解的人。此外，每場聚會也都會有少數土耳其勞工與德國人，後者由衷認為對土耳其事物感興趣也是件好事。

在每個城市的每場誦讀會，出現的情況多半大同小異。在我朗讀完自己的書後，總會有個憤怒青年舉手要求發言，接著便一再鄙夷地嘲弄說現在土耳其還有高壓迫害的情形，我竟敢寫這種空談抽象美的書。雖然我反駁了這類尖刻惡言，仍不免被喚醒些許內疚感。在憤怒青年之後，會有一位因為渴望保護我而全身顫抖的女性起身發言，針對我書中的對稱之美或其他類似的細膩手法提問。然後很快便接著出現各式各樣的問題，關於我對土耳其的希望、政治、未來與人生本身的意義等等，我都會像個充滿熱情的年輕作家一一回答。有時候會有人高談闊論，內容充滿政治語彙，不過不是為了譴責我，而是為了說給其他聽眾聽，事後邀請我來的協會理事會告訴我這位發言者來自哪個左翼派系，還會進一步解釋他想傳達什麼給其他分裂派系的成員。年輕人會興奮地請我分享成功祕訣，從這點可以清楚看出德國的土裔年輕人比土耳其的年輕人更不羞於對人生懷抱雄心壯志。接著會有人突然提出一些問題，要不是發想自本身未竟的夢想（例如「你對德國的土耳其人有何看法？」），就是針對我的疑問（例如「你為什麼不多寫一點關於愛情的書？」）。當現場八、九十人開始低聲竊笑或面露微笑，我便明白這群人都互相認識，即使不熟也曾耳聞。隨著誦讀會步入溫馨、友善的尾聲，總會有一位紳士長者，也許是即將退休的教師，大力稱讚我，並帶著告誡眼光望向後排某個吃吃笑的德土混血青年。為了他們好，他會接續發表充滿民族情感的演說，自豪卻黯然地說土耳其（他們的祖國）有多少傑出作家，閱讀這些作品、熟悉自己的文化又有多麼重要，而這番義正詞嚴的話只是讓年輕人又笑起來。

因此這些關於身分認同的交談，與關於民族主義的無數問題，只是增添家族氣氛罷了。誦讀會結束後，主辦者會帶我和另外十或十五人一起出去用餐。通常會上土耳其餐廳，即便不是，他們在餐桌上向我提出的問題、他們彼此間開的玩笑和聊起的話題，很快便讓我覺得彷彿還身在土耳其。但比起談論土耳其，我更想討論文學，因此這種情形很令我沮喪。後來我察覺到即使表面上像在討論文學，實際上還是在討論土耳其。我們有一種深沉的不快樂是來自於對自我的困惑與不確定感，而文學、書本和小說都只是談論或逃避這些感覺的藉口。

在那些旅程中，還有在我的書翻譯成德語而名氣更響之後的所有旅程中，我會仔細觀察來聽我朗讀的人，好像總是在他們臉上看到心煩的表情，為了土耳其化與德國化的問題心煩。我的書有一部分寫到東西方之間的矛盾，加上我會在作品中探索這種矛盾所衍生的猶豫不決，還會玩一些舊喻新解的遊戲，於是我的聽眾以為我一定也像他們一樣，為身分認同問題而煩惱，並對那些幽暗的祕密領域感到好奇。事實上我並沒有。他們試圖誘使我暢談己見，努力了約莫一小時後，便默默退回到德國土耳其人的祕密世界裡，永無止境地爭辯自己有幾分德國特性、幾分土耳其特性。這時我也會開始覺得孤單，因為我只是個純土耳其人，不是德國的土耳其人，然後我會以自己的眼光看到會場內的不快樂。

這是不快樂，還是一種財富來源？我說不準。這樣的交談，無論有多熱情、多真誠，無論能讓我們多清楚地看到那些導致我們焦慮的夢想與恐懼，都讓我覺得毫無希望，覺得人生沒有意義。

我且以我最喜愛的一種分級法來說明這點。我坐在這些桌邊，傾聽眾人的談話隨著時間愈晚也愈趨激動，同桌的土裔德國人對於該保留多少土耳其特質、多少德國特質，各有各的看法並全都要求我採納，但我發覺他們的主張有程度上的量差。這些人當中，我們且將那些相信完全德國化很重要的人定為十級分（如果真有可能完全德國化的話；總之這種人會逃避任何有關土耳其的記憶，有時甚至自稱為德國人），並將那些不願考慮稀釋一丁點土耳其特質的人定為一級分（這種人即使在德國，也會很自傲地以土耳其人的方式生活）。同桌還有人處於這兩個極端之間，其中也有幾個不同類別。有人夢想著有一天能回土耳其定居，但是要到義大利度假，也有人不肯在齋月禁食，卻仍天天晚上看土耳其的電視節目，還有一些人雖然對德國人心懷憤恨，卻也和土耳其其朋友漸行漸遠。當我思考這些人所作的抉擇（或者應該說所立的誓願），不難清楚看出這底下隱藏著：怕丟人的心思、未能實現的期望、痛苦和孤獨。

但最令我驚訝的是不管同桌的人落在我的等級表上哪一級，每個人都絕對而盲目的自信，辯稱只有自己才正確，其他人都是錯的，這也讓我覺得好像看著詭祕的同一幕一而再、再而三地上演。於是對一個五級分的人，光是相信自己只能選擇同時保有德國與土耳其特質還不夠，他還會譴責所有四級分的人思想保守又畏縮，譴責所有七、八級分的人切斷了自己的真實身分。稍晚，光是盡力宣揚自己認為該保有幾分土耳其特質、幾分德國特質已經不夠了，他們變得像在宣示堅定信念，神聖得不容質疑。

這讓我想起托爾斯泰在《安娜卡列尼娜》開頭寫的經典名句，大意是所有幸福的家庭都差不多，但所有不幸的家庭卻各有各的不幸。民族主義和身分認同的執念也是一樣：快樂的民族主義者表達對國旗的愛，或是慶祝足球比賽與國際賽事獲勝，全世界皆然。一旦民族差異不再是慶祝的原因，可怕的區別就出現了。護照也一樣，有時候帶來歡喜，有時候帶來悲傷，至於它是如何悲慘地引發我們質疑自己的身分，則是個個不同。

一九五九年，我和哥哥手牽著手站在日內瓦的學校遊戲場上，羨慕卻保持距離地看著其他孩童嬉笑玩耍，所以才會帶著護照被送回土耳其。接下來的多年間，又有成千上萬的孩童定居德國，可能有也可能沒有護照，卻注定陷入更深的絕望中。第一次遇見他們的十年、十五年後，這些人現在幾乎已確定能拿到德國護照，希望能藉此減輕苦惱。如果知道護照（一份記錄他人如何將我們定型、如何評斷我們的文件）能減輕我們的悲傷，哪怕只是一點點，或許也是件好事。可是我們絕不能讓全都長得一樣的護照蒙蔽一個事實：每個人都有自己對身分認同的煩惱、自己的期望和自己的哀愁。

50 紀德

八歲那年，母親送給我一本附了鎖和鑰匙的日記，我非常珍惜。這本製作精美的筆記不是進口貨，而是土耳其製，單就這件事本身就很稀奇了。在收到這本優雅的綠色日記前，我從來沒想到能擁有一本記錄自己想法的私密筆記，或是能把筆記上鎖，鑰匙收在自己的口袋裡，這恐怕是我生平第一把屬於自己的鑰匙。這暗示著我能製造、擁有並控制一篇祕密文章，對當時的我來說這確實碰觸到非常私密的領域，於是這讓寫作這件事顯得更吸引人，也讓我寫作的心大受鼓舞。在那之前，我從未想過寫作是一件私下進行的事情，一般人寫作是為了登報、出書、公開發表，至少我是這麼想的。我感覺上了鎖的筆記本彷彿在低聲呼喚：打開我、寫點東西，可是別讓任何人看見。

歷史學家偶爾會提醒我們，伊斯蘭世界的人沒有寫日記的習慣，除此之外，並沒有其他人太在意這件事。以歐洲為中心的歷史學家認為這是缺點，反映出狹小的私人領域，並暗示社會壓力壓抑了個人的情感表達。

不過有一些加上注解的出版文章似乎指出了，伊斯蘭世界許多未受西方影響的地區很可能也有寫日記的習慣。這些作者會將日記當成備忘錄，不是為了後代而寫，由於沒有注記或出版日記的慣例，多數日記後來也就銷毀了，無論是出於有意或無意。乍看之下，想要出版日記或只是拿給別人看，似乎都在嘲弄日記這個概念本身所體現的隱私性。為了出版而寫日記的想法暗示著某種自覺的欺騙手法與假隱私。但另一方面，它擴展了私密領域的概念，也因此擴大了作家與出版者的力量。安德烈．紀德（André Gide, 1869-1951）則是將寫日記所提供的種種可能性加以活用的先驅。

一九四七年二戰剛結束，紀德獲頒諾貝爾文學獎。這項決定並不令人訝異，當時七十八歲的紀德正值名聲鼎盛，被譽為法國最偉大的在世作家，而那個時候的法國仍被視為世界文學的中心。他不畏懼說出心聲，無論是接納或拋棄政治主張都同樣戲劇化，由於他強硬堅持「人類的真誠」是最重要的關鍵，雖獲得許多仰慕者，卻也招來不少敵人。

有許多土耳其知識份子很仰慕紀德，尤其是那些對巴黎懷抱崇敬與嚮往的人，其中最知名的就是阿赫梅特．罕迪．坦比納（Ahmet Hamdi Tanpınar, 1901-1962），紀德獲得諾貝爾獎時，他還在親西方的共和國政府官報《共和雜誌》（*Cumhuriyet*）上寫了一篇文章。我知道你們當中很多人沒有聽說過坦比納，因此在讀這篇文章的節錄之前，我想先介紹一下他。

坦比納是個詩人、隨筆作家兼小說家，比紀德小三十歲，現今他的作品被視為土耳其的現代文學經典。無論是在左派、現代主義者與西化派群中，或是在主張保守主義、傳統主義與民族主義者群中，坦比納都同樣受到好評，所有人都擁護他，視他為自己人。坦比納的詩受梵樂希影響，小說受杜思妥也夫斯基影響，隨筆文章中則充滿了紀德的邏輯理性與暢所欲言。但他之所以受到土耳其讀者、尤其是知識份子所喜愛，他們之所以認為他的作品非讀不可，並不是因為他受到法國文學啟發，而是他也同樣熱情地與鄂圖曼文化緊密相連，特別是在詩與音樂方面。坦比納對於平靜莊嚴的前現代文化，和對歐洲的現代主義同樣關注，使得他心中產生一種帶有內疚卻又極其吸引人的緊張狀態。這一點讓人想到另一位非歐洲作家谷崎潤一郎，他也體會到了自己國家傳統與西方之間的緊張關係是苦悶的源頭。但與谷崎潤一郎不同的是，坦比納的樂趣來源不在於暴力或痛苦，或是因為這種緊張狀態感到痛苦而做出的壞事，他比較偏好於探索一個在兩個世界間拉扯的民族的哀愁與辛酸。

現在我就來引述五十年前坦比納發表在《共和雜誌》的文章：

> 自大戰結束後，從國外傳來的消息當中，幾乎沒有比紀德獲頒諾貝爾文學獎更令我高興的了。此一可敬的高貴之舉，此一百分之百應得的讚譽，消弭了我們的恐懼，因為這證明歐洲依然屹立。
>
> 雖然遭受災難風暴蹂躪，雖然家園被毀，雖然不幸的人民繼續等待著至今尚不見曙光的和平，雖然有八處首都仍受遭占領之苦，法國和義大利也仍封閉於內亂中，但歐洲依然屹立。
>
> 因為這世上僅寥寥數人能讓人光聽到名號便聯想到一個文明最美好的時期，而紀德正是其中之一。
>
> 大戰期間我的腦海經常浮現出兩個人。在那被擊垮的荒涼歐洲，在那片孕育著誰也無法預見的未來的絕望黑暗中，他們就是我的兩顆救贖明星。第一個是紀德，我不知道他人在哪裡，而第二個是梵樂希，聽說他住在巴黎，沒有酒、沒有菸，甚至沒有麵包。

坦比納接著繼續比較梵樂希和紀德的作品，並總結道「單憑這兩位友人便讓歐洲以最單純的形式與最廣泛的意義存活著。他們將古老故事重新杜撰，重建價值，藉此拯救一個代表人性精華的文化免遭入侵者的魔爪摧殘……他們為這個文化賦予了人形。」

記得多年前第一次讀到這篇文章時，我覺得就本質而言這是一篇「歐洲的」文章，而且多少有點矯情。我認為矯情，甚至於麻木不仁的地方在於：當數百萬人死去，另有數百萬人國破家亡流離失所，他竟然還這麼在意一個作家沒有菸酒。若以歐洲人的眼光來看，令我欽佩的不是紀德代表了歐洲，而是在這麼多人當中獨獨挑中這個作家，是坦比納竟能將他視為整個文化的「人形」，還好奇並擔心他在戰爭期間做了什麼。

在著名的《紀德日記》裡，紀德以一個隨筆作家隨心所欲的態度傾吐了自己所有的想法，讓讀者輕易進入他孤單的世界，得知他的恐懼不安與曲折複雜的思緒。紀德將這些記錄最私密個人思想的筆記交給了出版商，並在他還在世時便出版了。這也許不是當代最著名的日記，評價卻是最高的。一九一四年巴爾幹戰爭後，紀德曾來訪土耳其，在他前幾卷的《紀德日記》裡對土耳其有一些憤怒與嘲弄的評論。

首先，紀德描述在前往伊斯坦堡的火車上，遇見一位「土耳其青年」的情形。他是帕夏的兒子，在洛桑（Lausanne）念了半年藝術，現在要回伊斯坦堡，腋下還夾著左拉的著名小說《娜娜》（*Nana*）。紀德覺得他膚淺又自大，便將他當成取笑對象。

抵達伊斯坦堡後，他很快便對它感到不滿，覺得這裡和威尼斯一樣令人厭惡。這裡的一切都來自其他地方，不是買來就是搶來的。伊斯坦堡唯一讓他高興的事就是可以離開。

「沒有一樣東西從自己的土地萌生出來，」他在日記裡寫道：「這麼多種族、歷史、信仰與文明摩擦衝撞出來的濃密泡沫底下，沒有一個屬於本土的東西。」

接著他改變話題。「土耳其服裝，你能想像有多醜就有多醜，而老實說，這也是這個民族應得的。」

他又繼續誠實而大聲地說出之前許多遊客也都有的想法，只不過大多數人選擇放在心裡：「如果無法喜歡當地的居民，哪怕是全世界最美的風景，我也無法傾心。」

他實在太想忠於自己的誠實看法，甚至否定了他到訪的國家。他這麼寫道：「我從這趟旅行得到的唯一教訓就是：以我對這個國家的厭惡，我很慶幸自己沒有更喜歡它。」

瑞典學院讚美紀德的作品是「一種熱愛事實的形態，自蒙田（Michel de Montaigne, 1533-1592）與盧梭以降，這已成為法國文學不可或缺的一點。」由於熱愛誠實記錄自己的想法與印象，促使紀德又說出另一件誰也不敢說的事。他從土耳其回去後，針對歐洲說了以下的話：

> 太久以來我總以為不只有一種文明、不只有一種文化能理直氣壯地得到我們的愛，能值得我們熱情以待……現在我知道了，我們西方（我本想說法國）文明不只是最美麗，我相信、我知道，也是唯一的。

紀德的言詞很容易便能因為政治不正確獲得美國的大學頒獎，證明了熱愛事實真相不一定會得到政治正確的結果。

不過我的用意不是想強調紀德驚人的誠實，也不是打算譴責他粗野的種族歧視。我深愛紀德，無論是他的作品、他的生平或他的價值觀，而且愛的程度和坦比納不相上下。我年輕時，他的書在土耳其很受歡迎。父親的書房裡有他全套的書，而紀德對我的重要性不亞於他對前幾代人的重要性。

我知道要想把歐洲這個概念理解到最透徹，心裡就要存有兩個矛盾的想法：首先，要像紀德那樣不喜歡其他文明，也就是我的文明，其次要像坦比納那樣對紀德、進而對全歐洲萬分崇仰。只有將輕蔑與崇仰、恨與愛、反感與吸引融合在一起，才能表達出歐洲對我的意義。

雖然坦比納在文章最後讚美紀德的「純真思想」與「正義感」，前面一點的段落還是稍微暗示了他也知道《紀德日記》中那些冒犯的詞句。不過他沒有提到太多細節，這種保留的態度可以理解。亞希亞．凱莫（Yahya Kemal Beyatlı, 1884-1958）是坦比納的恩師，也是二十世紀土耳其最偉大的詩人之一，從他死後公開的一封寫給習薩（Abdülhuk Sinasi Hisar, 1883-1963）的信看來，他顯然也讀了紀德遊訪土耳其後的記述。他在信中描述紀德的筆記是「以最惡毒的謾罵方式詆毀土耳其特質的旅行日記」。他又接著抱怨說「有史以來所有中傷我們的文章中，就以這篇最毒辣……看了真是讓我神經崩潰。」一整個世代的人都讀了紀德的這幾頁文章，並默默地忽視其中的羞辱，就像看待一項魯莽行為，偶爾悄悄說上幾句，但大部分時候都當作這些話從來沒有被寫過，或是一直被鎖在日記裡。當教育部選編《紀德日記》，翻譯成土耳其語出版時，也悄悄刪除了他對土耳其的評論。

坦比納在其他文章中談論到，紀德的《地糧》（*Les nourritures terrestres*）對土耳其的詩作有顯著影響。是紀德帶動了風潮，讓土耳其作家紛紛寫起日記，並在生前出版。土耳其共和國初期最具影響力的評論家努魯拉・阿塔契（Nurullah Ataç, 1898-1957），率先採行紀德式的《日記》（比較不像自白，倒像長篇的攻擊言論），下一代的評論家當中也有不少人群起效尤。

說了這麼多細節，我開始懷疑是不是忽略了正題。紀德在巴爾幹戰爭後來到伊斯坦堡與土耳其的旅行記述，與他不喜歡土耳其人，這些是一回事；坦比納與一整個世代的土耳其作家仰慕他又是另一回事，我們有必要把這兩回事視為互相矛盾嗎？我們欣賞作家的文字、價值觀與文學本領，而不是因為他們贊同我們，贊同我們的國家或我們生活其中的文化。杜思妥也夫斯基在《作家日記》中，描述了他第一次到法國的所見所聞，他詳細地談論法國人的虛偽，還說他們最崇高的價值已經被金錢腐蝕。可是紀德看了這些言詞後，還是很欣賞他，還是寫了一部有關杜思妥也夫斯基的精采著作。坦比納（他同時也崇仰痛恨法國的杜思妥也夫斯基）拒絕退入狹隘的愛國主義，由此展現的態度，我會稱之為歐式態度。

一八六二年，杜思妥也夫斯基憤怒地宣稱博愛精神已經棄法國而去，還進一步歸納出所謂的「法國人本質和……西方人的普遍本質」。將法國等同於西方的杜思妥也夫斯基，和紀德並無不同。坦比納也持相同見解，只是他不像杜思妥也夫斯基對法國與西方的憤怒日益加劇，反而抱著一種為難且略帶內疚的敬意。現在我可以來回答稍早提出的問題了。仰慕一個蔑視你的文化、你的文明、你的國家的作家，或許並不矛盾，但這兩種心境（輕視與仰慕）是緊密相連的。從我的視窗看去，歐洲是同時利用這兩者的一種概念。我看到的歐洲或西方不是一個明朗、開化、崇高的概念，而是從愛與恨、渴望與羞辱中衍生出來的一種緊張、一種暴力。

我不知道紀德是否非得來過伊斯坦堡和安納托利亞，才能天真地宣稱他的法國、他的西方文明是「最美麗」的，但我可以確信在紀德眼中，他所造訪的伊斯坦堡與他自己的文明截然不同。過去兩個世紀以來，西化的鄂圖曼土耳其知識份子也和紀德一樣，深信伊斯坦堡與安納托利亞兩地與西方毫無關聯。可是讓紀德感覺煩躁輕蔑的，卻讓他們感覺崇敬渴望，這點使他們陷入一種認同危機。當他們像坦比納一樣過度認同紀德，就不得不默默地對他的輕蔑評論視而不見。由於他們身處歐洲邊緣，在東西方之間拉扯，便不得不比紀德更信奉歐洲。或許正因如此，發表嘲弄言論的紀德仍對土耳其文學發揮了強大影響力。

依我之見，西方不是一個概念，不能透過研究歷史和創造出西方的偉大理念來加以探索、分析或擴充。它始終是個工具。只有將它當成工具使用，才能參與一個「文明化的過程」。我們會追求某樣不存在我們自己歷史與文化中的事物，是因為在歐洲看見了，於是便以歐洲的威望來合理化我們的需求。在我們自己國家，抬出歐洲概念就能讓使用暴力、激進的政治改革、無情地切斷傳統等等做法變得正當。從提升女權到侵犯人權，從民主到軍事獨裁，許多事情都因為西方有某個觀念強調這個歐洲概念，並反映出一種實證的功利主義而有了正當理由。我一生中不斷聽到我們各種生活習慣（從餐桌禮儀到性愛倫理）受到批評、有所改變，只因為「歐洲人都這麼做」。我一而再、再而三地聽到這句話：從收音機、從電視上、從母親口中。這個論點不是以理性為依據，事實上還杜絕了理性。

如果我們沒有忘記西化的知識份子倚賴西方的理想勝於倚賴西方本身，就更能了解坦比納聽說紀德獲頒諾貝爾獎時的欣喜若狂了。即使對於失去傳統文化、古老音樂與詩詞，以及「前幾代人的敏感度」感到遺憾，像坦比納這樣的知識份子也只能批評自己的文化，只能從保守的民族主義轉向具創意的現代狀態，只要能緊緊抓住一個理想歐洲或西方的神話形象就好。至少，把握住這個事物，就能讓他在兩者之間開啟一個振奮人心而重要的新空間。

另一方面，一旦接受了西方的神話形象，就連坦比納如此有深度又複雜的作家，也會像紀德一樣出現天真而粗野的理想化敘述，例如「西方文明是最美麗的」。這是一個歐洲夢，仰賴的是另一個矛盾且充滿敵意的夢。西化的鄂圖曼土耳其知識份子之所以沒有公開反駁紀德那些粗魯羞辱的言論，或許是因為他們自己沒有說出口的內疚感，甚至可能連他們自己也不知道：他們私心裡有可能是認同他的，但是他們把這些想法都藏在自己上了鎖的日記裡。

許多西化的「土耳其青年」確實和紀德有同感，並且會根據情況悄悄地說或大聲地喊出這些意見。從這裡我們開始看到「歐洲」這個觀念，逐漸和用來滋養它、讓它具體成形的民族主義交織在一起。紀德與其他描寫土耳其人、伊斯蘭教、東方與西方的西方人士觀點，不只受新一代的「土耳其青年」接受，還併入了土耳其共和國的建國概念中。

創立土耳其共和國的國父凱末爾在建國初期，從一九二三年到一九三〇年代中，制訂了一套雄心萬丈的改革計畫。除了將伊斯蘭文字改為拉丁字母、伊斯蘭曆法改為基督教曆法，並宣布以星期日而不是星期五為休息日之外，他還引進了其他改革，例如提升女權，這給社會留下了更深遠的影響。今日的土耳其，大多數意識形態的討論最主要還是在於兩方的辯論，一方是捍衛改革的西化與現代主義者，另一方則是仍在攻擊改革的民族主義與保守人士。

凱末爾最早的改革之一就是一九二五年，即共和國成立兩年後，所頒布的改穿西服法令。雖然這條法令是強迫每個人要穿得像歐洲人，同時卻也延續了嚴格規定民眾根據宗教信仰穿著的鄂圖曼傳統守則。

一九二五年，正好是紀德發表關於土耳其人的評語一年後，凱末爾也在巡訪安納托利亞並宣布服裝革命時，表達了類似的看法：

> 舉個例子來說，我看到前面的群眾裡有個人（他用手指著）頭上戴著一頂傳統呢帽，呢帽外纏著綠色頭巾，裡面一件「mintan」（無領襯衫），外面穿著和我一樣的外套。下半身我看不到。這是哪門子的服裝？一個文明人會這樣奇裝異服讓自己變成全世界的笑柄嗎？

將這番話與紀德的言論作個比較，不禁叫人好奇凱末爾是否也和紀德一樣瞧不起土耳其的民族服裝。不知道凱末爾有沒有讀過紀德的言論，但我們知道他的幕僚之一亞希亞·凱莫讀過，而且在信中表達了強烈的憤慨。然而，這裡的重點是凱末爾和紀德一樣，將服裝視為文明化的衡量標準：

> 當土耳其共和國的公民宣稱自己是文明人，就必須從自己的家庭生活與生活形態來證明。像這種……請原諒我的表達方式，半像笛子、半像來福槍槍管的服裝，既無民族特色

也不國際化。

凱末爾對私生活的觀點或許反映了紀德的觀點，也或許沒有。無論如何，凱末爾都明顯地將歐洲與文明畫上等號，結論就是非歐洲的一切都不文明得丟人。這種恥辱感與民族主義有極其密切的關係。西化與民族主義出於同源，但（一如我們在坦比納身上所見）其中還混雜了內疚與羞恥。在我所屬的這個地區，民眾以一種徹底但也非常「私密」的方式，從同樣這些傷感情緒中獲得了歐洲觀念。

紀德和凱末爾都認為二十世紀初期土耳其人穿的醜陋服裝，將土耳其人置於歐洲文明之外。紀德以「而老實說，這也是這個民族應得的」總括了一個民族與服裝之間的關係。

但凱末爾相信土耳其的服飾未能真正代表國家民族。同樣是在他發動服裝改革期間的國內巡迴途中，他宣稱：

> 我們有必要向世人展示一件被泥土玷汙的珍貴珠寶嗎？告訴他們說泥土底下藏有珍寶，只是他們看不出來，這樣有道理嗎？我們當然必須清除泥土，好讓珠寶顯現出來……對我們來說，文明而國際化的服裝風格就等於綴上珠寶，那才是配得上我們國民的服裝。

凱末爾將傳統服飾比喻成包裹著土耳其人民的泥土，同時也找到一個方式面對所有西化的土耳其人內心的羞恥感。從某方面看來，這是一種直擊羞恥核心的方法。

凱末爾在他（與紀德和其他西化者）所摒棄的服裝與穿著服裝的人民之間畫了一條界線。他認為服裝不是形塑這個國家的文化的一部分，而是讓民族像沾上泥巴一樣有了汙點。因此為了帶領土耳其人民更接近他的歐洲觀念，他才會實施這項艱難任務，強迫他們拋棄傳統服裝。即使凱末爾的服裝革命已過了七十年，根據記者與電視攝影機的錄影報導，在伊斯坦堡的保守地區，依然還有警察在追捕穿著傳統服裝到處走動的人。

從紀德到坦比納，從亞希亞·凱莫的公開侮慢到凱末爾的治標手段，其中的歐洲觀念都奠基於羞恥感，那麼我們現在就開誠布公地談談這個羞恥感。

西化者最感到丟臉的就是未能身為歐洲人。有時候（不是一直都這樣）他會對自己為了成為歐洲人的所作所為感到丟臉。他會為了自己在費力要變成歐洲人的過程中遺失了身分而感到丟臉。他會因為自己是什麼人、不是什麼人而感到丟臉。他會為了羞恥本身感到丟臉，有時他會嘲罵這份羞恥感，有時則會無奈接受。當他的羞恥感被揭發，他會感到丟臉又憤怒。

這種困惑與羞辱的感覺鮮少在「公開領域」被揭發。《紀德日記》以土耳其語出版時，詆毀土耳其的部分被刪除了，關於紀德的討論也悄悄地低聲進行。紀德將私人日記公開很令人欽佩，但我們卻以此為由，認為國家有正當理由可以立法約束人民穿著打扮的方式，而這肯定是最私密的事情。

51 宗教節日的家庭聚餐與政治

我很喜歡在節日裡拜訪親戚，尤其是我那些叔伯、姑嬸、遠親與長輩先進。我們登門拜訪時，姑嬸與上了年紀的叔伯都會努力自制地當「好人」，而在提供了那麼多動聽話語、令人懷念的往事與優雅的談話之後，他們也的確成了好人。從這點可以看出，當好人不像我們想的那麼容易。可是今年，雖然聽著關於咕咕鐘的笑話喚起我許多童年回憶，也很享受假日為伊斯坦堡街頭帶來的寧靜，並吃著口味一如往昔的土耳其美食，我卻感覺到邪惡的存在。我試著解釋一下。我想這種感覺是來自於絕望與嫉妒。那些叔伯、遠親與親切慈愛地親吻我女兒的親戚，我童年節日那些威嚴的主角們，他們曾一度自視為西方人，不料如今似乎失去信心了。他們對西方滿懷憤怒。

宰牲節本該是個百分之百的宗教節日，本該將我們與現在和過去連結在一起。但整個童年期間，我所體驗到的宰牲節與其他伊斯蘭節日都不是宗教傳統，而是西化與共和國的慶祝活動。在中上階級圈中（尼尚塔希與貝佑律區），重點在於放假，而不在於羔羊祭品，更不在於以撒。因為是節日，每個人都穿上最隆重的西服，他們穿西裝打領帶，請賓客喝酒，然後男男女女會依西方形式坐在一張大桌旁，吃一頓「西式」餐點。也難怪二十歲那年讀了湯瑪斯．曼的《布頓柏魯克世家》（*Buddenbrooks*），看到書中的家族聚餐與祖母家的假日聚餐之間那些奇怪的相似處與驚人的差異，我會大感震驚。我就是憑著這些印象坐下來提筆寫出《謝福得先生父子》一書。看到其他作家與我們有類似經驗，不只會激發我們看書的慾望，還有寫書的衝動，尤其是去探索差異。我在書中講述的故事既是關於共和國也是關於西化運動。我這本處女作小說中的人物就和祖母一樣，對於西方有一種焦慮的無知，儘管他們保留了舊日的群體精神與其共同目標感。我已經不再喜歡那種群體精神或共同目標，卻仍十分懷念從前親戚們表達自己對西方的嚮往與興趣時的童稚天真。然而這次的節日聚會，除了討論與懷想日常事件、談論報紙標題，與年長的親戚在滔滔不絕的談話中表達怒氣之外，我還留意到某種不平靜的氛圍。這群土耳其資產階級因為對夢想失去了希望，內心受到痛苦與憤怒的折磨。

他們似乎對西化有了新疑慮：之前不應該盲目地相信西方教化，因為它促使我們詆毀傳統，背離自己的歷史！童年時期的舊式節日聚餐已不再有，他們的希望、純真與童稚的好奇也消逝了。原本希望變成西方人的那些人，是真誠地想要得知怎麼做才能如願。那個時候，認為西方值得學習的信念要強烈許多，心情也是樂觀的。但我在一九九八年見到的人，全都異口同聲地咒罵歐洲——長輩們在電視機前，在他們那群富裕的中年子女前，可憐兮兮地嘟噥抱怨，而這些子女是擁有土耳其大半財富的資產階級，卻寧可到巴黎和倫敦去消費。以前對歐洲本質的興趣，如今已經沒有了。我童年時，他們穿著參加節日聚餐的西裝領帶也沒有了。也許本該如此吧，過去一個世紀以來，我們對西方也有了不少認識。但憤怒是真實的，因為眼看著與歐盟的協商過程，發現儘管我們努力地西化，他們還是不要我們，也看出他們意圖強勢主導民主架構與人權的相關問題。童年夢想已經成真的這群老人家，如今氣憤難平，而且這股怒氣隨處可見。

他們說西方「也有」虐待事件。他們說西方歷史充滿壓迫、虐待與謊言。他們說歐洲真正注重的不是人權，而是他們自己的進步。某某歐洲國家「也會」以某某方式迫害少數族群，某個歐洲城市的警察「也會」暴力鎮壓大聲表達不滿的市民。他們想說的是，如果在歐洲都能做某件壞事，在這裡應該也能繼續做，或甚至做得更多。他們的意思可能是如果要以歐洲為楷模，就應該仿效他們的凌虐者、審訊者與說謊的雙面人。我童年節日裡那些樂觀的凱末爾主義者，仰慕歐洲的文化、文學、音樂、服裝。歐洲是文明的泉源！可是到了共和國七十五年，它卻被視為邪惡的泉源。

最近幾年，這股反歐情緒快速膨脹，快得讓我怎麼也想像不到。我相信這和報紙上持反歐立場的專欄作家人數快速增加有關，就是他們寫出歐洲「也」有虐待事件，「他們」也會迫害少數族群並侵犯人權，也是這些人會把握每次機會提醒民眾說「他們」有多瞧不起土耳其人和我們的宗教。這些專欄作家這麼做很明顯是想要掩飾我們自己國內侵犯人權、禁書與監禁記者的情形，並加以合理化。他們不花精力筆伐國內的暴行，卻去找那些招惹到他們的歐洲人洩憤。也許這是可以理解的，但他們作夢也想不到這帶來了什麼後果。隨著這許多反歐、反西方、愈來愈愛國的指責謾罵，節日聚餐也變成人人圍坐一圈談論西方人謊言惡行的聚會。我連續造訪三家的叔伯都是這樣！從前，他們會開朗地談論著將來總有一天會更西化，現今卻不斷繞著西方惡行打轉，用的還是一種低俗、粗魯的語言，活像社區裡的流氓。他們這一輩子都是到歐洲去採買，從藝術到服裝的所有觀念都得自歐洲，並且利用西方文化來區隔自己與低下階層、證明自己高人一等，如今察覺到歐洲對人權的雙重標準便轉而與他們對立。現在他們想把歐洲當成恐嚇用的鬼怪，那麼每當這裡有人受虐待，有少數族群受迫害，他們就能說不是只有這裡，在歐洲也一樣。

昔日也存在有東西方的緊張情勢，當我們喝著酒、小口小口吃著甜點，原本禮貌的閒聊有時會演變成左派和右派的小口角。但即便覺得他們膚淺又天真，你也不可能太生氣，哪怕只是因為這些本意良善的人眼中只看得到西方。如今我看不到一丁點昔日的樂觀。兩杯酒下肚後，就準備聽我這些憤怒又不快樂的親戚數落歐洲魔鬼的惡行吧。

52 地獄靈魂之怒

我曾經認為災難會讓人團結。兒時的幾場伊斯坦堡大火和一九九九年的地震過後，我第一個衝動就是去找他人分享經驗。可是這次，我坐在渡船站附近一家以馬夫、馬車夫、搬運工和肺結核患者為主要顧客的小咖啡廳內，遠遠地看著電視上雙子星大樓倒塌的畫面，卻感到無比孤單。

飛機剛撞上第二棟樓，土耳其電視便直播了。咖啡廳裡的一小群人驚愕而沉默地看著這些不可思議的畫面在眼前閃動，但似乎沒有受到太大衝擊。有一刻，我很想站起來說：我也曾經住在那些建築物裡，我曾經身無分文地走過那些街道，我曾經在那些建築裡與人相約會面，我在那座城市待過三年。但最後我仍保持沉默，彷彿作夢似地鑽進更深的沉默中。

後來我無法再忍受螢幕上所見，我希望找到其他有同感的人，便走到街上去。過了一會，我看到等候渡船的群眾當中有一名婦人在哭泣。從婦人的舉止與她流露的表情，一眼便能看出她哭泣並不是因為有心愛的人在曼哈頓，而是因為覺得世界要毀滅了。小時候，當古巴飛彈危機可能引爆第三次世界大戰，我便看見過像這樣心神狂亂而哭泣的婦女，也目睹過伊斯坦堡的中產階級家庭在貯藏室堆滿一包包小扁豆和通心粉。隨後我又回到咖啡廳坐下來，像世界各地所有的人一樣，無法自制地看著螢幕上的報導一幕幕展開。

稍後，我再次走在街上，遇見了一位鄰居。

「奧罕先生，你看到了嗎？美國被炸了。」他氣憤地加上一句：「炸得好。」

這個老先生絕不是虔誠的信徒，他接一些園藝工作和修理零工維生，晚上就是喝酒、和老婆吵架。他還沒看到電視上的駭人畫面，只是聽說美國遭受恐怖攻擊。雖然稍後他會為自己一開始的憤怒言詞感到後悔，但就我所聽到的，絕不只他一人說這種話（這一點在全世界許多地方都一樣），儘管所有人都厭惡恐怖份子的野蠻行為。在咒罵那些害死這麼多無辜民眾的人之後，他們總會再加上一句「不過」，然後開始以暗示或明說的方式批評美國這個世界強權。想要策畫撕裂基督徒與穆斯林的恐怖份子，野蠻地殺害了這許多無辜民眾，全世界都籠罩於恐怖陰影底下的此時，討論美國在世界上扮演的角色或許既不恰當，在道德上也說不過去。但有些人義憤填膺怒氣正盛，可能會發洩出一些民族主義觀點，導致更多無辜人民喪命，以藉此引發反應。

我們都知道這場戰役持續得愈久，美軍就會為了滿足自己的國民而在阿富汗等地殺死愈多無辜人民，就會更加劇有心人製造出來的東西方緊張局勢，也因此在不知不覺中讓它想要懲罰的恐怖份子坐收漁利。目前就道德層面，或許不應該說這次野蠻的恐怖行為是在回應美國的世界霸權，不過還是應該去了解有數以百萬住在貧窮與遭忽視的國家的人民，甚至都已失去決定自己歷史的權利，他們為何對美國如此憤怒。這並不意謂我們必須將他們的憤怒視為合理。有一點很重要，那就是別忘了有許多第三世界與伊斯蘭國家都利用反美情緒來包藏他們民主制度的缺點，支撐獨裁體制。美國和沙烏地阿拉伯這種主張民主與伊斯蘭教水火不容的封閉社會結盟，對於正在努力建立政教分離民主制度的回教國家，絲毫沒有幫助。同樣地，在土耳其看到愈多形形色色膚淺的反美運動，只會加劇上位者浪費並侵吞國際金融組織所給的錢，並隱瞞貧富差距愈來愈大的事實。在美國有許多人無條件支持攻擊行動，只因為想要展現他們的軍事優勢，象徵性地「教訓」一下恐怖份子，還有些人討論起下一次可能會在哪些地點突襲轟炸，興高采烈地像在打電玩，然而他們應該了解戰況激烈時所作的決定，只會讓世界上貧窮的回教國家數百萬人民，因為憤怒與羞辱而對一個自認為高高在上的西方國家更為反感。讓民眾站在恐怖份子那邊的不是伊斯蘭教，也不是貧窮，而是整個第三世界所感受到的難以承受的羞辱。

有史以來，從未有過如此大的貧富差距。或許有人會主張世界上的富裕國家是靠自己的力量成功，因此無須為世界的貧窮問題負責。可是全世界的窮人從未像現在這樣，透過電視與好萊塢電影接觸到這麼多關於富人生活的訊息。或許有人會說窮人一向會以國王王后的傳說自娛，但有錢有勢者從來沒有如此強勢地維護過自己的理由與自己的權利。

一個住在貧窮又不民主的回教國家的普通公民，正如同在前蘇聯附庸國或其他第三世界國家裡努力維持生計的公僕，不但非常清楚自己國家所分配到的世界財富何其之少，也會知道比起西方相同階級的人，自己的生活條件困苦得多，壽命也短得多。但還不只如此，因為在他內心深處會隱隱懷疑：如此悲慘的處境都要怪自己的父親與祖父。令人至為遺憾的是，西方國家對於世界上大多數人所蒙受難以負荷的羞辱感，幾乎視若無睹，而這些人則是努力地在不喪失理智或原本的生活方式，或是在不屈服於恐怖主義、極端民族主義或宗教的基本教義派的情況下，克服這種羞辱感。魔幻寫實小說會為他們的傻氣或貧窮而感傷，尋求異國風情的旅遊作家則無視於他們內心世界的困擾，殊不知憐憫之心與哀傷的笑容令他們日復一日忍受著侮辱。西方國家光是預測下一次的恐怖炸彈攻擊會發生在哪個帳篷、哪個洞穴或哪個偏遠市港都是不夠的，光是把恐怖份子炸離地球表面也不夠，而是應該試著去了解那些貧窮、受辱、遭懷疑與排擠的人民的精神生活，這才是真正的挑戰。

助戰吶喊聲、民族主義言論與衝動的軍事冒險行動，結果只會適得其反。西方國家對生活在歐盟以外的人強加新的簽證限制、對來自回教與其他非西方貧窮國家的人採行限制行動的治安措施、對伊斯蘭和所有非西方事物的普遍懷疑、以粗野的誹謗言論將恐怖主義與狂熱信仰和伊斯蘭文明相提並論——每過一天，這些行為就會讓我們更遠離清明的理智與和平。假如伊斯坦堡小島上的某個貧困老人能短暫認同紐約的恐怖攻擊，或是某個在以色列占領下心力交瘁的巴勒斯坦年輕人，能欽佩地看著塔利班份子往婦女臉上潑酸液，原因並不在於伊斯蘭教或是一般人稱為東西之戰的愚蠢行為，也不在於貧窮，而是因為一再被羞辱、無法讓自己受理解、無法讓自己的聲音被聽見所產生的無力感。

建立土耳其共和國的現代化富人一旦遇上阻力，不會試著去了解為什麼得不到窮人的支持，反而以法律的威脅、禁令和軍事鎮壓來遂行他們的意志，結果使得革命只完成一半。今天，聽著全世界的人在號召東方向西方宣戰，我擔心很快就會看到許多國家步上土耳其的後塵，在這裡戒嚴令幾乎從未斷過。我擔心沾沾自喜、自以為是的西方國家，會逼得其他國家人民走上杜思妥也夫斯基的地下室人的路，說出二加二等於五的話來。為那些朝婦女臉上丟擲硝酸的「回教徒」提供最大支持的，莫過於不肯去理解這些地獄苦難靈魂之怒的西方國家。

53 交通與宗教

我們正開車經過德黑蘭南邊郊區一個貧窮社區，窗外可以看見一整排的腳踏車與汽車修理店，因為是星期五，所有店鋪都沒開。街上、人行道上，甚至咖啡廳裡都冷冷清清。就在這時候，我們來到一處空曠的大廣場，廣場周邊的圓環狀設計在市區裡到處可見。我們要去的街道就在左手邊，卻得先右轉繞行整個圓環。

我一眼就看出司機在猶豫是否該直接左轉。他分別轉頭從兩側肩膀往後看有沒有車要進廣場。究竟應該遵守法規，還是應該動動腦筋另找出路呢？就像每當在生活中遇到意想不到的挑戰，他總覺得自己就是另找出路。

記得年輕時開車行駛在伊斯坦堡的路上，我也經常面臨同樣的兩難。我在市區的大馬路上是個模範駕駛（記者很喜歡把市區交通形容為「無政府狀態」），可是一將父親的車開進偏僻無人的鵝卵石巷道，我就會無視規則隨心所欲地開。在看不到一輛車的後街小巷內遵守「禁止左轉」的標誌，半夜裡在一個偏僻的廣場上，枯坐著乾等綠燈，這等於屈服於一種毫不體諒講求實際的聰明人的威權。那個年代，我們對規矩守法的人少有尊重，只有沒大腦、沒想像力或沒個性的人才會這麼做。如果你會在空空的十字路口等紅燈，那你八成是那種會從尾巴擠牙膏，而且吃藥前一定會把說明全部看完的人。記得一九六〇年代我在一本西方雜誌上看過一則漫畫，十分貼切地描繪出我們對這種生活方式的蔑視：有個駕駛在空無一人的美國沙漠正中央等候綠燈。

回想起一九五〇至一九八〇年間的伊斯坦堡，我覺得我們對公路法規的藐視不只是單純渴望混亂，而是一種微妙的反西方愛國心態。當四下沒有外人，只有我們自己的時候，舊秩序勝出，我們便舊習復燃。六、七〇年代時，只要一根釘子鎖對位置，把快要解體的電話重新組裝好，或是一拳把原本修不好的德製收音機給修好了，總能讓人湧出一股驕傲。這類壯舉讓我們自覺和那些崇尚科技與文化規則的西方人不同，也讓我們感覺到自己是多麼世故、多麼狡黠。

可是當我坐在德黑蘭郊區這處廣場邊緣，目睹司機夾在守法與講求實際之間左右為難，看得出來這個人（當時和他已經熟稔）完全無意作什麼愛國宣言。他的問題世俗得多了：因為我們在趕時間，要是繞過整個圓環太浪費時間，但他焦慮地瞄著所有通向廣場的道路，因為他知道若是倉促作決定，可能會撞上其他車輛。

前一天，當我們被困在無政府狀態的交通裡面，看著交通一次又一次不可思議地中斷，這位司機還跟我抱怨說在德黑蘭沒有人會遵守交通規則。沒錯，他是笑著說的，可是整天坐在阻塞的車陣中，盯著國產培康車（Peykan）凹痕累累的車身，聽著那些駕駛高聲互罵，我們始終暗暗嘲笑他們，彷彿我們是真心相信公路法規的道地現代人。然而，此時我感覺得到當我的司機琢磨著是否該違規轉彎，他那笑容底下藏著某種焦慮。

我想起自己年輕時，在伊斯坦堡的車陣中奮勇向前之際，也感覺到同樣焦慮、同樣孤單。當這位司機在考慮要放棄法規所提供的好處與保護，以便節省些許時間，他也知道必須獨自作決定。他必須盡快過濾所有的可能性、思考所有開放的管道，然後當機立斷，而且心裡非常明白自己手裡掌握的不只是自己的性命，也許還有周遭人的性命。

你可以說這個司機如果違規並選擇自由，這種孤單感就是他自找的。但即便他選擇的不是自由，僅憑對這座城市與城市裡的駕駛人的了解，他也明白只要自己繼續在德黑蘭開車，就注定要感覺孤單。因為即使你決定遵守現代交通規則，其他人（和你一樣講究實際的人）也不會把這些規則放在心上。出了市區，每個德黑蘭駕駛來到十字路口，不僅要注意燈號與法規，還要留心任何可能選擇忽視規定的駕駛。西方的駕駛改換車道時，可以非常確定周遭每個人都會守規矩，因此他可以聽音樂、可以心不在焉。而德黑蘭的駕駛有另一種不同的自由，卻讓他們不得安寧。

當我造訪德黑蘭，看見這些駕駛為了保有自主權憤怒又機靈地對抗公路法規，卻給自己帶來混亂與破壞，讓我覺得他們不時小小發作一下目無法紀的個人主義，和政府強制規範市民各方面生活的宗教法規，有十分怪異的牴觸。畢竟這給人一個印象，好像在公開場合和走在路上的每個人都有一致的想法，那就是有個伊斯蘭獨裁力量認為女人必須戴面紗、書必須審查、監獄必須關滿人，市區的高牆上也要貼滿大幅海報，印上為國家與宗教犧牲自我的英雄肖像。奇怪的是，只有當你在瘋狂車流中拚命向前，與城裡不守法的駕駛奮戰，才最深刻感受到宗教的存在。政府出面了，宣告所有人都得遵守聖經裡的法條，並以全國統一之名冷酷地執行這些律法，讓人民都清楚知道一旦違法就得坐牢。反觀城裡的駕駛，明知政府在盯著，照舊藐視公路法規，還預期每個人都跟自己一樣。他們將道路當成測試自己的自由、想像力和創意極限的地方。和伊朗的知識份子開會時，我也在他們身上發現同樣的矛盾。由於政府針對街道、市場、市區大道與其他公共場所強制執行伊斯蘭法，使他們的自由受到嚴格限制，但他們卻告訴我私下在自己家裡，他們可以想說什麼就說什麼、想怎麼穿就怎麼穿、想喝多少走私的酒也隨自己高興，試圖證明自己不是生活在希特勒的德國或史達林的蘇聯，那態度之真誠讓我不得不佩服。

在《蘿莉塔》最後幾頁，韓伯特殺死奎爾提後，開著讀者至此已經非常熟悉的那輛車離開犯罪現場，接著忽然轉進左邊巷子。擔心遭誤會的韓伯特立刻警告讀者，不要將此舉視為叛逆的象徵。他都已經誘騙一個幾乎還是個孩子的少女，又犯下殺人罪，說到底他已經違反人類最重要的法則。這正是韓伯特的故事與小說本身高明之處。從第一頁開始我們便感受到他的孤單內疚。

在德黑蘭郊區短暫一陣猶豫不決後，我這位司機朋友還是抄了捷徑，逆向轉彎，沒有造成車禍，就像我自己年輕時在伊斯坦堡做過無數次的事。之後，我們倆都感覺到一種只有違規後沒被抓到才會有的快感，忍不住相視一笑。可悲的是我們知道，就像總能舌粲蓮花地掩飾自己犯行的韓伯特，也像那些千方百計私下在家裡規避伊斯蘭法的德黑蘭居民，唯一能公開違法的地方就是駕駛座，而違反的法律除了約束交通之外別無用途。

54 在凱爾斯與法蘭克福

非常高興能來到法蘭克福，我的小說《雪》的男主角卡，人生最後十五年便是在這座城市度過的。卡是土耳其人，所以和卡夫卡沒有關係，他們唯一的關聯只在文學上（關於文學關係，我稍後會多作說明）。卡的本名叫卡林．阿拉庫索格羅，可是他不怎麼喜歡，所以寧可用短一點的名字。他最初在一九八〇年代以政治難民的身分來到法蘭克福。他並不是對政治特別感興趣，甚至可以說不喜歡政治，詩才是他全部的人生。我的主人翁是個住在法蘭克福的詩人。他看待土耳其的政治或許就像其他人看待意外事件，是一件他根本無意插手卻被捲入的事。要是時間夠長，我想稍微說說政治和意外，這是我經常思考的一個主題。不過別擔心，雖然我寫的小說都很長，但今天我會長話短說。

我的書中描述了卡於八〇年代到九〇年代初在法蘭克福的生活，為了不要犯太多錯誤，我在五年前，也就是兩千年時來過這裡。今天聽眾席上有兩個人，當年特別承蒙他們大方相助，帶我四處參觀。我們去了古特洛伊街（Gutleutstraße）附近的舊工廠後面那座小公園，我的主角最後幾年就住在這條街上。卡每天早上會從家裡走到市立圖書館，在那裡度過大半天，為了能更清楚想像這段路程，我們穿過車站前的廣場，走下皇帝街（Kaiserstraße），經過情趣用品店和土耳其生鮮蔬果店、理髮店，和慕尼黑街（Münchnerstraße）上的旋轉烤肉餐廳，甚至遠到鐘樓廣場，途中還從我們今天聚會的教堂正前方走過。我們進去了考霍夫百貨公司（Kaufhof），卡就是在這裡買了那件為他保暖多年的外套。兩天的時間裡，我們漫步在法蘭克福的土耳其人居住的老舊貧窮社區，造訪了清真寺、餐廳、社區各個協會與咖啡廳。這是我的第七本小說，但我記得自己像個新手一樣，作了多到不必要的筆記，為了每一點細節而苦惱，還會問一些「八〇年代時電車真的有經過這一帶嗎？」之類的問題。

我去凱爾斯的時候也是如此，那是土耳其東北部一個小鎮，小說大多數的情節都發生在那裡。我對凱爾斯幾乎一無所知，因此把它當成小說背景之前去了很多次，那幾次停留期間，我在鎮上一條街一條街地走、一間店一間店地看，認識了很多人也交了很多朋友。我在這個土耳其最偏僻、最無人聞問的城鎮，看了它最偏僻、最無人聞問的社區，和失業的男人交談，他們成天在咖啡廳裡消磨時間，甚至不奢望這輩子還能找到工作。我還和中學生交談，和便衣與制服警察交談（無論我走到哪裡他們都跟著我），也和報紙發行人交談（他們的銷量從未多於兩百五十份）。

我的目的不是為了敘述我如何寫出一本名叫《雪》的小說，而是利用這個故事進入主題。這個主題我一天天愈來愈清楚了解這個主題，而且依我之見，它是小說藝術的核心，那就是在我們每個人腦中不停回響的關於「他者」、「陌生人」、「敵人」的問題，又或者應該說是關於如何轉變這個人的問題。我的問題並不是所有小說的核心，這點不言自明。一部小說當然可以藉由想像書中人物置身於我們熟悉、關心並親身經歷過的處境，來提出它對人類的了解。當我們在書中看見一個讓我們想到自己的人，第一個心願就是這個人物能向我們解釋我們是誰。所以我們講述的故事裡的母親、父親、房屋、街道，總是和我們自己的非常相似，故事背景也總是設在我們親眼見過的城市，在我們最了解的國家。可是小說藝術有一些奇特而神妙的原則，讓每個人都覺得書中呈現的家人、家庭與城市反映了自己的家人、家庭與城市。經常有人說《布頓柏魯克世家》是非常明顯的自傳小說。但是當我還是十七歲的少年，第一次拿起這本書，看到的並不是湯瑪斯·曼在敘述他自己的家族（因為當時的我對他幾乎毫無所悉），而是一本關於一般家庭的書，讓我輕易就能起共鳴。小說的奇妙機制讓我們能以自己的故事為藍圖，寫成另一人的故事呈現給全人類看。

所以沒錯，你可以把小說定義為一種能讓技術高明者將自己的故事變成他人故事的形態，但這門迷人的偉大藝術已經令無數讀者神魂顛倒、為作家啟發靈感將近四百年，這樣的定義只是其中一個面向。促使我走進法蘭克福與凱爾斯街頭的則是另一個面向，就是有機會將別人的生活描寫得像是我自己的生活。在作這種調查研究的同時，小說家可以開始測試那個「他者」的界線在哪裡，進而改變我們自己身分的界線。他人變成「我們」，我們變成「他人」。小說確實能同時展現這兩項絕技，即使它把我們自己的生活描寫得像別人的生活，卻也給了我們機會將別人的生活描寫得像自己的生活。

小說家想要進入他人的生活，不一定要像我準備寫《雪》的時候那樣，去造訪其他街道與其他城市。小說家若想設身處地去感受他人的痛苦與煩惱，首先會從想像著手。我且舉個例子來作說明，也順便回顧一下我剛才提到的文學關係：「如果我早上醒來發現自己變成一隻大蟑螂，我會怎麼樣？」每部偉大小說背後的作者，最大的樂趣就在於進入另一個形體，讓它活過來，作者最強烈也最具創意的衝動就是測試自己身分的極限。假如某天早上醒來，我發現自己變成一隻蟑螂，我需要做的不只是研究昆蟲。如果猜想到其他家人看見我爬過牆壁和天花板會有多嫌惡，甚至驚慌，就連自己的爸媽也會拿蘋果丟我，我就還得想辦法變成卡夫卡。不過在試著想像自己是其他人之前，可能還要作一點調查。最需要仔細思考的是：我們迫使自己想像的「他者」是誰？

這隻與我們毫無共通點的生物，觸動了我們最原始的厭恨、恐懼與焦慮。我們非常清楚正是這些情緒激發出想像力，賦予我們寫作的動力。因此小說家在觀察這項藝術的原則時會發現，設法去認同這個「他者」只會有好處。他也會知道去思考這個被所有人視為敵對面的他者，將有助於解脫自我的局限。小說的歷史就是人類解放的歷史：利用想像力脫除自己的身分，設身處地為他人想，就能讓自己得到自由。

因此狄福（Daniel Defoe, 1660-1731）在他傑出的小說裡呈現的不只有魯賓遜，還有他的奴隸「星期五」。《唐吉訶德》不只強有力地呈現一個活在書本世界裡的騎士，也呈現了他的僕人桑丘．潘薩。讀托爾斯泰最卓越的小說《安娜卡列尼娜》時，我喜歡把它想成是一個幸福的已婚男子試圖想像一個女人如何毀了不幸的婚姻，又毀了自己。托爾斯泰的靈感出自另一位男性小說家，此人雖然終生未娶，卻想方設法體會了艾瑪．包法利不滿現狀的心思。在最偉大的寓言小說《白鯨記》中，梅爾維爾（Herman Melville, 1819-1891）探索了當時美國人內心莫大的憂慮，尤其是對異國文化的憂懼，白鯨便是他的媒介。透過書本認識世界的人，只要想到美國南方就會想到福克納小說中的黑人。若是未能確實清楚地了解他們，他的作品會讓人覺得缺少了些什麼。同樣地，當德國小說家想對全國人說話，卻未能想像（無論是明確的或隱然的敗筆）國內的土耳其人與他們所造成的不安，多少仍有缺憾。土耳其小說家也一樣，如果沒能想像庫德族與其他少數族群，而且忽視自己國內未明說的歷史上的汙點，寫出來的東西我想也是空洞無物。

一個人要以什麼策略寫小說，與他所屬的社會、黨派、團體無關，與他致力於任何政治主張也無關，這點和大多數人所想的恰恰相反。小說家的策略來自於他的想像力，來自於他把自己想像成別人的能力。這份力量不但能讓他探索先前未受矚目的人類現實，還能讓他成為代言人，為那些自己無法發言、憤怒無人聽聞、言論受到壓制的人發聲。小說家也許會和我一樣，對政治抱持一種充滿朝氣的興趣，卻沒有什麼真正的理由，就算有，那些動機到頭來恐怕也幾乎不重要了。我們今天讀到的最優秀政治小說，杜思妥也夫斯基的《附魔者》，已經脫離了作者當初的原意——為了與俄國西化者及虛無主義者爭論。今天我們反而把它當成是當時俄國的投射，讓我們看到封鎖在那個斯拉夫人靈魂內的重大祕密。這種祕密只有小說能探討。

我們顯然不能奢望光看報紙、雜誌和電視，就能了解這麼深層的東西。要想了解其他國家與其他民族歷史的獨特之處，要想深入那些令我們困擾的獨特生活（其深邃令人惶恐，其單純令人震驚），這些事實真相只能透過仔細而耐心地閱讀傑出的小說，一點一滴獲得。我再補充一點，當杜思妥也夫斯基的魔鬼開始在讀者耳邊低語，告訴他一個深植於歷史的祕密，一個從傲氣與挫敗、羞愧與憤怒中生出的祕密，這群魔鬼也同時照亮了讀者個人歷史的陰暗面。這個喃喃低語者便是陷入絕望的作者，他對西方的愛與輕蔑不分軒輊，雖然無法視自己為西方人，卻又深深著迷於璀璨的西方文明，因此感覺自己被夾在兩個世界之間。

說到這裡我們進入了東西方的問題。記者特別喜歡這個問題，可是當我看到某些西方媒體提及時夾帶的言外之意，不免覺得最好還是根本不要談東西方問題。因為這個問題多數時候會帶有一個假設，那就是東方窮國應該對西方國家和美國言聽計從。另外我們也察覺到一個無可避免的情形：像我成長的這種地方的文化、生活方式與政治會引發令人厭煩的問題，而像我這種作家存在的唯一目的，就應該為這些令人厭煩的問題提供解答。當然有東西方問題，這不只是西方國家捏造與強加的惡意說法。東西方問題就在於財富與貧窮與和平。

十九世紀，鄂圖曼帝國屢屢敗在歐洲軍隊手中，又見到自己勢力逐漸衰退，不禁開始覺得籠罩在愈來愈生氣勃勃的西方國家的陰影中。這個時候，出現了一群自稱為「土耳其青年」的人。這些人正如後面幾個世代相繼而來的精英份子（也包括幾個末代鄂圖曼蘇丹），對於西方的優秀卓越感到目眩神迷，於是發動一個西化改革計畫。現代土耳其共和國與國父凱末爾的西化改革，也是奠基於同樣邏輯。而這項邏輯本身的基礎則奠立於一個信念，那就是土耳其衰弱貧窮的原因在於它的傳統、它的老舊文化，還有它形形色色的社會組織宗教。

由於我來自一個伊斯坦堡西化中產階級家庭，我不得不承認自己有時候也會屈從於這種雖是善意，卻狹隘甚至愚蠢的信念。西化者夢想著透過效法西方，來改變國家和文化、使國家富強。他們的最終目標是建立一個更富有、更快樂、更強大的國家，因此也有本土主義與強烈民族主義的傾向，而在「土耳其青年」與土耳其共和國這個年輕國家的西化者身上，當然也能看到這些傾向。不過身為向西方看齊運動的一份子，他們仍嚴厲批判自己國家與文化的某些基本特質，雖然批判的精神與方式或許和西方觀察家不同，但他們也認為自己的文化有缺陷，有時甚至認為一文不值。於是產生了另一種非常深刻而混亂的情緒：羞恥。

從我的小說所引發的一些反應，從我自己與西方的關係給予人的感受當中，我可以看見羞恥。當我們在土耳其討論東西方問題，當我們談到傳統與現代化之間的緊張關係（在我看來，現代化是東西方問題的本質），或是當我們對於自己國家與歐洲的關係支吾其詞，其中總是潛伏著羞恥的問題。每當我試著去了解這種羞恥感，總會試著把它和恰恰相反的「驕傲」作連結。我們都知道只要太驕傲，只要表現得太傲慢，心裡就一定有羞慚恥辱的暗鬼。因為凡是有其他地方的人民深感受辱，就應該可以看到驕傲的民族主義浮出檯面。我的小說就是以這些黑暗素材，以這種羞恥感、這種傲氣、這種憤怒和這種挫敗感寫成的。因為來自一個已經正敲著歐洲大門的國家，我太清楚知道這些脆弱情緒往往是多麼輕易便能爆發出怒火，令人猝不及防。我在這裡想做的就是像傾吐祕密一樣談論這份羞恥感，就像我第一次在杜思妥也夫斯基的小說中聽到這個祕密一樣。只有分享祕密的羞恥感，我們才能得到解放：這是我從小說藝術中學到的。

但是就在解放的這一刻，我內心開始感覺到這種表現策略的複雜，還有以他人名義發言在道德上的兩難。對任何人而言，這都是困難的做法，但對於本身充滿我剛才描述的那些情緒的小說家，更是難上加難。自由奔放的想像世界或許看似危險，但若是反映在一個充滿民族驕傲感、像隻刺蝟似的容易被激怒的小說家筆下，那才是最危險不過。假如將現實保密，（但願）我們只會悄悄受辱，可是一旦小說家運用想像力改變這個現實，把它變成一個要求人注意的平行世界，我們原先的希望就落空了。當小說家開始玩弄支配社會的規則，當他往下挖掘尋找隱藏在表面下的幾何構造，當他像個好奇的小孩，受到自己也不太明白的情感驅策去探索那個祕密世界，難免會引起家人、朋友、同儕與同胞略感不安。可是這是一種快樂的不安。因為我們能藉由閱讀小說、故事與神話，來了解支配我們所居住的世界的觀念。小說能讓我們得知家人、學校與社會所隱瞞的真相，而小說藝術也能讓我們問問自己究竟是誰。

我們都體會過閱讀小說的喜悅，我們也都體會過循途進入另一人的世界那種興奮刺激，全身心都投入那個世界，並渴望改變它，整個人沉迷於主角的文化、主角與建構其世界的物品間的關係，亦即沉迷於作者的詞句、他所作的決定，與隨著故事開展他所注意到的事物。我們知道自己閱讀的既是作者的想像產物，也是他帶我們進入的一個實際世界。小說不是全然虛構，也不是全然真實，閱讀小說就要同時面對作者的想像與一個真實世界，我們是如此急躁好奇地扒抓這個世界的表面。當我們拿著小說縮到某個角落、躺到床上或躺在沙發上，想像力就會在小說的世界與我們仍生活其中的世界之間來回游移。手上的小說可能會帶我們到一個我們從未造訪、從未見過、從未聽說的世界，也可能帶我們深入書中人物的內心深處，而這些人表面上都很像我們最熟悉的人。

我要請大家一一注意到這些可能性，因為我經常有一個涵蓋兩個極端的幻覺。有時候我會試著一個個地想像許多讀者躲在角落裡、窩在沙發上看小說，我也會試著想像他們日常生活的格局。這時候，我眼前便會有成千上萬的讀者成形，遍布在城市街道上，延伸得好遠好遠，而他們閱讀時會夢想著作者的夢想，會將他筆下人物想像成真，還會看見他的世界。於是現在這些讀者也和作者本身一樣，試圖去想像他者，他們也把自己放到另一人的位置上。我們便是在這些時候感覺到羞辱、同情、容忍、憐憫與愛在心中翻攪，因為偉大文學所激發的不是我們的批判力，而是我們設身處地的能力。

當我想像這許多讀者運用想像力將自己放到別人的位置上，當我在腦中召喚出他們的世界，一條街接著一條街、一個鄰里接著一個鄰里，直到遍布整個城市，我會忽然在某一刻領悟到我在想的其實是一個社會、一群人、一整個國家（隨便你怎麼說）正在將自己想像成真。現代社會、部族與國家正藉由閱讀小說，作最深刻的反省，透過閱讀小說，他們便能爭論自己是誰。所以即使拿起小說時只是想消遣、放鬆、逃避無聊的日常生活，我們也會不知不覺地開始想像我們所屬的群體、國家、社會。這也是為什麼小說表明的不只是一個國家的驕傲與喜樂，還有它的憤怒、它的脆弱與它的羞恥。正因為提醒讀者想起自己的羞恥、驕傲與在世上的卑微地位，小說家可能會引發極大憤怒，很遺憾現在仍會看到不容異說的暴怒行為，仍會看到書本被燒、小說家遭到起訴。

在我成長的家庭裡每個人都看小說。父親有一間大書房，我小時候他會談論我剛才提到的那些偉大小說家，像湯瑪斯．曼、卡夫卡、杜思妥也夫斯基和托爾斯泰，就像其他父親談論著名的將軍與聖人那樣。從早年開始，這些小說家，這些偉大的小說家在我心裡就和歐洲這個觀念連在一起。不過這不只是因為我的家人；他們非常熱切支持西化，也因此天真地渴望相信他們自己和他們的國家比實際上更西化。還有一個原因是小說是出產自歐洲的頂尖藝術成就之一。

依我之見，小說便如弦樂與後文藝復興繪畫，都是歐洲文明的基石，是它造就了現在的歐洲，歐洲也是藉由它建立並彰顯了自己的特質——如果有所謂「歐洲特質」的話。我無法想像一個沒有小說的歐洲。我現在說的小說是一種思考、理解與想像方式，也是一種將自己想像成他人的方式。在世界其他地方，孩童與年輕人都是透過第一次的小說歷險，首度深入認識歐洲，我也不例外。拿起小說就像跨入歐洲邊界，進入一塊新大陸、一個新文化、一個新文明，在這些探索過程中學會以新的欲望和新的靈感表達自我，最後相信自己也是歐洲的一部分——這是我記憶中的感覺。另外也別忘了，偉大的俄國小說與拉丁美洲小說也都是根植於歐洲文化……因此光是看小說就能了解歐洲的邊界、歷史和國家的區分，無時無刻不在改變。我父親書房裡那些法國、俄國與德國小說所描寫的古老歐洲，也和我兒時的戰後歐洲及現今的歐洲一樣，是個不斷變化的地方。於是，我們對於「何謂歐洲」的了解也是如此。然而，我有一個幻想卻是持續不變，這便是我現在要說的。

請容我先聲明一下，對土耳其人來說，歐洲是個非常脆弱、敏感的話題。我們站在這裡敲你們的門請求進入，滿懷期望與善意，但也十分焦慮，害怕遭到拒絕。我和其他土耳其人一樣能敏銳感受到這些，我們的感覺非常類似我稍早提到的「沉默的羞恥感」。當土耳其敲響歐洲大門，當我們等了又等，等到歐洲作出承諾然後將我們遺忘，結果只是把門檻墊得更高，而且當歐洲檢視土耳其努力爭取成為正式會員國可能帶來的全面影響時，我們很遺憾看到了歐洲某些地區的反土情緒變本加厲，至少某些政治人物是如此。在最近的選舉當中，他們表態反土耳其與土耳其人，我發現他們的作風和我們國內某些政治人物的作風一樣危險。

批評土耳其政府不夠民主或挑它經濟面的毛病，這是一回事，詆毀整個土耳其文化，或是中傷在德國這裡生活得極其艱難窮困的土耳其後裔，又是另一回事。至於在土耳其的土耳其人，當他們聽到自己遭受如此嚴酷的批判，便會再次想起自己在敲一扇門等候進入，當然會感覺不受歡迎。在歐洲愛國人士的反土情緒煽動下，竟激發了土耳其國內最粗暴的愛國情緒反彈，這真是最殘酷的諷刺。對歐盟懷抱信心的人想必馬上就看出了，我們真正要作的是在和平與愛國之間作出選擇，不是和平，就是愛國。我想和平的理想是歐盟最注重的核心，我相信土耳其對歐洲所提出建立和平的機會，終究不會被拒絕。我們已經來到一個關口，必須在小說家的想像力所展現的力量與那種放任焚書行為的民族主義之間作出選擇。

過去幾年，我時常提到土耳其與它爭取進入歐盟的努力，也往往面臨苦笑與質疑，那麼我現在就在這裡作個回答。土耳其與土耳其人民能夠提供給歐洲與德國最重要的東西，無疑就是和平，就是一個回教國家因為渴望加入歐洲而建立的穩定與力量，以及這個想要和平的渴望能獲得認可。我年輕時閱讀的偉大小說家，並不是以基督教信仰來定義歐洲，而是以個人的憧憬熱望來定義。因為書中主角努力地想解放自己、表達自己的創意並讓夢想成真，這些小說才能打動我的心。歐洲之所以獲得非西方世界的尊敬，便是因為它付出莫大心力培養的理想：自由、平等、博愛。如果開化、平等與民主是歐洲的靈魂，如果它要成為一個以和平為基礎的聯盟，那麼其中便有土耳其的一席之地。一個以狹窄的基督教觀點自我定義的歐洲，就像試圖純粹從宗教獲得力量的土耳其，將會變成一個只往內看卻脫離現實的地方，與過去的連結比與未來更緊密。

由於在伊斯坦堡歐洲區一個無宗教信仰的西化家庭中長大，對我（或像我這樣的人）來說，信任歐盟並不困難。別忘了，從我童年開始，我的足球隊「費內巴切」就一直在踢歐洲盃。有數百萬土耳其人都和我一樣，全心全意地相信歐盟。但更重要的是今天土耳其大多數保守派與回教徒，連同他們的政治代表，也都希望看到土耳其進入歐盟，協助規畫歐洲的未來，協助打造夢想中的歐洲。歷經過數百年的戰爭衝突，這個友善的表示不能等閒視之，若是斷然拒絕將會造成巨大的遺憾與悔恨。正如我無法想像一個願景中沒有歐洲的土耳其，我也不相信一個願景中沒有土耳其的歐洲。

很抱歉花了這麼多時間談政治。我最期望隸屬的世界當然還是想像的世界。從七歲到二十二歲，我都夢想著要成為藝術家，所以我會走到伊斯坦堡街頭畫市景。我的著作《伊斯坦堡》中提起過，我在二十二歲那年放棄繪畫，開始寫小說。現在的我認為我希望從繪畫和寫作中獲得的東西是一樣的，藝術與文學之所以吸引我，都是因為能讓我拋下這個無聊、枯燥、希望破滅的世界，進入一個更有深度、更多采多姿也更變幻莫測的世界。要到達這另一個神奇境界，不管是像早年那樣以線條和色彩來表達，或是訴諸文字，我每天都得長時間獨處，想像那個世界的每個細微處。我獨坐角落花了三十年建立，用來安慰自己的世界，其素材絕對和我們都熟悉的世界沒有兩樣，都是我能在伊斯坦堡、凱爾斯和法蘭克福的街道上和內部看到的景物。可是想像力，小說家的想像力為日常生活的有限世界，注入了特色、魔力與靈魂。

最後我想簡單說說這個靈魂，這是小說家窮畢生之力想要傳達的精髓所在。我們只有設法把生活這個奇怪又令人困惑的工作放進一個框架，生活才可能快樂。大抵而言，我們的快樂與不快樂並非來自生活本身，而是來自我們賦予它的意義。我一輩子都在努力探索這個意義。或者換個說法，我這一生始終在今天這個混亂、辛苦又快速移動的世界裡的喧囂噪音中遊蕩著，歷盡人生的曲折滄桑，尋找一個開端、一個中繼和一個結尾。我認為只有在小說中才能找到這些。自從出版了小說《雪》之後，每回走在法蘭克福的街上，我都會感覺到卡的幽靈，也就是與我有不少共通點的書中主角，而且我覺得好像真的看到我想像的那座城市，好像我多少碰觸到了它的內心。

馬拉美（Stéphane Mallarmé, 1842-1898）說得沒錯：「世上一切事物的存在都是為了被寫進書中。」毫無疑問地，具備最好的能力、可以吸收世上一切事物的書就是小說。想像力是向他人傳達意義的能力，也是人類最大的力量，數百年來它已經在小說中找到最忠實的表達方式。德國書商和平獎認同了我對這項至高無上的藝術，長達三十年的忠心奉獻，我謹此接受並由衷地感謝各位。

（二〇〇五年於法蘭克福獲頒德國書商和平獎時發表演說）

55 受審

本週五在伊斯坦堡，我將出庭受審，地點在我度過了一輩子的西司里區（Şişli），法院就在我祖母獨居四十年的三層樓住家正對面。我的罪名是「公然誹謗土耳其身分」，檢察官將對我求刑三年。土耳其亞美尼亞裔記者赫蘭特．丁克（**Hrant Dink, 1954-2007**），也是以違反同一法規第三〇一條規定的罪名在同一個法庭受審，而且被判有罪，我或許應該因此感到擔心，但我還是很樂觀。我和律師一樣，認為起訴我的理由很薄弱，我不覺得自己最後會入獄。

因此，看到我的審判造成軒然大波不免有些尷尬。我心知肚明，我去徵詢意見的伊斯坦堡友人多半在某個時間點都經歷過更嚴酷的審訊，都曾經只因為一本書、只因為寫了什麼，而浪費許多年的時間跑法院與入獄服刑。土耳其人是一有機會便會向帕夏、聖人與警察致敬，卻不肯向作家致敬，直到他們在法院與監獄中度過多年，像我生活在這樣一個國家，要出庭受審倒也不能說出人意表。我明白為什麼朋友們會微笑著說我終於是個「貨真價實的土耳其作家」了。但是當初說出讓我惹禍上身的言詞時，根本沒有想到要追求這種榮譽。

二〇〇五年二月，在一份瑞士報紙所刊登的訪談中，我說曾有一百萬亞美尼亞人和三萬庫德族人在土耳其遭到殺害，接著又抱怨說這些事情在國內是禁忌話題。全世界治學嚴謹的歷史學家都普遍知道，有大批鄂圖曼亞美尼亞人因為據傳在第一次大戰期間投效鄂圖曼帝國的敵方，因而遭到放逐，而且中途有許多人被殘殺。土耳其的發言人大多都是外交官，他們持續主張死亡人數比學界所說要少得多，而且不能稱之為種族滅絕，因為並不是有系統的屠殺，再說戰爭中亞美尼亞人也殺了不少穆斯林。

然而今年九月，伊斯坦堡三所聲望卓著的大學不顧政府反對，聯合舉辦一場學者會議，與會者對於土耳其官方不能容忍的觀點採取開放態度。那是九十年來首開的先例，此後便開始有人公開討論這個議題，儘管三〇一條款仍陰魂不散。

政府已準備不計代價阻止土耳其人民得知鄂圖曼亞美尼亞人的遭遇，使得這個事實成為禁忌，我的言論當然會引起名副其實的大騷動。多家報紙對我展開充滿恨意的撻伐，有幾位右派（但不一定是伊斯蘭教徒）的專欄作家甚至還說應該讓我永遠「禁聲」。成群的民族主義激進份子召集群眾示威抗議我的叛國行為，也有人公開焚燒我的書。我就像我的小說《雪》的主角卡，深深體會到為了自己的政治觀點而被迫暫時離開心愛的城市是什麼感覺。我不想加入論戰，甚至聽都不想聽，因此一開始保持沉默，沉浸在一種奇怪的羞愧中，躲著人群，甚至躲著自己的言論。接著有一位省長下令焚燒我的書，等我回到伊斯坦堡，西司里的檢察官又對我提起公訴，於是我發現自己成了國際矚目的焦點。

惡言批評我的人不只是基於私怨，也不只是針對我表達敵意，我已經知道我的案子要審理的問題值得土耳其國內外的討論。部分原因在於我認為讓一個國家「名譽」受損的不是討論它歷史上的汙點，而是完全阻止討論。另外也因為我相信今天在土耳其禁止討論鄂圖曼亞美尼亞人的事件，就等於禁止言論自由，這兩件事確實有複雜難解的關聯。外界對我身處困境的關心與大力支持讓我十分安慰，但有時候發現自己夾在祖國與其他國家之間卻也不安。

為什麼一個正式表態要進入歐盟的國家，會想監禁一個在歐洲十分知名的作家，又為什麼非得在（套一句康拉德〔Joseph Conrad, 1857-1924〕的用語）「西方的眼皮底下」（under Western eyes）上演這齣戲？這是最令人費解的。這個矛盾無法簡單以無知、嫉妒或褊狹一語帶過，而且矛盾之處不止於此。一面堅稱土耳其人與西方鄰人不同，是個富有同情心的民族，不可能種族屠殺，一面又有愛國政治團體以死亡威脅朝我猛攻，這樣的國家我該如何理解？當一個國家抱怨敵人在全球各地散布有關鄂圖曼事蹟的不實傳聞，自己卻又一個接著一個地起訴並監禁作家，使得「可怕的土耳其人」的形象傳遍全世界，這背後又是什麼邏輯？有位教授應政府要求提出他對少數族群的研究結果，後來因為政府不滿他寫的報告而將他起訴；還有消息說從我開始寫這篇文章到我開始寫你們現在正在讀的這個句子的這段時間內，已經又有五名作家和記者遭指控違反三〇一條款。想到這些我不禁想像福樓拜與涅瓦（Gérard de Nerval, 1808-1855）這兩位東方主義教父，應該會將這些事件稱為「bizarreries」（稀奇怪事），而且說得對極了。

話雖如此，但我想在我們眼前上演的這齣戲，並不是土耳其特有的古怪而不可思議的戲碼。這其實展現了一個全球性的新現象，我們剛剛才察覺到，而現在必須開始（但要小心地）面對處理。最近幾年，我們目睹了印度與中國驚人的經濟成長，以及這兩個國家中產階級的迅速擴充，不過我認為在看到小說反映出他們的私生活之前，無法真正了解置身於這番轉變中的這群人。無論稱之為新精英、非西方中產階級或致富官僚，他們就像我自己國內的西化精英份子，覺得被迫要遵循兩條獨立且看似不能並存的行動路線，以便鞏固他們新獲得的財富與權力的正當性。首先，他們必須引用西方的成語與態度，來為自己迅速累積的財富辯護，一旦讓社會大眾有獲取這類知識的需求之後，他們便肩負起教育國人的責任。當人民痛斥他們忽視傳統，他們便激動地亮出一種惡毒而褊狹的民族主義作為回應。外國觀察者可能稱為「稀奇怪事」的爭論，或許只是這些政治與經濟計畫和計畫所引發的文化渴望之間的衝突。一方面，加入全球經濟已是刻不容緩，另一方面，又有憤怒的民族主義者將真正的民主與思想自由視為西方的發明。

後殖民時期有一群殘忍無道、草菅人命的非西方統治精英，奈波爾（V. S. Naipaul, 1932-2018）是最早描寫他們的私生活的作家之一。我在韓國遇見傑出的日本作家大江健三郎時聽說了，當他提出聲明說日軍侵略韓國與中國的醜陋罪行應該在東京公開討論，也同樣遭到愛國的激進份子攻擊。俄羅斯政府對車臣人民以及其他少數民族和民權團體所展現的狹小氣度，印度教民族主義對於言論自由的攻擊，還有中國對維吾爾人悄悄進行的種族淨化——全都是由相同的矛盾醞釀出來的。

當明日的小說家準備敘述新精英的私生活，無疑會期望西方國家出面批評自己政府對言論自由的限制。可是近日來，關於伊拉克戰爭的謊言和美國中情局祕密監獄的報導，已經重創土耳其與其他國家對西方的信任，像我這樣的人要在自己生活的地區為西方民主發聲辯護，也愈來愈困難了。

56 你為誰而寫？

你為誰而寫？過去三十幾年來，自從我當上作家之後，這是讀者和記者最常問我的問題。提問的動機因時間地點而異，好奇的程度也是，但懷疑、輕蔑的口吻卻如出一轍。

七〇年代中期，我初下決心成為小說家時，這個問題反映了當時普遍存在的實利觀點：藝術與文化是奢侈品，不是一個努力要加入現代行列的非西方貧窮國家消費得起的。另外也有人建議「像你這樣受過教育又有教養的人」，應該為國家作更大的貢獻，譬如成為對抗流行病的醫生或建造橋梁的工程師。（沙特也在一九七〇年代初表達了同樣觀點，他說自己若是比亞法拉的知識份子就不會從事小說寫作的工作。）

到了後來幾年，提出這些問題的目的，比較在於想知道我希望哪個社會族群閱讀並欣賞我的作品。我知道這是個陷阱題，因為要是不回答「我是為了社會上最貧窮、最被踐踏的人而寫！」，就會被指責是保護土耳其地主與資產階級的利益——即使有人提醒我，凡是宣稱為農民、勞工與窮人而寫的那種心思單純、心地善良的作家，都等於把幾乎不識字的人當作寫作對象。一九七〇年代，當母親問我為誰而寫，她那哀傷擔心的口吻告訴我她其實想問：你打算怎麼養活自己？而當朋友問我為誰而寫，語氣中那絲嘲弄也足以透露一個訊息：誰都不會想看我這種人寫的書。

經過這三十年，我愈來愈常聽到這個問題，比較大的原因是我的小說被翻譯成了四十國語言。特別是這十年來，訪問我的人愈來愈多，他們似乎擔心我誤解他們的意思，往往會再補上一句：「你用土耳其文寫作，那麼對象是只針對土耳其人，或是也考慮到透過翻譯所接觸到的更廣大的讀者群？」無論說話場合在土耳其境內或境外，這個問題總會伴隨著同樣那種懷疑、輕蔑的微笑，讓我斷定如果希望作品被視為真實可信，就必須回答：「我只為土耳其人而寫。」

在檢視問題本身之前（因為這問題既不誠實也不合乎人道），必須記住小說的興起剛好和單一民族國家的出現同一時期。當十九世紀的偉大小說寫成時，小說藝術從各方面看都是一門象徵國家的藝術。狄更斯、杜思妥也夫斯基和托爾斯泰為一個新出現的中層社會而寫，這些人能從自己國家的作者書中認出每個城市、每條街道、每棟房子、每個房間和每張椅子，他們能沉浸在一種與真實世界相同的樂趣中，也能討論同樣的想法。十九世紀時，重要作家的小說首先會出現在全國性報紙的藝術文化副刊中，因為作者的對象是全國人民。從他們的敘述口氣可以感受到一個愛國者的關心憂慮，他們內心最大的希望就是國家能夠興盛。到了十九世紀末，讀寫小說便形同加入全國人的行列，一起探討國家重要事務。

可是今日寫小說的意義已截然不同，閱讀文學小說也一樣。最初的改變發生在二十世紀前半，當時與現代主義的緊密關聯為文學小說贏得高級藝術的地位。還有過去這三十年來溝通方式的改變也同樣重大：在這全球化媒體的時代，自己國內的中產階級已不再是文學作家最初與唯一的發言對象，如今他們可以對全世界的「文學小說」讀者發言，而且是即時發言。今日的文學讀者等候馬奎斯、柯慈（J.M. Coetzee, 1940-）與保羅・奧斯特（Paul Auster, 1947-2024）的新書，便如同昔日的讀者等候狄更斯的新書——作為最新消息。文學小說家面對的這支普世讀者大隊，遠比自己國家接觸到他作品的讀者來得多。

如果歸納「作家為誰而寫？」這個問題，或許可以說是為了理想的讀者、心愛的人、自己，或不為誰而寫。這是事實，卻不是完整的事實。因為今天的文學作家也會為那些閱讀他們書的人而寫。從這點也許可以推論出，今日文學作家的寫作對象漸漸比較不再針對自己國內（不看他們的書）的多數人，反而著重在世界各地會看他們的書的少數文學讀者。所以情況就是這樣：這些挑釁的問題與對作家真正意圖的懷疑，反映出大家對這三十年來逐漸成形的新文化體系感到焦慮。

而對此最感不安的就是非西方國家的意見領袖與文化機構。由於不確定自己在世界上的地位，又不願意談論目前國內的危機，或是自己國家在國際歷史上留下的汙點，這樣的組成份子勢必對那些不從民族主義觀點看待歷史與民族主義的小說家心懷疑慮。依他們之見，不為國內民眾而寫的小說家就是利用自己國家的異國風情吸引「外國消費」，並且製造沒有事實根據的問題。西方也有相同疑慮，許多西方讀者認為本土文學就應該保持本土、單純，並忠實於自己的民族根源。他們內心擔憂的是一旦成為「世界」作家，從自己文化以外的傳統汲取靈感，會使人失去真實性。最深刻感受到這份憂慮的，是那些渴望一翻開書就進入一個與世隔絕的異鄉的讀者，他們渴望看到這個異鄉的內部爭執，就像一般人可能目睹隔壁鄰居的爭吵。假如作家的寫作對象包括了屬於其他文化、說其他語言的讀者，那麼這個幻想也會破滅。

所有作家都會深切期望保有真實，因此即使過了這麼多年，我還是很喜歡被問到為誰而寫。

不過，儘管一個作家的真實與否，的確取決於他是否能和自己生活其間的世界緊密互動，但也同樣要看他能不能了解自己在那個世界裡的地位變動。其實沒有不受社會禁律與民族傳說困擾的理想讀者，正如沒有所謂的理想小說家。但不管在國內或國際上，理想讀者還是所有小說家寫作的對象，首先將他想像成形，然後心裡想著他寫書。

我的書是我的生命

My Books Are My Life

我沒有傳達我所承受的粗暴毆打，或是這些暴力所激起的深切欲念與憤怒，因為《我的名字叫紅》乃是受惠於充滿希望的美、容忍、托爾斯泰式的和諧、堪與福樓拜匹敵的敏感度，這些企圖心打從一開始就與我同在。但是我對於生命冷酷、粗野、動亂的想法，還是自己找到縫隙鑽進書裡去了。我希望它是一部經典，希望全國人都能讀它，每個人都能在書中看見自己的反射。我希望喚醒大家記起歷史的殘酷與一個已經消失的世界的美。

57《白色城堡》後記

有些小說雖然可能已圓滿結束，卻有些人物會繼續在作者的夢中遊歷冒險。某些十九世紀的作家會利用這些夢，再出兩、三本書，也有人不想把自己困在前一本小說的世界裡，便走另一個極端：他們打定主意要斷了這些危險來生的後路，便草草以一句附言總結說道：「數年後，桃樂西亞與兩個女兒回到了亞京斯東」，或是「最後，拉札洛夫把事情解決了，現在收入相當不錯」。此外還有另一類作家，他們會回到舊小說的世界，卻不是為了敘述舊角色的新冒險經歷，純粹只是因為故事本身發展的需要。回憶、錯失的機遇、得知讀者與親近友人的反應，與新的想法，都可能改變一本書在作者心中的樣貌。常常有那麼一刻，他想像中的書已經和原本預設的書完全不同，而書店裡賣的就更不用說了，這個時候，作者便想要回想這頭奇怪又難以捉摸的新野獸是從哪來的。

《白色城堡》的靈感最初如幽靈般降臨是在我即將完成第一本小說的時候，那部處女作是一個長篇的家族故事，以二十世紀前半為背景，書名叫《謝福得先生父子》。現形的靈感是一個被召入宮的預言家，午夜時分走過藍色街道。這也是我當時為小說想的名稱。我的預言家是個善意的科學家，眼見宮廷人士對科學毫無興趣，便自稱是占星師（幸虧他對星象學很感興趣，切換身分不難），雖然他的初衷是為了贏得宮裡其他人對科學的重視，但他很快就被準確預言所帶來的權勢與影響力蒙蔽了理智，開始將這項技能用於不正當的目的。我就只知道這麼多了。那段時間，我開始迴避歷史主題，因為厭倦了被問為何寫歷史小說，便不再對這類小說感興趣。

更早之前，我二十三歲時，曾經寫過三個歷史故事，一般人甚至將我的第一本小說稱為歷史小說。要了解我對歷史的興趣，需要檢視的似乎不只有我的文學喜好，還有我童年的偏愛。八歲時，有一次，我離開和家人同住的公寓，上樓到祖母公寓裡的幽暗房間閒晃，那裡的每樣物品，就連收音機的嘰嘰喳喳聲都和我們自己家一模一樣。我翻著泛黃的報紙和醫學書籍，這原是赴美後一去不返的叔叔所有，翻著翻著忽然發現一本厚厚的插畫書，作者是雷沙・埃克連・柯楚（Reşat Ekrem Koçu, 1905-1975）。一連好幾天我都在讀那群可憐猴子的故事，牠們被人從阿札帕卡比（Azapkapı）的猴子店買回家後，因為行為不端被吊到樹上。洗衣的日子裡，洗衣機咿咿呀呀響、大人忙進忙出，又是滾水又是液皂的，這時我便溜到角落裡，看著「天使裹足之處」街的黑白素描，那裡的妓女受到腺鼠疫的報應。等著走廊上的大鐘敲響下一個鐘頭時，會忽然有一陣恐懼不耐襲將上來，因為讀到被判刑的罪犯手腳都被打斷，以便塞入砲口射向空中。

完成第二本小說《寂靜的房子》之後，我發現自己又沉浸在歷史所引發的白日夢中。長篇小說之間的空檔何不寫一點短篇的呢？我會這麼對自己說，因為腦中已有清晰的故事輪廓。於是為了我的預言家，我愉快地全心投入科學與天文學書籍。阿德南・阿迪瓦（Adnan Adıvar, 1882-1955）那本有趣又無可匹敵的《鄂圖曼土耳其人的科學》（*The Science of Ottoman Turks*），讓我找到我想找的特色樣貌，還有像（卻勒比愛極的）《奇怪生物》（*Acaib-ül Mahlûkat*）這類書中的奇怪動物故事也很有幫助。旭海爾・云弗教授（Süheyl Ünver, 1898-1986）的《伊斯坦堡天文台》

（Istanbul Observatory）讓我首度認識著名的鄂圖曼天文學家塔奇尤丁（Takiyüddin, 1526-1585），他曾一度試著向蘇丹解釋彗星現象，讀完這段對話，看著他藉由說明他的科學筆記（後來亡佚了）來教育我的主角，我開始了解到天文學與星象學之間的界線有多麼模糊。

我在另一本書讀到有關天文學的這段話：「推測萬物秩序可能被打亂，不失為打亂萬物秩序的好方法。」後來讀到最戲劇性也最值得一讀的鄂圖曼歷史學家奈瑪（Mustafa Naima, 1655-1716）的作品，得知了首要的預言家胡塞因大師（Huseyin，十七世紀）也和政治人物一樣，大力運用了這條預言家的黃金守則。

我的閱讀沒有其他目的，只是為了蒐集我打算寫的故事的背景資料，而從我手邊這些書中，冒出了一個在土耳其文學上非常受歡迎的主題：一心想行善助人的主角！在其中幾本書裡，高貴善良的主角經常挺身對抗邪惡的叛徒。在較高水準的小說中，我們會看到他必須先經受邪惡之苦才能夠改變。誰知道呢，也許一直以來我也打算寫類似方向的東西，只是找不到他「美德」的來源，也無法追蹤到他對科學與發現感興趣的源頭。後來，我決定讓我的預言家從一位「西方人士」獲得科學知識。一船一船從遙遠國家送來的奴隸，正好完全符合我的用途。於是黑格爾（Georg Wilhelm Friedrich Hegel, 1770-1831）的「主奴關係」開始發揮作用。我想我的主人和一個義大利奴隸應該會有很多可以告知並教導對方，為了讓他們有時間交談，我把他們一起放進漆黑城裡的一個房間。這兩人之間密切又緊張的關係，頓時成為整本書的想像核心。我發現主人和奴隸長得極為相像。或許是我性格上的分析面占了上風，但我也因此忽然有了他們長得一模一樣的想法。接下來無須太費力便能埋首於最知名的文學主題中：雙胞胎互換身分。

我的故事就是這樣，要不是無力處理內部邏輯，就是懶於想像，而逐漸有了嶄新樣貌。我當然很熟悉霍夫曼（E.T.A. Hoffmann, 1776-1822）那些雙胞胎的故事，他總是對自己不滿意，而且因為想成為音樂家而仿效莫札特，甚至把莫札特的名字加進自己的名字裡頭。我也知道愛倫坡和杜思妥也夫斯基的《雙重人格》（*The Other*）等令人毛骨悚然的故事，我還以斯拉夫村落裡患有癲癇的教宗傳奇故事向後者致敬。讀中學時，生物老師誇口說他無論如何都分辨得出班上一對相貌醜陋的雙胞胎，可是口試時，他們卻會瞞著他調換身分。起初看到卓別林在《大獨裁者》（*The Great Dictator*）裡的模仿，我很喜歡，但後來就不喜歡了。小時候，我很害怕千面人這個漫畫人物，他總是不斷地變換身分，我不禁好奇地想：如果他換成我，會怎麼做呢？如果他換成一個業餘的心理學家，可能會說：「事實上，所有作家都想變成另一個人。」比起霍夫曼融入自己的童話故事的程度，融入《化身博士》（*Dr. Jekyll and Mr. Hyde*）的羅伯・路易斯・史蒂文生（Robert Louis Stevenson, 1850-1894）有過之而無不及：白天是尋常公民、晚上是作家！只要我自己的雙胞胎兄弟和我身分對調，他就會試著提醒讀者我對分身們的虧欠。

我還是不確定要讓義大利奴隸或是鄂圖曼主人來寫《白色城堡》的手稿。寫的時候，我決定利用我對法魯克（《寂靜的房子》中的歷史學家）的親近感作為保障，以免發生某些技術問題。我在書中最初與最後章節都向他表達了敬意的塞萬提斯，想必也曾在某一刻體驗過類似的焦慮。寫《唐吉訶德》時，他採用了阿拉伯歷史學家塞伊・哈密・賓・安傑利（Seyyit Hamit bin Engeli）的手稿，然後運用文字遊戲填空把它變成自己的。熟悉《寂靜的房子》的讀者應該記得，法魯克在蓋布澤的檔案室裡發現手稿，並著手將它改換成一般市民的語言後，似乎還加入了其他書中的段落。說到這裡，若有讀者想像我像法魯克那樣，在檔案室裡翻找著架上布滿灰塵的手稿，我想澄清一點：我不願意為法魯克的行為負責。我只是採用了一些法魯克發現的細節。關於這些，我向斯湯達爾的《義大利遺事》（*Three Italian Chronicles*）借用了一個方法，我是在最早寫歷史書的時候讀這本書的。方法就是：我為法魯克寫了一篇序文，然後在裡面散布一些有關發現一份舊手稿的細節。這或許開啟了一個契機，讓我在另一本後續的歷史小說中再度利用法魯克（他祖父賽拉哈丁先生也會這麼做），也免得莫名其妙地來個化裝舞會讓讀者去冒險，這向來是歷史小說最危險的一點。

我選擇將小說的時空背景設定在十七世紀中葉，不只因為這個時代生動而多采多姿、又有歷史上的便利性，還因為如此一來，我的人物便能利用奈瑪與卻勒比的著作了。不過，還是有許許多多從前後幾個世紀的旅遊書中拾掇的小片段，一點一滴地滲入這部小說。為了讓我這個充滿希望與善意的義大利人變成我這個主人的奴隸（當時還是有假藥、船上有俘虜的年代），我借用了塞萬提斯的片段，並利用一位不知名的西班牙人呈給腓力二世的一本書，這個人曾經也是土耳其人的俘虜。與塞萬提斯同時期有一位雷茨洛男爵（Baron W. Wratislaw）遭到鄂圖曼船隻俘虜，他寫的回憶錄便成了我筆下奴隸遭到監禁的範本。我還利用一位西班牙旅者書信的某些段落，他比他們提早四十年到訪伊斯坦堡，並描述了當時瘟疫肆虐的城市（哪怕只是長個普通癤子也會引發恐慌），和基督徒被放逐到王子群島的情形。書中還有另一些細節不是來自它設定的時代，而是出自其他時代目擊者的敘述，例如伊斯坦堡的景致、煙火的施放與夜間娛樂（加朗、孟塔古夫人〔Lady Montagu, 1689-1762〕、德・托特男爵〔Baron de Tott, 1733-1793〕）；蘇丹心愛的獅子和他的獅子園（阿赫梅特・雷菲克〔Ahmet Refik, 1881-1937〕）；鄂圖曼軍隊與波蘭的戰役（阿赫梅特・亞哈〔Ahmet Ağa〕的《維也納圍城日誌》〔*Diary of the Siege of Vienna*〕）；幼年蘇丹的一些夢想（一本名叫《我國歷史怪譚》〔*Strange Events from Our History*〕的書，內容資料和我在祖母書房裡看到的柯楚的書一樣）；伊斯坦堡的野狗群；防疫措施（海穆特・馮・毛奇〔Helmuth K.B. Von Moltke〕的土耳其書信）；還有我用來為書取名的白色城堡（塔杜茲・崔維年〔Tadeutz Trevanian〕在內附雕版印刷插圖的《外西凡尼亞遊記》〔*Journeys in Transylvania*〕中，提到了城堡的記事和一本法國作家寫的小說，講述一個歐洲人和一個野蠻人調換身分的故事）。

卻勒比也寫了一本書，描述位於埃迪尼（Edirne）的巴耶塞特（Beyazit）清真寺複合建築群內的瘋人院（聽到有人為病患彈奏神祕音樂的人當然就是卻勒比），但是當我和妻子在一個陰暗、多雲、平淡無奇的春天上午，前去參訪這座美麗的紀念建築時，那幽暗的氣氛直讓我不寒而慄。還有蘇丹寵愛的鸛鳥。「狩獵者」梅荷美特[6]所見到並經過主角詮釋的一些夢境，其實是我自己作的夢（扛袋子的黑人）。和我的義大利主角一樣，我也有過一件新衣被哥哥穿走了，因為他的已經破破爛爛，不過我那件不像書中的是紅色（它是海軍藍搭白色）。寒冷的冬天早上外出回家，母親如果給我們買了什麼吃的（不是傳統哈發糕，而是苦杏酥餅），便會和書中主人翁的母親說一樣的話：「趁別人還沒看見我們趕快把這個吃掉。」書裡的紅髮侏儒和我們兒時的經

6 譯注：「狩獵者」梅荷美特（Mehmet the Hunter, 1642-1693）：即鄂圖曼帝國自一六四八至一六八七年的蘇丹梅荷美特四世。

典故事書《紅髮孩童》（*The Redheaded Child*）無關，和我過去和未來任何小說中的侏儒也都無關，我是一九七二年在貝紋塔希（Beşiktaş）的市場看到他的。我一度以為主人長時間對時鐘作實驗，要讓它能顯示祈禱時間，是我自己早在單身時期的一個白日夢，不過我錯了。原來很多人對這個想法都很感興趣，那麼這樣的時鐘至今還不存在就更令人訝異了。有人告訴我日本做出了類似用途的腕表，但我從未見過。

也許時候到了。各個文化過去使用過，將來也會繼續使用東西方之別等觀念，來分類與區別人類——然而這並不是《白色城堡》的主題。這種分割是一種錯覺，但若非數百年以來一再有人熱切地製造出這種錯覺，我的書便會少了許多支撐的背景色彩。鼠疫可用作東西方之別的試金石，這也是一個舊觀念。德·托特男爵在回憶錄中曾說：「鼠疫只是殺死一個土耳其人，而懼怕死亡的法蘭克人卻受到更大的折磨！」在我看來，這類的觀察並非毫無意義，甚至不是零碎的科學知識，這是我用來建立書中紋理脈絡的諸多小細節之一。或許這些能幫助作家記起自己寫作此書與為此書查找資料時有多快樂。

58《黑色之書》：十年以來

我對《黑色之書》最深刻的記憶就是寫作的最後幾天。一九八八年，經過三年努力，眼看就要寫完時，我把自己關在一間空公寓裡一小段時間。公寓位在埃蘭克伊（Erenköy）一棟新建成的十七層大樓的頂樓，我待在裡面除了寫作什麼也不做。當時妻子在美國，沒有人知道我的電話，所以電話從來不響。我深陷於卡利普的冒險過程與想像世界中，所有可能將我拉離的人都遠在天邊。除了兩個親戚外我誰也不見，他們住在同一棟大樓，偶爾會好意請我過去吃飯。一如往常，我一旦愉快地深深沉迷於一本書中，便會與外界失去聯繫。

可是當我坐在自己的角落裡，卻無法將《黑色之書》作個結束。寫這本書花了我將近五年時間。當我坐在那個遙遠的地方，寫著這本不肯告一段落的書，原本寫作的喜悅與我的孤獨，開始蒙上一種怪異而痛苦的恐懼，那份恐懼漸漸變得和主角卡利普承受的感覺相似。他在伊斯坦堡遍尋不著妻子的過程中，遇上種種意外情況，但因為失去妻子過於傷心，使他即使身在地道、見到和蒂爾坎．秀拉伊（Türkan Şoray, 1945-）長得一模一樣的人，或詳讀那許多舊專欄文章，也毫無樂趣可言。同樣地，隨著寫作的進展，內容愈來愈豐富，寫作的樂趣也愈來愈濃厚，我卻因為執著於捉摸不定的目標而無法樂在其中。我淒慘又孤單，就像卡利普。我顧不得每天刮鬍子，也不注重穿著。記得有天晚上，我像遊魂似地走過埃蘭克伊的後街小巷，手裡抓著一只破爛的塑膠袋，戴了頂帽子，身上的雨衣少了幾顆釦子，腳上的舊布鞋鞋底幾乎磨破。我會隨便走進一家老餐廳或自助餐廳，囫圇吞著食物，一面向四周的人投以敵視目光。父親每兩週會來帶我上館子，記得他告訴我他有多擔心我那滿是灰塵又凌亂的住處、一副頹廢樣的我，和這本好像怎麼都寫不完的書。

我和卡利普一樣感到孤單（或許要有這種感覺，才能把情緒投入書中），但他是被憂鬱所包圍，我卻是隔離在憤怒之中。因為外人不會了解這本不斷變得愈來愈奇怪的書，因為他們會把它拿來和傳統小說作比較，因為它很難理解，因為他們會指出書中較晦澀的部分證明它的失敗，另外或許也因為我永遠都寫不完——我寫錯書了。《黑色之書》向我證明了，評量一本書的標準不在於它有沒有能力解決書中呈現的文學與結構問題，而在於作者提出的問題是否宏大而重要，以及作者投入多少心力在這項工作上，無論他有多絕望。儘管寫出好書很困難，要構思出能讓作者窮其餘生投注所有創作能量、嘔心瀝血的主題，也同樣困難。

像這種書，這種能讓你奉獻一生（誠如人生本身）的書，會帶你到它想讓你去的地方，但速度非常慢。這個新地方，這個異鄉，無疑是以我們的過去、回憶與夢想建構而成。寫《黑色之書》的那段日子，這一些會與恐懼和不確定感揉合在一起，還會融入我熬夜寫作、菸一根接著一根抽的時候襲上心頭的死亡預兆與孤獨感。這是你第一次預見自己無法掌控的事物，也是你的第一個慰藉。再一次拯救你的是你無助的頑固，而不是巧妙技法。儘管相較於所謂的「技巧」，我對固執的耐心更信任得多，有時候卻仍害怕書毫無進展，害怕寫了這麼多頁的東西，只會把自己和讀者帶進一個混亂狀態。這會讓我深感絕望。寫《黑色之書》時，我彷彿始終搖擺不定，一下子想為自己深入地探尋意義，一下子感覺到膚淺又毫無目標，一下子又有一種模模糊糊、只有在渴望寫出傑作時才會產生的感覺。我獨處之際，腦中想的全是這些緊張壓力讓我聯想到的最壞情形：我可能會在一本毫無價值的書上面白費五年，我可能會失敗。現在倒覺得對於我這樣的人，這種擔心懼怕是有療效的，因為這樣的人只能藉由親身體驗不安與緊張才能寫作。

《黑色之書》的發想是設定在七〇年代最末期，一種會讓人想到我童年時期的街頭詩歌，並包含了伊斯坦堡現在與過去的混亂狀態的氛圍。我從一九七九年開始寫的日記裡頭，曾寫過一個三十五歲的知識份子逃家的故事，寫到他在一段連續假期裡經歷的事，寫到那個假期裡一場演變成全國災難的足球賽，寫到停電與伊斯坦堡街頭的情形，寫到布勒哲爾畫作〈雪景〉和波希（Hieronymus Bosch, 1450-1516）畫作〈魔鬼〉的氣氛，寫到〈瑪斯那維〉[7]，寫到《君王之書》（*Shahname*）[8]，也寫到《一千零一夜》。

這些最早的想法在腦中成形時，我尚未出版《謝福得先生父子》，但已經想到要以藝術家為主角，甚至想好了書名叫「毀壞的細密畫」。伊斯坦堡無止境的噪音與混亂、它的知識份子、他們所參加的五光十色的派對、家庭聚會、葬禮、選美大會與足球比賽——我同時想像著這一切，而且一如既往，比起當下正在寫的書（一本始終沒寫完的政治小說《寂靜的房子》和《白色城堡》），耽溺在夢想與計畫這本將來要寫的名為《黑色之書》的小說，要有趣得多了。

---

7 譯注：〈瑪斯那維〉（*Mesnevi*），波斯詩人魯米（Rumi, 1207-1273）的長篇敘事詩。

8 譯注：《君王之書》（*Shahname*），波斯著名詩人費爾多西（Ferdowsi, 935-1025）的長篇史詩。

大約在同一時期的某一天，對這本書最後的形貌與概念起了影響。一九八二年，軍事政變發生兩年後，就在嚴格限制自由的新憲法未經公開討論便要強制執行的前夕，我一位表親來電說有一支瑞士的電視團隊來到伊斯坦堡，要拍攝一個探討新憲法的節目，想找一些願意在鏡頭前公開批評的知識份子，他問我知不知道有誰敢做這種事。接下來兩天我搜遍全市，包括大學和百科全書出版商、廣告公司和新聞編輯室，並挨家挨戶拜訪，試著找到可能願意發言的知識份子。由於電話（無論當時或現在）持續受到監聽，我不得不親自去找每一個可能的人選，而每一個人都拒絕了。由於政府與軍方對知識份子的迫害已經和蘇聯不相上下，我覺得拒絕我的記者、作家和其他正直人士做得並沒有錯，也因此對於自己逼他們面對這個道德難題感到很愧疚。在佩拉宮（Pera Palas）飯店等候的外國電視團隊甚至告訴我，只要有人願意發言，他們可以讓他背光，讓臉變成一片黑影。最後他們說如果沒有知識份子願意和他們談，那就訪問我（正如《黑色之書》中，卡利普找不到耶拉，便以他的替身身分發言），但我對自己沒信心也沒有勇氣。

有太多零碎記憶在稍稍變形後潛入了《黑色之書》，若要一一列出未免過於狂妄。但還是想讓大家知道，我努力地就我所知複製當時的尼尚塔希，我也去注意了街道、大路的名稱與其氛圍。阿拉丁確有其人，也確實在警局旁邊開了一家店，這點很多人都從報上得知，因為小說在土耳其出版後，他接受了報紙採訪。我向來很樂見阿拉丁將剪報貼在窗上和店內各角落，也很樂於將他介紹給譯者（「阿拉丁，這位是薇拉，她會讓你在俄羅斯出名！」），更樂於得知有好奇讀者從世界各地前來找他。若有人解出了離合詩字謎，並在書中的「城市之心公寓」所在之處發現一棟名為「帕慕克公寓」的建築，應該也會猜到我以同樣方式採用了生活中許多其他的小細節，從電梯的吱嘎響聲到樓梯間的氣味到那個西化家庭家人間的爭吵。書出版後，對小說從第一句直到最後一句都有意見的親戚們，依然持續著他們那有如後現代玩笑般的家庭紛爭，先是為了家產問題彼此告上法院，然後到了節日又相約聚餐。

因為故事背景是我度過童年的地方，加上主角和我年紀相仿，自然經常有人問我卡利普身上有多少我的影子。我生活中更微小的細節，諸如出門購物、透過窗子看阿拉丁的店、和佳美兒女士本人說話、週六夜晚獨自度過、夜裡上街散步等等，或許和卡利普相似。但是卡利普本質上的寂寞，像疾病一樣滲透到他體內的憂鬱，和他生活中的悲慘陰鬱……幸好我可以說自己的傷口沒有那麼深。我嫉妒卡利普能承受自己的隱忍、自己的嚴肅與自己的痛苦，我也欽佩他儘管要忍受這麼多，卻還能平心靜氣地肯定人生。正因為我不像卡利普那麼堅強，才會成為作家。

我是一九八五年在愛荷華大學宿舍的小寢室裡，開始寫《黑色之書》。寢室窗戶面向樹林，整片山毛櫸放射出燦紅秋色。後來我到哥倫比亞大學與妻子會合，住家庭式學生宿舍，在哈林區買了一張書桌，擺到俯臨晨邊公園的窗邊，繼續寫這本書。每當抬起雙眼，我會凝視著圍繞公園周邊的寬闊步道，在那裡有松鼠跑來跑去，有毒販搶劫路人（也包括我在內）而且在我眼皮底下互相殘殺，有一次還看到達斯汀．霍夫曼（Dustin Hoffman）在等著被叫到《伊斯達》（*Ishtar*）拍片現場，那部片後來叫好不叫座。在那之後，我的工作地點改到藏書多達四百萬冊的哥倫比亞大學圖書館裡面，一個六乘四呎大的房間。我這個房間位在最頂樓，裡頭總是藍色煙霧瀰漫，望出去便是中央校園，經常有數百學生晃來晃去。接著我在泰斯維基耶大街（Teşvikiye Caddesi）

的頂樓公寓繼續寫作此書，耶拉的祕密辦公室靈感便來自於此（暖氣與拼花地板的呻吟與吱嘎聲是一樣的），也在黑貝里島的一間夏季別墅繼續寫，從我的窗口可以看見森林和更遠處的幽暗大海，後來別墅賣掉了。從埃蘭克伊的公寓（也就是我寫最後幾頁的地方）可以看到數以萬計的窗戶，到了晚上當我無比欣喜地邊寫作邊抽菸，一包接著一包，也會同時看著電視的藍光從那些窗口一一消失。回想那段日子裡，我的耳朵已適應了伊斯坦堡的寧靜（還有遠方狗群的吠叫聲、樹梢的颼颼風聲、警車鳴笛聲、垃圾車和醉漢的聲音），還可以隨心所欲地抽菸、寫作，可以想見當時的我有多麼快樂——儘管每到黎明前，當我迷失在小說的神祕核心裡（有時候連我也不得其門而入），會因為精神上的暈眩疲憊而感到愉快又害怕。

59《新人生》的訪談摘錄

《新人生》是在另一本小說寫到一半時開始寫的，而且是在我始料未及的情況下。當時寫的小說就是後來的《我的名字叫紅》。我受邀前往澳洲參加一項活動，經過長途飛行後抵達目的地。他們帶著我與其他幾位作家到一間汽車旅館。然後我們三人（神經學家奧利佛・薩克斯〔Oliver Sacks, 1933-2015〕、詩人賀洛布〔Miroslav Holub, 1923-1998〕和我）便到海邊去。海岸綿延不盡、天空灰暗，海水平靜近似灰色。沒有風，空氣沉悶。小時候，我總把這塊大陸看成一個馬頭，如今我就站在這塊大陸的邊緣上。薩克斯帶著他的調色板走到大海邊上，賀洛布去找石頭和貝殼，很快便不見蹤影，獨留我在這一望無際的岸邊。那是個神祕時刻。「我是作家！」一股奇怪的力量促使我這麼對自己說。我很高興自己能活著，能站在這個地方，能置身這個世界。那天晚上，他們為我們這些作家舉辦一場盛大宴會，但我很累，沒有出席。我從旅館陽台上觀看宴會，遠處花園裡的聲音與燈光從樹葉間滲透出來。對我來說，遠觀宴會正顯示了作家對生活的態度。就在那個時候，薩克斯從隔壁房間走出來。我跟他說長途旅行後睡不著，他便從房裡拿了一顆安眠藥給我，說道：「我也睡不著，我們分吃這個吧。」我說：「我從來不吃安眠藥。」口氣像在說「我從不吸毒」。薩克斯又說：「我也不吃，但這是治療時差的唯一方法。」

他是個神經學家，也是我仰慕的作家，因此我從他手心取過藥錠、道聲謝、回到房間、吞下藥、上床，懷抱希望等待著。但睡意沒來。稍早那個「我是作家」的念頭，現在混雜著一種對「純潔」、對真理的渴望。一片漆黑中我躺在床上，思考人生。我覺得只有快樂和寫點好文章才能帶給我平靜，於是彷彿夢遊般從床上起身，拿出隨身攜帶的空白筆記本，坐在那個大房間的書桌前寫了起來：*某天，我讀了一本書，我的一生從此轉變。*這句話已經放在我心裡好些年了，一直希望用這句話為某本小說起頭。書中主角也會像我。讀者不會知道主角讀了什麼書，只會知道主角讀完後的轉變，然後再利用這些訊息猜出這個年輕人讀了哪本書。我就這樣寫出了《新人生》的第一段，而且很快便不可自拔。這讓我非常高興。我將《紅》暫時擱置，利用兩年的時間寫這本書，自始至終都忠於它最初浮現的形式、詩意。

寫書的時候，我常常到距離伊斯坦堡不遠的一些小鎮上去，就是作為《寂靜的房子》故事背景，位於馬爾馬拉地區的小鎮。事實上，土耳其所有的大城市都漸漸變得像鄉下城鎮（相對於大村莊），照此說來，伊斯坦堡也是個小鎮。舊日雷沙特·努里·鈞特秦（Reşat Nuri Güntekin, 1889-1956）的鄉土小說中不外乎：「一個地方長官、一個地政主任、幾個領頭的鎮民、一個地主、一個信奉凱末爾主義的教師，和一個伊瑪目。」而現今土耳其的鄉下城鎮反映出了些許不同。譬如建立起安納托利亞城鎮氛圍的包括有阿齊利克（Arçelik）和艾瓦斯（Aygaz）家電連鎖店、彩券行、樹脂玻璃板、電視機（都是同一品牌），還有藥房、糕餅店、郵局，和門口老是大排長龍的簡陋醫院。或許是我太堅持，但我想再補充一點：濟亞·戈凱（Ziya Gökalp, 1876-1924）既是建築師也是土耳其民族主義的宣傳龍頭，他將國族定義為擁有共同文化、共同語言、共同歷史等等類似元素。就某方面而言，他在尋找他想建立的現代土耳其的統一原則，可是今日統一土耳其的不是語言、歷史或文化，而是阿齊利克和艾瓦斯的通路商、足球彩券、郵局和「蝴蝶」家具行。這些集中化的事業有遍及全國的網路，從這裡顯示出的統一遠比戈凱提出的統一穩固得多了。

其實，我們都曾在某處見過業務大會，舉辦地點多半在五星級飯店。每當去到這樣的飯店，都會碰巧遇見成群的男人手插在口袋、眼睛看著遊客、找樂子，如果還是一大早，他們又喝了點酒，也許會變得有些孩子氣，就像入伍服役的人那樣。這些業務代表每年會開兩、三天的業務會議，彼此碰碰面，一起接受公司灌輸給他們對公司的認同感，最後總會產生一種稚氣的興奮、一種友愛的感覺，和那種在這個國家再熟悉不過的男性情誼的氣氛。普遍上，配偶不會出現在這些場合。

公司希望讓業務熟悉他們的「促銷手法」與公司的最新形象，因此假如是電視機製造商，飯店大廳便會出現電視塔；假如是藥商，便會有堆積如山的藥物或是一個向藥劑消費致敬的相關設置。一如祕密組織，建立認同感，建立一種「我們」的感覺，是最重要的，因此你會看到發給所有與會者當紀念品的鑰匙圈、精美筆記本、信封、鉛筆和打火機上，都裝飾有公司名稱。那些禮物上也有象徵符號與標誌，能建立認同感、建立那種「我們」的感覺。

我在書中描述的「新人生」牛奶糖是真實的，我小時候這種糖還在生產。有其他公司出產過仿冒品，這是整本書我最喜愛的細節之一，因為《新人生》也是但丁小說的名稱[9]，在我的書裡也許能微微感覺到那本書的氣息。換言之，《新人生》指的是一九五〇年代風靡全土耳其的牛奶糖，也是指但丁的書。

午夜時分，當你熟睡之際，你的巴士駛進一座小鎮，鎮上的燈光黯淡，建築破舊，街上空無一人。但是從巴士高處車窗可以看到有一戶人家的窗簾敞開著。也許巴士會在那裡停下來等紅燈。在這一切動靜之中，你忽然發現自己從敞開的窗簾看進一間屋內，看到有人穿著睡衣在抽菸、在看報，或是在關掉電視前最後再看個夜間新聞；這間屋子位在一座小鎮的一條小街道上，鎮上你一個人也不認識。凡是在土耳其搭過夜間公車的人都有過這樣的經驗。有時候，還會和這些過著家居生活的人四目交接。轉眼間，你從時速九十幾公里到完全停止，然後看見他們慢動作生活中最令人尷尬也最私密的細節。這些是最無與倫比的時刻，生活以如此神祕的方式讓你知道世界是由這麼多不同的生活、這麼多不同的人所組成。當我們打開冰箱，看到瓶瓶罐罐和番茄，也同樣讓我們嫉妒另一個生活。我們會拿自己和這些人比較。我們也許對他們生活中的這一點或那一點感興趣，便希望能進入那些生活。我們夢想著能更像那些人，能成為他們。受其他人的生活所吸引就等於明白我們自己的生活與他們關係有緊密，卻又多麼地獨一無二。

我很有興趣將蘇非主義作為文學資料來源。就它以姿勢和動作來修煉靈魂的方法而言，我無法實際體驗，但我將蘇非主義的文獻視為文學上的珍寶。當我這個出身共和國家庭的小孩坐在桌前，就像一個信奉西方笛卡兒理性主義的人，而且是虔誠到極點。理性就坐鎮在我生活的正中心。可是我同時也嘗試著盡可能敞開心胸接受其他書籍、其他文本。我不是把那些文本當成素材，而是享受閱讀的樂趣，它們會帶給我喜悅，而這份喜悅能鼓舞我。無論主題為何，都必須要能應付我內心那個理性主義者。或許我的書就是從這兩個相吸又相斥的極端而生。

9　譯注：但丁的小說《La Vita Nuova》（*The New Life*）一般譯為《新生》。

60《我的名字叫紅》的訪談摘錄

托普卡匹宮（Topkapı Palace）博物館館長菲麗絲．察曼（Filiz Çağman）是《我的名字叫紅》的第一位讀者，也是最一絲不苟的一位。我著手寫書時，菲麗絲女士是皇宮圖書館館長。寫書之前，我們長談過幾次，是菲麗絲女士讓我知道從未完成的細密畫中能看到什麼——畫家畫馬時從腳開始，就意謂他們是憑記憶來畫。

《我的名字叫紅》出版前的某個週日上午，菲麗絲女士和我約在托普卡匹宮見面，逐頁審閱。我們一直工作到很晚，外面天都黑了，博物館也已關門。我們走進後宮中庭，放眼望去盡是漆黑、空蕩、不祥。秋葉、風、寒意。我書中描繪的寶庫牆上，不斷有黑影飛掠。我們站在那裡，默默地觀看許久，手裡拿著尚未發表的書稿。光是那個颳著風又陰暗的週日傍晚能站在皇宮裡，寫《我的名字叫紅》也就值得了。

在開始想像這本書之前，我對伊斯蘭細密畫的了解與喜愛十分有限。要根據不同時期分辨這些畫並欣賞其風格，需要有極大耐心，而這份耐心則需要有愛的支撐。起初對我來說，愛這些畫是最困難的，就像要愛這個主題。紐約大都會藝術博物館的伊斯蘭區，以前展示的細密畫比現在好得多，尤其是波斯細密畫，而且可以非常靠近那些頁面與繪畫。一九九〇年代初期可以接近展示櫥櫃時，我會上那兒去一連看上幾個小時。當然，其中有些讓我覺得無聊，有些給我一種遊戲感、欣喜若狂的感覺，還有一些要看很久才能學會去喜歡。我學到一件事：要懂得欣賞那些畫就得下工夫。一開始，有點像是讀一本你不懂的語言寫的書，卻只有一本很粗淺的字典能幫你，所以幾乎只能了解皮毛，幾個小時過去仍毫無進展。你知道有其他人精通此語言，因此你羨慕他們，認為自己永遠達不到他們的程度、得不到伴隨而來的樂趣，想到這些便覺得痛苦。但從另一方面來說，又有些許自豪。這些表面上看起來冷漠、封閉、彆扭、細眼又長得一個樣的奇怪人物，毫無立體感，起初你不知道如何去接近他們，不知道怎麼讓自己去喜歡這些穿著如此陌生的東方服飾的人，可是看著他們的臉、凝視他們的眼睛，你慢慢學會了喜歡他們。令我自豪的不是看了那麼多書，而是在十年的時間內學會去喜歡他們。

《我的名字叫紅》的真正主角是說書人，他每天晚上會到一間咖啡館，站在一幅畫旁邊說故事。全書最令人哀傷的部分就是他下場淒涼。我知道這個說書人的感覺，那種時時存在的壓力。不要寫這個，不要寫那個；如果要寫那個，就這樣寫；你母親會生氣，你父親會生氣，政府會生氣，出版商會生氣，報紙會生氣，每個人都會生氣；他們會嘖嘖咂舌猛搖手指；不管你做什麼，他們都要插手。你可能會說「老天明鑑」，但同時又會想：我就要寫得讓所有人都生氣，但又寫得美妙無比讓他們低頭。在我們這種七拼八湊的半民主國家，在這個充滿禁令的社會，寫小說讓我陷入和我的傳統說書人差不多的處境。不管有哪些清楚的政治禁令，作家還會被禁忌、家庭關係、宗教指令、政府與其他諸多因素所束縛。如此說來，寫歷史小說倒是表達了偽裝的欲望。

《我的名字叫紅》著墨的重點之一在於風格問題。據我今日的了解，風格是十九世紀西方藝術史家所採用的後文藝復興概念，也是區隔每個藝術家的方法。但過度誇大某特定藝術家的風格，則相當於鼓勵個人崇拜。十五、六世紀的波斯藝術家與細密畫家並不以個人風格聞名，而是以統治的君主、工作坊、他們工作的城市而聞名。

《我的名字叫紅》的中心主題不是東西方的問題，而是細密畫家的辛勤努力，是這個藝術家承受的痛苦與他為工作全心全意的奉獻。這是一本關於藝術、生活、婚姻與幸福的書。東西方的問題則潛藏在背景裡的某處。

我所有的書都混合了東西方的手法、風格、習性與歷史，我若是富有就得感謝這些遺產。我的慰藉、我加倍的快樂也都來自同源，我可以毫無愧疚地遊蕩於兩個世界之間，而且無論在哪裡都一樣不拘束。到了西方不像我這麼自在的保守派與宗教基本教義派人士，以及對傳統感到不自在、主張現代化的理想主義人士，永遠也無法理解這怎麼可能。

和《寂靜的房子》一樣，書中人物以第一人稱說話。一切都會說話，除了人還有物品。書名已為此定調。

書名《我的名字叫紅》是在書快寫完的時候想到的，而且立刻傾心。原本的書名叫「一見畫鍾情」。這和見到標題為「一見鍾情」的胡索瑞夫與席琳畫像後墜入情網的主題有關。取材於《黑色之書》裡的一則故事並由我撰寫劇本的電影《隱蔽的臉》（*Hidden Face*），探討的也是同樣主題：看到圖像之後墜入情網。

席琳看到畫像後愛上了胡索瑞夫，可是為什麼當她進到森林，第一眼看到畫的時候沒有墜入情網？第二次進到森林，她再次看到畫像，還是沒有墜入情網。直到第三次去了森林，她才愛上他。這麼英俊迷人的男人，不是應該第一眼見到就會愛上嗎？我的主角布拉克如此問道。莎庫兒回答道，在神話傳說中，凡事都會發生三次。在神話傳說中，每個人都有三次機會，但在現代小說裡，每個主旨只會用一次。我捨棄不用的書名與書的中心議題有關。《我的名字叫紅》則繞著這個問題打轉，從各個角度切入：如果席琳是看到胡索瑞夫的畫像而愛上他，胡索瑞夫的畫像肯定是西方肖像風格，因為伊斯蘭細密畫描繪的美普通多了。看過畫像後，她在街上就能認出他來（就像身分證上的照片）。帖木兒大帝還有當時的許多蘇丹、可汗共有數百幅畫像，但今天我們仍不知道他們究竟長什麼樣，因為畫像上的蘇丹或可汗總是完美無缺。你有可能愛上一個和任何人都長得很像的人嗎？

我的書都是關於這些主題。有一定程度以胡索瑞夫為本的「布拉克」（意即黑色），在愛人沒有回來以後便自我放逐，許多年都想著愛人的臉龐。可是到了某個時間卻再也想不起她的長相，便推論只要有一張西式畫像就能讓她重新在自己眼前活過來。他知道倘若沒有愛人的肖像，不管有多愛她，她的面容都會慢慢從記憶中消失。這時看到的便不是她的臉，而是各種回憶的念頭。這又是書裡的另一個主題：記住某人的臉，人臉的獨特性。所以一開始的書名才會叫「一見畫鍾情」。

胡索瑞夫和席琳的故事是伊斯蘭文學中最著名也最常入畫的故事，我這部小說中有許多場景、集會、情節與立場都是以它為範本。我們都有共同的文化，我們都讀過小說、看過電影，這一切在我們心裡塑造出敘述的原型（按榮格的定義）。我們腦海中會將一個新故事與舊故事的樣板作比較，以此決定喜歡或不喜歡。就像一部我們一生都會記得的電影，一部我們想主演的電影：應該說是《西城故事》或《羅密歐與茱麗葉》？我發現胡索瑞夫和席琳的故事少了幾分浪漫，多了幾分寫實。這個故事裡有較多的政治、忸怩作態與陰謀，也因此比較精緻。

這部小說的重點是：將波斯細密畫形態的作品中較純淨、較具詩意的風格，與我們現今所了解的小說中呈現的速度、力量與人物角色導向的寫實主義混合在一起。在這一方面，故事中的人物（我們且誇張一點說）暗示了一些線索，拿小說中真實而完整的人物（如莎庫兒）開玩笑，讓他們時不時地看起來和今天的我們很相似。但另一方面，由於出自細密畫描繪的場景，他們又會變得比較疏遠。我的小說遊走在這兩個極端之間，一邊是親密而具識別性，另一邊則是疏離而籠統。

書中人物也會透過畫或原型看自然。這是書中我最喜愛的部分，因為我內心有一部分渴望能拿過去的文化（我們的傳統）來玩一玩，製造新效果。我的書其實只有一個中樞、一個核心：就是廚房！哈莉葉就在這裡企圖利用八卦與食物影響布販以斯帖；莎庫兒也會到樓下廚房來安排私會、送出信和便條、責罵孩子、監督烹飪工作。廚房和廚房裡的一切就是所有人事物站立的平台。可是當我在寫這本和繪畫大有關係的書，卻無法從書中人物的眼裡看到自然，甚至從細密畫家的眼裡也看不到。對我的人物而言（還有現代讀者也是），重要的不是我們都知道的自然，而是細密畫家筆下的自然。我的書應該可以說就是從這樣的戲擬手法中產生的。書裡有很多關於馬的描述。馬會說話，馬花了幾頁的篇幅敘述自己怎麼被畫出來，甚至有一匹馬還描述自己。

這本書表達的不是我怎麼看馬，而是細密畫家怎麼看。我的馬說的也不是真的馬，而是細密畫家如何描繪馬。當我親眼看到一匹馬，就會立刻拿牠和馬的畫像作比較，然後到此結束。

我很輕易便構思出懸疑的情節，那不是太大問題，但我並不以此為傲。當我們寫完書問人說：你喜歡嗎？他們回答：喜歡，但我們想要的不只如此，我們還希望他們是為了某個特殊原因而喜歡，而且那個原因是：「我喜歡《我的名字叫紅》，因為它反映出書中的主題：繪畫和細密畫的世界。」我希望讀者聽聽我對風格、身分與差異的一些想法，我想讓他們注意到這些美麗的畫和這些畫讓人聯想到的奇異而獨特的世界。我希望讀者看到這兩個深受喜愛的主題如何融為一體。特別當我在描述繪畫，以及人物的風格、身分與針對時間的探討，更讓我覺得自己變堅強了。

有些讀者看完書後十分感動，便去看了波斯與鄂圖曼的繪畫。這是再自然不過，因為這本書說的正是細密畫與看畫、描述畫的喜悅。然而，儘管想讓讀者對那些畫產生興趣，我寫書的目的還是希望能成功地以文字描述繪畫。所以我很遺憾有些好奇心較強的讀者，看到細密畫實體後大失所望。因為我們和世界上無數人一樣，受的是西方後文藝復興藝術的教育，而且屬於大量生產攝影圖像的時代，多少已經無法體會或欣賞這些畫了。所以沒有接受過細密畫藝術教育的人，可能會覺得它無趣，甚至原始。這也是我書中另一個中心主題。

細密畫藝術與書中語言之間有關聯，但還有一點更重要：倘若仔細留意，細密畫中的人看著畫中世界的同時也在看著注視他們的眼睛，換句話說，就是畫家或看畫的人。當胡索瑞夫和席琳來到林間空地，他們彼此凝望，但其實目光並未交會，因為他們的身體半轉向我們。我筆下的人物講述故事的方式也很類似，同時在對彼此與讀者說話。他們會說：「我是一幅畫，我代表某種意義。」也會說：「喂，讀者，看過來，我在跟你說話。」細密畫始終在告訴我們它們是畫，就像我小說的讀者也始終都意識到自己在讀小說。

另一方面，女性人物則是太過意識到讀者侵犯了自己的隱私，就連說話時，也一面忙著收拾房間、整理服裝儀容，並留意著別說錯話。女性對於展露自己感到不自在，她們不喜歡出風頭。只有在她們將讀者／觀察者當成知己密友，才能把他從外人變成兄弟，為這份關係創造新的階段。

書中所有的細密畫家當中，只有橄欖（凡利安）是以真正的歷史人物為原型的。他是個重要的波斯—鄂圖曼畫家，拜波斯肖像藝術家細亞兀胥（Siavush）為師。另外兩名細密畫家是虛構的。我必須廣蒐資料，找出十六世紀的法律如何規範作偽證和財務糾紛等罪行，還要找出丈夫失蹤後的後續處理方式，才能知道怎麼安排莎庫兒的離婚細節。

讓以斯帖當流動布販很重要。這個角色不僅在描寫鄂圖曼人的小說中很關鍵，也是描寫中世紀小說裡的要角，提供了一個示愛的舞台。社會法則禁止男女人物在一起。可是當小說設定在一個生動的背景中，要描寫重要的決定與舉棋不定、心意的改變，換句話說就是描繪曲折的情節，男女必須互相平衡，要互相捉弄、表達自己的感情、程度相當地互相追求與拒絕。愛情與打仗一樣，敵人必須先埋伏在山丘上盯梢。在那個時代，男人不可能做這種事，因為他們與女人的接觸受到限制，尤其是在伊斯蘭文化。

鄂圖曼時期與中世紀一樣，這些花招伎倆（我一度引用內札米[10]的用語形容為「愛情棋局」）只能藉助於中間人傳信。在鄂圖曼帝國的伊斯坦堡，會挨家挨戶去拜訪婦女的就是布商。身為女性，她們可以與顧客面對面並進入她們的私密世界，而且她們屬於非穆斯林的少數族群，可以在城裡到處跑來跑去。鄂圖曼上流社會的女性根本不可能上市場去買蘋果、番茄和芹菜。四處散布八卦的猶太商人，是鄂圖曼「唐茲馬特」（Tanzimat）改革時期的文學裡的要角。以斯帖是個甘草人物，我們就如實接受。我們對以斯帖的戲劇性較不感興趣，她是呈現其他人戲劇性的有趣管道。

在每本小說裡，不管我如何抗拒，都會有一個人物的思想、性情、脾氣和我很接近，並帶有我的一些哀傷與不安。《黑色之書》的卡利普在這方面就很像這本小說裡的布拉克。他是《我的名字叫紅》的人物當中，我感覺最親近的一個。我很想往前跨越，不再使用類似角色，可是少了他們為我照路，我看不見世界。是他們讓我覺得自己住在他們的世界裡。布拉克身體裡面有零零星星的我。雖然其他角色也有，布拉克卻比較傾向於遠觀事件的發展。

書中人物能與我貼近是因為他的沉默、不安與哀傷，而不是他的勝利或英勇行為，我希望也能以同樣方式受讀者喜愛。在書中我最仔細留意的是陰暗模糊的片段與脆弱時刻，一如繪畫時的細密畫家，同樣地我也希望讀者能注意到令我困擾與憂傷的地方。

莎庫兒有我母親的些許影子，而且這也是我母親的名字。她責罵席夫克（小說中奧罕的哥哥）的方式、她照顧兩兄弟的方式，還有其他許多細節都是我從生活中複製而來。她是個堅強又強勢的女人，很清楚自己在做什麼，至少這是她表現出來的樣子。但相似之處到此為止。無論如何，這是一種後現代的相似：看起來一樣，其實不然。另外，我也開了時間順序一點玩笑。有時

10 譯注：內札米（Nizami Ganjavi, c. 1141-1209），被喻為波斯文學史上最偉大的浪漫敘事詩人。

候我會告訴母親和哥哥，說我把一九五〇年代的伊斯坦堡重新想像成一五九〇年，一切都維持不變。她的願望完全互相矛盾，雖然知道這點，但想到這些願望互相衝突並未讓她驚慌失措。她知道人生就是由這樣的矛盾組成，一切到最後都會變成負擔，因此她心平氣和地將它們視為豐富人生的元素。

和《我的名字叫紅》的情節一樣，有很長一段時間，父親都和我們相隔遙遠地生活（只不過書中的父親不像我父親那樣來來去去）。母親、哥哥和我同住。和書中一樣，我們兄弟會打架。和書中一樣，我們會談論父親回家的事，說起這個母親就不會讓我們好過。和《我的名字叫紅》裡一樣，她生氣時會衝著我們大喊。但相似之處到此為止。

我從七歲直到二十二歲，都想當藝術家，花了很多時間在家裡畫畫。我父母曾拿出一些基本的袖珍書，其中有一本是關於鄂圖曼藝術，我便常常描摩鄂圖曼的細密畫，而且非常專心。我十三歲念中學時，就能分辨十六世紀細密畫家奧斯曼（Osman）和十八世紀細密畫家雷弗尼（Levni）的差異。我對這個主題有強烈但幼稚的興趣，還買了其他書想要多學習一點。

我曾經想寫一本關於細密畫家的書，想了許多年，一度構想寫單一畫家的故事，但後來放棄了這個念頭。不管怎麼說，到了二十四歲，我就過著類似細密畫家的生活了。如果一個細密畫家會年復一年坐在畫桌前直到雙眼失明，那就是我從二十四歲以後在自己書桌前做的事情，我會坐在桌前望著空白紙頁，振筆（「kalem」，畫家喜歡用這個字眼形容筆）疾書，埋首於書中。有時候會寫寫東西，有時候不會。有時候會失去希望，告訴自己說永遠作不出什麼成績來。有時候會連續寫上三天，最後全丟進垃圾桶。有時候會有一大片烏雲罩頂，有時候又會非常開心，覺得幸福無比。然後我會把這些都發表出來。誠如我在書中所說，藝術家會為了別人可能有的反應，飽受嫉妒、歡喜、希望、憤怒與激動不安的折磨。我在社交場合認識許多其他作家，因此得以明白這些情緒幾乎不是細密畫家的專利，而是可以用來形容「藝術家的生活」。

假如書中流露一種優雅節制之感，那是因為我的人物嚮往較早期的和諧、美與純潔。（我自己的世界並非《我的名字叫紅》裡面那個適中、優雅、虔信的世界，而《黑色之書》的世界則是陰暗、混亂，當然也現代。）

要我說的話，在《我的名字叫紅》的最深層有被遺忘的恐懼、有對藝術失傳的恐懼。兩百五十年的時間裡，在波斯人的影響下，從帖木兒大帝時期到十七世紀末（後來受到西方影響，局面改變了），鄂圖曼人都在畫畫，不管好壞。細密畫家旁敲側擊地挑戰伊斯蘭的禁畫傳統。因為他們畫的小畫都用作專供蘇丹、沙皇、君主、王子和帕夏閱讀的書中插圖，沒有人會過問。沒有人看見他們，他們都待在書裡。最欣賞這類作品的莫過於歷任沙皇（例如塔哈瑪斯普一世〔Shah Tahmasp, 1514-1576〕便與細密畫家共興衰，甚至於親自作畫來推廣這門藝術）。後來，這門精細藝術便遭到殘酷地丟失、遺忘——這便是歷史無情的力量——由西方後文藝復興的繪畫與觀看方式取而代之，特別是肖像畫。這純粹是因為西方的觀看與繪畫方式比較吸引人。我這本書寫的就是關於這份失落、這份抹滅帶來的哀愁與悲劇。那是關於消失的歷史的哀愁與苦痛。

61 關於《我的名字叫紅》

這些關於《我的名字叫紅》的筆記，是我在書剛完成後在飛機上寫的。

一九九八年，十一月三十日

讀了又讀《我的名字叫紅》，把逗號修改上千遍，然後交稿。在這之後，我有什麼想法呢？我高興、疲倦、內心平靜，因為書寫完了。這種輕鬆高興的感覺，就和考完中學考試、當完兵的感覺一樣。我去了貝佑律區，給自己買兩件高級襯衫，吃了一份旋轉烤雞肉，逛街看櫥窗。我在家裡休息了兩天，把各處收拾打掃一下。我很慶幸自己投注於工作、投注於書中這麼多年，到了最後半年，我在工作時利用一股神祕力量企圖讓靈魂出竅直到白熱化，那種感覺尤其快樂。那些怎麼也兜不起來的草稿、那些死胡同和未有善終的段落——過去兩個月內，都被我快刀斬亂麻給淘汰了。我相信整個文章終於是井然有序、流暢的了。

這本書中有我哪部分的靈魂，有哪部分的我呢？我會說其中有相當多擷取自我的生活，靈魂倒是比較少。比方說，我與哥哥席夫克永無止境的爭吵——我把這個放進書中了，不過是以一種充滿愛的心思。我沒有傳達我所承受的粗暴毆打，或是這些暴力所激起的深切欲念與憤怒，因為《我的名字叫紅》乃是受惠於充滿希望的美、容忍、托爾斯泰式的和諧、堪與福樓拜匹敵的敏感度，這些企圖心打從一開始就與我同在。但是我對於生命冷酷、粗野、動亂的想法，還是自己找到縫隙鑽進書裡去了。我希望它是一部經典，希望全國人都能讀它，每個人都能在書中看見自己的反射。我希望喚醒大家記起歷史的殘酷與一個已經消失的世界的美。

書快寫完的時候，我覺得懸疑的情節、推理的故事很勉強，讀起來不夠用心，但是要改已經太遲。我擔心沒有人會對這些迷人的細密畫家感興趣，除非找到方法吸引讀者，然而我（對於伊斯蘭與畫像藝術禁令）的推測，卻演變成在攻擊他們的世界、他們的邏輯與他們脆弱的工作成果。話雖如此，伊斯蘭的禁畫史有明載，它對創意與視覺表達的反對立場根深柢固也是事實，當著現代讀者的面，我總不能視而不見。因此我可憐的細密畫家不得不忍受一個政治推理情節的干擾，這會讓我的小說較為易讀。我想在此向他們致歉。

《我的名字叫紅》是我懷抱著童稚的熱情與由衷的認真嚴肅著手的一項大工程，許多地方取材於我本身的生活，希望能成為全國人都有共鳴的經典之作。如果我現在自豪地宣稱這個目的必然會達成，會不會太過自信了些？我的脆弱、我的齷齪、我的墮落與我的缺點，這些都不在書的脈絡組織中，不在它的用語或架構中，卻能在人物的生活與故事裡看到。

這部小說的形式充滿希望、一目了然，絕不是挑戰人生，而是肯定它；絕不是喚醒猜疑，而是呼籲讀者享受人生所給予的奇蹟。但願會有許多讀者喜歡這本書。不過，作家的傻氣樂觀就能讓書受喜愛嗎？我存疑。

62 摘自「凱爾斯的雪」筆記

二〇〇二年二月二十四日，星期天

我第四度回到凱爾斯。我和攝影師朋友馬紐艾於上午十點抵達。在市區街道走了一整天拍照之後，我的心情忽然莫名地低落。這第四次造訪，凱爾斯不像以前那樣令我興奮。這些街道、老舊俄式建築、晦暗的庭院、破敗的茶館——這座城市的深沉憂鬱，它的孤寂與美——我再也無法看著這些事物，期盼著將它們寫進小說。我已經寫了大半，五分之三了，這部小說（我偶爾稱之為「凱爾」（雪的意思），偶爾稱之為「凱爾斯的凱爾」）目前已經成形。我知道它會變成什麼樣子，也知道能從這座城市、從它讓我感受到的孤單與隔絕中擷取些什麼。我現在想的不是真正的凱爾斯這座城市，而是「凱爾」（或「凱爾斯的凱爾」）這部小說。我也知道小說是由這城市、由它的街道、居民、樹木、商店所組成，甚至是由它的一些面貌轉化而成，但我也知道書和真實的城市不像。

不像的原因有一部分是因為我寫這部小說不是為了複製這座城市：我想把自己對凱爾斯當地氛圍的感覺和它在我心中引發的問題投射其上。另外還有雪，我在想像這本書的那幾年，每個夢中總會有那裡的雪。我需要這永遠下不停的雪將書中的城市與土耳其其他地方分割開來……

最初讓我覺得可以把凱爾斯當成小說背景，是因為回想起二十五年前初訪當地，想起那裡的寒冷與白雪茫茫的傳奇冬天。於是完成《我的名字叫紅》之後，我便到凱爾斯見見它的美和它的雪——口袋裡放了一張《Sabah》（伊斯坦堡一家報社）的採訪證。我認為故事可以在這裡發生，動機並不是為了記錄凱爾斯的傳聞，為了傾聽居民可能在我耳邊呢喃的悲歡故事，而是要把我最早對小說的構思嵌入這個城市。

從抵達那天起，我就告訴自己到凱爾斯來是非常聰明的決定。我愛極這座城市：它美麗破舊的建築、它寬敞的俄羅斯大道、它的鄉下氣息、它那種遭世人徹底遺忘的感覺。因此我是那麼充滿熱情地傾聽民眾訴說他們的故事。我帶著小錄音機和攝影機從貧民窟到舉辦宴會的大本營、從鬥雞場到市長辦公室、從小報社到茶館，訪問每一個想要開口的人，最後錄了大約二十五到三十小時的素材。我還用傻瓜相機看見什麼就拍什麼。記得第一趟造訪的最後一天，我東奔西跑盡可能地記錄（市警尾隨在後）。每次去的期間，我每天早上都會光顧「團結茶館」（Birlik Kiraathanesi），將一些想法匆匆寫在筆記本中。儘管如此，儘管蒐集了這麼多素材（我不喜歡這個字眼），後來講述的仍不完全根據凱爾斯與當地居民給我的印象，基本上那還是我自己腦子裡想的故事。

最主要的原因在於雪，如今的雪已經不比凱爾斯美麗、富裕又幸福的那段日子。當時中產階級家庭會與前後蘇聯時期的俄國人作買賣賺錢，會在結冰的凱爾斯河上溜冰，會乘著雪橇到城內各地演出話劇……後來這些人收拾行李離開了，而雪也跟著離開了這座城市。如今凱爾斯的雪已不像從前那麼多。

小說中的政治災難，以及貧窮等等不幸，這些是禍及全土耳其的事情，但在這裡情況沒有那麼嚴重，又或許有，只是大家都忘了：街道景象讓我覺得有此可能。不過也可能是我錯了。

還有一個印象可能也是錯的：這裡的生活簡陋太多了。人也一樣，我在咖啡廳和走在路上遇見的人，在我看來遠比我小說中外來的人物更單純樸實。或許是日常生活，是日常生活的平凡無奇給了我這種印象。或許即便在某一刻有人自殺，或是在我半打盹的咖啡廳裡殺人，生活仍會繼續顯得平凡無奇。

一九七〇年代後半，凱爾斯歷經了一段極度暴力的時期。政府啟動的高壓手段與其情報單位，改變了這座城市的歷史軌跡。九〇年代中期，庫德族游擊隊員從山上下來。儘管如此（也或許是因為如此），提起政治暴力或政治災難幾乎像是失禮了，幾乎像是誇大其詞而令人蒙羞的感覺——好像我說謊似的，沒錯，一個實實在在的謊言。

當一個畫家窮其一生想畫一棵樹，最後終於能以有趣而迷人的手法畫出那棵樹，終於能以藝術的語言讓那棵樹有了生命，並且帶著創作的幸福感回到那幅畫，去看那棵給予他靈感的樹，這時畫家會有一種挫敗、遭背叛的感覺……今天走在凱爾斯街道上的我就有這種感覺。這些街道依然讓我感覺到深沉的孤單與疏離，我會繼續走，繼續感受。

二月二十五日，星期一

我又回到團結茶館，從一早就開始在這裡寫東西。有個老人試圖與我攀談，雖說是老人，但他可能比我大不了幾歲。身材壯碩、一頭捲髮、戴著帽子、穿著灰色外套，外表看起來很硬朗，嘴角叼了根菸。

「你又回來啦？」他說。

我起身與他握手，微笑說道：「是的，我又回來了。」

他從牆上掛勾取下大衣，我則又回頭在這本筆記上寫東西。當他大衣拿在手上，正要離開團結茶館時，用大到足以讓我聽見的聲音說：「那就寫吧，寫他們給了官員多少錢！寫凱爾斯的煤炭有多貴！」

他說這話時，茶館的雜工正好打開爐蓋，用鉗子夾起煤炭來。每回光顧凱爾斯的茶館、按下錄音鍵，周遭民眾開始向我抱怨時，煤炭價格總是高居榜上前幾名。這樣你就知道，當我拿著筆記本遊走於各茶館，當地人是怎麼看我的。鮮少有人知道我是小說家，知情的人也不曉得我正在寫一本以凱爾斯為背景的小說。當我說我是記者，他們便立刻問道：「哪家報紙？我在電視上看過你一次。寫吧，記者，寫吧！」

有人會說：「他當然會寫，他是記者。」又有另一人會問：「他在寫什麼？」也不擔心我離得夠近會聽到。上午的團結茶館幾乎是空的，另一頭有張桌子到了八點便會有人開始玩牌。那邊有個還不到四十歲的男人自己在算命。另一張桌子有兩名退休男子對面而坐，一邊交談一邊看著那個男人。有一刻，算命的男子將目光轉離撲克牌，針對總理埃傑維特（Bülent Ecevit, 1925-2006）說了幾句難聽話。他說的是關於總理和總統之間的荒謬爭吵，後來埃傑維特上電視責怪總統，導致股市崩盤、土耳其幣值暴跌。接著，隔壁桌有人提出意見。於是茶館裡的十二個人（我以目測暗數過）便團團圍在火爐邊，距離我的座位約三步遠。疲倦乏力、死氣沉沉的玩笑與挑動。不時會聽到「一大早」這字眼。「這麼一大早的，別做那種事，別說那種話！」火爐燒旺了起來，舒服溫暖的熱氣蒙上我的臉……這時候團結茶館安靜了下來。

門開了，有個男人走進來，接著又進來一個。「早安，朋友們！」「早安，朋友們，祝你們一切順利！」因為在另一張桌子上的牌局開始了。現在是八點半，這個冬日還有一整天要消磨。賣布瑞克烤餅（börek）的小販走進店裡喊著：「布瑞克、布瑞克、布瑞克、布瑞克！」我為什麼喜歡坐在凱爾斯的茶館裡，而且特別是團結茶館？（布瑞克小販又進來了，放烤餅的盤子頂在頭上。）我想肯定是因為我「一大早」在這裡文思泉湧。早晨時分，走過凱爾斯寒冷、寬闊、颳著風又冷清的街道，我便覺得什麼都能寫，覺得能寫上一輩子都不必停，覺得眼前所見的一切都能激發我的靈感，也覺得我能透過筆尖表達一切被激發的靈感。牆上掛著月曆。一幅凱末爾的畫像。一台電視機——幾分鐘前聲音關掉了（若是上帝保佑，總理和總統將能夠在開到一半中斷的會議上達成某種協議）。搖搖晃晃岌岌可危的椅子、火爐煙囪、撲克牌、骯髒的牆壁、汙穢的地毯。

稍後馬紐艾帶著相機來了，我們到凱爾斯最美的尤斯夫帕夏（Yusufpaşa）區去逛它的街道。伊士美帕夏小學的校址是一棟美麗的俄式古建築，從頂樓一扇開著的窗戶傳出一名女教師用盡全力斥罵學生的怒吼聲。「要是能進去，就可以拍照了。」萬一被趕出來呢？「說不定他們認得你！」馬紐艾說。

他們確實認得。他們帶我們到教師休息室，然後奉上茶和香水。我和好幾位老師握了手。從挑高的走廊經過關著門的教室時，可以感覺到裡面人很多。看見美術老師將凱末爾的肖像畫成巨幅海報，我們不由得好奇在這所學校讀書意謂什麼。

我們參觀了這座城市的第一間「改造豪宅」，就在學校隔壁。一名安卡拉的建商買下這棟美麗建築，撒了大把鈔票將它裝潢成室內設計雜誌最愛的那種風格。在城市的貧窮氛圍中見到如此整潔富裕的景象，感覺很奇怪。你一方面欣賞它的美，一方面又覺得這麼說近乎無禮。

我們又走上街頭，沿著冰封的凱爾斯河走了很久，還經過那些鐵橋。這是凱爾斯最令我喜愛的地點之一。但是每當白天走在這裡，多少還是會充滿悲傷與挫折感。現在小說已經寫了大半，差不多就要完成了，此時小說和城市一樣讓我無法抗拒，現在我唯一想做的就是寫我這本小說。這座城市開始顯得好像再無祕密。我們去參觀昔日作為俄國領事館的建築。從前，這裡是一個亞美尼亞富人的家，俄軍攻占城市後便將亞美尼亞人踢出去，把房子變成軍事總部。後來城市移交到土耳其人手中。共和國初年，房子落入一名和俄國人做生意的亞塞拜然富人手中，之後租給蘇聯當領事館，再之後便到了現在住在裡面的這家人手上。好意帶著我們參觀房子的男人告訴我，這棟大宅是他們自己的，不是租的。

在小說裡，我把它變成一間更大得多的房子，而且出租對象不是目前的所有人，而是宗教高中。實際上的宗教高中距離這裡相當遠，在山丘下。為什麼作這個小調整？不知道，就是想。因為這樣會讓故事更可信、更真實。反正，宗教高中的地點在小說中並不特別重要。同時，像這樣的小更動能讓小說脫離「現實」的範圍，我也才可能寫得下去。

我很清楚知道，若要我相信自己的故事，就得偶爾敘述我想像中的凱爾斯，而非真實的凱爾斯（我非沭說不可的是我心裡的故事），而當我敘述內心的傳說，哪怕充滿政治暴力，在我眼裡一切都會變得美麗。另一方面，這些變更會喚起一些謊言與執念、些微的良心苛責與內疚感，隱藏於這些感覺當中的對稱性我無意探討。焦慮的另一個原因是我知道這本小說會造成凱爾斯友人的困擾，譬如賽札伊先生或是禮數周到的市長，他們倆都期望我能帶來好事。我時時活在這種矛盾中。每當按下錄音鍵、每當試著找出應該寫凱爾斯哪些事情，每個人都大聲地抱怨貧窮，抱怨政府的漠視與壓迫，抱怨不公與殘酷暴行。當我向他們道謝，他們都說：「全都寫出來吧！」然後又說：「不過要替凱爾斯說好話。」而他們告訴我的根本不是「好話」。

凱爾斯沒有發生過像書中那麼激烈的「政治伊斯蘭運動」。但話說回來，昨天市長才告訴我們亞塞拜然人正慢慢受到政治伊斯蘭份子的影響，說那些前往伊朗庫姆（Qum）接受教育的人覺得與自己的什葉派身分愈來愈緊密，又說現在這裡也會舉行哈桑—胡珊—卡巴拉儀式[11]，以前從未發生過這種情形。

二月二十六日，星期二清晨

我在清晨五點半醒來，天已經亮了，但街上空無一人，於是我坐到旅館房間那張附鏡子的小桌前面，開始寫東西。這麼早的時間身在凱爾斯，在這裡醒來，知道自己又能再次走在那些冷清街頭，又能再次到城裡的茶館在筆記本上寫點東西，我心裡只有歡喜。一如既往，當返回伊斯坦堡的時間愈來愈接近，我愈期盼將整個凱爾斯（它陰鬱的街道、它的狗、它的茶館、它的理髮店）記錄下來，牢牢固定在膠卷上藏起來。

在凱爾斯的最後一天清晨

我在凱爾斯的最後幾個小時。也許再也不會回來了。在冰冷的街頭走了好一會。每回知道自己即將離開凱爾斯，總有濃濃的憂鬱瀰漫心頭。簡單的生活、和善的同伴、親暱感、生命的脆弱與延續、置身於一個時間過得如此緩慢的地方的感覺：這些都是將我與凱爾斯緊密相連的因素。

今天早上，又是同樣那個布瑞克烤餅小販，他也同樣將托盤頂在頭上。我心裡想著這些，團結茶館裡與我同桌的人則說著失業、說著被困在茶館裡無所事事。「這個寫下來了嗎？」他們問道。「寫下來。共和國總統會支持我們市民。總統是個好人。其他人只顧著偷竊和累積自己的財富。把這個寫下來。議員領二十億薪水（當時約合台幣五萬元），卻剝奪我們賺一億的權利。把這個寫下來，把我的名字也放上去。寫吧，寫吧。」

坐在團結茶館裡的人雖然貧窮，卻不是凱爾斯最淒慘的一群人。例如剛剛和我交談的那位先生以前有過工作，其他人要不是經商失敗，就是已經退休的醫院院長、經營者，或是自己有卡車，但如今每個人都無事可做，就像我們最後訪問的那位破產的服裝業主（他本來有一家小型服裝工廠，裡面有十二台機器）。他們都曾經富有風光過。這便是團結茶館與其他茶館不同之處，後者充斥著失意潦倒的失業者，且多是住在城裡貧民窟裡的文盲，而在團結茶館卻能見到昔日團結俱樂部的香火延續。

「在這裡沒有一個人是快樂的。凡事都被禁。」有人這麼說。在凱爾斯，人人滿口抱怨，沒有人快樂，好像所有人都不快樂到瀕臨爆炸。即便這裡有一種靜謐、一種寂寥、一種奇怪的平和，也是因為街上的人都已經和貧苦無助的境況和解了。其他所有可能性已被政府所禁，而且還是採取略帶暴力的方式。快樂則又另當別論。但這是我寫這本小說時的感覺。我覺得內心洶湧而起的不是無法分擔這些人的命運所產生的內疚，而是無助感。我感到悲觀：在可預見的將來，這裡似乎不可能有重大改變。不過請容我由衷地寫一本我相信的小說吧。我能為凱爾斯民眾做的最好的一件事，就是由衷地寫一部好小說。

11 譯注：在聖城卡巴拉為紀念西元七世紀時殉難的伊瑪目胡珊所舉行的儀式。

畫與文本

Pictures and Texts

胡索瑞夫與席琳的故事最關鍵的情節就是透過畫像墜入情網，而這樣的表現手法當然無法顯示這個重點。不過我還是喜歡這種不諳西方肖像畫手法的單純技巧。這份單純讓人想到一個脆弱純真的世界，也就是我正在寫的小說想要探索的世界，我打算把這個世界裡的故事與零碎片段併合起來，為它找出一個新的核心。

63 席琳的驚訝

我是個小說家。不管從理論習得多少收穫，有時甚至陶醉其中，我還是經常覺得有必要迴避。現在希望說幾個故事以饗讀者，同時透過這些故事提出我自己的一些想法。

假如你夢中有一座花園，也許因為隔著高牆，因而一生從未得見，那麼想像這座看不見的花園最好的方式，就是講述一些能激發起你的希望與恐懼的故事。

好的理論，即使是深深影響我們也能說服我們的理論，終究都是別人的，不是我們自己的。可是一個深深感動我們又能說服我們的好故事，就會變成我們的。古老的故事，非常古老的故事就是這樣。誰也不記得最初是聽誰說的。我們抹去一切記憶，忘卻故事最初的表達方式，每一次重新講述，都像是第一次聽到。現在我就來告訴你們兩則這樣的故事。

第一則是我嘗試以自己的方法在《黑色之書》中重述的故事。已經讀過的人，我先在此向你們致歉，不過像這種故事每次講述都會有新的意義。波斯伊斯蘭神學家安薩里（Gazzali, 1058-1111）在《宗教科學的復興》（*Ihya-ul Ulum*）說過以下的故事；十五世紀詩人安維黎（Enveri）把它濃縮成四句詩；內札米採用在《亞歷山大傳》（*Iskendername*）中，蘇非派哲學大師伊本．阿拉比（Ibni Arabi, 1168-1240）講述過，魯米在〈瑪斯那維〉詩中也提到過。

某日，一名統治者（可能是蘇丹、是可汗、是沙皇）宣布舉行繪畫競賽，於是中國的畫家與來自西方諸國的畫家開始互相挑戰：我們畫得比你們好；不，我們比較好……經過一番長考後，蘇丹（且假設他是蘇丹）決定讓兩方接受測試。他為他們在兩個相鄰的房間準備了兩道面對面的牆，以便比較成果。這兩道牆中間隔著布簾，布簾一拉上，兩邊陣營的畫家再也看不見對方，也就各自畫了起來。西方畫家拿出顏料與畫筆開始素描上色，同一時間，中國畫家卻認為得先刮掉塵土鐵鏽，於是便動手清理打光他們被分配到的牆面。作業持續了數月。如今，其中一個房裡的牆上滿是色彩繽紛的畫，另一個房裡的牆則被磨光成一面鏡子。時間到了之後，兩房之間的布簾拉開來，蘇丹先看西方畫家的作品。那是一幅很美的畫，蘇丹深為感動。當他去看中國畫家的那面牆，竟看到了對面牆上那些美妙畫作的反射。最後獲得蘇丹獎賞的是把牆變成鏡子的中國畫家。

第二則故事和前一則同樣古老，也同樣有許多版本。它出現在《一千零一夜》、《鸚鵡的故事》（*Tutiname*），以及內札米的〈胡索瑞夫與席琳〉，最後這個版本本身也被收入其他許多書中。我要試著簡述內札米的版本。

席琳是亞美尼亞的公主，也是個大美人。胡索瑞夫是個王子，是波斯沙皇之子。沙普耳想讓主人胡索瑞夫愛上席琳，也讓席琳愛上胡索瑞夫。於是他抱著這個念頭去到席琳的國家。有一天，席琳在侍臣隨行下到森林裡吃喝作樂，他就躲在樹林間。就在那時候，他為優雅英俊的主人畫了一幅畫像掛在樹上，自己則消失不見。當席琳與侍臣在林間作樂，看見了掛在樹枝上的胡索瑞夫的畫像，隨即愛上畫中人。席琳不相信自己的愛，她希望把那幅畫和自己對畫的反應都忘掉。後來，又有一次到另一座森林遊樂，同樣的事情再度發生。席琳再次為畫動心，她墜入情網卻無能為力。當第三次出遊，席琳再次看到胡索瑞夫的畫像掛在枝頭，她便知道自己無可救藥地愛上他。於是她承認了這份愛，開始尋找她所見到的畫中人。

同樣地，沙普耳也讓主人愛上席琳，但這次用的不是畫，而是話語。同樣墜入情網的兩個年輕人（一個透過畫，一個透過話語），開始尋找對方。他們各自出發前往對方的國家，途中在一處泉水旁相遇，但兩人都沒有認出對方。席琳因為旅途疲倦，便脫下衣裳步入水中。胡索瑞夫一看到她立刻深深著迷。這會是他透過傳言與故事聽說的那個美人嗎？有一刻他目光不在她身上時，席琳也看見胡索瑞夫了。她也同樣深深心動。可是胡索瑞夫並未穿著有助於她相認的紅袍。她很確定自己的感覺，卻又為這些念頭感到驚訝困惑：掛在樹枝上的是一幅畫，但在我眼前是個活生生的人。我所看到掛在樹上的是肖像，但這是一個血肉之軀。

在內札米的版本中，胡索瑞夫與席琳的故事發展極其優美。此處最能引起我共鳴的就是席琳的驚訝，就是她在影像與現實間的搖擺不定。我發現我們至今還能理解她的純真——她對一幅畫動情，她讓一個形象誘發了欲望。或許內札米對「事必有三」這個傳統的熱愛，也讓人看到這份純真。不過席琳第一次看到英俊的胡索瑞夫時內心的不確定，也是我們的不確定：哪一個才是「真的」胡索瑞夫？我們和席琳一樣自問：真相是存在於現實或影像中？哪一個更令我們深深動心，是胡索瑞夫英俊的畫像或是他本人？

我們每個人對這類問題都有自己的答案。當我們聽到或讀到這些故事，這幾個基本問題都會重新浮現，有時候我們正在深思或看書、看電影，或是正覺得脆弱與天真。哪一個影響我們更深，是人的畫像或是人本身？

東方的說書人說到畫家競賽的故事時，對於中國畫家為何能贏得蘇丹的獎賞總有自己的一套說詞。令我感興趣的不是這些說書人的智慧，而是另外有樣東西反映出故事本身的生命，是故事裡的鏡子所披露的某樣東西：會繁殖、會延展的鏡子同樣也讓我們覺得自己缺少了些什麼，好像我們有一點不真實或無趣，好像我們並不完整。於是，根據勇氣的多寡，我們也啟程出發了：就像胡索瑞夫和席琳為愛踏上的那種旅程。我們每個人都在尋找能夠令自己圓滿的「他者」。這趟旅程會帶我們穿越表面、進入深處，更接近核心。真相在很遠的地方，某個地方的某人這樣告訴我們，所以現在我們出發上路去尋找。文學就是這趟旅程的故事。雖然我相信這趟旅程，卻不相信在遙遠的地方有個核心等待我們去發現。

這可能是悲傷或樂觀的源頭。在我們這種遠離核心的國家裡，你可以說那是我們學習到的生命課程。當我發現自己相信蘇丹的競賽所暗示的兩難，或者當我忍不住感受到席琳的驚訝，而問了這個我最應該迴避的問題，那麼我不得不說自己花了一輩子也從未到達那個核心，從未實現那種真實、那種純粹的真相。不過我的故事卻是這世上大多數人的故事。

在讀到但丁的作品前，我聽過一些從《神曲．地獄篇》改編的有趣故事。在看到卓別林的《大獨裁者》之前，我看過一個模仿它的土耳其電影系列叫《消失的易卜拉欣》。我是從雜誌上撕下的頁面與貼在理髮店和蔬果店牆上的海報等等複製品，才認識並愛上印象派畫家。我是透過丁丁才得以認識這個世界——和大多數的書一樣，也是翻譯成土耳其文。我是因為一些歷史與我們本身不相似的國家才培養出對歷史的興趣。我一輩子都深信我住過的建築和我走過的街道，都是拙劣地仿冒西方某處的建築與街道。我坐的桌椅都是複製美國電影裡的原件，這是一直到很後來重新看到這些電影才發現的。我拿許多新面孔和以前在電影、電視上看到的面孔作比較，卻把我搞糊塗了。我從書上認知到的榮譽、勇氣、愛、憐憫、誠實與邪惡，比實際生活來得多。我的喜悅或堅定決心、我站立或說話的方式有多少是與生俱來，又有多少是不經意地模仿他人，我說不準。我也不知道自己模仿的那些人，又有多少是模仿其他的原型或模仿者。我自己的文字話語也可以說是如此。或許正因為這個原因，複誦別人已經說過的話可能是最好的。

歐烏茲．阿泰（Oğuz Atay, 1934-1977）是土耳其頂尖的小說家，受到從喬伊斯到納博科夫等實驗派歐洲作家極大影響。他曾經說：「我是某個東西的複製品，但我已經忘記那個東西是什麼。」可能存在著真相的那個核心其實非常遙遠！大部分的非西方世界都已經知道這點。我們知道，卻不知道自己知道。現在我們正逐漸在發現我們已經知道的事。

現代主義文學是對於這趟尋找真實之旅的最後回應之一，它根植於浪漫主義，追求純粹。就算在土耳其能聽到它的回音，也是極為微弱。不能說我對此感到心煩。我也和世界上多數人一樣，大半生都在等待有事情發生。

但我們現在手上握有的是無盡的零碎片段。若真有柏拉圖設想的那種哲學家國王，那麼在繪畫於牆上的畫家與將牆面變成鏡子的畫家之間作選擇時，他也無法提出正確或前後一致的理由。畫家競賽的故事帶有柏拉圖著名的影子洞穴的些許痕跡。在非西方世界，尤其在媒體上，關於這個故事（或者應該說其他任何故事或圖像）是原版或是複製原版的問題，目前只有過時的文獻學家或藝術史家關心。我們一度認為藏在很遠很遠處、藏在簾幕與陰影後面的真相，或許已完全消失了。假如真相存在於某處，就是在我們的記憶當中。我們若能善用手上這些零碎片段，這些因為我們而與彼此隔離、與過去隔離的圖像與故事，我會更開心。

在十九世紀的小說裡，對於容貌與姿態的詳實描述可當成線索，用來發現藏在表面底下的基本真相。敘述者或他的角色約莫會像胡索瑞夫與席琳那樣，啟程找尋這個隱藏的真相。面貌與物體背後的意義會以整體形象從書中浮現出來，而且還得等我們看到故事結局。書的意義，十九世紀小說的意義，就是我們隨著人物前去探索的那個世界的意義。這便是道道地地勝利的「真相」。

但隨著十九世紀小說的式微，世界失去了它的整體性與意義。今天當我們著手寫小說，手上握有的除了零碎片段還是零碎片段。這或許可以樂觀以對：擺脫了階級的我們，便能擁抱全世界與所有的文化與生活。可是這也可能造成恐懼與驚慌，驅使我們敘述得更少，並將故事的核心從中央推向邊緣。這雖然能使敘述產生新的可能性與觀點，卻無關緊要。我們無法利用手上這些零碎片段作垂直之旅，直通意義、直通核心，我們作的反而是水平之旅。我們不是深入世界隱藏的深處，而是探索它的遼闊廣度。我很喜歡出去尋找更多零碎片段，尋找尚未說出的故事。這塊新大陸充滿了被遺忘且至今尚不知名的故事、歷史、人與物，這些土地上還有很多聲音尚未被聽見，很多故事尚未說出，這裡是那麼遼闊、那麼鮮為人知，用「旅程」這個字眼再合適不過。

然而通往一個文本潛在意義的旅程依然還在眼前，需要個人的努力。現在比以前任何時候都更關乎個人，因為我們既沒有祕訣也沒有指標。文本的深度在於它的複雜度與處理這些零碎片段的決心。這番討論的最後，我再告訴各位第三個故事。這故事很短，而且非常個人。

我一直在寫一本關於一群細密畫家的小說，時間背景設在鄂圖曼細密畫的古典時期。所以我才會在某個時間點，對胡索瑞夫和席琳的故事備感興趣。這則故事在伊斯蘭與中東文化裡極受歡迎，這也是為什麼細密畫家這麼常被召入波斯與鄂圖曼宮廷畫這個故事。最令我感興趣的，是席琳看著胡索瑞夫的畫像愛上他的那一幕。畫這個場景的畫家要描摹的不只是席琳和她周遭的環境，因為畫中還有一幅畫：讓席琳墜入情網的那幅畫。這個戲劇化的場面和整個故事一樣深受喜愛，因此我在許多書、複製品與博物館都看見過。可是當我看著這些畫，總覺得不安，好像少了些什麼，好像我並不完整。

這些畫裡面總有席琳在，雖然服裝面貌會改變，她還是席琳。無論色彩、服裝、姿態為何，侍臣們還是會圍繞著她。另外也會有樹木，會有廣闊的森林。還有從某棵樹的樹枝上垂掛下來的畫中畫。

我花了很長時間才明白自己為何不安。雖然掛在樹上的畫框裡面有畫，卻從未展露過我期望看到的胡索瑞夫。雖然尋找過千百遍，卻從未發現我自己構想的胡索瑞夫出現在任何一幅細密畫中。在所有這些細密畫裡面，畫中畫實在太小，胡索瑞夫只不過是個模糊難辨的紅點，而不是一個面容清晰完整的人物。

胡索瑞夫與席琳的故事最關鍵的情節就是透過畫像墜入情網，而這樣的表現手法當然無法顯示這個重點。不過我還是喜歡這種不諳西方肖像畫手法的單純技巧。這份單純讓人想到一個脆弱純真的世界，也就是我正在寫的小說想要探索的世界，我打算把這個世界裡的故事與零碎片段併合起來，為它找出一個新的核心。

64 在森林裡與古老如世界

我在森林裡坐等著，畫已經完成。身後是我的馬，我在看著某樣東西……某樣你看不見的東西。你永遠不會知道那是什麼，是什麼讓我如此心亂如麻，儘管你曾經看過胡索瑞夫在偷窺湖中沐浴的席琳時也流露過同樣眼神。在他們的畫中你可以看到他們兩人：胡索瑞夫盯著赤裸的席琳大飽眼福。但是受委託畫這幅畫的十五世紀細密畫家，選擇不畫出我所看到的，只畫出我正在看著什麼。希望單憑這個理由就能讓你欣賞這幅畫。看看他把我畫得多好，在森林裡，在樹木、枝葉、草叢間失了神。在我等候之際，颳起風來，樹葉一片片地顫動，樹枝搖曳。我很擔心。畫家的筆怎能伸得這麼遠？樹枝被風吹彎後重新挺直，花開花謝，森林如波浪般翻湧，整個世界都在顫動。我們聽到森林的低吟，世界的哀慟。畫家耐心地重現世界的哀慟，一葉接著一葉。就是現在，當我坐在這被風吹亂的樹林裡，你會感覺到我孤單得全身打顫。如果再看得仔細些，你會發現獨坐林間這種感覺有多麼古老，一種古老如世界的感覺。

65 凶手不明的命案與推理小說——專欄作家切廷．亞丹與伊斯蘭大教長埃布蘇．埃芬迪

《黑色之書》有很大一部分是專欄文章，表面上刊登在土耳其最重要的報紙之一《民族日報》（*Milliyet*）上。在小說中，這些文章是一個記者的角色寫的，每隔一定篇幅就會出現，使小說的敘述中斷，由於《黑色之書》的形態取決於此，讓我傷透腦筋。以專欄作家的口吻，利用巧妙的插科打諢平衡假博學，讓我著實樂在其中，於是專欄愈寫愈長，占據了全書的大半，以至於破壞了整體的平衡與結構。直到今天聽到讀者對我說：「我讀了《黑色之書》，那些專欄寫得太棒了。」我是既高興又不安。

讀譯本的讀者最常這麼說。令西方讀者入迷的是我模仿專欄作家的那種古怪而便給的敘述法，這些作家所屬的傳統延伸出土耳其之外，涵蓋了其他許多也面對同樣文化衝突的國家。他們這類人已瀕臨絕種，但我們仍可在今日土耳其的專欄寫作中找到他們的仿效者。

在土耳其，真正的專欄作家每星期會寫四、五篇文章，取材於生活、地理、歷史，無所不包。他會調度利用每一種敘述形態與策略，無論是擷取最平常的每日新聞或哲學或傳記或社會觀察。從市議會（新街燈的樣貌）到文明的問題（土耳其在東西方之間的地位），這一切都在專

欄作家的寫作範圍內。（他很可能會把街燈樣貌之類的題材與東西方問題連結起來，吸引讀者注意。）其中以最好鬥而機敏的辯論者最為成功，他們以爭辯、勇氣與直言不諱而揚名，也有不少人因為自己寫的文章而在牢裡與法院度過部分人生。讀者仰慕並信任他們，不是因為他們闡述或解釋的能力，而是因為他們的勇氣與冒進。他們是明星紅人，因為他們自認為是各方面的專家，因為他們似乎能解答任何問題，因為他們會討論每個人都有自己意見的政治對立問題。有時候當國家的政治兩極化，他們也能想方設法進入社會各個層面，成為目擊證人，例如進入權勢者的家庭，進入咖啡廳、政府辦公室與日常生活中。他們享受讀者的信賴與熱情，一天談愛情，另一天針對柯林頓與教宗提出看法，左手寫貪腐的市長、右手攻擊佛洛伊德的錯誤，於是成了「萬事通教授」。十或十五年前，在電視改變國人的看報習慣之前，土耳其讀者將報紙專欄視為最高級的文學形式。那個時期，當我搭乘巴士在安納托利亞到處遊歷，只要有人發現我是作家，就會問我在哪家報社工作。

當我在創造《黑色之書》的專欄作家耶拉．撒力克，尤其當我在寫他的專欄時，我最留意的一件事就是不讓他像任何一個當代的知名專欄作家（他們每個人都和權力傾天的政治人物一樣家喻戶曉），以免蒙上這些赫赫有名的作家的陰影。我最擔心他像的真實專欄作家就是切廷．亞丹（Çetin Altan, 1927-2015），他的立場備受爭議，也因此成了過去半世紀以來最出名的專欄作家。

最近，亞丹因為公開談論政府與黑手黨的關係，以及幾樁政府牽涉其中的命案，而被控「侮辱國家」。在他受審期間的一次訪談中，他披露自己身上大概背了三百件案子。由於我年輕時，他是我極其崇拜的文學與政治英雄，他的入獄與出獄都是我記憶中的重大日子。在擔任土耳其工人黨的議員時，他在國會發表的精采言論與他強有力的專欄文章，讓他失去了免疫力，後來當時執政的保守黨的議員還在國會殿堂上毆打他。

政府與輿論發洩在亞丹身上的怒氣，主要原因無疑是他身在一個冷戰時期與蘇聯相鄰的國家，卻是個社會主義者。無論如何，自一九七〇年代亞丹開始將批評的矛頭指向政府開始，衝著他發洩的怒氣便未消減過。依我看，保守主義者與不分左右派的民族主義者之所以痛恨他，是因為他不肯將土耳其的貧窮以及政治與行政上的缺陷，歸咎於外國強權的政治實驗與操控，反而認為國內的問題源自於國內的狀況。亞丹批評自己的國家時，不會向讀者列出一些惡人，然後把罪都怪到他們頭上，他也不會提供可能一夕之間改變國家命運的妙方。他的目標比較在於土耳其的文化而非體制，而且亞丹以銳利又諷刺的目光觀察著這個文化（其日常習俗、思考模式與設想），將國家的災難歸因其上。亞丹不只能用最易被他激怒的人的語言寫作，還能讓這些人每天讀他的文章，這方面他可以說是另一個奈波爾。

不過奈波爾顯得那麼缺乏愛又悲觀，亞丹卻從未受過這種苦。他對於西化和現代化始終保持樂觀。因此在他眼裡西方不是一個因為被模仿而造成痛苦的中心，也不是一個因為造成痛苦又帶來那麼多可以想像的災難而被模仿的中心。他幼稚的樂觀態度有一部分原因在於土耳其從未受過殖民之苦，這使得他將西方文明視為可以接近的中心，只要一步一步慢慢來。無論是什麼讓「我們」和住在西方的人不同，總之就是我們本身缺乏的東西。因為我們不像西方人，所以必須先查明我們缺少什麼，然後再作彌補。歷史，我們的歷史，是涵蓋我們所有缺點的歷史。誠如無數的鄂圖曼與土耳其知識份子，還有我們無數好辯的專欄作家，亞丹也習慣列出長長一串區別我們與西方的悲慘缺點，林林總總從民主到現代資本主義，從小說藝術到個性與彈鋼琴，從視覺藝術到散文寫作，從凱末爾極其重視的帽子到我在《寂靜的房子》裡開玩笑提議的桌子。

一九七〇年代，政治恐怖氣氛已升高到現今的熾烈程度，亞丹又發現另一個不足之處，這便是我們今天的主題：

推理小說在土耳其不像在英國、美國和法國那麼發達。處於工業社會的複雜生活中，精密策畫的謀殺事件對這些社會的小說、戲劇與電影都有強烈影響，以至於在推理類型方面出現了各式各樣的創作天才。

然而在我們這種村落型社會，殺人根本不花腦筋。一個被嫉妒沖昏頭的丈夫，不必囉嗦直接拿出刀子刺死老婆，事情就算落幕。或者與另一家世代結仇的男人，一見到仇家便當場拔槍，把子彈全轟進對方的腦袋。在鄉下一旦發生土地或水權糾紛，依慣例就是拿起雙管獵槍埋伏守候。人人都知道誰殺了誰，又為什麼。這種殺人法之所以無法吸引作家，是因為手法粗糙，會讓人想起拿斧頭砸南瓜，這也是為什麼我們國家的推理小說藝術如此落後。

乍看之下，他這番直率的論證、牙尖嘴利的幽默令人不禁喜歡，或許正因如此我們會傾向於接受亞丹的論證，不過我們可以提出什麼樣的反駁呢？也許可以提一提西西里的作家里奧納多·夏夏（Leonardo Sciascia, 1921-1989），他推理小說中的殺人手法也具有類似的鄉村特質，卻大受歡迎。另外還可以指出許多西方的殺人手法雖然粗野得「讓人想起拿斧頭砸南瓜」，卻仍繼續為推理小說提供靈感，或者其實是從推理小說獲取的靈感。

這一篇專欄文章刊出後不久，亞丹寫了一本短篇推理小說集，是早期推理小說很常見的類型。仿英國作家卻斯特頓（G. K. Chesterton, 1874-1936）的布朗神父系列風格寫出這些故事後，他便不再認為社會沒有給作家足夠的生活歷練來寫推理小說，反而認為這個觀念太過決定論，從此棄之不用。

不過，現在讓我們來研究他的另一句話：「人人都知道誰殺了誰，又為什麼。」如果你還記得許多人犯下殺人案都是希望永遠別被發現，就立刻可以明顯看出這句話不可能持續成立。早在亞丹談論我們的文化中少有凶手不明的命案之前四百年，鄂圖曼政府（當時正值保守派歷史學家所謂的古典時期）因為太擔心發生凶手不明的命案，花費了前所未見的心力制定相關法令。伊斯蘭大教長埃布蘇·埃芬迪（Ebussuud Efendi, 1490-1574）是蘇里曼大帝時期的最高法律權威，他作的決定有點像是西方所謂的經典判例，對判決的影響持續至今。如今我們知道他經常被問到不明凶手的命案該由誰來賠償。

問：當四個村莊在打仗，有個人被棍棒打死，卻不知道持棍者的身分，給死者家屬的賠償金由誰來付？

答：最鄰近村落的居民。

問：如果有人在某城鎮附近被殺，凶手下落不明，給死者家屬的賠償金由誰來付？是整個城鎮的居民，還是只有附近能聽到垂死者呼叫的那幾戶人家？

答：住在附近能聽到垂死者呼叫的人。

問：如果在宗教設施裡發現屍體，而當時夜間住在那裡的人並不在辦事處，而是在他們的居住區，凶手又下落不明，給死者家屬的賠償金該由誰負責？

答：住得離辦事處夠近能聽到垂死者呼叫的人。如果沒有人住在附近，那麼就由國庫，也就是國家負責。

從這些例子可以看出鄂圖曼的刑法極為關注凶手不明的命案，政府也意識到必須為這類犯罪負起責任，也就是支付賠償金給死者家屬——如果無法轉移到個別公民的話。假如這些人不想承擔責任，就不得不自己想辦法破案。這會帶來一個可能性，那就是我們也許要為發生在身邊的每樁命案負責，而這與我們今日所見恰恰相反。當時為了避免承擔命案的責任，一個人必須對他周遭任何一點風吹草動提高警覺，甚至到了疑神疑鬼的地步。由於每個人都知道自己可能被迫為鄰里間發生的每樁命案負責，便不難預期一般人會多麼奮力地追捕罪犯與殺人犯。依我個人觀察，這種責任感與隨之而來的焦慮仍支配著伊斯坦堡人，儘管時下已有千萬居民。或許你可以把它看成是舊日對賠償金的焦慮遺留至今，但這其中卻暗示著杜思妥也夫斯基會滿心贊同的道德觀點，那就是在這世上每個人都認為其他所有人要為一切事情負責。

但我們就別試圖誤導人了。今天的伊斯坦堡（今天的土耳其）在有政府作為後盾的凶手不明命案方面，是全世界的佼佼者，更遑論有計畫地施虐折磨、妨害言論自由與無情地迫害人權。然而相較於奈及利亞、北韓和中國，土耳其仍有夠堅強的民主制度能讓選民逼迫政府避免採取類似措施。因此我們很輕易便能推測出，大多數選民對人權幾乎無感到令人吃驚的地步。難以解釋的是這四百年來，大家為周遭人事負起了責任，也害怕要為自己守護的鄰人付出代價，如今政府禁書，還毆打凌虐隔壁大樓的鄰居，卻幾乎無人關心。

我只是想提醒各位有這種情況，卻不太想深入探討或解釋，恐怕是因為我不願意拿一個文化缺點來解釋搪塞另一個缺點。在所有類似主題中，都有一些什麼在殺死我們內心的詩人。套貝克特的話，有時候沉默似乎在暗示：「沒什麼好說的，」又有時候像在暗示：「要說的太多了。」

在這種時候我特別能體會屠格涅夫為何想要忘記與俄國有關的一切，他為何去巴登巴登（Baden-Baden），讓自己過著一種完全脫離俄國的生活，他又為什麼會斥責每個意圖和他討論俄國問題的人（誠如那個知名的傳聞），並告訴這些人他對俄國毫無興趣，寧可從此把它拋到腦後。不過其他許多時候我又會想，最好還是留在土耳其，把自己鎖在房裡，帶著寫書意圖悠遊於想像之中。事實上，從一九七五年到一九八二年間我就是這麼做的，當時正是謀殺與政治暴力、政府的壓迫、凌虐與禁令如火如荼之際。把自己鎖在房裡寫一個新的歷史，以譬喻、隱晦文字、沉默與從未被聽見過的聲音寫一個新故事，當然要強過寫另一個關於缺陷的歷史，企圖以其他缺陷來解釋我們的缺陷。要啟程展開這樣的旅行，無須確切知道自己要去哪裡，只須知道自己不想去哪裡就行了。

我們且留在我剛剛提到的上鎖的房間，看看我如何以譬喻和隱晦文字寫作。有一本翻譯成土耳其文的小說叫《黃色房間之謎》（*The Secret of the Yellow Room*），作者是法國作家卡斯頓・勒胡（Gaston Leroux, 1868-1927），近年以《歌劇魅影》（*Phantom of the Opera*）聞名遐邇。《謎》一書被推理小說迷推崇為最早也是最精采的「密室殺人」推理典範。發生命案的房間門上了鎖，房內有一具屍體，還有一定人數的嫌犯。命案發生後，某個具有解謎天賦的人檢視了線索，並在證明事實之後解釋殺人的理由。在勒胡寫出《黃色房間之謎》的七十年後，西班牙作家馬紐艾·瓦斯奎斯·蒙塔班（Manuel Vázquez Montalbán, 1939-2003）寫了一本《中央委員會謀殺案》（*Murder in the Central Committee*），證明密室殺人模式所提供的可能性不會輕易用罄。這本政治推理小說中的密室，是與西班牙共產黨類似的政黨正在舉行聚會的會議室，燈熄滅後祕書長被殺了。無論形式為何，密室殺人讓我們能清楚了解犯罪、法律與懲罰。命案發生後，會有一名外部調查者（通常是政府幹員）抵達現場，個別訊問每一個嫌疑人。這些訊問過程證實了我們只須為自己犯的罪行，向本身之外的中央機構負責，既不必為團體、鄰里、社會負責，也不用感到內疚，我們若非個人有罪，就是完全無罪，而密室正是傳達這個觀念的最佳方式。只須為自己的罪行向政府負責的這個世界，距離杜思妥也夫斯基夢想的道德世界已經很遙遠了。

我之所以提到密室，是想說明為什麼當我們連有助於了解自己歷史的基本原則都沒有的時候，就只能透過譬喻來與歷史連結。我們需要在密室殺人的故事上作新的變化，先前我只是拿它作例子。在修改過的版本中，殺人（這是譬喻，或許應該只以「犯罪」稱之）的責任會落在命案房間主人，連同所有住在那裡和所有住在附近能夠聽見垂死者呼叫的人身上。當我們從故事剛開始就接受這一點，接下來便有如以新規則下棋，也可能預知殺人犯或罪犯在知道這種運作方式後會如何行事。很明顯地，為了避免被發現，為了避免成為唯一要負責的人，殺人犯行動時必然會假設在附近的每一個人都有責任。

這或許會將我們帶回到亞丹的理論，認為犯罪行為的責任存在文化本身內部。但是假如一開始沒有使用我們不太熟悉的譬喻、隱晦文字與微弱的新聲音，至少可以不去寫更多關於缺陷與差異的史事，讓自己感到挫敗。年輕時，我對一切都好奇地想知道、想了解，並抱著莫大熱忱閱讀亞丹等專欄作家的文章，心想自己有一天或許也會成為作家。不過我不像其他許多懷抱類似夢想的人，會去想自己要寫什麼，我想的是應該採取什麼態度與立場。我內心描繪的作家形象，比較不是來自將寫作當成一種保護工具的現代主義作家，而是來自想要了解一切、想要向讀者展示一切的啟蒙派作家。如今我知道這兩種方式都有其不足之處，也都過於缺乏新意。在一個充滿惡人的社會裡，現代主義的惡人不夠聰明，啟蒙派作家為了要與惡人對談，太常順應政府的力量與威權。也許我和大多數作家沒兩樣，由於無法以概念處理，便尋找譬喻、說故事。不過我不是抱怨，而且覺得自己很幸運，因為在我的國家寓言代替了哲學，人民相信故事更甚於相信理論。

66 中場休息，或是「噢，埃及豔后！」——在伊斯坦堡看電影

一九六四年，《埃及豔后》（*Cleopatra*）在世界各地上映，可是一如往常，住在伊斯坦堡的我們直到兩年後才有緣得見李察・波頓（Richard Burton, 1925-1984）與伊麗莎白・泰勒（Elizabeth Taylor, 1932-2011）的精采演出。那個年代，電影總要在上映了幾年後才會到我們這裡來，因為土耳其的發行商付不起好萊塢的首輪發行價碼，但伊斯坦堡人對西方文化最新精粹的喜愛並未因此受挫。相反地，在讀到關於波頓和泰勒最新的緋聞八卦，又看到那些令人心癢難耐的新聞與《埃及豔后》最吸引人的畫面照片，伊斯坦堡人總會不耐地嘆道：「好啊，就看看它什麼時候才要來。」

當我回想第一次看《埃及豔后》，印象最深刻的不是電影本身，而是看電影的興奮感——有不少美國大製作影片都給我這種感覺。我記得當數百名奴隸隆重地抬著伊麗莎白・泰勒坐著的寶座，讓人聯想到的不是克麗奧佩特拉，而是泰勒本身輝煌的演藝事業。我記得由奴隸划槳的船艦行駛過大銀幕（不是地中海）的藍色海洋，還有很符合我自己想像的凱撒大帝形象的雷克斯・哈里遜（Rex Harrison, 1908-1990），在教導兒子屋大維帝王該有的舉止步態。但我最記得我坐在

位子上，看著夢想在眼前展開，從布幕一直延伸到最遠的角落，而我自己也在那同一個空間裡形成了。

該如何解釋在那個空間發生的事呢？就像大多數土耳其的西化中產階級和我這個世代的大多數人，我極少去看「國產」電影。上電影院時，我希望一切照常：讓自己神遊於幻想中、在黑暗中進入一個故事，並為美麗地方的美麗人物深深著迷，但也希望能面對西方，好好享受那一刻。回到家我會回想英俊、冷酷的主角在最戲劇性的那一幕說的話，然後用英語重複那些令人畏縮的語句。我和其他許多同類人一樣，會仔細注意他折起手帕放進口袋的動作、他開威士忌酒瓶的動作，還有他傾身向前為一名女子點菸的動作；我也會留意西方的最新發明，如電晶體收音機和烤麵包機。土耳其人從未曾像在電影院裡那般近距離接觸到西方人的私生活，不管是在征服整個巴爾幹半島、占據維也納的時候，還是讀完由教育部贊助翻譯成土耳其文的巴爾札克（Honoré de Balzac, 1799-1850）全集的時候。

看電影就跟旅行或喝醉酒一樣有趣，因為在電影中，我們可以和「他者」面對面。身旁的一切都讓這次邂逅緊張萬分。我們的眼睛不想看到其他任何東西，耳朵忍受不了包裝紙或咬堅果的噪音。我們來到這個座位就是為了忘卻煩惱、忘卻自己的過去與未來的痛苦故事，也忘卻這個故事後續引發的焦慮。為了沉迷於他者的意象與故事，我們已準備捨棄自我，至少暫時捨棄。就如同框架可以讓一幅油畫變成讓人迷戀之物，漆黑的電影院也能摒除其他一切，將我們與我們的幻想框起來。

在我看《埃及豔后》的七年前，五歲的時候，有個我們稱為「電影人」的人會到我們避暑別墅旁的空地來。他有個奇怪的裝置，是個架在桌上的手提式投影機。只要付給他五庫魯（kuruş），就能一邊轉動搖桿一邊透過眼孔看一部三十秒的影片。我記得利用這個方式看過很多從老電影剪接拼湊的畫面，卻絲毫不記得看過些什麼。腦海中唯一留下的印象就是輪到我的時候，我是多麼入迷地鑽進那條罩住機器以隔絕光線的黑布底下，在黑暗中摸索眼孔。我們在電影院不只是與「他者」面對面，我們所看見的也會在剎那間讓一切顯得超凡脫俗。

於是無論故事為何，電影院裡那個惱人的「他者」喚醒了我們的欲望：友誼、日常生活的樂趣、快樂、權力、金錢與性愛，當然還渴望逃離這一切與這一切的反面。記得當我睜大雙眼看著雜誌裡伊麗莎白．泰勒扮演的埃及豔后，半赤裸地泡著奢華的牛奶浴，心裡是多麼好奇與驚訝。當時我十二歲，她那電影明星的胴體將我拉入一個慚愧與欲望的新世界。我的困惑不安絕大部分是起因於學校老師提出可怕的警告、朋友對肺結核心懷憂慮，還有大眾媒體：電影就像自慰，會使孩子的大腦弱化、視力衰退，而將他們困在其中的虛構世界可能永遠不會放他們走，使得他們脫離現實。

想必是為了降低與「他者」相遇時的危險與興奮，《埃及豔后》時期的伊斯坦堡人往往會邊看電影邊說話。有人會警告單純的主角提防他看不見的背後的敵人，也有人會大罵壞人，但多數人都會因為看到螢幕上的人展現驚世的習慣或儀式，而驚呼出聲：「你們看！那個女孩竟然用刀叉吃柳橙！」如此一來便產生一定程度的疏離感，這恐怕連創立辯證戲劇的布雷希特（Bertolt Brecht, 1869-1939）也萬萬想不到。還有時候會帶著愛國色彩，例如當身旁環繞著最新科技的玩意與武器的金手指請龐德抽土耳其菸，還說這是全世界頂尖的，許多看電影的人甚至為這個壞蛋鼓掌叫好。至於到了土耳其審查官認為過於冗長的情節，或是不雅畫面遭刪除的愛情場景，觀眾席上原本沉默的緊張氣氛會頓時消散，爆發出大聲的嘲弄與笑聲。

有些時候欲望彷彿觸手可及，鮮明得就像螢幕上那些美麗幻夢，卻又真實得足以挑戰那些夢。也許是為了提醒我們在黑暗中並不孤單無助，而是和同胞們同坐在戲院中，因此會有五分鐘的中場休息，在伊斯坦堡稱之為「幕間休息」。通常小販會帶著雪糕和爆米花一面淒聲高喊一面穿梭於通道，而觀眾群中的尼古丁癮君子也會點起菸來。雖然西方老早便不再有這種中場休息，還有一些附庸風雅沒骨氣的人抱怨這種作法沒有必要，而且破壞電影的整體性，但是對這些人我有話要說，因為這些中場休息對我個人有莫大恩惠——也包括這篇文章在內。

五十年前，現在的Emek Sineması（勞工戲院）還叫做Melek Sineması（天使戲院），在某次的幕間休息時，各自與朋友去看電影的我的父母都出來大廳，這是兩人第一次相遇。我的存在多虧了那次在電影院的邂逅，因此我別無選擇，只能贊同那些侃侃而談自己如何虧欠這門藝術的作家。

67 我為何沒有成為建築師？

我會滿懷敬畏地站在這棟屋齡九十五年的建築前面。一如同時期的許多建物，它沒有油漆，灰泥到處剝落，黑暗骯髒的表面宛如得了什麼可怕的皮膚病。我第一個留下的印象是歲月、忽視與疲憊的痕跡。可是當我開始注意到它小小的帶狀雕飾、它精巧的葉子與樹木，和它不對稱的裝飾藝術設計，便忘了它的病態外貌，轉而想起這棟建築曾經享受過的歡樂、自在的生活。我在它的排水口、雨淋板、帶狀雕飾與屋簷發現許多裂縫和破洞。仔細檢視過幾個樓層，包括一樓的店面之後，看得出來它就像一百年前的多數建物，原本只有四層樓高，最高的兩層樓是二十年前加蓋的，沒有帶狀雕飾、窗外沒有加裝厚的雨淋板，立面也沒有精細的手工藝。有時候這些樓層的高度甚至和較低樓層不同，窗戶位置也沒有對齊。這些樓層多半是倉促增建，除了改善住家環境的動力之外，還得利於法律的漏洞和睜一隻眼閉一隻眼的貪腐市長。乍看之下，或許比原始的百年建築新式又乾淨，但二十年後，內部就比較低樓層還要破舊了。

高懸在街道上方突出約九十公分的小凸窗是傳統土耳其建築師的標記，當我抬頭望去，目光會落在一盆花或一個正往外盯著我看的小孩身上。我心裡會自動計算起來，這棟建築坐落在七十九平方公尺左右的土地上，先算出可用面積有多少，再考慮適不適合我的需求。我不是要找一棟作為住家的建築物，之所以開始搜尋伊斯坦堡最古老的幾個鄰區——已有兩千年歷史的街道：如貝佑律區的卡拉達鄰區的後街僻巷，還有奇哈吉鄰區，這裡曾先後住過熱那亞人、希臘人與亞美尼亞人——為的是更奇怪的目的。我需要這棟房子，是為了一本書和一間博物館。

當我站在對街注視著那棟建築，身後雜貨店的老闆走出來告訴我一些關於它的事情：它目前的屋況如何、屋齡幾年、屋主是誰等等，讓我明白他是受屋主之託，即便只是充當耳目。

「我可以進去看看嗎？」我問道，心下略感不安，不希望未得到住戶允許就進入陌生的房子。

「就進去吧，兄弟，直接進去看看，不用擔心！」世故的雜貨店老闆扯著喉嚨說道。

雖是炎炎夏日，寬敞的入口大廳異常涼爽（現在已經不蓋這麼美麗的挑高大廳了，即使在最富裕地區的公寓大樓也一樣），進入後便再也聽不到孩童在外面窮街陋巷的叫喊聲，也聽不到對街僅數步之遙、賣塑膠和修機器的店鋪的噪音，這一切讓我想起當初前人建造這一帶的房子，心裡想的是一種截然不同的生活。我爬上二樓，接著上三樓，好奇的店老闆跟在後面，在他的慫恿下我想開哪扇門就開，想進哪間公寓就進。住在這裡的人也許不全是同一家人，卻都來自同一個安納托利亞村莊，所以門都沒鎖。我一面逛著這幾間公寓，一面貪婪地記下眼前所見一切，像一部拍攝默片的攝影機。

在面向入口大廳的一間公寓外面，我看見一張舊床推靠在牆邊，上面有個婦人在打盹。她還沒來得及清醒過來好好看我，我已經走進隔壁房間（這裡沒有走廊），發現四個年齡介於五歲到八歲的孩子擠在一張小長沙發上，前面有一台彩色電視。沒有人抬頭看我，只見他們的光腳丫垂在高高的沙發邊緣，小小的腳趾則隨著他們正在看的探險片的節奏抽動。

這間擁擠的房子與正午的熱度一樣安靜，當我逛進另一個房間，遇見一位婦人，立刻讓我想起從前必須報上姓名、軍階、編號的日子。「你是誰？」這個母親手裡提著一只大茶壺，皺眉問道。我身後的店老闆向她解釋情況時，我留意到婦人正在忙著幹活的房間不是正規廚房，要進入這個狹小空間只能穿過另一個房間，而那個房間裡有位年長男子只穿著內褲在休息，我當然知道目前這個格局不是最初的設計。我試著想像這層樓原本的面貌。我盯著穿內褲男人所在房間的牆壁，就和之前見過的其他所有牆壁一樣（雜貨店內除外），油漆與灰泥斑駁，窘態畢露，但也因此對房間有了一點完整概念。

在街坊鄰居七嘴八舌的幫助下，加上雜貨店老闆的熱心帶領（他已經從主動幫忙的中間人角色搖身一變成了道地的房屋仲介），還有真正的仲介為了佣金而努力，接下來的一個月我去看了那一帶數百棟舊公寓。有一條街上住的全是從通傑利（Tunceli）來的庫德人；卡拉達的羅馬社區裡，所有婦孺都坐在凳子上觀看路人；巷弄裡會有些無聊的老婦從窗口往下高喊：「他怎麼不上來也看看這裡？」我看到半倒塌的廚房，老舊客廳胡亂地一分為二，樓梯的踏階已經磨損不堪。我看到房間裡破裂的木地板用地毯遮蓋起來，看到小倉庫、機械修理店、餐廳，以及牆壁與天花板有精細灰泥塗層的舊豪華公寓，如今變成燈飾店。有些無人居住的建築正慢慢朽壞，要不是沒有屋主，就是屋主移民國外或陷於產權糾紛中。有些房裡擠滿小孩，就像擠放在碗櫥裡的用品。有些涼爽的一樓公寓，牆壁潮溼散發霉味。有些地下室裡仔細堆放著木柴、破銅爛鐵和各種廢棄物，木柴則是從樹下、從垃圾桶和市區的偏僻巷弄裡撿來的。另外還有踏階高度不一的樓梯、漏水的天花板，和電梯不會動、電燈也不會亮的建物。當我爬樓梯經過一些門口和一些睡在床上的人時，會有包著頭巾的婦女從門縫裡偷看。我還看到晾著衣服的陽台、寫著「請勿亂丟垃圾」的牆壁、在庭院裡玩耍的小孩，還有外觀樣式全都一模一樣的大衣櫥，讓臥室裡其他東西都顯得矮了一截。

要不是一一看了這麼多房子，我永遠無法如此清楚看到一般人在家裡會做的兩件最主要的事：一，閒躺在椅子或是無靠背的長沙發、沙發、鋪了軟墊的長椅或床上打盹；二，整天看電視。他們多半是兩件事一起做，而且還一面抽菸一面喝茶。在房地產價值差不多的幾個城區裡，樓梯都占了太大面積，我沒有見到哪棟房子違背這樣的設計。看到那些正面寬度幾乎只有四．五公尺或六公尺、後側也沒有房間的建築物，樓梯還占用那麼多空間，我於是試著忘掉那些立面、建築與市區街道，開始想像數十萬樓梯與樓梯間，這麼一想，伊斯坦堡一個個分割開來的房產在我眼裡便成了一座祕密樓梯森林。

我參觀的這些建築無論外觀如何，都是一百年前亞美尼亞建築師與建商，為城裡的希臘與黎凡特居民所建造又小又簡陋的住處。參觀之後最令我印象深刻的是，如今這些建物的用途與當初建造者的希望或構想何止是天壤之別。我研習建築數年學到一件事：建築物會呈現出建築師與買家的夢想形貌。當夢想出這些建築的希臘人、亞美尼亞人與黎凡特人，在上個世紀初期被迫離開後，這些建築最後轉而反映後來居住者的想像。我指的不是真的積極想像去塑造建築與街道，使市區呈現某種樣貌，而是一種被動的想像。這些人從很遠的地方來到這些已具有特定樣貌的街道與建築，於是便改變自己的夢想去適應。

這種想像可以比喻成一個小孩半夜在漆黑的房裡入睡之前，對於牆上黑影的諸多幻想。如果是睡在一個陌生又可怕的房間，他可以想像熟悉的事物便會覺得尚可忍受。如果是在一個他熟悉又乾淨的房間，一個讓他有安全感的房間，他便能將黑影比擬成神話裡的恐怖怪獸，為自己打造一個夢想世界。在這兩種情形下，孩子都是任意利用手邊的零碎素材，想像並創造出能夠融入他所在之處的夢想。因此這裡指的想像並不是供一個正在白紙上創造新世界的人揮灑，而是供一個正試圖融入既有世界的人運用。過去一個世紀以來伊斯坦堡所歷經的移民潮、從一個社區到另一個社區的產業變動、新土耳其中產階級的出現、西化的夢想，這一切都促使某些人拋下這些建築與破房，改由他處來的其他人入住——在伊斯坦堡觸目所及，盡是那種二手的適應性想像的痕跡。蓋出這些隔間，將樓梯間與凸窗改建成廚房，又將入口大廳改為儲藏室或等候室；在最出乎意外的地方擺放床和衣櫥以製造生活空間；用磚塊砌牆、堵起窗戶，或是在牆上開新門窗或打洞；給建物裡的所有爐子加裝管線，蛇行通過每面牆壁和天花板……總之就是採取各種措施將這些地方變成家的這些人，全然不明白一個世紀前建築師構思出這些房子的用意。

前面提到白紙並不是隨口說說。我在伊斯坦堡科技大學念過三年左右的建築，可是沒有畢業，也沒有當上建築師。我現在覺得應該和我投射在那些白紙上、浮誇的現代主義夢想有關。當時我只知道我不想當建築師，也不想當我夢想多年的畫家。大大的空白建築繪圖紙曾一度令我悸動害怕、頭暈目眩，我卻丟棄了，轉而坐下來盯著同樣令我悸動害怕的空白稿紙，而且一坐就是二十五年。當一本書在我心裡成形，我便自認為可以著手做任何事，我相信世界會如我所想，正如同念建築系時夢想出建築物來一樣。

那麼我們就來問問這個問題，我不但二十五年前經常聽到，現在偶爾也還會自問：我為何沒有成為建築師？答案是：因為我覺得我要傾注夢想的紙是空白的。然而寫作二十五年後，我才了解到那些紙從來不是空白的。如今我非常清楚地知道，伴隨我坐在桌前的有傳統和那些絕對不肯向慣例與歷史低頭的人，有來自於巧合與混亂的事物、黑暗、恐懼與塵土，有過去和過去的幽靈，也有官僚與我們的語言想要遺忘的一切。伴隨我而坐的還有恐懼與恐懼所激發的夢想。要將這一切訴諸文字，我寫的小說除了必須從過去、從西化者與現代共和體制想要遺忘的所有事物汲取靈感，還要涵蓋未來與想像。如果二十歲的我認為從事建築也能做到同樣的事，我很可能就會成為建築師。可是當年我是個堅決的現代主義者，只想逃離負擔、齷齪，與有如充斥著幽靈的黃昏的歷史。此外，我也是個樂觀的西化者，確信一切都會順利。至於和我住在同一城市，所屬社群與歷史都很複雜、毫無原則可循的人，並不包括在我的夢想中，我反而視他們為阻撓我實現夢想的障礙。我馬上就明白他們絕不會讓我在那些街道上蓋我想要的那種房子。但假如我關在自己家裡寫他們的事，他們不會有異議。

我花了八年時間才出版第一本書。這段時間裡，尤其當我覺得根本不會有人要出版我的書而絕望時，不斷重複地作一個夢：我是個建築系學生，正在一堂建築設計課上設計一棟建築物，可是交圖稿的時間就快到了。我坐在桌前，全心投入工作，身旁全是未完成的草稿和紙捲，墨漬像一朵朵有毒的花，在四面八方綻放開來。我努力地畫著，腦中不斷冒出比原來的構思更傑出的點子，但儘管我發憤趕圖，可怕的最後時限仍快速逼近，我心知肚明自己不僅沒有機會實現這個了不起的新想法，也無法將紙上的建築物畫完。不能在剩下的時間內完成計畫是我的錯，全怪我一人。隨著腦海中的影像愈來愈清晰，我飽受內疚折磨，就這麼痛苦地醒過來。

關於引發這個夢的憂懼心理，我首先要說那是對於成為作家的憂懼。若是當上建築師，我至少有個正職，至少能賺足夠的錢享受中產階級生活。但是當我開始（略為語帶保留地）說我要當作家寫小說，家人都告訴我往後幾年會過苦日子。所以面對那些內疚感與擔心時間不夠的憂慮，這個夢緩解了渴望帶給我的痛苦。因為在我念建築的時候，我還是「正常」生活的一部分。這麼爭取時間地認真工作，這麼熱切地夢想——這只是顯現了我後來生活的特性，後來寫小說根本沒有什麼最後期限。

當時若有人問起我為何不當建築師，我會用不同說法給同樣的答案：「因為我不想設計公寓！」我說公寓，指的既是特定的建築方法，也是一種生活形態。一九三〇年代，伊斯坦堡老舊歷史社區的居民全都搬走了，富有階級開始拆除自己的兩、三層樓住家與寬闊的庭院，利用這些土地和其他空地蓋起公寓大樓，六十年內便將伊斯坦堡的舊結構徹底摧毀。一九五〇年代末我開始上學時，班上每個同學都住公寓。一開始，大樓立面在樸實的包浩斯現代主義風格中夾雜著傳統的土耳其凸窗，後來開始複製國際風格，貧乏又毫無特色，而且由於繼承法的規定，許多建地都非常狹小，建物內部全都一模一樣。建物之間有樓梯間與狹窄的通風井，有人稱之為「暗處」也有人稱為「亮處」，前側是客廳，後側根據土地大小與建築師的技術會有兩到三間臥室。前側的單一廳房與後側的數間房之間，有狹長走廊相連，這些廊道沿著面向「亮處」的窗戶和樓梯間裡的窗戶，讓所有的公寓大樓看起來都相似得可怕，而且裡面都散發著霉味、油煙味、鳥糞味和窮困氣息。修習建築課程的那幾年最令我害怕的，就是想到將來必須根據現行住宅法規與半西化的中產階級的品味，在這些狹小土地上設計具成本效益的公寓。那個時候，有不少親友抱怨建築師不老實，他們告訴我一旦我成了建築師，保證會讓我在他們父母親擁有的空地上蓋我自己的公寓。

沒有當上建築師，讓我得以逃避此命運。我成了作家，還寫了很多關於公寓的事。我從寫過的所有文章得知了一件事：一棟建築的溫馨舒適乃是來自於住在裡面的人的夢想。這些夢想，一如所有的夢想，是從建築的老舊、陰暗、骯髒又斑駁的角落獲得滋養。就像我們會看到某些建築的立面隨著歲月更添美麗，內部牆面也多了些許神祕紋理，我們同樣能看出一棟建築從毫無意義變成家、變成夢想架構的軌跡。我對稍早提到的那些臥室隔間、打洞的牆壁和破敗的樓梯，就是這麼理解的。當一個人最初搬進一棟平凡的新建築——這建築是在現代化、西化的熱情衝動下構思出來，讓人覺得好像一切都從頭開始——他是懷著什麼樣的夢想把這裡變成家，這是建築師既無法追蹤也無法證明的事情。

那場殺死三萬人的地震過後，我走在廢墟當中又再次感覺到這個想像的存在，而且非常強烈。我走在無數的斷垣殘壁、磚石與混凝土碎片、破碎的窗戶、拖鞋、燈座、窗簾與地毯之間：一個人進入的每棟建築、每間寓所，不管新舊，都是憑他的想像將它變成家。杜思妥也夫斯基的主人翁哪怕遇到再絕望的情形，也會運用想像力緊緊抓住生命，而我們也和他們一樣，哪怕生活再艱難，也知道怎麼把我們的建築物變成家。

可是這些家毀於地震的事實，殘酷地提醒了我們那些也是建築物。殺死三萬人的那場地震剛剛過後，父親告訴我他是如何費勁地離開一棟公寓，摸索著穿過一條漆黑街道，然後躲進兩百公尺外的另一棟公寓大樓。我問他為什麼這麼做，他說：「因為那棟很安全，是我自己蓋的。」他說的是我小時候住的家族公寓住宅，就是我們曾經和祖母、叔叔和嬸嬸同住，我也在許多小說中描述過的那一棟。父親之所以躲到那裡去，依我看，並不是因為那裡安全，而是因為那裡是家。

68 塞利米耶清真寺

建築是卓絕的鄂圖曼藝術，又以埃迪尼的塞利米耶（Selimiye）清真寺為顛峰之作。七〇年代，當我在伊斯坦堡念建築，並專攻鄂圖曼偉大建築（尤其是希南〔Mimar Sinan, c.1489-1588〕的設計）的原理時，特別去了一趟埃迪尼看這座清真寺。和十年前父親帶我第一次造訪時留下的印象完全一樣，巨大的單圓頂輪廓高高聳立於遼闊平原上，從好幾哩外就能看見。幾乎沒有其他鄂圖曼時期的建築像它這樣，讓自己的影像深深刻印於一座城市。雖然埃迪尼到處都是如詩如畫的歷史建築，但和這座清真寺及其大圓頂一比較，都顯得小了。這是希南在一五六九年至一五七五年間為塞利姆二世（Selim II, 1524-1574）建造的，當時正值鄂圖曼軍事與文化力量的顛峰時期。十六世紀，鄂圖曼歷代蘇丹剛開始侵犯歐洲時，這座如今已遭遺忘的都城成了帝國計畫的中心與象徵。

帝國版圖擴張得愈大，就愈需要找到中心。塞利米耶各方面的設計都表達出鄂圖曼人亟欲集權中央的衝動，正如同希南的所有作品，事實上也如同所有偉大的鄂圖曼宗教建築。他們的夢想是打造一座清真寺，無論從裡或從外看都是單一整體，而且是單一圓頂。早期的大型鄂圖曼清真寺，例如希南本身較早期的作品，都有許多小圓頂和半圓頂，大圓頂略顯低調地突出於中央，四周圍繞著半圓頂、承重柱與扶壁，藉由其間和諧的交互作用呈現美感。而這座被希南稱為自己登峰造極之作的塞利米耶清真寺，最首要的企圖就是以單一巨大圓頂取代這種繁雜紊亂。在我二十來歲念建築時，和同學看出了打造中央圓頂的欲望與帝國冷酷地將政治與經濟集權於中央，這兩者之間的關聯。可是在希南的詩人朋友薩伊（Sai）以他的名義所寫的一本書中，希南聲稱自己是從伊斯坦堡的聖索菲亞大教堂獲得的靈感。

環繞在塞利米耶大圓頂四周的四座尖塔，是伊斯蘭世界中最高的，這也反映出這座清真寺的外觀設計在知性上所關注的兩點：追求核心與期望對稱。其中兩座尖塔內有三道完全未交會的獨立階梯，各自通往一處陽台，此一神乎其技的和諧設計呼應了整棟建築超越時空的幾何結構。然而，在看到這奢華對稱的外觀感到目眩神迷之後，內部樸實而純潔的對稱簡直令人震驚。這份震驚披露了所有鄂圖曼建築理念的祕密關鍵：以宏偉的外部宣示鄂圖曼帝國的財富與國力，而蘇丹們永垂不朽的偉大功業則應該類似這純潔的內部空間，引領信徒與真神直接溝通。和所有偉大的鄂圖曼清真寺一樣，塞利米耶內部散發的力量不是來自繪畫、裝飾品與美化修飾，而是來自整齊簡單的線條。進到裡面就是要忘卻鄂圖曼帝國的權力、決心、財富、精熟技藝，以及它的歷任蘇丹，要讓自己沉浸在從無數小窗口滲入的神祕光線中，要看著這明暗的交互作用，從中解讀出人類的渺小。不過它的建築特色不是以壓垮人的高度氣勢震懾參訪者，它是個圓形建築，主張人類（「umma」）的統一，並讓人聯想到生死的單純。站在希南的傑作裡面向我們大聲召喚的，是其有形與無形的對稱，而寺內莊嚴的幾何結構，圓頂、裸石與八根細柱所呈現樸實又強烈的純潔，則讓我們聯想到神的完美。

69 貝里尼與東方

我們認識姓貝里尼的藝術家有三位。首先是雅科波·貝里尼（Jacopo Bellini, c.1400-c.1470），他至今仍未被遺忘的倒不是畫家的身分，而是他為世人帶來兩個更有名的貝里尼。他的長子簡提列（Gentile Bellini, 1429-1507）在世期間便是威尼斯最著名的藝術家，如今主要還留在世人心中的是他的「東方之行」與以此為靈感的藝術作品，尤其是他為「征服者」梅荷美特[12]畫的肖像。至於他弟弟喬凡尼（Giovanni Belline, 1430-1516），則被今日的藝術史學家譽為當時最偉大的畫家之一。一般公認他的色彩感對威尼斯文藝復興影響極大，也因此改變了西方藝術進程。當宮布利希（E.H. Gombrich, 1909-2001）在〈藝術與學術〉（*Art and Scholarship*）的演說中提到那個傳統，指出「若沒有貝里尼與吉奧喬尼（Giorgione, c.1477-1510），就不會有提香（Titian, c.1488-1576），他說的便是弟弟喬凡尼。但是「貝里尼與東方」展致意的對象卻是哥哥簡提列。

一四五三年，二十一歲的梅荷美特二世取下伊斯坦堡後，便以鄂圖曼中央集權為第一目標，但他仍繼續入侵歐洲，以期成為全世界的重要統治者。這些戰爭、勝利與和平條約，將波士尼亞、阿爾巴尼亞與希臘的大半疆土納入鄂圖曼的版圖，土耳其每個中學生都必須抱著愛國熱忱牢記背誦。經過這些勝利征戰而力量大增之後，梅荷美特二世終於在一四七九年與威尼斯人訂定了和平條約，在這將近二十年的期間，他不斷地在愛琴海諸島與地中海要塞港口打仗、掠奪並進行海上劫掠。當使節開始往返於威尼斯和伊斯坦堡協商條約內容，梅荷美特二世向威尼斯表達希望能派來一名「優秀藝術家」，於是威尼斯元老院（他們對這項和平條約非常滿意，雖然意謂他們得放棄許多堡壘與土地）決定送簡提列．貝里尼前來，當時他正忙著以巨幅繪畫裝飾總督宮大會議廳的牆壁。

因此倫敦國立美術館（National Gallery in London）這場小規模卻內容豐富的展覽，主題便是簡提列的「東方之行」與他以文化大使身分在伊斯坦堡度過的十八個月。雖然展示內容涵蓋了貝里尼與其工作坊的其他許多畫作，還有徽章與其他顯示當時受東西方影響的各類物品，但最引人注目的展示品當然還是簡提列為梅荷美特二世所畫的油畫肖像。這幅畫像經過無數拷貝、變造與改製，而這許許多多圖像的複製品又轉而出現在無數教科書、書本封面、報紙、海報、鈔票、郵票、教育海報與漫畫書，以至於只要是識字的土耳其人沒看過上千遍也看過上百遍。鄂圖曼帝國黃金時期的其他蘇丹，就連蘇里曼大帝都沒有類似肖像。此畫寫實、構圖簡單，加上光影效果完美的弧拱給予畫中人一種勝利的光環，最後這已不只是梅荷美特二世的畫像，而是象徵鄂圖曼蘇丹的圖像，就如同切．格瓦拉（Che Guevara, 1928-1967）那張著名的海報象徵了革命份子。此外，在一些用心琢磨的細節上，諸如上唇明顯嘟起、眼皮下垂、秀氣的細眉，以及最重要的是那細長的鷹勾鼻，在在呈現出一個獨特的個人，卻又和今日在擁擠的伊斯坦堡街頭所看到的市民沒

12 譯注：即鄂圖曼帝國蘇丹梅荷美特二世（Mehmet II, 1432-1481），又譯為穆罕默德二世。

有太大不同。其中最著名的特徵就是他那鄂圖曼鼻，那是在一個沒有王室貴族的文化中，一個朝代的標記。二〇〇三年，為了紀念鄂圖曼征服君士坦丁堡（即今日伊斯坦堡）五百五十週年，亞普信託銀行（Yapi Kredi Bank）將這幅畫從倫敦運到伊斯坦堡，展示於全市最繁華的地區之一貝佑律。巴士將學童一車車地載來，數十萬人大排長龍，帶著只有對傳奇人物才會有的入迷神情注視著畫像。

伊斯蘭的禁畫、對肖像特有的憂懼不安，以及對文藝復興歐洲的肖像畫是怎麼回事一無所知，也就意謂鄂圖曼畫家沒有畫過也畫不出如此栩栩如生的蘇丹畫像。不過對於描繪人物特徵小心翼翼的態度並不僅限於藝術界。雖然在文字敘述方面沒有相關的宗教禁令，但即使記錄當代軍事與政治事件的鄂圖曼史學家，也不願去想或真正描寫有關蘇丹的鮮明五官特徵、性格與複雜心思。一九二三年建立了現代的土耳其共和國後，當西化趨勢剛剛展開，民族主義詩人亞希亞・凱莫旅居巴黎多年，不但熟知法國藝術與文學，也對自己國家的文學與文化傳承感到疑慮鬱悶，他曾經悔恨地說：「我們要是有繪畫和散文，就會是另一番氣象了！」他這麼說或許是希望藉由繪畫與文學的紀錄，重見一個佚失時代的美好。即使嚴格說來不是如此——像是當他站在貝里尼這幅「寫實」的「征服者」梅荷美特的畫像前——令他困擾的卻是畫肖像的人缺乏民族主義的動機。從這番話可以感受到深深的不悅，那是一個穆斯林作家對自己文化的不滿。他也順應了一般人的幻想，認為可以毫不費力地去適應另一個截然不同的文化與文明的藝術產物，甚至認為不用改變自己的靈魂就能做到。

在「貝里尼與東方」與其展覽目錄中，這種幼稚幻想的例證極多。其中之一是托普卡匹宮一本畫冊內的水彩畫，據說出自於一位名叫希南．貝（Sinan Beg）的鄂圖曼畫家，幾乎可以肯定其靈感來自貝里尼的畫像，而目錄中將該畫題名為「嗅聞玫瑰的梅荷美特二世」。這既非威尼斯文藝復興畫像，也不是典型的波斯—鄂圖曼細密畫，讓人看了無所適從。薛科．阿赫梅特帕夏（Şeker Ahmet Pasha, 1841-1907）也是一個東方（鄂圖曼—波斯細密畫）與西方（歐洲風景畫，尤其是法國畫家庫爾貝〔Gustave Courbet, 1819-1877〕的畫風）傳統兼容並蓄的土耳其畫家，英國藝術評論家約翰．伯格（John Berger, 1926-2017）曾寫過一篇關於他的文章，文中也提到這種不安感。他雖然認為起因在於協調不同技巧有其難度，例如透視法與消失點的運用，卻也察覺到基本上難是難在協調世界觀。在這幅效法貝里尼的鄂圖曼畫像中，只有一樣東西彌補了拙劣的技巧，就是梅荷美特二世嗅聞的玫瑰——它似乎也讓蘇丹顯得不自在。讓這朵玫瑰，甚至於它的香氣如實呈現的倒不是色澤，而是梅荷美特二世顯眼的鄂圖曼鼻。後來得知畫這幅水彩畫的鄂圖曼畫家其實是生活在鄂圖曼人當中的法蘭克人，而且最有可能是義大利血統，這也再次提醒我們文化的影響是雙向的，其複雜程度難以推測。

還有一幅畫理所當然地被認為出自貝里尼之手，儘管學術界對於此畫是否政治正確爭論不休、多所關注，它仍以超乎想像的優雅之姿暗示了一個較有人情味的東西方的故事。這幅出奇簡單的水彩畫比細密畫大不了多少，畫的是一個盤腿而坐的年輕人。由於戴耳環的年輕人筆下那張紙是空白的，因此無法確定他是畫家或抄書人。但是從他臉上的表情，從他專注的眼神與嘴形，甚至從他左手護著腿上白紙的自信，一眼就能看出他是全神貫注於這項工作。他全心全意都在這張白紙上，渾然忘我，不由得令我肅然起敬。我感覺得到他將工作（不管是畫畫或寫字）的美與完善看得比其他一切都重要，他是那種只有沉迷於工作才能真正得到快樂的藝術家。畫家對其筆下人物所產生的共鳴顯而易見，令我十分欣賞，也因此加倍欣賞這名未長鬍子的侍從蒼白面容之美。半官方歷史學家英布羅斯的克里托弗洛斯（Kritovoulos of Imbros, c.1410-1470）首先提出，後來又有許多西方基督教編年史家也指出，「征服者」梅荷美特寵愛美少年，會為他們冒政治風險，還會請人為他們畫像。從那時起，美貌便成了鄂圖曼宮廷挑選侍從的重要考量因素。這名年輕藝術家的美貌和他為自己的圖畫之美沉迷的模樣，搭配上簡單的背景與身後的牆，在在都讓這幅畫散發出一種神祕氣氛，我每次看畫都有這種感覺。當然，這種神祕感與年輕人專心致志盯著的紙上竟空無一物大有關係。假如這位俊美畫家能如此專注地想著尚未畫出的景物，就表示這個影像必定已經在他心裡閃爍著光芒。從他把筆緊緊按在紙上，從他的坐姿，從他的神情，都可以知道這名藝術家很清楚自己要怎麼做。可是他周遭什麼也沒有，沒有物品、文本、素描、模型、人像或風景，讓人猜不出他心裡的主題會是什麼。我們覺得在五百二十五年前便已凍結的這一刻，彷彿很快就會消失，下一瞬間這位藝術家抄書人就會開始動筆，而他俊美的臉龐也會亮起來，流露出更快樂的神情，就好像他正看著另一個人在紙上振筆疾書。

百年前的一九〇五年，這幅畫還在伊斯坦堡，如今卻屬於波士頓的伊莎貝拉．史都華．嘉納藝術博物館（Isabella Stewart Gardner Museum）。數年前我參觀這間博物館，遊走在提香與約翰．辛格．沙金特（John Singer Sargent, 1856-1925）的畫作間，隨後在接近頂樓一個角落的展示桌上，發現了我的年輕畫家。要看他，我得掀開蓋在玻璃上防光害的厚布，低下頭去。當我俯視畫作，和它之間的距離似乎就相當於畫家和他的白紙間的距離。我看著貝里尼的小畫作，應該就像個蘇丹私下看著手裡又厚又重的書中一幅彩飾細密畫。我也像畫中的畫家一樣低頭凝望。貝里尼在這幅畫中如此心領神會地捕捉到的這隱密俯視的目光，正是伊斯蘭繪畫與後文藝復興西方繪畫之間的差別，而且比起宗教禁令恐怕有過之而無不及。在伊斯蘭文化中，繪畫是一門受限的藝術，只能用來裝飾書本內頁，因此僅限於小空間，這些畫從來不是用來掛在牆上，也從來沒有掛上去過！這個年輕人盤腿而坐、低頭看著即將變成他的一幅畫的白紙出神，和將來某個有權有勢者（極可能就是蘇丹或王子）看著這幅只有他能得見的畫，兩人的姿態勢必是一樣的。且讓我們拿這個姿勢（盤腿畫家低頭俯視白紙的這個眼神）來和西方畫家作個比較，看看後者會以什麼姿態看自己的畫。就以維拉斯奎茲（Diego Velázquez, 1599-1660）的《宮女》（Las Meninas）為例吧，那同樣也有一幅畫中畫，而且可以看到畫家正在作畫。我們可以看到兩幅畫都是以定義繪畫的事物為主要標的：如紙或畫布的邊緣、畫家的筆或畫筆，還有藝術家臉上的專注表情。不過貝里尼的東方藝術家凝視的並不是他的世界或周遭環境，而是自己腿上的白紙，而且從表情可以看出他在想著自己腦子裡的世界。知悉並回顧以前的偉大藝術，然後憑著驀然乍現的詩意靈感予以重現，這是鄂圖曼—波斯細密畫家必備的技藝。但是在維拉斯奎茲的作畫自畫像中，他卻是抬起頭看著消失點，望向反映在身後牆上鏡子裡的世界，望向世界本身與他正在畫的複雜人事物。在他的畫中我們也看不到他的作畫內容（但他在畫的應該就是我們眼前的景象），然而從維拉斯奎茲自我質疑的疲憊神情可以看出，他腦中被這幅畫無限多的構成元素所造成的沉重問題給占滿了。反觀貝里尼的年輕畫家看著自己的白紙，幸福得就像回憶起一首牢記在心的詩——幾乎猶如天外飛來的靈感。

在我所屬的這個世界角落裡，據稱出於貝里尼之手的這個盤腿年輕人，儘管比不上他為「征服者」梅荷美特畫的肖像，卻也十分出名。一般認為這個盤腿的人就是梅荷美特二世之子傑姆蘇丹（Cem Sultan, 1459-1495），他受到兄長的殘酷對待，許多外國的通俗小說都描述過他的悲慘命運。我小時候的教科書由共和國初期熱情愛國的西化份子編寫，將傑姆蘇丹描繪成一個心胸開闊、青春活力洋溢，且能接受藝術與西方的王子，而他的兄長也是最後毒殺他的人巴塞耶特二世，則是輕視西方世界的狂熱份子。「征服者」梅荷美特去世後，貝里尼這幅藝術家畫像先是被送到大不里士（Tabriz）的白羊王朝（Aq Qoyunlu）宮廷，後來又被送到薩菲王朝（Safavid）宮廷，位於今日的伊朗。在重新回到鄂圖曼宮廷（無論是作為戰利品或獻禮）之前，這幅美妙畫作受到不少人仿效，而這次換成波斯畫家了。其中有一幅現今收藏在華盛頓特區的弗瑞爾美術館（Freer Museum），據說是知名波斯畫家貝赫札德（Behzad, c.1450-c.1535）的作品，至少那些夢想著東西方大師畫出同樣畫作的浪漫人士是這麼說的。若上前細看這幅經過改造的畫，會發現這位薩菲王朝的畫家在原本貝里尼極其雅致地放上白紙之處，改放了一幅畫像。這樣的做法讓人想到穆斯林畫家對西方肖像藝術的認識何其貧乏，尤其是自畫像的概念，而他們又對自己在這些方面不純熟的技術焦慮煩憂不已。哈佛教授大衛・羅克斯博（David Roxburgh）發現，貝里尼這幅小畫像在完成八十年後，與其他畫像一起被收進薩菲王朝的畫冊，其中有一些還是來自明朝。畫冊的序言裡有一句話顯示出即便是再優秀的薩菲畫家，在這方面也自嘆不足：「畫像的習俗在契丹人（中國）與法蘭克人（歐洲）的疆域極為盛行。」但這並不表示波斯畫家對於肖像那令人難以抗拒的力量能視而不見。想想胡索瑞夫與席琳的故事，這是為細密畫提供最多靈感的伊斯蘭古典傳說，故事裡美麗的席琳單純只是看到畫像，便愛上了英俊的胡索瑞夫。但這個傳統主題諷刺之處在於，以威尼斯文藝復興的畫像標準來看，波斯畫家描繪這個場景的技法可說是原始幼稚。在有圖飾彩繪的波斯手稿中，這個場景需要有畫中畫，正如貝里尼的那幅畫像與貝赫札德加以潤飾修改的那幅，可是插畫裡呈現的幾乎都不是畫像，而是畫像的概念。

文藝復興之後，西方初次得知自己不是在戰場上，而是在藝術方面勝過東方。貝里尼的「東方之行」過後一百年，根據瓦薩里（Giorgio Vasari, 1511-1574）的描述，就連迫於宗教信仰不得不反對繪畫的鄂圖曼蘇丹，也對貝里尼的伊斯坦堡畫像所展現的技法驚嘆不已，而且往往讚譽過度。寫到菲利普．利皮（Filippo Lippi, c.1406-1469）時，瓦薩里敘述他遭到東方海盜俘虜後，新主人要他畫畫像，後來主人見到畫像如此逼真又驚又喜，便釋放了利皮。時至今日，西方分析家或許是對西方軍事優勢所造成的結果感到不安，便寧可不去談論文藝復興時期的藝術那無庸置疑的力量，反而將重點指向貝里尼手法細膩的畫像，善意地提醒我們東方人也有其人性面。

「征服者」梅荷美特去世後，其子巴塞耶特二世並未繼承父親的生活方式或他對畫像的熱愛，因此將貝里尼的畫像拿到市集上出售。在我童年時的土耳其，中學教科書裡對他捨棄文藝復興藝術的此舉表示遺憾，認為這是個錯誤，錯失了良機，並暗示若再回到五百前重新來過，我們可能會創造出不同的藝術，變成「一個不同的國家」。也許吧。每當看著貝里尼的這個盤坐少年，我總是心想那另一條路或許對細密畫家是最好的，因為他們一旦坐在桌前，一定能畫得好得多——也不至於像貝克特筆下的人物，被疼痛的關節與雙腿折騰得那麼悽慘。

70 黑筆

關於我們打哪來、是什麼人、要上哪去，又是誰畫了我們的種種流言蜚語，令我們飽受困擾。基本上，我們不是那種會輕易受流言所騙的人，也不會因為別人說了我們什麼（不管是真是假）而受影響。很明顯，我們根本不在乎學者怎麼說，同樣不在乎別人仔細檢視我們的畫時如何信口漫談。我們就像站在我們身旁的驢子，也屬於這個世界，我們一步步走得小心謹慎，絕對知道自己要往哪裡去。我們關心的是一般人已經太執著於爭辯我們的來處與可能的目的地，因而忘了我們是一幅畫。如果你能把我們當成畫來欣賞，而不是因為我們來自一段已遭遺忘的歷史中一段佚事裡最黑暗的角落，我們會更開心。請試著這樣看待我們：好好領略我們完整的外表儀態、我們簡樸的色調，和我們專注交談的樣子。

發現自己被人用如此簡單的線條、如此倉促地畫在這張粗糙、未黏合、未加工的紙上，我們很歡喜。因為畫家選擇不畫出我們背後的天際線，也不畫出我們千辛萬苦跋涉過的土地、花草，更加凸顯了我們赤裸裸的男性氣概。觀畫者的目光會被我們的粗大手指、粗布衫，還有將我們與地面緊緊連繫的健壯姿態所吸引。請注意看驢子眼中的不安，與我們眼中的凶暴光芒，看看我們目光中的驚惶，彷彿受到驚嚇。不過話說回來，從畫家畫驢子的可愛手法，畫我們時的隨興態度，以及他給我們臉頰上的顏色，可以清楚看出他心情輕鬆。你從我們眼中看到的憂慮，那種驚慌、倉促與帶著滑稽的惶恐，還有我們四周的空白——這一切都顯示著發生了一件大事。就好像數百年前的某一天，我們三人帶著驢子沿路而行之際，巧遇一位畫家（宛如故事情節一般），而這位畫家呢，就將我們畫在一張紙上，技巧之高明就像是——在此請容我們使用另一個時代的用語——替我們拍照一樣。我們的繪畫大師取出粗紙和黑筆，飛快地畫起來，連我們當中最多嘴的那個剛剛張嘴露出滿口醜牙，都被他畫下來了。我們還想請你好好欣賞我們的醜牙、鬍鬚、笨拙得像熊掌一樣的手，還有我們在其他畫中骯髒、疲憊、寒酸，或甚至惡毒的神態。只是別忘了：你微笑以對的不是我們，是我們的畫。

但我們知道你最關心的還是這位繪畫大師。你們這個時代的人要是不先知道畫家是誰，就不可能學會喜歡一幅畫，真是可嘆。那好吧，他名叫穆罕默德·錫亞·卡蘭姆（Muhammad Siyah Qalam），亦即人稱的「黑筆」穆罕默德（Muhammad of the Black Pen）。從他畫的主題和風格看來，其他許多關於我們游牧人的畫作八成也是出自這位畫家之手。不過學者們一致認為畫作邊緣的署名，是後來才加上去的。我們可以證實他們的假設。

畫我們的人沒有在畫上簽名，因為他所屬的時代比較看重說故事與藝術技能，不重名聲。說句實話，我們一點也不在乎。畢竟我們是很久以前被畫出來的，當時畫畫的重點就是為了敘述故事，所以對我們來說，只要能把故事說得好就夠了。我們很謙卑。可是當這些故事被遺忘之後，到了一個比較傾向於以畫作來接受我們的時代，在阿哈麥德一世治下（1603-1617）的托普卡匹宮中，有個目光銳利的侍臣自行在幾幅畫上加了這個署名。然而，實在是太隨意了，因此「黑筆」與其說是署名還不如說是標記。

想把我們和某位繪畫大師連結在一起的想法，又造成另一個錯誤，因為這個署名也出現在不和為何收在同一本畫冊的其他畫作上，而那些畫和我們的畫在風格與主題上並無相似之處。只因為同樣收在一本名為《法蒂赫》（*Fatih*）的畫冊中，就把所有的畫都簽上同一個名字。不過，當達斯特・穆哈瑪德（Dust Muhammad）、卡迪・阿赫瑪（Qadi Ahmad）與穆斯塔法・阿里（Mustafa Ali, 1541-1600）這幾位歷史學家，認為有必要寫一寫波斯與鄂圖曼的偉大畫家，卻並未提到錫亞・卡蘭姆。換句話說，我們對於這個技藝高明、才華出眾的畫家，除了名字之外一無所知。

但且讓我們再說一件事，那些極其渴望為我們找到一個共通風格、一個名字、一個署名和一位畫師的人或許會感到安慰：賞給我們的那個名字「黑筆」，指的是十六世紀波斯作家很喜愛的寬邊黑白線條畫。所以我們可以下此結論：「黑筆」不是那個趁我們三人邊聊天邊緩緩前行之時，匆匆畫下我們的畫家的名字，而是他採用的風格名稱。但倘若真是如此，他在我們身上潑灑那些鮮豔的紅色藍色，又該作何解釋？

大家所說的關於我們的事，幾乎全都互相矛盾，我們覺得有趣極了。為了確認我們從哪裡來，為了證明我們是維吾爾人、土耳其人、蒙古人或波斯人，為了確認我們是十二至十五世紀之間的人，出現了數十篇文章、數十種理論，還開了數十場學術會議，但彼此互相禮貌地反駁了多年後，學者們仍無法進一步提出確切或令人信服的證據，將我們與某個特定時代與地點連結起來。他們唯一做到的就是引發疑問。

受到浪漫的民族主義神話強烈影響的土耳其人，切盼能證明我們來自蒙古或中亞。看著出現在同一本畫冊中可愛的妖靈、惡魔、鬼怪，他們喜歡把我們和薩滿巫師作連結。就我們自己而言，倒是很喜歡這些可怕卻迷人的生物和我們有著相同的狡詐表情，也和我們一樣是用粗略、蜷曲的線條畫成。由於同一畫冊內有其他類似畫法的鬼怪似乎源於中國，有些學者便宣稱我們來自更遠的地方，甚至可能是中國，這種說法打動了我們流浪的靈魂，喚醒了我們對漫漫長路的喜愛，所以也讓我們開心。

部分學者聲稱某些畫作裡的魔鬼似乎受到《君王之書》的影響，或者畫風與大不里士的白羊王朝的畫作類似，他們是打算把我們放進伊朗境內。說到底，大多數學者還是傾向於將我們視為偉大的鄂圖曼蘇丹塞利姆一世，於一五一四年在察地倫（Chaldiran）打敗薩菲王朝軍隊後得到的戰利品。甚至還有人研究我們穿紅衣的朋友所戴的鐘形頭飾，而認定我們是俄羅斯人。

這一切猜測所激發的懷疑與讚嘆，和我們請你將我們當成畫作來欣賞時希望在你心裡喚起的讚嘆，有某些共通點。首先，是畫本身引發的好奇與驚疑。其次，關於我們從何而來的傳言與理論，帶動了一股神祕氣氛。能夠成為來自世界最偏遠角落，又是最神祕、最受到討論、最具爭議的畫，我們引以為傲。至於他們所寫的關於我們的一切……沒錯，確實讓我們不安，因為有種忘了我們是畫的傾向。但是在這些超越時空的藝術史堡壘中針對我們編織出的一切理論，還有許多觀察者加諸於我們的一切懷疑、憂懼與讚嘆，這一切的確賦予我們一種迷人的美好韻味。

我們真正想說的是：別再猜測我們來自中國、印度、中亞、伊朗、河中地區或突厥斯坦了。別再試著確切指出我們的來處與去處，倒是請多留意我們的人性。看看我們多麼關注周遭，我們睜大雙眼，全神貫注於我們在做的事。我們試著保護自己，即使愈來愈惶恐，還是繼續彼此交談著。我們的貧窮顯而易見，就和我們的恐懼、我們無窮盡的旅程一樣，我們是赤足巨人、我們是馬、我們是可怕怪物，感受我們的力量吧！一陣風吹皺了我們的衣服，我們害怕顫抖，但仍繼續往前走。我們試圖穿越的荒涼原野，和畫著我們的這張沒有顏色、沒有特色的紙，有許多相似處。這片平坦原野上沒有起伏的高山或矮丘，我們在一個超越時間的世界裡，永恆不滅。

一旦你開始感覺到我們的人性，相信很快就會開始感受到我們內在的魔鬼。我們發現即使害怕那些魔鬼，自己卻也具有同樣特質。看看那些怪物頭上的角和牠們的毛髮、眉毛，我們的身體也是同樣的蜷曲姿態。牠們的手和粗腿就和我們的一樣原始粗糙，但瞧瞧牠們多麼生氣勃勃！先看看魔鬼的鼻子，再看看我們的，你要明白我們和牠們是兄弟，要懼怕我們。但我們發現你一想到應該要怕我們就面露微笑。

我們明白，我們之所以無法讓你害怕得發抖，有一個悲慘的原因：我們一度所屬的故事佚失了。正如你不知道我們是誰、我們從何而來、要去何方，你甚至不知道我們屬於哪個故事的哪個部分，這個更糟。歷經這許多不幸與災難，走過這麼長遠的路，我們幾乎好像也忘記自己的故事，忘記自己是誰了。

有關我們究竟是土耳其人、蒙古人或大不里士人，我們聽到有人憤怒地抗議。在被畫出來數百年後，我們和許多民族、國家及故事都有關聯。那邊那個牙尖、爪利、露出獰笑的魔鬼——也許他把我們當中一人帶走了，天曉得會帶到哪裡去，說不定甚至去了陰間地府。所以沒錯，舉例來說，你們當中有許多聰明人已經猜到了，我們可能來自偉大的波斯史詩《君王之書》，場景可能就是那個名叫阿克梵（Akvan）的大妖怪準備將熟睡的主角魯斯坦（Rüstan）丟進裏海。那其他的畫呢？它們描繪的是什麼時刻，說的又是哪個故事？當我們三人帶著驢子沿路走去，呈現的是哪個遭遺忘的故事裡的哪個場景呢？

你不知道，所以讓我們告訴你一個祕密。我們從亞洲某個遙遠地點，帶著驢子上路，中途遇見一位畫家畫下我們的模樣，這些你已經知道了。那麼現在看看走在驢子後面的那個朋友，我們的畫就放在他抱著的畫夾裡。當夜晚降臨，我們一起坐在點著蠟燭的帳篷裡，這個說書人（也許和此時此刻正拿我們當發聲筒的作家沒有太大差別）就會跟我們說這個故事。為了增添我們的樂趣，並確保我們不會忘記他的故事，他便拿出你現在正在看的這幅畫來給我們看。我們不會是他展示的第一幅畫，也不會是最後一幅。他所展示的畫描繪的全都是我們的故事。

可是經過數百年的漂泊、戰敗與災難，我們的故事失傳了。昔日描繪這些故事的畫也流落四散到世界各地。如今就連我們也忘了自己從哪裡來，我們的故事與身分被剝奪了。不過，被畫下來還是件美好的事。

很久以前有個說書人看著我們，也許因為他也和我們同樣不安，便這麼說起他的故事來了：

「關於我們打哪來、是什麼人、要上哪去，又是誰畫了我們的種種流言蜚語，令我們飽受困擾。」

71 意義

嗨！謝謝你讀我。出現在這裡我應該高興才對，卻忍不住感到慌亂。我喜歡你的目光在我身上游移，因為我在此的目的就是為你服務，儘管我不太確定這是什麼意思。最近我甚至不知道自己是什麼，很可悲吧？我是諸多信號的混合物，企盼被看見，卻又膽怯。如果躲到暗處、躲得遠遠的，不讓所有人看見，這樣會不會比較好？這就是令我猶豫不決之處。說也奇怪，即使擔心這麼多，我還是費盡心思來到這裡。希望你明白一點，這種展示對我來說是新經驗。我從未像這樣地存在過。過去，我們比較常被擱置一旁。我很樂意吸引你的注意，但最好不要多想，因為這樣才能讓我覺得最輕鬆。所以，就把我放在你內心角落裡，忘了我的存在吧。我想像往日一樣輕聲提醒你，能夠在你毫不知情之下為你存在，是多麼美好的事。只不過我已不太有把握這種情形還可能再次發生，因為真正的問題在於：我一直以為自己是幅畫，但其實我只是文字。因為當我是文字，我自以為是畫，而當我是畫，又自以為是文字。但這不是出於矛盾，這就是我的生活。我們來看看你要花多少時間才適應。要我說的話，我們之所以無法互相了解，是因為你腦袋裡裝的東西不一樣。喏，我在這裡的唯一原因，就是要展現某種意義。可是你看我的眼神，好像我只是一樣物品。沒錯，我知道，我的確有個軀體，可是我的軀體存在的目的只是幫助我的意義展翅高飛。我從你看我的目光得知我有軀體，而且左右兩側都有色彩與圖像裝飾。這令我歡喜，也令我困惑。很久以前，當我還只是一個意義，從未想過我同時也是一樣物品，而且我連心也沒有，充其量只是在兩個美麗的心之間交流的一個卑微信號。我沒有意識到自己的存在，這樣很好。你可以看著我，我不覺得有什麼。可是現在當你的目光瀏覽過我們這些字，我感覺自己好像有了軀體，好像我就只是一個實體，不由得打了個冷顫。好吧，我承認：我喜歡這種感覺，就那麼一點點，我順其自然，卻又有些羞愧。不過從我開始喜歡這種感覺的那一刻起，便想要更多，這令我害怕。我最後自問：接下來會怎麼樣呢？我開始擔心我的靈魂會被軀體所遮蔽，而意義（我的意義）則會被推擠到我內部最深處。我就是在這時候開始想要躲到暗處，你也是在這時候不再了解我並開始感到困惑，而且就連你也想不透自己是在讀我或只是盯著我看。這個時候，連我也害怕起自己的軀體，真希望自己只是一個意義，但卻也知道離開得太遲了。如今已不可能再回到美好的往日，回到你尚未到來的日子，不可能再回到我仍只是個意義的時候。在這種時刻，我既不完全在這裡也不完全在他處，而是徘徊於天地之間，下不定決心。很痛苦，因此我試圖透過軀體的享樂尋求慰藉。我很樂意吸引你的注意，但你不要想太多，這才是我覺得最輕鬆的時刻。我算是意義或是物品？是文字或是畫？我想到了，我——等等，先別走……想到你終究要翻頁我就難以忍受……你還沒了解我就已經要將我拋棄……

其他城市，其他文明

Other Cities, Other Civilizations

一個初來乍到紐約的人對這一切可能會有更多不同的解讀。萬一這裡人真的就像無味的肉桂捲呢？萬一他們樂於助人的笑容與友善的小問題並非出自真心呢？萬一他們是想愚弄我呢？如果在某次搭電梯的漫長時間裡，有另一名乘客忽然問我好不好，他是真的想知道我好不好嗎？

72 我與美國人的初相遇

一九六一年因為父親工作的關係，我們搬到安卡拉，以一間高級的公寓住宅為家，對面就是全市最美的公園，裡面有個人工湖，住了兩隻萎靡的天鵝。公寓頂樓住了一戶美國人，有時候可以聽到他們那輛藍色雪佛蘭轟隆隆地駛進車庫。我們密切地注意著他們。

我們感興趣的不是美國文化，而是美國人本身。當我們和其他一大群孩子在安卡拉的電影院看優惠的週日早場電影，根本不知道自己看的是美國片或法國片，字幕告訴我們只要知道自己在看的內容來自西方文明就行了。

當時有很多美國人住在這個高級新社區，到處都看得到他們，而最令我們感興趣的是他們食用後丟棄的東西。其中最吸引人的物品就是可口可樂罐，我們會收集空罐（有些人還去垃圾桶撿），然後狠狠地踩扁。（也許有些是啤酒罐，可能也有其他品牌。）一開始我們當成遊戲玩，取名叫「找空罐」，有時候會把罐子割開做成金屬牌，或拿標籤當成錢，但在我這一生中，我們從未喝過可樂或甚至是用那種罐子裝的任何飲料。

我們會到一些新公寓的大垃圾箱找空罐，其中有一家住了一個年輕漂亮的美國女子，我們對她格外留意。有一天，她丈夫開車出車庫時慢慢地從我們旁邊駛過，打斷我們踢足球，當他看著妻子穿著睡衣站在陽台上送給他一個飛吻，我們全都安靜了好一會。我們認識的大人不管有多相愛，都絕不會如此毫無顧忌地在他人面前展示幸福。

至於美國人所擁有的，以及轉手給與他們關係不錯的人的東西，都是來自美軍福利社（Post Exchange），簡稱PX，我們稱之為Piyeks，但我從來沒見識過，因為那個地方是禁區，只有美國軍人和領事人員可以進入，土耳其人不行。牛仔褲、口香糖、匡威全明星布鞋、美國最新專輯唱片、又鹹又甜弄得我胃很不舒服的巧克力、各種顏色的髮夾、嬰兒食品、玩具……有些東西就是有辦法從福利社弄出來，在安卡拉一些特定商店私下買賣，價錢貴得離譜。我哥哥很迷彈珠，所以會把錢省下來到這些店去買彈珠。和他那些土耳其製的雲母與玻璃彈珠擺在一起，這些美國瓷珠宛如珠寶。

我們是某天從一個男孩那兒得知有這種彈珠的。男孩和家人住在三樓，每天早上會搭乘大大的橘色校車去上學，我後來在描述美國生活的電影裡看過這種車。他是家中獨子，年紀和我們差不多，沒有朋友，剃了個美式小平頭。他八成是看到我們在院子裡和朋友玩彈珠，而他自己也從福利社買了數百顆。在我們看來，他好像有好幾千顆，而我們只有一小把。每當他把彈珠從袋子裡倒出來，數百顆珠子滾過地板的噪音聽得真叫人惱火。

他收藏如此豐富的消息很快便傳遍社區，我們所有的朋友都知道了。我們會三三兩兩跑到後院，站在那家美國人的窗戶底下大喊：「喂，同學！」安靜許久之後，他會突然出現在陽台上，氣憤地丟下一把彈珠，看到我的朋友們追著彈珠跑，還為了爭搶而打架，他又會忽然消失不見。後來他不再一把一把地丟，而是很規律地一顆一顆丟，我那些朋友便一面低喊一面在院子裡東奔西跑。

有一天下午，這個小國王也開始往我們的陽台上丟彈珠。彈珠如雨點紛落，有一些還彈出陽台，掉到樓下的院子裡。我和哥哥實在按捺不住，便衝到陽台上撿彈珠。隨著彈珠雨愈下愈大，我們開始低聲分配：「那是我的，那是你的！」

「這是怎麼回事？快進屋來。」母親喊道。

關上陽台門後，我們羞愧地從屋內看著大把大把掉落的彈珠，後來傾盆大雨般的聲勢稍微緩和了些。當他發覺我們不會再回到陽台，便回自己房間把數百顆彈珠倒在地板上。等到警報解除了，我和哥哥重新回到陽台上，滿臉羞慚，默默地撿拾遺留的彈珠之後平分，卻毫無喜悅之情。

第二天，我們聽從母親的吩咐，見他出現在陽台，立刻從樓下喊他：「喂，同學，你想不想交換？」

我們站在自家陽台上，讓他看我們的玻璃和雲母彈珠。五分鐘後，家裡的門鈴響了。我們給了他一些雲母和玻璃珠，他則送我們一把昂貴的美國彈珠。交換時雙方都沉默無語。之後他告訴我們他的名字，我們也告訴他我們的名字。

他名叫巴比，瞇起的眼睛是藍色的，而且因為在外面玩耍膝蓋弄得髒兮兮，就跟我們一樣，這些事比交換彈珠的價值更令我們印象深刻。接著他在一陣驚慌中，衝回樓上自己家去了。

73 世界之都面面觀

一九八六年，紐約

一位友人開車到甘迺迪機場接我。前往布魯克林途中，我們在高速公路上迷了路：貧窮的社區、倉庫、紅磚建築、破舊的加油站、沒有靈魂的公寓……事實上，偶爾可以看到高聳於背後的曼哈頓大樓輪廓，但這不是我夢想中的紐約。於是我輕易便斷定布魯克林不是紐約。我將行李放在朋友位於布魯克林的高級住宅，我們一塊喝了點茶，點起香菸。四下參觀公寓時，我仍不斷想著這還不是紐約：真正該去的地方，夢想之地，就在那邊，在河的對岸。

一小時後，讓白晝顯得無比漫長的太陽差不多要下山了。我們穿過布魯克林大橋前往曼哈頓。城市說穿了都長得一樣，但若有任何輪廓仍不會被錯認，那就是我現在看到的紐約。我剛剛在伊斯坦堡完成一部小說，又有其他事情接踵而來，我覺得很累。雖然到目前已經四十小時沒有闔眼，雙眼卻仍睜得大大的。我彷彿相信在這群巨大剪影當中可能找到關鍵之鑰，不僅能開啟地球表面上的一切，也能直通我這許多年夢想的源頭。或許每一座大城市都會激起這種幻想。

當我們開始沿著曼哈頓的馬路東南西北地行駛，我便試著比較眼前所見與內心的影像。吸引我目光的是隱藏在這些擁擠街道背後，在人行道背後（道上行人移動得極其緩慢，宛如置身於平和夢境），在一個平凡夜晚的燈光背後的某樣東西。就在友人厭倦了開著車在市街上來來往往的時候，我想通了：我兩眼不住地搜尋，是因為找不到這些景象背後的祕密，找不到所有夢想者期望有一天能在自己眼前揭開的事實真相。我決定要謙卑，只有懷著剛毅隱忍的心，才能從這些街景（一般的柏油路、社區小商店、熟悉的街燈燈光）中得知祕密。假如我曾在夢中瞥見過的真相的確存在，要找到它不會是在摩天大樓的陰影中，而是在我此時正耐心蒐集的種種小發現裡面。

接下來幾個小時，我便以這樣的方式觀察周遭景物。我注意到水管的顏色和加油機上的數字；我看著黑人男孩拿著髒抹布衝過車陣，為停下來的車子「清潔」車窗；看著穿短褲與慢跑鞋的男人和閃著金屬光芒的淡藍色電話亭；看著牆、磚、玻璃、樹、狗、黃色計程車、熟食店……我就像是看到在這個地球上降下一片已經完全成形的優美風景，包括不厭其煩反覆出現的消防栓、垃圾桶、磚牆與啤酒罐。每條街道、每個社區，即便是我們坐下來喝個啤酒或咖啡的地方，都彷彿滿足了同樣的美夢。

對人的感覺也一樣。有個青少年穿著皮夾克，剃光一部分頭髮，頭頂上紮了一小撮紫色馬尾；有個女孩和一個胖得不可思議的女人走在一起；有個穿西裝的男人從我旁邊很快衝過去；有一些黑人提著巨大的電晶體收音機從我身邊走過；有幾個臉色蒼白的長腿女子戴著耳機邊慢跑邊遛狗，而那些狗也和主人一樣有著明確目標——這些全都是人行道上打我們身旁經過的人。

晚上稍晚，朋友妻子忙完之後也加入我們，一起到一間甜點店坐坐，這間店高朋滿座，往外擺的桌位都和一間露天咖啡座連在一起了。他們問了我一些關於土耳其的事，我喃喃地作了回答，他們還有問題，我也還是回答。就這樣我試著說服自己我已經融入一座城市的生活中，現在它比較不像是夏夜裡幽靈般的回音、聲響與動靜構成的虛幻想像，而是另一個地方，一個與真人銜接的真實世界。之後我凝望著街道，當這些街道慢慢地從夢境變成真實的柏油路，那些影像與燈光是我再熟悉不過的了。哪個世界才是真正的紐約，誰說得準呢？

另外還有一些如夢般的影像也令我終生難忘。擺在人行道上那張桌子是白色的富美家。桌上擺著淺綠色啤酒瓶和我們的乳白色咖啡杯。前面那桌坐了一個穿綠色毛衣的女人，我的視線被她寬闊的背擋住，看不見人行道上人來人往的景象。淺橘色的光從石屋的窗口射出，屋子立面則退入漸漸轉紫的夜色中。由於街道很窄，對面的街燈被豎立在我們這邊的一棵樹的樹葉遮暗了。路邊停靠著一排沉默的大車，偶爾我會看見對面街燈的白光在那些車上閃耀跳動。

當天深夜，當人行道上的桌位清空、甜點店也準備打烊後，朋友打了個呵欠問我有沒有把手表調成紐約時間。我告訴他我戴了十五年的手表在飛行途中壞了，我說著摘下表拿給他看，後來再也沒有戴過那只表。

警察看警察電視

「夥伴們，看看我的新手表。」其中一位警察說。

他伸直了手臂。我們共有三人坐在車子後座。我靠右邊車窗坐，旁邊是另外兩名警員。

「哪來的？」坐我旁邊的那人問道。

「跟人行道上一個人買的，八塊錢。」前座的警察說。

「明天就會壞了！」另一人說。

「我已經戴兩天了。」

我們正行駛在西側公路上，沿著哈德遜河往南，今天早上的目的地是法院。一個月前我遭人襲擊。襲擊我的那群年輕黑人手腳太不俐落被逮了，我之前已經去指認過，如今因為他們對所有罪行都坦承不諱，法院便傳喚我出庭作證。前一天檢察官打電話給我時，發覺我作證的意願不高，或許是擔心我臨陣脫逃，便跟我說今天早上會有警車來接我。坐在我旁邊這兩名金髮警員也要作證。這群笨拙的年輕罪犯是這兩人抓到的，當時他們就站在襲擊我的地點約莫兩條街外，等著下一個受害者。

駛進市區後，警察開始討論起一部電視影集。從他們的對話大概可以猜到劇中人物也是紐約警員，也開著和我們現在搭乘的這輛一樣、藍白相間的車子跑來跑去，也和同樣的幫派份子與毒犯作戰，並承受同樣的職業倦怠之苦。我不禁想起十九世紀那些會把自己想像成小說女主角的鄉下女孩和悶悶不樂、成天作白日夢的家庭主婦，因為這些警察也是把自己當成影集中的主角，此時談論影集就像談論自己的生活。不過他們使用的語言不一樣，咒罵的話語我多半都是頭一次聽到。

經過中國城之後抵達法院，再次展開漫長的電梯之旅往上爬升，然後他們帶我到檢察官辦公室。她不像我想像中的檢察官，倒是比較像一個甜美親切的昔日同窗。很快地告知我幾件事情後，她說了一句：「我馬上回來，」便衝了出去。

她的桌上全是文件紙張，為了打發時間，我心想看看無妨：這是攻擊我的那些男孩的供詞。我本來就知道他們用的不是真槍，但還是覺得生氣。他們說我是「白人」。他們用從我身上搶走的二十元去買快克。這時我忽然察覺到自己或許不該看，便將文件放回桌上，轉而翻閱起放在旁邊的一本厚書：《檢察官偵訊手冊》。我讀到為什麼檢察官不能起訴一個與凶手串通、拒絕透露埋屍地點的辯護律師。檢察官回來了。

「你好像不想當證人。」她說道。這時我們已經離開她的辦公室，走在走廊上。

「我為那些孩子感到難過。」我說。

「哪些孩子？」

「攻擊我的那些。他們會被關幾年？」

「可是他們搶走你二十塊錢，你知道他們拿那些錢去做什麼嗎？」她說。

我們搭電梯下樓，法院位在對街的另一棟高樓。檢察官將文件抱在胸口，模樣像個大學生，一面向擦身而過的其他檢察官打招呼，一面友善地跟我說一些關於她自己的事：她來自內華達州，在阿肯色州主修海洋生物，直到後來才找到自己必須走的路。

「什麼路？」我問道。

「法律。」她嘴唇嘟成圓形。

接著又是一趟電梯之旅。沒有人說話，每雙眼睛都盯著門上方連續閃動的數字。出電梯後，檢察官來到走廊上一張長椅旁停下腳步。

「你在這裡等。法官傳你的時候，就把我們上次見面你跟我說的話再跟他說一次。」她說。

「希望這是最後一次。」我說。

她走開了。我不能進法庭，便坐在長椅上等。不一會，載我過來的警員也來了，但他們坐沒多久又重新起身。我出於好奇，過去問他們是怎麼回事。

「嫌犯到了，可是電梯故障。」其中一人告訴我。

「我很好奇，他們為什麼坦承所有的事？」我說。

「因為我們對他們太好了，就這麼簡單。」另一位留著細細的小鬍子的警員說。

「但我不明白他們為什麼要供認其他所有罪行，」我說道：「這樣不是會增加刑期嗎？他們會被判幾年？」

「每件搶劫案四年，所以是二十八年。」

「沒有人能替他們辯護嗎？」

戴新手表那人已經開始顯得氣惱，開口說道：「先生，我們可沒碰他們一根寒毛。那天晚上我沒東西吃，可是他們有。你懂我的意思嗎？」

另一位員警試著解釋：「我跟他們說如果全部認罪，我會告訴法官他們不是壞人，他們就會被判得輕一點。他們以為我和法官是高中同學。」

他們倆都笑起來。

戴新表的警員指向走廊另一端。「那個就是要出庭作證的人。他知道怎樣可以留下好印象。」

「我是他們的朋友。」留小鬍子的警員說。

他們又笑了。我走回長椅。兩名警員被傳喚出庭。我又等了許久，長椅這邊受到日光直接照射，我已經開始流汗。我站起身來，開始在空盪盪的長廊來回踱步，接著停下來看著紐約的高樓輪廓。所有的摩天大樓和告示牌好像眼看就要崩塌在我眼前。又過了一段時間，檢察官終於出現。

「原來你還在啊？電梯壞了，嫌犯正在爬樓梯上來，我們還在等他們。」

片刻過後，警察回來了。他們正在私下交談，我忍不住聽了他們的談話內容。他們有一位朋友休假日當天在自家門前目擊一樁車禍，被肇事逃逸的嫌犯開槍射傷。由於這名逃犯也知道他的住址，於是那個沒有當班的警員開始接到恐嚇電話，而且當時他已經搬到另一個社區。接著兩名警員一邊笑談其他事情，一邊從我身邊經過進入法庭。過了好久都沒有人出來。我坐在安靜無聲的走廊上，心想他們已經把我忘了。天花板的燈和走廊上空空的單人椅與長椅，倒映在光亮的大理石地板上。我又出了一點汗。過了一會，檢察官又出來了。

「他們已經進了法院，但現在卻找不到人。」她說。

「不是正在爬樓梯上來嗎？」

「我們還在等。」

她走開來，我看著她的高跟鞋踩過大理石地板。她的步態讓我想到用手指模仿人走路的樣子。她走進法庭的門，消失不見。現在我已經不想再看表，所以也不知道自己無所事事、光是坐在那張長椅上流汗過了多久時間。不知道那名員警的新表壞了沒有。我又起身去看曼哈頓的天際輪廓，看起來像在吐著蒸氣，我凝視雲層，試圖從中悟出某種意義。許久、許久之後，檢察官再度現身。

「嫌犯在大樓裡面不見了，到處都找不到人，所以法官將聽證延後。你可以走了。」

再次搭了很久的電梯回到街道上後，我想洗把臉，便走進一家餐廳。侍者說：「洗手間只提供給餐廳顧客使用，你得坐下來。」

「我要一份漢堡。」我說道，但沒有坐下。

「只要漢堡就好？」

「是的。」

然後我走進洗手間洗臉。

沒有味道的肉桂捲與美麗遠景

我告訴他們說麵包店裡買來的肉桂捲失去了原有的風味，他們嘲笑我。那是一個陰雨的週六下午，我們邊喝茶邊討論要不要去參加哥倫比亞大學為學生辦的聚會。他們解釋說會讓人一走進麵包店就想買甜麵包捲的那種香甜肉桂味，其實是店家在店裡噴灑的人工香味。受香氣欺騙的顧客就會很想吃吃這些麵包捲，但事實上後面連烤箱都沒有。你也許可以說這是「幻想破滅」，就像一般人常說的，或者平鋪直敘一點，就是沒有味道。但也可以說店家的行為形同詐騙。

在習慣這座城市之前，一天下來要花很多時間去思索這些不存在的味道。我們還知道真正的磚牆是什麼樣子、如何砌成，因此把一道混凝土牆建造得像磚牆就是一種詐騙，只是對大多數人無關痛癢。可是看到有人開始蓋起巨大的仿冒建築，你又作何感想？如今在紐約市到處林立著浮誇的後現代建築，而負責設計的建築師就是在仿冒。這些建築師還會特別強調自己蓋的大樓是仿冒品這個事實，看看那些巨大的玻璃帷幕、那些近乎中古風的扭曲與彎折，我不禁懷疑它們會不會其實並不想有任何特色。會不會只是想欺騙我們，所以裝出不是自己的樣子？但話說回來，欺騙得這麼明顯還能叫欺騙嗎？

同樣奇怪的現象還有廣告、廣播標語、告示牌和電視上美麗的模特兒，也都會公然騙人。你知道冰淇淋裡一塊一塊紅紅的東西是經過人工調色不是草莓，你知道就連作家也不相信自己的書封底那些誇大的介紹，你知道四十年來經常公開露面的知名女星，已不像她那張拉過皮的臉所顯現那麼年輕，你也知道雷根的演講稿是別人替他寫的。但是我不覺得有很多人在乎。也許，那個走過第五大道的疲倦市民會這麼解釋：「我應該在乎這朵賞心悅目的花其實是塑膠花嗎？我只在乎它看起來舒服，令人心情愉悅。」

一個初來乍到紐約的人對這一切可能會有更多不同的解讀。萬一這裡人真的就像無味的肉桂捲呢？萬一他們樂於助人的笑容與友善的小問題並非出自真心呢？萬一他們是想愚弄我呢？如果在某次搭電梯的漫長時間裡，有另一名乘客忽然問我好不好，他是真的想知道我好不好嗎？旅行社那位小姐在確認完我的訂位之後，是真的對我的計畫細節感興趣，或只是覺得有必要裝出感興趣的樣子？他們問我這些關於土耳其的蠢問題，純粹只是想找話題聊，或是真的好奇呢？他們為什麼老是對我微笑，為什麼老是在道歉，為什麼這麼關心人？

吃無味肉桂捲的那個雨天下午過後，朋友對我的無味論幾乎失去耐性。我想必是來自一個太強調對與錯、善與惡、美味與無味的國家。我對於自己知之甚少的事情解讀得太多，好像期望不具名的組織、陌生的企業、電視旁白和貼滿大街小巷的廣告，能像個鄰居或朋友那麼真誠地對我說話。接著，我們想起某個共同的朋友，全都殘酷地放聲大笑。

他擁有博士學位，是他那個領域的專家，他說話絮叨，飽覽群書。他會像猴子一樣舔嘴唇，然後貪婪地吸收所有關於社會學、心理學與哲學的最新觀念。我們的確承認（儘管是帶著笑意）

他比大多數在附近幾所大學教書的平凡的鄉巴佬更優秀，但他就是找不到工作。然後我們重述他妻子哀怨地說過的話：現在有些人會告訴他要找工作就得挨家挨戶去拜訪，要讓別人認識自己，要寄求職信，他卻對他們說：「我不會去找他們，應該是他們來找我。」在此之前，其他多數朋友都已放棄，不再試圖讓他改變心意。最後這些朋友很快也都放棄了，對他保持沉默以示尊重，而他也感謝他們的沉默。

說到這裡我們又回到大學派對的話題。我們都知道一走進那個燈光明亮的廳堂，無味的感覺又會再次強烈襲來。在門口，會有個人為了幫助我們應付這麼一大群人，將我們的名字寫在大大的標籤上再貼到我們的衣領。室內會浸在一片黃得有如炸薯條的燈光中。我已經可以想見其他賓客緊握酒杯站在那裡，以目光四下搜尋的無助面容。就像超市架上的商品，我們會讓別人介紹我們，而為了同樣目的還會短暫交談一番。我們會指出自己的特點、興趣領域、說話方式、思維能力、幽默感、適應力，以及關於自身文化的概論與深入資訊來自我推銷。一如蛋黃洗髮精會和蘋果洗髮精區隔開來，我們也會開始依照自己被分配在紐約社交架上的位置各自就位。

我這兩位（夫妻）朋友皺起臉來，似乎贊成我說的話。但是稍早我們還在笑說這裡的超市各式各樣的商品都有，真教人眼花撩亂。數以萬計的不同品牌、顏色、包裝、圖片、數字，全都端坐在這些寬敞、芳香的店內，等候目光飽覽。

當你的視線遊走在這些多采多姿的表面上，不會花太多時間去擔心可能受騙，就好像已經忘記表象與真實之間古老的哲學區別。你任由自己沉迷於這個購物天堂之美，大飽眼福。漸漸地，也就學會不去在乎家裡和麵包店裡的肉桂捲味道不一樣了。

「我現在有興致了，」朋友的妻子說：「至少可以出去見見人。」

於是我們決定去參加。

或許有人會空著手離開商店或派對，但在紐約沒有理由不讓眼睛享享福。

地鐵裡的相遇；或是「失蹤，視同死亡」

我匆匆進入閘門奔下樓梯，卻還是來不及。車門關上了，地鐵列車疾馳而去。當時是下午車班較少的時間，於是我坐在月台的一張長椅上等下一班車。外面又亮又悶熱，因此很慶幸能坐在這張涼爽的空長椅上。有一道布滿微塵的溫暖光線，從上方百老匯人行道的格柵板傾瀉而下，呈三角形，很像史前洞穴的一道陽光，從光線下走過的人看起來都像幽靈。有一對男女坐在我旁邊說話，我聽了一會。

「但他們還那麼小。」女人說。

「就這麼做吧。」男人晃著腿說：「我們也該對他們嚴格一點了。」

「可是他們是那麼幼小。」女人輕聲地說。

大概是這個時候，我第一次看到從光線底下經過的那張臉，但沒有認出來。直到看見他緊繃的身影沿著整個月台來回踱步，我才認出他。他是我高中同學，在伊斯坦堡念了兩年大學，牽扯到一點政治，忽然就失蹤了。後來我們才得知他去了美國，傳言說是他富有的雙親開始擔心他參與政治活動，便送他出國，但我知道他們家沒那麼有錢。忘了是誰告訴我的，後來我聽說他死了，好像是車禍或空難之類。我用眼角餘光打量他，內心並不感到興奮，然後我想起在紐約有個熟人曾經提起他認識另一個來自伊斯坦堡的人，給了我他的名字，還說他在電力公司上班。這是前不久的事。不知為何，當時沒有想到之前聽聞過他的死訊。若是記得，我想我也不會太驚訝，只會像現在一樣想著：這兩個傳聞只可能有一個是真的。

當他走到角落，倚在一根支撐著上方大道的巨大鐵柱旁，我起身走了過去。

聽到我喊他的名字，他面露詫異。

「我是。」

他留了土耳其式的鬍子，但在紐約看起來像墨西哥人。

「你認得我嗎？」我用土耳其語問道，但從他茫然的表情看得出來他不認得。我還留在過去，在他十四年前離開的生活中。

我說出自己的名字後他想起來了，立刻便看出十四年前的我。接著我們互換訊息，好像有必要向對方解釋自己怎麼會站在第一一六街底下的某個曼哈頓地鐵站裡。他已經結婚，從事電信業——不是電力公司。他是工程師，妻子是美國人，住在布魯克林，離這裡很遠，但是自購的房子。

「聽說你在寫小說，是真的嗎？」他問我。

就在這時候，列車轟隆轟隆進站了，那噪音依然令我震驚。當車門打開，兩人沉默片刻後，他問了我另一個問題。

「博斯普魯斯大橋真的完工了嗎？」

走進車廂時，我微笑著回答他的問題。車廂內又熱又擠，有各個種族的人，有穿著球鞋、從布朗克斯和哈林下來的年輕人。我們像兩兄弟似地並肩而站，握著同一根立桿，可是當我們被甩得搖來晃去，望向對方的眼神卻很陌生。剛認識他的時候，他除了不吃大蒜也很少剪指甲之外，沒有什麼奇怪之處。他跟我說了些話，淹沒在列車噪音中。直到在一〇九街停車時，我才弄明白他問了什麼。

「載貨馬車也能過博斯普魯斯大橋嗎？」

我又說了幾句話，這回不帶笑容。令我愕然的不是他的問題，而是他傾聽我回答時的專注。不久，列車吵得讓他聽不見我的聲音，他卻仍滿臉理解地看著我，就好像我說的字字句句他都聽到了。當列車停在一〇三街，我們之間出現一陣緊張的沉默。接著他忽然怒氣爆發，問道：「他們還會監聽電話嗎？」然後發出令我脊背發涼的狂笑，大喊一聲：「一群白痴！」

他開始興奮地告訴我一些事情，被隆隆的車聲壓過去了，我聽不清。我看著我們並置在立桿上的手，發現竟然那麼相似，卻絲毫不感到快樂。他手腕上有一只顯示紐約、倫敦、莫斯科、杜拜和東京時間的表，就和我的一樣。

到了九十六街，出現了些許推擠。月台另一側有一輛快車。他很快地記下我的號碼，隨後消失在兩輛列車之間推來擠去的人群中。兩輛車同時離站，當快車緩緩超越我們，我從車窗看見他正盯著我看：好奇、懷疑、充滿輕蔑。

我很慶幸他沒有打電話，心想八成是弄丟了號碼，不料一個月後，他真的在半夜打來了。他拿一堆惱人的問題轟炸我：我想不想申請美國公民、我為什麼來紐約、我有沒有聽說黑手黨最近一次為何殺人、我知不知道為什麼華爾街的電話與電力公司的股價會跌……我一一回答他連續不斷的問題，他也很仔細聆聽，偶爾指責我前後矛盾，活像個試圖抓出嫌犯說謊證據的警察。

十天後他又打來，這次時間更晚，他也喝得更醉。他講述了一個又長又詳細的故事，主角是一個叛逃到美國的蘇聯特務安納多利・左林斯基。從報上發現他曾經和美國中情局幹員約在四十二街某棟大樓見面後，打電話給我的這個同學便前往偵查，他先進一家理髮店修整鬍子，又撒了幾個小謊而逮到了那名間諜。我也像他之前對我那樣，試著指出他說詞矛盾之處，他卻惱羞成怒，問我到紐約來做什麼，接著發出和他嘲笑博斯普魯斯大橋相同的狂笑聲後掛斷電話。

過沒多久他再次打來，幾乎是半跟我說話半跟老婆吵架，因為妻子不斷提醒他太晚了。他談到他工作的那家電信公司，說他能竊聽全世界的任何對話，說他自己的電話也遭到竊聽。緊接著毫無預警地，他問起大學時代認識的幾個女生：誰跟誰在一起？相處得如何？會不會根本處不來？我跟他說了幾個最後步入禮堂的無聊故事，仔細聽完後，他又發出輕蔑的笑聲。

「那個地方就是不可能有什麼好事發生，完全不可能！」他說。我想必是驚呆了，還沒能再開口之前，他又得意洋洋地說：「你聽到了嗎，兄弟？那裡什麼好事都不會有，永遠都不會有！」

接下來兩次講電話，他都頗富興味地重複這句話，作為重點強調。他談到間諜、黑手黨伎倆、監聽電話，以及電子業的最新發展。偶爾我也會聽到他妻子的微弱聲音。有一次她企圖從丈夫手上取過酒或是聽筒。我想像著布魯克林另一端，某棟高樓當中的一間小公寓，分期付款三十年後就是你的。有個朋友告訴我在沖馬桶的時候，水管會尖聲哀嚎，而且不只有自己家聽得到，而是八間對稱分布、共用管線的公寓都聽得到，那嘩啦啦的水聲還會把所有蟑螂嚇得從藏身處爬出來。後來，我很遺憾沒有問他這件事。他倒是在凌晨三點問了我這個。

「土耳其有玉米片了沒？」

「有人想做成玉米煎餅賣，不過沒有成功。」我說：「消費者會淋上熱牛奶。」

他又是一陣狂笑。「現在是杜拜上午十一點！」他大喊：「杜拜，伊斯坦堡……」他掛電話時聽起來很愉快。

我以為他會再打來，可是沒有，不知為何我感到不安。一個月過去了，某天我碰巧又看見那道幽靈似的三角漏斗形光線透過格柵射在地鐵月台上，便決定去找他，半因為想刺激他一下，讓他心神不寧，半因為好奇。我在布魯克林的電話簿裡找到他的名字。接電話的是個女人，但不是他老婆。她請我再也不要打這個號碼。這個號碼原先的主人出車禍死了。

香菸恐懼症

我八成是想像小說內容想得失神了，我想必是坐在房間裡，菸一根接著一根地抽，所以沒看見他，後來才聽人說起。名演員尤伯連納（Yul Brynner, 1920-1985）臨死前，現身於電視螢幕。這位光頭演員我始終不怎麼喜歡，他演的電影我也不太喜歡，他衣著凌亂地躺在醫院病榻上，痛苦地呼吸，並直視著觀眾說出以下這番話：

「你們看到這個的時候，我已經死了。我即將死於肺癌。這全是我的錯。現在我將痛苦地死去。雖然我富有又成功，原本可以活得更久，可以享受人生，但是不可能了，全都因為香菸。請各位不要像我一樣，現在就戒菸吧，否則你將永遠無法盡情享受人生，你將會枉死。」

友人看了這段錄影深受衝擊，聽他說完後，我微笑著遞給他一根萬寶路，我們倆一同將菸點燃。然後我們凝視著彼此的臉，卻笑不出來。在土耳其，我總是不用多想就能抽菸，雖然知道在紐約會有點麻煩，卻沒想到這麼麻煩。

最讓我難受的不是在電視和廣播聽到的，或是在報章雜誌上看到的訊息。我已經習慣這種宣傳手法，已經看過許許多多可怕影像，諸如被焦油阻塞的肺、充滿焦油看起來像黃色海綿的肺部模型、尼古丁造成的血凝塊阻塞血管導致心臟病發，還有彩色圖片顯示一些倒楣的心臟因為長在抽菸者體內而衰竭。若有雜誌專欄嘲笑還在抽菸的笨蛋和抽菸毒害胎兒的孕婦，我會茫然地視而不見，我也會一面注視著被香菸煙霧繚繞的墓碑圖像，一面平靜而認命地抽自己的菸。以前舊公寓側面常會看到萬寶路香菸和泛美雪茄的廣告，比起這些廣告所宣傳的愉悅享受，又或是比起電視上閃現的可口可樂和夏威夷的影像，香菸可能導致死亡的威脅對我並沒有造成更大的影響。這種死亡已經被徹底闡明了。我已見過所有影像，還是刻印不進心裡。在紐約，香菸帶給我的是另一種問題：我可能在參加某個只有啤酒、薯片和莎莎醬的聚會上，不經意地點起香菸，這時我會看見眾人紛紛走避，好像怕被我傳染愛滋似的。

他們走避的不是香菸的煙可能導致的癌症，而是抽菸的人。我漸漸才明白，在他們眼裡我的香菸象徵著缺乏意志力與修養、失序的人生、冷漠，以及美國人最大的噩夢：失敗。後來有個熟人，他自稱來到美國五年已徹底改頭換面，但畢竟還是改不掉土耳其人創造無用分類與提出不恰當理論的民族習性。他告訴我紐約人分為兩類：抽菸和不抽菸。第一類人會拿著刀、槍和香菸，去搶劫那些戰戰兢兢走在暗路上，有時甚至是大白天裡的第二類人，除此之外，幾乎不會看到這兩類人發生任何階級衝突。相反地，報紙與電視台倒是十分努力地想藉由（在每家店和每個社區價錢都不相同的）香菸，在廣告當中結合這兩個壁壘分明的族群。廣告中吞雲吐霧的模特兒，看起來一點也不像尼古丁上癮者，卻更像那種努力工作、極具意志力與修養，而且不抽菸的人。你會聽到一些振奮人心又快樂的故事，敘述某些人成功地從抽菸族變成不菸族。

那個徹底改頭換面的熟人告訴我，他以前是如何接觸到一個幫人戒菸的組織。最初幾天，尼古丁戒斷症狀幾乎讓人難以忍受，他便打了求助專線。電話另一頭那個充滿憐憫的甜美聲音告訴他，一旦剔除了這個習慣他會有多快樂，現在只須再咬牙忍耐一下。這位熟人繼續說對方告訴他，他所經歷的這些痛苦是有意義的，或許甚至有精神層面的意義，而他說這些話時臉上甚至沒有一絲笑意。我點起一根菸，立刻讓他陷入驚慌，也降低了對我的評價。如今我知道了，在麥迪遜大道上乞討香菸的黑人令人同情，並不是因為他沒有錢買菸，而是因為他抽菸，這個人沒有意志力、沒有修養，對人生幾乎沒有期望。一個有抽菸傾向的人也難怪會淪落為乞丐。在紐約，憐憫已逐漸蔚為風潮。

中世紀時，人們相信上帝降疫病之災於世間是為了區隔有罪與無罪之人。如果你能猜到有一部分染上疫病的人或許會排拒這種想法，便理應了解為什麼抽菸的美國人會如此急於證明自己是好公民。每當一群人圍聚在會議室或工作場所的菸灰缸旁，或是在吸菸室（如果有的話）開會，這些受詛咒的癮君子很快就會告訴你他們馬上就要戒菸了。其實他們是好公民，但因為對於缺乏修養、意志力與成功事業而養成的這個習慣感到遺憾，便認為自己只是一時軟弱。他們心裡自有一套說法，能讓他們脫離竊賊與罪人的境地：只要解決了和情人之間的問題、只要把未完成的論文寫完，或只要找到工作，他們就會放棄這個可惡的習慣，加入生活健全的美國人之列。有些人甚至可能為自己黏著菸灰缸的罪惡行為心下不安，便試圖向他人證明自己其實是清白的。他們會告訴你他們平常根本不抽菸，只是因為當天過得特別不順才會抽這麼一根，或是說那香菸的焦油和尼古丁含量非常低，事實上他們每天只抽三根而已，而且你也看到了，他們沒有隨身攜帶火柴或打火機。

但在這些罪人當中總有少數幾人太過沉迷於罪惡的生活，以至於自豪而欣然地接受這項習性——至少在自己家裡。我便遇見過快樂、文雅、自律又富有的老一輩人，抽菸抽了一輩子從不曾想放棄，至於香菸可能導致早逝，他們也聽天由命。同樣這群人之中的某些人，與在工作場所禁菸的年輕商業人士起衝突時，可一點也不認命，他們認為這是抑制個人自由。我記得曾和一個年長許多的作家坐在一間簡餐店的前側窗邊，一面看著從旁駛過的黃色計程車車頂的香菸廣告，一面細說香菸的滋味。套義大利的俗語說，他也是「抽菸抽得和土耳其人一樣凶」。就像個閒散的貴族談論稀世美酒一般，他說到駱駝牌長菸的嗆味和肯特牌短菸細緻的好味道，我覺得他無畏地欣然接受的是我們的罪惡之味。只要一提起香菸，就會帶來熱愛生命與恐懼死亡的衝突矛盾，這不禁令我納悶：紐約的香菸意識形態莫非是一種宗教？

四十二街

他們在四十二街的轉角碰面，沒有停下來交談，直接往南走，然後進入第一間找到的簡餐店。開始下雨後，在第五大道上兜售無線電話與收音機的黑人都從路上撤離了。餐廳裡瀰漫著蒸氣和油煙味。有一排餐桌及紅皮高背沙發座與櫃台平行。男人坐在靠牆的沙發座，脫下舊外套後細心地放在身旁座位上。女人就座後也脫下外套。櫃台邊有個上了年紀的男人坐在高腳凳上，邊看報紙的體育新聞邊打瞌睡。

「別把手提包掛在那裡。」男人對女人說：「要是有人抓了就跑，誰也來不及攔阻。」

女人隨意瀏覽著菜單。他倆都將近三十歲。當男人開始緊張地摸找香菸，女人把原本掛著的袋子取下，放到身旁的外套上面。

過了好一會她才開口說：「情況不妙，他們不要再訂釦子了。」

「為什麼？」

「我已經做給他們的那些賣不掉。」

「你拿到錢了嗎？」

「他們先付了一半。」

「那耳環呢？」

「他們不要釦子，也不要耳環。」

釦子其實是手鍊，她設計了一些木珠和耳環，以一對兩塊錢的價格賣給街頭擺攤的一個老太婆。她也記不得為什麼把手鍊稱為「釦子」，八成是因為看起來就像釦子吧。

「你覺得我應該去找工作嗎？」女人問道。

「你也知道這行不通，」男人說：「你要是去上班，就沒時間畫畫了。」

「我的畫一幅也沒賣出去過。」

「以後會的，」男人說：「要不我們打電話給巴里胥？他想看看你的畫室。」

他和巴里胥是伊斯坦堡大學的同學，現在這位老友正好來紐約和一家電腦公司開會。

「你覺得他會買嗎？」女人問。

「他的確說過想看看你的畫室。不買的話，看畫室做什麼？」

「說不定是好奇。」

「要是看到喜歡的，他就會買了。」男人說。

服務生來為他們點餐。

「兩杯咖啡。」男人說完，轉頭問女人：「你要喝咖啡吧？」

「我也想點些吃的。」女人說，可是服務生已經走開。他們安靜了片刻。

「巴里胥住哪間飯店？」男人問。

「他什麼也不想買，」女人說：「他只是想看看。我不想因為他可能會買畫就打電話給他。」

「他如果沒興趣想買，怎麼會想看畫室呢？」男人說：「我無法想像在伊斯坦堡做生意的他，竟然會喜歡上新表現主義。」

「他只是想知道我在幹嘛，就這麼簡單。」女人說：「他想看看我在什麼樣的地方工作。」

「不過，現在他應該全都忘了。」

「忘了什麼？」

「忘了他說過的話，說他想看你的畫。」

「他沒說想看我的畫，他說的是想看我的畫室。」女人說：「他是個好男孩。我何必設計他來買連紐約人都不買的畫？」

「如果你覺得你是在騙那些想買你畫的人，那你的畫永遠也賣不出去。」男人說。
「如果一定要這樣才能賣畫，那我寧可不賣。」
接下來一陣沉默。
「大家都是這樣賣東西的，總會先賣給朋友。」男人說。
「我不是為了賣畫給土耳其的老朋友才來住在紐約。」女人說：「這不是我來紐約的目的。反正，我也不覺得他會買。」
「那你告訴我，你當初為什麼來紐約？」男人憤憤地問。
服務生端了兩杯咖啡過來。女人沒有回答。
「你告訴我呀，當初為什麼來紐約？」男人再問一次，這次有了火氣。
「拜託，你別找碴！」女人說。
「我知道你為什麼來。你不是為我來的，現在也可以清楚看出你也不是為了畫畫來的。你來這裡好像是為了替耳環手環和廁所設計一些小圖樣。」
他知道這麼說會惹惱她。女人為一家專門生產男女廁所標誌的公司設計了數百種圖案，圖樣包括雨傘、雪茄、高跟鞋、男女剪影、圓頂禮帽、手提包、尿尿小童。剛開始她總會笑著說這些事，現在卻十分痛恨。
「好啦，巴里胥住在廣場飯店。」女人說。
「廣場是上等人住的地方。」男人說。
「你不打給他嗎？」

男人起身走向餐廳另一頭，在電話簿找到飯店號碼後撥了電話，女人注視著他好一會。他的臉色蒼白，但身材魁梧，體態好又健康。他身後有幾張這種場所常會看到的海報：希臘與愛琴海，「搭乘泛美光臨陽光天堂羅德島」。七一二號房沒有人接電話。他回到座位。

「那個好男人不在！」

「我沒說他是好男人，我說他是個好男孩。」女人小心地說。

「如果他只是個好男孩，怎麼會住在廣場飯店，又怎麼會賺那麼多錢？」

「他是個好男孩！」女人固執地說。

「我們剩下的錢不夠撐到禮拜一，他卻在廣場飯店吃生蠔龍蝦，而他是個好男孩。」

「你知道嗎？」女人懷恨地說：「你這樣空等也沒用。我絕對不會回土耳其。」

「我知道──」

「你知道我為什麼不回去吧？因為我受不了土耳其男人。」

「但你是土耳其女生，」男人氣憤地說：「你是個想不出辦法把自己的畫賣掉的土耳其女生，如果那些也能叫做畫的話。」

兩人陷入沉默。有人在另一頭的點唱機投入硬幣，餐廳裡響起優美柔和的音樂，隨後加入一個藍調歌手疲憊煩憂的嗓音。他們聆聽著。當女孩顫抖的手離開桌面，開始往外套口袋和手提包裡緊張地摸索，男人便明白了：她在找不見了的手帕，要擦眼淚。

「我要走了。」男人說著站起身來，拿起外套走了出去。

此時雨勢變大了，街道也更為陰暗。摩天高樓燈光之間的小片天空漆黑如夜。他走到四十二街左轉。不久前還在叫賣無線電話的那些人，現在改賣起雨傘，一支支雨傘掛在手臂與腿上。走到第六大道時，天開了。路人從潮溼的人行道上走過時，站在通道口與店門口、身上輝映著脫衣舞燈光的黑人，全部都反覆念誦著同樣字句，好像大夥一起學會似的：「壞女郎、炫女郎、兔女郎，女郎—女郎—女郎。快來啊，快進來看看，先生，快來看，快來看。我們有私密雅房、有單面鏡、有現場秀、有貨真價實的奶頭，女郎！女郎！女郎！進來看看吧，來看喔。」有些男人還沒決定，便站在外面看海報：「狂野小孩的美夢，溼唇，飢渴難耐」。經過第七大道附近一塊空地時，他聞到蘆薈的味道。一個陰暗的角落裡聚集著一群身穿長袍的巴基斯坦人，在販賣英語版古蘭經、巨大念珠串、瓶裝香精油和宗教小冊子。茫然盯著公車總站看了好久好久以後，他在陰暗天色下穿過四十一街回到第五大道。那間簡餐店名叫「湯姆之家」。女人已不在座位上，他向服務生詢問。

「剛才坐在這裡的女人離開了嗎？」

「剛才坐在這裡的小姐嗎？」服務生說道：「坐在這裡的小姐已經走了。」

《巴黎評論》雜誌訪談

The Paris Review Interview

問：《雪》是你到目前為止出版過最具政治意涵的小說。當初是怎麼發想的？

帕：……當權者以人格謀殺的宣傳手法展開反擊，開始針對我謾罵。我非常生氣。過了一段時間我心想，要不就來寫一本政治小說，探討我自己心理上的兩難：既是來自中上階層家庭，又覺得需要為那些沒有政治倚靠的人負責。我相信小說藝術，奇怪的是它竟能讓你感覺像個局外人。那時我便告訴自己要寫一本政治小說，而且一完成《我的名字叫紅》之後就立刻動筆了。

奧罕·帕慕克，一九五二年出生於伊斯坦堡，至今仍居住在此。土耳其共和國建國初期，帕慕克的家族靠著興建鐵路致富，而他就讀的羅伯特學院，則專為伊斯坦堡特權精英子弟提供非宗教的西式教育。少年時的他熱愛視覺藝術，但在進了大學建築系後，又改變心意決定寫作。如今他是土耳其擁有最多讀者的作家。

他的處女作小說《謝福得先生父子》出版於一九八二年，接著相繼出版了《寂靜的房子》（一九八三年）、《白色城堡》（一九八五年）、《黑色之書》（一九九〇年）與《新人生》（一九九四年）。二〇〇三年，帕慕克的《我的名字叫紅》（一九九八年）獲得了國際都柏林文學獎，這是一部以十六世紀伊斯坦堡為背景的謀殺懸疑小說，運用了多觀點敘述手法。該小說探討了他創作的幾個中心主題：在一個橫跨東西方的國家裡複雜的身分認同問題、兄弟間的競爭、分身的存在、美與創意的價值，以及對於文化影響的焦慮。以宗教與政治激進主義為重點的《雪》（二〇〇二年），是他正視現代土耳其政治極端主義的第一部小說，雖然在家鄉引起兩極的意見，卻更鞏固了他在國外的地位。帕慕克最近的一部作品《伊斯坦堡：一座城市的記憶》（二〇〇三年），是對（幼年與青年時期的）自己，與對故鄉的雙重描繪。

與奧罕·帕慕克的這場訪談分兩次在倫敦進行，並透過書信聯繫。第一次會談是在二〇〇四年五月，《雪》在英國出版的時候。我們特別預訂了一個房間進行訪問，那是位在飯店地下室，一個以日光燈照明、空調轟隆大響的商用空間。帕慕克來了，穿著淺藍色襯衫搭深色長褲，外面套了一件黑色燈心絨外套，他看了地點說：「我們可能死在這裡都不會有人發現。」於是我們另外在飯店大廳找了一個豪華、安靜的角落暢談三小時，中間只停下來喝個咖啡、吃個雞肉三明治。

二〇〇五年四月，帕慕克為了《伊斯坦堡》的出版重回倫敦，我們又在飯店大廳的同一個角落談了兩個小時。一開始，他顯得十分緊繃，而且事出有因。兩個月前，他在接受瑞士《每日新聞報》（*Der Tages-Anzeiger*）訪問時，提到土耳其說：「三萬庫德人和百萬亞美尼亞人在這塊土地上遭殺害，而除了我沒有人敢談論。」這番言論使得帕慕克遭受土耳其國內媒體的無情撻伐。畢竟，土耳其政府堅決否認在一九一五年對亞美尼亞人進行種族滅絕大屠殺，而且立法嚴禁討論目前仍在持續中的與庫德族的衝突問題。帕慕克不願公開談論這項爭議，希望風波能盡早平息。然而到了八月，在瑞士報紙上的言論導致帕慕克被以觸犯土耳其刑法第三〇一條「公然誹謗」土耳其身分罪遭到起訴，該罪名最高可判三年徒刑。儘管國際媒體義憤填膺地報導他的案子，歐洲議會與國際筆會也向土耳其政府提出嚴正抗議，但本刊於十一月中付印時，帕慕克仍預定於二〇〇五年十二月十六日出庭應訊。

——安傑・古利亞・昆塔那（Ángel Gurría-Quintana）

問：你對於接受訪問有何感想？

帕：我有時候會緊張，因為對某些沒有意義的問題，我會作出愚蠢的回答。不管是用土耳其語或是英語都一樣。我很不會說土耳其語，老是說出愚蠢的句子。在土耳其，我的訪談內容受到的攻擊比我的書還多。那邊的政論人士和專欄作家不看小說。

問：通常你的書在歐美獲得的回應都很正面。你在土耳其的評價如何？

帕：好日子已經結束了。出版最早那幾本小說時，上一代的作家正逐漸凋零，所以我很受歡迎，因為我是新作家。

問：你說「上一代」，有特別想到誰嗎？

帕：覺得自己對社會有責任的作家，認為文學對於道德觀與政治有幫助的作家。他們是道地的現實主義者，沒有實驗精神。他們就像許多貧窮國家的作家一樣，浪費自己的才華為國家效力。我不想像他們那樣，因為即使年輕時，我就喜歡福克納、吳爾芙、普魯斯特，從來不渴望效法史坦貝克（John Steinbeck, 1902-1968）和高爾基（Maxim Gorky, 1868-1936）等社會寫實主義典範。六〇、七〇年代產生的文學逐漸過時了，所以我是作為新一代的作家而受到歡迎。

九〇年代中期之後我的書開始熱銷，那是土耳其從來無人想像得到的盛況，而我和土耳其的媒體及知識份子之間的蜜月期也跟著結束。從那時起，我得到的評價多半是對廣告與銷售數字的反應，而不是針對書的內容。如今很不幸地，我因為評論政治而聲名狼藉，這些言論多半都是從國際媒體的訪談中擷取的，還受到土耳其一些愛國記者的無恥操弄，讓我顯得比實際上更偏激、對政治更無知。

問：這麼說，你的名氣招致了不友善的反應？

帕：我強烈認為這算是對我的銷售數字和政治評論的懲罰。但我不想繼續這麼說，因為聽起來像是在自我辯護。我也許扭曲了全貌。

問：你都在哪裡寫作？

帕：我總覺得睡覺的地方或是和另一半共有的地方，應該和工作的地方分開來。家庭裡的習慣行為與細節會扼殺想像力。這些會殺死我內心的惡魔。家庭中單調的日常例行公事會讓你對另一個世界的渴望漸漸消失，而那是想像力運作所需要的世界。所以多年來，我都是在家以外另找工作室或一個小地方工作。我總會有不同的公寓。不過之前我前妻在哥倫比亞大學修博士的時候，我在美國待了半個學期。我們住在已婚學生的宿舍公寓，根本沒有空間，我只好在同一個地方睡覺寫作，四周都是會讓人想到家庭生活的事物，我覺得好煩。早上，我會像要出門上班地向妻子道別，離家之後走過幾條街再回來，就像來到辦公室。十年前，我找到一間俯臨博斯普魯斯海峽的公寓，可以眺望舊城區。那可能是伊斯坦堡最美的景致之一了。那裡離我住的地方走路二十五分鐘，裡面放滿了書，我的書桌就面向窗外。我平均每天會在那裡待十個小時左右。

問：每天十小時？

帕：對，我是個工作狂，我樂在其中。有人說我野心很大，或許也有幾分真實性，但我確實熱愛自己在做的事。我坐在書桌前總是非常享受，就像個孩子在玩著玩具。基本上那是工作，但也是好玩的遊戲。

問：《雪》裡面和你同名的敘述者奧罕，描述自己每天會在相同時間坐下來，像上班族一樣。你寫作的時間也這麼規律嗎？

帕：我是在強調小說家有上班族的特質，和詩人不同。在土耳其詩人向來有極高聲望，當詩人是一件受好評與尊敬的事。大多數的鄂圖曼蘇丹和政治家都是詩人，但和我們現在了解的詩人不一樣。數百年來，這是一種奠定自己知識份子地位的方式。這些人多半會把詩收錄在稱為「締凡」（divan）的詩集中，事實上，鄂圖曼的宮廷詩就叫做「締凡詩」。鄂圖曼的政治家有半數會創作締凡。這是一種細膩的、經過訓練的寫作方法，有很多規則和慣例。非常千篇一律，不斷地反覆。西方觀念傳到土耳其後，這項傳統便結合了浪漫主義與現代主義的觀點，將詩人視為渴望追求真相者。這也更增添了詩人的聲望地位。反觀小說家，基本上就是個像螞蟻一樣，秉持耐心慢慢往前爬的人。小說家令人感動的不是他如魔鬼般的浪漫幻想，而是他的耐力。

問：你寫過詩嗎？

帕：我經常被問到這個問題。我十八歲的時候寫過，也在土耳其發表過幾首詩，但後來放棄了。我的解釋是我發覺詩人是為上帝發聲的人，你必須讓詩附身。我試著寫詩，經過一段時間以後卻發覺上帝沒有跟我說話。我對此感到遺憾，於是我試著想像：如果上帝要透過我發聲，他會說什麼？然後我開始寫得鉅細靡遺、寫得很慢，試圖找出答案。這是散文式的書寫，是小說寫作。所以我像個上班族一樣工作。有些作家認為這個比喻有點羞辱的成分，但我承認，我就是像上班族一樣工作。

問：你會不會認為隨著時間過去，寫作對你來說愈來愈簡單？

帕：很可惜不會。有時候我覺得筆下人物應該進入一個房間，我卻還不知道要怎麼讓他進去。也許我現在變得比較有自信，有時候這並沒有幫助，因為這樣一來你就不會作實驗，只是想到什麼就寫什麼。我過去三十年都在寫小說，因此應該是有些進步，可是有時候還是會被困在死胡同裡，感覺好像永遠走不出去。某個角色進不了房間，我也不知道該怎麼辦。還是一樣啊！經過三十年了。

就我的思考模式而言，把書分成章節是很重要的。寫小說的時候，如果事先知道整個故事線的發展（我多半是知道的），我就會分出章節來，再細想每一章的情節內容。不一定會從第一章開始，然後依照順序寫。要是寫一寫卡住了，這對我來說不是什麼大不了的事，我就繼續隨便寫我想寫的東西。譬如我可能從第一章寫到第五章，然後覺得沒興致了，就跳到第十五章，從那裡繼續寫。

問：你是說你會事先為整本書擬定詳細計畫？

帕：鉅細靡遺。比方說《我的名字叫紅》有很多人物，我會給每個人物分配一定數量的章節。寫作時，我有時候會想繼續「當」某個人物，所以在我寫完某個關於莎庫兒的章節，也許是第七章之後，我會跳到十一章，寫的還是她。我喜歡當莎庫兒。從一個人物或角色性格跳到另一個，有可能會讓我感到沮喪。

不過最後一章我總是最後才寫，這是肯定的。我喜歡逗弄自己，問自己結局應該如何。結局只能寫一遍。接近尾聲，快要結束的時候，我會停下來，重寫前面大多數的章節。

問：你寫作期間會有人讀你的作品嗎？

帕：我一向會把我寫的東西讀給同住的人聽。如果那人說「再多讀一點」或者「讓我看看你今天寫了些什麼」，我總是十分感激。這樣不只能提供些許必要的壓力，也很像母親或父親拍拍你的背說「做得很好」。偶爾那人會說「抱歉，這個打動不了我」，這也無所謂，我喜歡那個過程。

我總會想到湯瑪斯·曼，他是我效法的榜樣之一。他經常召集全家人，包括六個小孩和妻子，然後向聚集的家人誦讀。這個我喜歡，爸爸說故事。

問：你年輕時想當畫家。你的愛好是什麼時候從繪畫變成寫作的？

帕：二十二歲那年。我從七歲起就想當畫家，家人也都贊成。他們都以為我會成為知名畫家。可是後來腦子發生了一點變化，想必是有顆螺絲鬆了，我不再畫畫，而且立刻開始寫起第一本小說。

問：螺絲鬆了？

帕：我說不上來自己為什麼這麼做。我最近出版了一本書叫《伊斯坦堡》，有一半是我在那一刻之前的自傳，另一半則是關於伊斯坦堡的隨筆，或者說得精確一點，是一個孩子對伊斯坦堡的幻想。這本書結合了關於影像與景致的想法和一座城市的神奇變化，以及一個孩子對那座城市的感受，還有那個孩子的自傳。書中最後一句話寫道：「我不想當畫家，我要當作家。」沒有多作解釋。不過讀完全書或許能了解一點。

問：你的家人能欣然接受這個決定嗎？

帕：我母親很煩惱。父親比較能理解，因為他年輕時曾經想當詩人，還將梵樂希的詩翻譯成土耳其文，但後來因為受到他所屬的上流社會圈子的人嘲笑，也就放棄了。

問：你家人接受你當畫家，卻不接受你寫小說？

帕：對，因為他們認為我不會當全職畫家。土木工程是我們家的世襲職業。我祖父是土木工程師，築鐵路賺了很多錢。我的叔伯和父親把錢揮霍掉了，不過他們全都上伊斯坦堡科技大學的工程學院。他們也期望我讀那所學校，我說好吧，我去。但因為我是家族裡的藝術家，大家就認為我應該當建築師。這似乎是每個人都滿意的解決之道。於是我上了那所大學，沒想到建築學院讀到一半，我忽然不再畫畫，改寫起小說來了。

問：你決定放棄的時候，心裡對第一本小說已經有譜了嗎？是不是因為這樣才放手去做？

帕：在我記憶中，我還不知道要寫什麼就想當小說家了。事實上，開始寫了以後，曾經有兩、三次錯誤的起步。當時的筆記本我還保留著。但六個月後，我展開一個重大的小說計畫，最後以《謝福得先生父子》為名出版。

問：那本書沒有英譯版。

帕：它基本上是一部家族誌，就像《福爾賽世家》[13]或湯瑪斯．曼的《布頓柏魯克世家》。寫完後不久，我就開始後悔寫這麼過時的東西，那是非常十九世紀的小說。我之所以後悔是因為二十五、六歲時，我就開始強行灌輸自己一個觀念：我應該當個現代作家。當那本小說終於在我三十歲那年出版，我寫作的實驗風格已經大為增加。

13 譯注：《福爾賽世家》（*Forsyte Saga*），是英國小說家、諾貝爾文學獎得主約翰．高爾斯華綏（John Galsworthy, 1867-1933）的作品。

問：你說你想要更現代、更具實驗性，心裡有沒有一個典範？

帕：當時我心目中的偉大作家已經不是托爾斯泰、杜思妥也夫斯基、斯湯達爾或湯瑪斯．曼了。我崇拜的是吳爾芙和福克納。現在我的名單會再加上普魯斯特和納博科夫。

問：《新人生》開頭的第一句話是：「某天，我讀了一本書，我的一生從此轉變。」有哪一本書對你有這樣的影響嗎？

帕：在我二十一、二歲的時候，《聲音與憤怒》對我非常重要。我買的是企鵝出版社的版本。內容很難理解，尤其我的英語又不好。不過有一本翻譯得很好的土耳其譯本，我會把土耳其文版本和英文版本並列在桌上，讀完一本的半個段落再讀另一本。那本書在我心裡留下了烙印，後續的影響就是我發出了自己的聲音。我很快便開始以第一人稱單一觀點寫作。大部分時間我比較喜歡扮演某個人，而不是以第三者的身分寫作。

問：你說花了很多年才出版第一本小說？

帕：二十幾歲時，我在文學界完全沒有人脈，我不屬於伊斯坦堡的任何文學團體。要想出版第一本，唯一的方法就是參加土耳其的未出版文稿的文學競賽。我去參加並得了獎，書將會由一家優秀的大出版社出版。當時，土耳其的經濟情況很差。他們說會的，我們會跟你簽約，但小說的出版日期延後了。

問：你的第二本小說會比較順利、比較快嗎？

帕：第二本是政治小說。不是作政治宣傳。等候第一本書出版的期間，我已經在寫了，那本書大約花了我兩年半的時間。忽然，某天晚上發生了軍事政變，那是一九八〇年的事。第二天，預定要出版第一本小說《謝福得先生父子》的出版商說他不出了，儘管我們簽了約。我隨即明白即使當天寫完那第二本書，那本政治小說，五、六年內都不可能出版，因為軍方不會允許。於是我開始一一想到以下的事：二十二歲的我說要當小說家，寫了七年，希望能在土耳其出版一點什麼……結果什麼也沒有。現在都快三十歲了，還是完全沒有出版的可能。我書桌抽屜裡還放著那本兩百五十頁未完成的政治小說書稿。

軍事政變過後，我不想變得意志消沉，便立刻著手第三本書，也就是你提到的《寂靜的房子》。當一九八二年，第一本書終於出版時，我正在寫這本。《謝福得》得到不錯的反應，這表示當時在寫的書可以出版。因此我寫的第三本書是第二本出版的。

問：是什麼原因讓你的小說無法在軍政府統治下出版？

帕：因為書中人物是年輕的上流社會馬克思主義者。他們的父母會到避暑勝地度假，他們有寬敞豪華的房子，卻樂於當馬克思主義者。他們會互鬥、會彼此嫉妒，還會計畫向總理丟炸彈。

問：富裕的革命圈子？

帕：一群具有富人習性的上流社會年輕人，假裝自己超級偏激。不過我沒有對此作出道德批判。就某方面來說，倒是浪漫化了年輕時的我。光是向總理丟炸彈的想法，就足以讓書被禁了。所以我沒有寫完。當你寫書的時候人會跟著改變，不可能再重拾相同的性格，不可能再像以前那樣繼續寫。作家寫的每一本書都代表他成長過程的一個時期。一個人的小說可以視為他心靈成長過程的里程碑。所以不可能回得去了。一旦創作的彈性消失，就再也動彈不了。

問：當你在實驗一些想法時，如何選擇小說形式呢？你會從一個影像、從第一個句子開始嗎？

帕：沒有固定的公式。不過我會特別留意不讓小說的模式重複。我會試著改變一切。所以有很多讀者告訴我：我喜歡某本小說，只可惜其他本你沒有那麼寫，或是說：我一直都不喜歡你的作品，直到你寫了某本小說，特別是針對《黑色之書》，最常有人這麼說。其實我不喜歡聽到這種話。實驗形式和風格，還有用語、調性和人物性格，把每一本書都想得不一樣，這樣不但有趣也是種挑戰。

一本書的題材可能有很多不同來源。像《我的名字叫紅》，我本來想寫關於自己想當畫家的雄心壯志。但我起步錯誤，一開始只專門針對一個畫家，後來我把這個畫家變成同一個工作坊裡的多位畫家。於是觀點改變了，因為現在多了其他畫家在說話。起初我打算寫一個現代畫家，但後來想到這個土耳其畫家可能太缺乏創意，太受到西方影響，所以我往前回溯改寫細密畫家。我就是這樣找到主題的。

有些主題也必須採用某種創新形式或敘事技巧。例如，有時候你剛剛看到某樣東西，或讀到某篇文章，或是看了部電影，或是看到一篇新聞報導，然後心想：我要讓馬鈴薯、狗或樹說話。一有了這個念頭，你就會開始想到小說裡的對稱與延續。你會覺得：好極了，以前沒有人這麼做過。

最後一點，有些事情我會想個好幾年。我可能先有一些想法，然後會告訴幾個親近的朋友。只要有可能寫的小說我都會記筆記，所以我有很多筆記本。有時候不一定會寫，但如果我翻開本子開始寫筆記，就有可能會寫那本小說。所以一本小說快寫完的時候，我可能就會把心思放到其中一個計畫上，等到寫完這本兩個月後，便又開始寫另一本了。

問：許多小說家絕不會討論正在進行的作品，你也會保密嗎？

帕：我從來不會討論故事內容。在正式場合若有人問起我在寫什麼，我有一句制式的回答：以現代土耳其為背景的小說。我只會對我知道不會傷害我的極少數人透露。我談論的都是噱頭，例如我要讓一朵雲說話。我想看看人們會有什麼反應。很幼稚的行為。寫《伊斯坦堡》的時候常常做這種事。我內心就像個頑皮的小孩，想讓爸爸看他有多聰明。

問：「噱頭」這個字眼有負面的意思。

帕：一開始是噱頭，但如果你相信它能展現文學與道德的嚴肅面，最後它就會變成嚴肅的文學創作。它會變成一種文學表述。

問：評論家往往會將你的小說歸類為後現代。但我卻覺得你的敘述手法似乎主要還是汲取自傳統來源。例如，你會引述《一千零一夜》和其他東方傳統的經典文本。

帕：那是從《黑色之書》開始的，雖然我更早以前就讀過波赫士和卡爾維諾（Italo Calvino, 1923-1985）的作品。一九八五年，我和妻子前往美國，那是我第一次認識到美國文化的卓越與廣博豐富。身為來自中東、想要證明自己是作家的土耳其人，我感到膽怯。所以我往後退，回到自己的「根源」。我領悟到我這一代必須創造一種現代民族文學。

波赫士和卡爾維諾解放了我。傳統伊斯蘭文學的內涵是那麼反動、那麼政治，又遭保守派人士以那麼守舊、愚蠢的方式所利用，我從來不認為自己能用那種題材寫出些什麼。但是到了美國以後，我發覺我可以效法卡爾維諾或波赫士的心態回到這些素材。首先我必須強力區隔伊斯蘭文學中的宗教與文學內涵，如此我才能輕易地將它豐富的戲謔手法、噱頭與譬喻挪為己用。土耳其具有一個極為優雅華麗又精緻的文學傳統，然而受社會責任束縛的作家卻把我們文學的創新內容都清空了。在各個不同的口述傳統中（包括中國、印度、波斯），有很多重複出現的寓言，我決定加以利用，並且把時空挪到現代土耳其。這是一個實驗，把所有東西都放在一起，就像達達主義的拼貼，《黑色之書》就有這個特性。有時候這一切來源融合在一起，會產生出新的東西。所以我把這些改寫故事的背景設定在伊斯坦堡，加入一個推理情節，就生出了《黑色之書》。不過這本書還是源自於美國文化的力量和我想認真當個實驗作家的期望。我無法針對土耳其問題撰寫社會評論，這些問題讓我心生畏懼。因此我只好另尋出路。

問：你曾經想過藉由文學發表社會評論嗎？

帕：不會。我是在回應老一輩，尤其是八〇年代的小說家。我這麼說並無不敬之意，但他們的題材都非常編狹有限。

問：現在來談談《黑色之書》以前的事。你怎麼會想到寫《白色城堡》？這是你第一次在書中從頭到尾不停重現一個主題：扮演。你覺得為什麼你的小說會這麼常出現這個「成為他人」的念頭？

帕：原因很私人。我有一個能力很強的哥哥，他只大我一歲半。就某方面來說，他是我的父親，對我來說，他可以說是佛洛伊德論中的父親形象。他成了我的「他我」，威權的象徵。另一方面，我們也有一種互相競爭又友愛的夥伴情誼。很複雜的關係。我在《伊斯坦堡》裡，對此著墨甚多。我是個典型的土耳其男孩，足球踢得好，對所有的遊戲和比賽都很熱中。他則是學校成績非常優秀，比我優秀。我嫉妒他，他也嫉妒我。他理性負責，是長輩倚重的人。我關心的是遊戲本身，他關心的卻是規則。我們隨時都在競爭。我會幻想自己是他，諸如此類的，就像樹立了一個典範。羨慕、嫉妒等等，都是我真心感受的主題。我一直很擔心哥哥的力量或成功，可能對我造成極大影響。這是我的基本心態，我自己知道，所以我會稍微把自己和那些感覺拉開來。我知道那樣不好，所以就用一個文明人的決心來對抗。我的意思並不是說自己受嫉妒心所害，只不過這是我隨時都要努力應付的一群敏感痛點。當然，到最後也就變成我所有故事的主題了。例如在《白色城堡》中，兩名主角之間近乎施虐與受虐的關係便是根據我和哥哥的關係而來的。

另一方面，這種扮演他人的主題也反映在土耳其面對西方文化時感受到的脆弱。寫了《白色城堡》之後，我發覺這份嫉妒，這種擔心受別人影響的焦慮，很像土耳其面對西方時的態度，就是渴望西化卻又被指責不夠真實，想要抓住歐洲精神卻又為這種模仿動機感到內疚。這種心境起伏會讓人聯想到兄弟間的競爭關係。

問：土耳其的東西方衝擊之間衝突不斷，你認為將來有可能和平解決嗎？

帕：我是個樂觀的人。土耳其應該不用擔心自己有兩種精神、分屬兩個不同文化、擁有兩種靈魂。精神分裂會讓人變聰明。或許你會脫離現實——由於我是小說作家，所以不覺得這有什麼大不了——但你不應該擔心精神分裂。如果太擔心自己的某一面扼殺另一面，最後就會只剩下單一精神。這比生病更糟。這是我的論點，我試著在土耳其的政治圈宣揚這個理念。土耳其有不少政治人物主張國家應該有一致的靈魂，若非屬於東方或西方就是走民族主義路線，我對這樣的一元樣貌很有意見。

問：在土耳其的接受度如何？

帕：建立一個民主自由的土耳其的觀念愈能確立，我的想法也愈能被接受。只有抱持這個觀點，土耳其才可能加入歐盟。這是對抗民族主義的方式，也是對抗以花言巧語鼓動「我等」與「他者」對立的方式。

問：不過在《伊斯坦堡》中，從你對這座城市的浪漫敘述看來，似乎是在為鄂圖曼帝國哀逝。

帕：我不是在哀悼鄂圖曼帝國。我是個西化者，對於西化過程的發生是滿意的。我只是在批評統治精英，也就是包括官僚與新富階級，對於西化的想法這麼狹隘。要創造一個充滿自己的象徵與習俗的民族文化需要有相當的自信，他們就缺乏這種自信。他們並未努力地以有機的方式結合東西特色來創造土耳其文化，卻只是把東西方拼湊在一起。當然，這裡面有很強烈的在地鄂圖曼文化，可是正在一點一滴流失。他們必須要做的，而且永遠不可能做足的，就是結合（不是模仿）過去的東方和現在的西方，創造出一個強有力的在地文化。我也試圖在書中做同樣的事。新一代的人很可能會做到，那麼加入歐盟便不會毀滅土耳其身分，反而會讓它更值得誇耀，進而給予我們更多自由與自信來創造新的土耳其文化。一味地模仿西方或一味地模仿古老過時的鄂圖曼文化，都不是解決之道。你必須用這些東西做點什麼，不應該擔憂過度屬於哪一方。

問：可是在《伊斯坦堡》一書中，你好像確實認同外國、西方看待你故鄉城市的目光。

帕：但我也解釋了為什麼西化的土耳其知識份子可以認同西方的目光，因為伊斯坦堡的發展就是一個認同西方的過程。那種二分法始終都存在，你也可以輕易地認同東方的憤怒。每個人都是時而西方時而東方，事實上往往都是兩者合一。我喜歡薩依德的東方主義觀點，但土耳其從未受到殖民，因此將土耳其浪漫化對土耳其人來說從來不是問題。西方人羞辱土耳其人的方式，便不同於他羞辱阿拉伯人或印度人的方式。伊斯坦堡只被入侵過兩年，而且敵船來去一樣快，因此沒有在民族精神上留下深刻傷痕，真正留下傷痕的是鄂圖曼帝國的滅亡，所以我沒有那種焦慮感，覺得西方人看輕我。可是共和國成立後卻有一種膽怯，因為土耳其人想要西化卻又無法貫徹到底，於是留下一種我們不得不面對、而我也偶爾會有的文化自卑感。但話說回來，這些傷痕不像其他被占領、被殖民了兩百年的國家那麼深。土耳其人從未受到西方強權的壓抑。土耳其人感受到的壓抑之苦都是自己施加的，我們為求實際而抹滅自己的歷史。那份壓抑中含有一種脆弱感。然而像這樣自我強迫的西化也帶來了隔離。印度人會面對面地正視壓迫者，但奇怪的是土耳其人卻從自己仿效的西方世界隔離開來。一九五〇年代，甚至於六〇年代裡，要是有外國人下榻伊斯坦堡的希爾頓飯店，就會出現在各報版面。

問：你認為有正典存在或是應該要有正典存在嗎？我們聽說過西方正典，那有沒有非西方正典呢？

帕：有的，有另外一種正典，應該要加以探索、闡述、分享、批評，然後接受。現在所謂的東方正典處於廢棄狀態，美好傑出的文本比比皆是，卻無人有意願整合。從波斯古典文學直到印度、中國和日本等所有文本，都應該嚴加評估。事實上，現在正典的掌控權在西方學者手中，他們是分配和溝通中心。

問：小說是非常西方的文化形式，在東方傳統中有它一席之地嗎？

帕：與史詩形式有所區隔的現代小說，基本上並非東方產物。因為小說家不屬於某個社群、不具有基本的社群本能，而且會以不同於自身經驗的文化來思考與評斷。一旦他的意識與所屬社群不同，他便是個局外人、是隻孤鳥。而他的豐富文本便來自一個局外人偷窺到的景象。當你一旦培養出這種觀看世界並以這種方式描寫世界的習慣，就會渴望與社群區隔。這正是我在《雪》裡面所想的模式。

問：《雪》是你到目前為止出版過最具政治意涵的小說。當初是怎麼發想的？

帕：一九九〇年代中開始，我在土耳其漸漸有了名氣，當時對抗庫德游擊隊的戰火正猛烈，舊左派作家和新現代自由派人士希望我幫助他們、簽署陳情書——他們開始要求我做一些與書本無關的政治舉動。

不久，當權者以人格謀殺的宣傳手法展開反擊，開始針對我謾罵。我非常生氣。過了一段時間我心想，要不就來寫一本政治小說，探討我自己心理上的兩難：既是來自中上階層家庭，又覺得需要為那些沒有政治倚靠的人負責。我相信小說藝術，奇怪的是它竟能讓你感覺像個局外人。那時我便告訴自己要寫一本政治小說，而且一完成《我的名字叫紅》之後就立刻動筆了。

問：為什麼把背景設定在凱爾斯這個小城鎮？

帕：那裡是土耳其出了名的冷，也是出了名的窮。八〇年代初，某家大報的頭版整頁都在報導凱爾斯的貧窮。有人計算過，大約花一百萬美元就能買下整個鎮。我想上那裡去的時候，政治氣氛很嚴峻，小鎮周圍住的大多是庫德人，但鎮上居民除了庫德人，還有亞塞拜然人、土耳其人等等。本來也還有俄羅斯人和德國人。另外還有宗教上的分別，什葉派和遜尼派。土耳其政府和庫德族游擊隊之間的戰況太過激烈，不可能去觀光。我知道自己無法單純以小說家的身分前往，便要求某個和我一直保持聯絡的報社編輯給我一張採訪證，讓我可以到那一帶去。他很有影響力，而且親自打電話給市長和警察局長，讓他們知道我要去。

我一到達，立刻去拜訪市長、和警察局長握手寒暄，以免在街上被逮。事實上，有幾個警察不知道我去的事，真的把我抓起來帶走，很可能打算向我施虐。我連忙報上名字，說我認識市長、認識警察局長……我是可疑人物。因為儘管理論上土耳其是自由國家，但約莫直到一九九九年以前，凡是陌生人都會遭到懷疑。但願現今的情況緩和得多了。

書中大部分的人物和地點都有實際的對照根據。譬如，當地報社賣出兩百五十二份報紙是真的。我帶了相機和攝影機前往凱爾斯，把什麼都拍下來，然後帶回伊斯坦堡放給朋友們看。每個人都覺得我有點瘋了。還有其他確實發生過的事。像是書中描述的小報社編輯和卡的對話，他說出卡前一天做了什麼事，卡問他怎麼知道，他坦承自己聽了警方用無線電對講機的通話，而警方隨時都在跟蹤卡。那是真的。他們也跟蹤我。

當地新聞主播在電視上報導了我，說我們的著名作家正在為全國性報紙寫一篇文章——這是非常重大的事。市政選舉快到了，因此凱爾斯民眾向我敞開了大門。所有人都想對全國性報紙說句話，讓政府知道他們有多窮。他們不知道我要把他們寫進小說裡，還以為我要寫有關他們的報導。我必須承認，這麼做不但自私、不誠實也很殘忍，雖然我確實也想寫一篇相關的報導文章。

四年過去了，我來來去去。我偶爾會去一間小咖啡館寫寫東西、作筆記。我還邀了一位攝影師朋友一同前去，因為雪天裡的凱爾斯很美。這位朋友無意間在小咖啡館裡聽到一段對話。我作筆記時，民眾私下議論著說：他在寫什麼文章啊？已經三年了，都可以寫一本小說了。他們看穿了我。

問：讀者對這本書的反應如何？

帕：在土耳其，無論是保守派（即政治伊斯蘭份子）或政教分離主義者都很生氣。雖然還不到禁書或傷害我的地步，但他們很生氣，並在全國性的日報撰寫相關文章。主張政教分離的人之所以生氣，是因為我在書中提到：在土耳其作為世俗主義激進份子的代價就是忘了自己也必須遵守民主。土耳其的世俗主義人士的力量來自軍方，這點破壞了土耳其的民主與寬容文化。軍方一旦過度介入政治文化，大家就會失去自信，轉而仰賴軍方解決所有問題。人民通常會說：國家和經濟一團糟，就叫軍隊來清理善後吧。但是他們清理的時候，也破壞了寬容的文化。有許多涉嫌者慘遭酷刑，十萬人被關進大牢。這等於為新的軍事政變鋪路，每十年便會發生一次。所以我為此批評那些世俗主義者。他們也不喜歡我把伊斯蘭主義者描寫成普通人類。

而政治伊斯蘭份子之所以生氣，是因為我寫了關於一個伊斯蘭主義者在婚前享受性愛的事。就是這種簡單到不能再簡單的事。伊斯蘭主義者對我總是心存芥蒂，因為我與他們的教養不同，因為我的語言、態度甚至肢體動作都比較像西化的特權人士。他們有他們自己象徵認定的疑問，質疑說：他憑什麼寫我們？他又不懂。這點我在小說中也提到了。不過不是我誇口，我挺過來了。他們全都看了書，也許很氣憤，但畢竟如實地接受了我和我的書，這是態度逐漸開放的跡象。凱爾斯民眾的反應也不一致。有人說對，事實就是這樣。也有人，大多是土耳其民族主義份子，對於我提到亞美尼亞人感到緊張。譬如，那個新聞主播就把我的書裝在具有象徵意義的黑袋內寄來給我，並在一場記者會上說我在為亞美尼亞人作宣傳，而這當然是無稽之談。我們竟有如此狹隘的民族主義文化。

問：這本書有沒有像魯西迪的書那樣引起軒然大波？

帕：沒有，完全沒有。

問：這是一本極其淒涼、悲觀的書。整本小說裡只有卡一人能傾聽各方意見，但他到最後卻被所有人唾棄。

帕：或許我一直都誇大了自己在土耳其的小說家地位。雖然他自知被唾棄，還是很高興能和每個人保持對話。他也有非常強烈的求生本能。卡之所以被唾棄是因為別人將他視為西方間諜，我也曾經多次被人這麼說過。

至於淒涼，我同意。但可以幽默以對。當有人說它淒涼，我就問他們：不是很有趣嗎？我覺得裡面有很多幽默的成分在。至少這是我希望做到的。

問：你致力於小說創作為你惹上了麻煩，而且可能還會有更多麻煩。這意謂情感的切割。這是很大的代價。

帕：對，但也是很美好的事。當我出門旅行，而不是一個人坐在桌前，經過一陣子就會變得沮喪。當我獨自關在房裡創作，我是快樂的。這不只是獻身於藝術或是我全心投入的職業，也是獻身於獨處的房間。我持續著這個儀式，相信當下寫的東西總有一天會出版，證明我的白日夢是正當的。我需要在備有好紙張與一枝原子筆的桌前獨處數小時，就像有些人需要吃藥以保健康。我是致力於這些儀式。

問：那麼你是為誰而寫呢？

帕：隨著人生漸短，你會更常問自己這個問題。我已經寫了七本小說，希望在死之前還能再寫七本。但人生苦短，何不多享受一下呢？有時候我真的必須強迫自己。我為什麼要這麼做？這一切有何意義？第一，我說過了，在房間裡獨處是一種本能。其次，我有一種近乎孩子氣的競爭心態，想試著再寫出一本好書來。我愈來愈不相信作家會永垂不朽。我們現在讀的書寫於兩百年前的少之又少，世事變化如此之快，今天的書很可能一百年後就被遺忘了，還會有人讀的寥寥無幾。今天所寫的書能留存到兩百年後的恐怕只有五本。我能確定自己的書是那五本之一嗎？不過那是寫作的意義嗎？我何必去擔心兩百年後有沒有人看我的書？我不是應該更關注活著這回事嗎？我需要將來有人看我的書以獲得慰藉嗎？我一邊想著這些事情一邊繼續寫作，也不知道為什麼，反正我從未放棄。相信自己的書會影響未來，是這個人生中唯一能令你感到欣慰與快樂的事。

問：你在土耳其是暢銷作家，可是你的書在家鄉的銷量卻比不上國外。你的書已經翻譯成四十種語言。你現在寫作時，會想到更廣大的全球讀者嗎？你現在的寫作對象是否不同？

帕：現在的讀者已不單純只是國內讀者，這點我意識到了。但即便剛開始寫作時，我可能就試著接觸更廣大的讀者群了。我父親常常背著他的幾個土耳其作家朋友說他們「都只針對國內讀者」。

不管是國內或國際讀者，意識到讀者多寡都是個問題，如今我也避免不了這個問題。我最後兩本書平均有超過五十萬的全球讀者，我不能否認自己意識到他們的存在。但另一方面，我從不覺得自己特別做了什麼來滿足他們。我也相信要是我這麼做，讀者會感覺得出來。打從一開始，我就會特別留意，只要一感受到某個讀者的期待便會逃開。就連句子的結構也是，我會為讀者準備一些他意想不到的東西。也許因為如此我才那麼喜歡長句子。

問：對於非土耳其讀者，你的作品獨特新奇和書中的土耳其背景有很大關係。可是在土耳其的本土環境中，你如何凸顯你的著作呢？

帕：美國文學評論家哈羅德・布魯姆（Harold Bloom, 1930-2019）提出了所謂「影響的焦慮」的問題。我和所有作者一樣，年輕時便有這個問題。三十出頭時，我一直認為自己可能受托爾斯泰或湯瑪斯・曼的影響太深，在第一部小說裡，我追求的就是那種溫文如貴族般的文體。但最後我忽然想通了，雖然我的技巧或許缺乏新意，但我寫作的這個角落離歐洲那麼遠——至少當時看起來很遠——而且是要在這麼不同的文化與歷史氛圍中吸引如此不同的讀者，光是這點就讓我顯得富有創意了，儘管是不勞而獲的創意。不過這也不是輕鬆的工作，因為這種技巧的轉化與傳布沒有那麼容易。

創意的公式很簡單，把以前沒有被放在一起過的兩樣東西放在一起就行了。像《伊斯坦堡》，那是關於這座城市、關於某些外國作家（如福樓拜、涅瓦、高提耶（Théophile

Gautier, 1811-1872））如何看待這座城市，以及關於他們的觀點如何影響某一群土耳其作家的一篇散文。除了這篇描寫伊斯坦堡的浪漫景致如何被杜撰出來的散文之外，還結合了一篇自傳。以前沒有人這樣做過。冒個險，就會生出新的東西來。我試圖用《伊斯坦堡》創造一本風格獨特的書，是否成功我也不知道。《黑色之書》也是一樣：將一個懷舊的普魯斯特世界與伊斯蘭的寓言、故事及技法結合在一起，然後全部放進伊斯坦堡，看看會發生什麼事。

問：《伊斯坦堡》讓人感覺你一直是個非常孤單的人。在今日的現代土耳其，你也確實是個孤單的作家。你和你成長並持續生活其間的世界隔離開來了。

帕：雖然我在一個大家庭裡長大，被教導要珍惜群體，後來卻產生一種逃脫的衝動。我有自我毀滅的一面，每當盛怒發作或氣憤的時候，我就會做出一些事情斷絕令人愉快的群體陪伴。年輕時，我便察覺群體會扼殺我的想像力。我需要孤單痛苦才能發揮想像力，這樣我就快樂了。雖然可能破壞了這個群體，但身為土耳其人，經過一段時間我又會需要他們的溫柔安慰。《伊斯坦堡》破壞了我與母親的關係，我們已經不再見面。當然我也難得見哥哥一面。而我最近的言論也導致我和土耳其民眾的關係緊張。

問：那麼你覺得自己有幾分土耳其性格呢？

帕：首先，我生下來就是土耳其人，對此我很滿足。我在國際人士眼裡比在我自己眼裡更像土耳其人。我是以土耳其作家聞名的。當普魯斯特談論愛，大家會認為他談論的是普世的愛。而當我談論愛，尤其是一開始，大家會說我寫的是土耳其的愛。當我的作品開始被翻譯成其他語言，土耳其人覺得很自豪，宣稱我是他們自己人。在他們心裡我更像土耳其人。你一旦有了國際知名度，國際間便會強調你的土耳其特質，然後土耳其人本身也會將你回收並強調你的土耳其特質。你的國族認同感變成一種被其他人操弄的東西，是他人強加給你的。現在比起我的寫作藝術，他們更擔心土耳其在國際間的形象。這點在我的國家造成愈來愈多問題。很多沒看過我的書的人，透過八卦媒體看到消息後，都開始擔心我對外界說了土耳其什麼。文學是由好與壞、魔鬼與天使構成的，而他們漸漸地只擔心我的魔鬼。

望向窗外——一則故事

To Look Out the Window

好希望我在一個截然不同的地方，過一個截然不同的人生。回外婆的房間之前，我悄悄走下吱吱嘎嘎響的樓梯，心裡想到一個原本在保險公司上班、後來自殺的遠房親戚。奶奶跟我說過，自殺的人會待在地下一個陰暗的地方，永遠上不了天堂。我步下許多層階梯後，停下來站在黑暗中。

一

要是沒有東西可看，沒有故事可聽，人生可能會很枯燥乏味。我小時候，我們會聽收音機，會望向窗外看著鄰居家裡或樓下街道上的行人，為的就是對抗無聊。那個時期，也就是一九五八年，土耳其還沒有電視，但我們不願承認。我們會樂觀地談論電視，就像好萊塢冒險片明明要經過四、五年才會進到土耳其電影院，我們也會樂觀地說片子「還沒上映」。

望向窗外是一個非常重要的消遣，以至於當電視機終於來到土耳其，民眾坐在電視前面的樣子就跟坐在窗前一樣。父親、叔叔和祖母看電視的時候，會眼睛不看彼此，爭論某事，偶爾還會停下來傳達自己剛剛看到的畫面，就跟他們凝視窗外時一樣。

「雪要是再這麼下下去，就不會融了。」嬸嬸會看著飛旋而過的雪花這麼說。

「那個賣哈發糕的又回到尼尚塔希這邊來了！」我會這麼說，看的則是另一扇窗，面向有電車經過的大路。

每星期日，叔叔嬸嬸和我們所有住在樓下公寓的人都會上樓和祖母一起吃午飯。當我站在窗邊等候食物上桌，因為和父母、叔嬸們在一起太開心了，眼前的一切彷彿都被長餐桌上方水晶吊燈的微弱燈光照得熠熠生輝。祖母的客廳和樓下各家的客廳一樣都很暗，只是在我看來總覺得更暗。也許是因為陽台那扇從來不開的落地窗兩邊都掛著紗簾和厚重窗簾的緣故，那些布簾會投下可怕的黑影。也可能是因為那些鑲著珍珠母的屏風、巨大的桌子、箱櫃，和擺放了許多裱框照片的小型平台鋼琴，又或者是因為這間不通風、老有塵土味的客廳雜亂無章。

吃過飯後，叔叔在隔壁一間幽暗的房裡抽菸。「我有一張足球賽門票，但是我不去，你們的爸爸會帶你們去。」他說道。

「爸，帶我們去看足球！」哥哥從另一個房間大喊。

「讓孩子們去呼吸一點新鮮空氣也好。」母親從客廳喊道。

「那你帶他們出去。」父親對母親說。

「我要回娘家。」母親回答。

「我們不想去外婆家。」哥哥說。

「你可以開車去。」叔叔說。

「拜託啦，爸！」哥哥說。

接下來是一陣漫長而怪異的靜默。客廳裡的每個人好像都對母親有某種想法，而父親也好像能感應到這些想法。

「所以我可以開你的車對吧？」父親問叔叔。

稍後，我們下樓之後，母親幫忙我們穿上套頭毛衣和厚厚的方格毛襪，父親則在走廊上抽菸踱步。叔叔把他那輛「優雅的乳白色」五二年道奇轎車停在泰斯維基耶清真寺前面。父親讓我們兄弟倆都坐前座，運氣不錯，鑰匙一轉引擎就起動了。

球場外沒有人排隊。「他們兩個用這張票，」父親對旋轉式收票口旁的男人說道：「一個八歲，一個十歲。」我們走過去時，都不敢直視那個人。看台上很多空位，我們馬上就找到位子坐下。

兩隊隊員都已經出來到泥濘的球場上，我很喜歡看球員暖身時穿著潔白刺眼的短褲跑來跑去。哥哥指著其中一人說：「你們看，那是小麥哈麥特。他剛剛從二軍調上來。」

「我們知道。」

比賽開始了，我們很久都沒有說話。不一會，我的思緒已經從賽事飄到其他地方去。為什麼足球員名字都不一樣，卻都穿著同樣衣服？我想像著球場上跑來跑去的已不再是球員，而只是他們的名字。他們的短褲愈來愈髒。再過一會，我看著一艘船從露天看台正後方的博斯普魯斯海峽緩緩駛過，船的煙囪長得很滑稽。到了中場休息時間，雙方都沒有得分，父親替我們倆各買一份圓錐筒裝的鷹嘴豆和一份起司皮塔餅。

「爸，我吃不完。」我說著伸出手去，把吃剩的拿給他看。

「把它放在那邊，不會有人看見的。」他說。

我們也和其他人一樣，站起來走一走，活動活動。我們學著父親把手插在毛料長褲的口袋，轉身背向球場看著坐在我們後面的人，忽然聽到人群中有人朝父親高喊。父親將手附在耳邊，示意周遭聲音太吵他完全聽不到。

他指著我們說道：「我不能過去，我帶了孩子一起來。」

觀眾群中那個人圍了一條紫色圍巾。他奮力地擠到我們這排，一面推椅背一面推擠開不少人才來到我們身邊。

他和父親擁抱過後問道：「這兩個是你兒子？都這麼大了，真不敢相信。」

父親未置一詞。

那人滿是欽佩地看著我們，問道：「這兩個孩子是什麼時候出現的？你一畢業就結婚了嗎？」

「對，」父親回答時沒有看著他。他們又聊了一下之後，戴紫色圍巾的人轉過身來，在我和哥哥的手掌心各放了一粒沒剝殼的美國花生。他離開後，父親坐在位子上，久久都沒有出聲。

兩隊球員換上新短褲回到球場上沒多久，父親便說：「走吧，我們回家。你們會冷。」

「我不會冷。」哥哥說。

「會，你會冷。」父親說：「阿里也會冷。好了，我們走吧。」

我們從坐在同一排的人前面走過，不是撞到膝蓋就是偶爾踩到腳，而且還踩到我剛才放在地上的起司皮塔餅。走下樓梯時，聽到了裁判吹哨宣布下半場比賽開始。

哥哥問我：「你會冷嗎？你為什麼不說你不冷？」我沒吭聲。「白痴。」哥哥罵道。

「下半場比賽，可以回家用收音機聽。」父親說。

「這場比賽沒轉播。」哥哥說。

「好了，別吵了。」父親說：「回家的路上我會帶你們經過塔克辛。」

我們一直保持安靜。駛過廣場後，就在快到場外賭馬投注站的時候父親停下車來──果然不出我們所料。「不管誰來都不許開門，我馬上回來。」他說。

他下車後，還沒來得及從外面鎖上車門，我們已經按下按鈕從裡面上鎖了。不料父親沒有進投注站，而是跑到鵝卵石街道對面。那裡有一間店張貼著許多海報，海報上有船隻、有大型塑膠飛機和陽光普照的風景，連星期天也營業，他就是上那兒去。

「爸要去哪裡？」

「回家以後要在樓上還是樓下玩？」哥哥問道。

父親回來時，哥哥正在玩油門。我們開車回到尼尚塔希，照舊把車停在清真寺前面。「我給你們買點什麼吧。」父親說：「不過拜託，別再說要買那個名人系列了。」

「拜託啦，爸！」我們哀求道。

到了阿拉丁的店，父親給我們各買十包名人系列的口香糖。我們走進公寓樓房，進電梯時我興奮到差點尿褲子。屋裡很暖和，母親還沒有回來。我們撕開口香糖，把包裝紙丟在地上。結果是：

我拿到了兩張陸軍元帥費夫齊．恰克馬克（Fevzi Çakmak, 1876-1950）；卓別林、摔角選手哈米德．卡普蘭（Hamit Kaplan, 1934-1976）、甘地、莫札特和戴高樂（De Gaulle, 1890-1970）各一張；兩張國父凱末爾和一張葛麗泰嘉寶（Greta Garbo, 1905-1990）——第二十一號，這張哥哥還沒有。加上這些之後，我現在共有一百七十三個名人像，還要二十七個才能集滿整個系列。哥哥拿到四張陸軍元帥費夫齊．恰克馬克、五張國父和一張愛迪生。我們把口香糖塞進嘴裡，開始讀卡片背後的文字。

陸軍元帥費夫齊．恰克馬克
獨立戰爭中的將軍
（1876-1950）
曼波糖果口香糖公司

集滿一百位名人的幸運兒
將可獲得一個皮製足球作為獎品

哥哥手裡拿著他那疊共一百六十五張的卡片。「你要不要玩最上或最下？」

「不要。」

「我用十二張費夫齊．恰克馬克跟你換葛麗泰嘉寶好不好？」他問道：「那你就有一百八十四張卡片了。」

「不要。」

「可是你現在有兩張葛麗泰嘉寶啊。」

我沒有說話。

「明天學校打預防針，真的很痛。」他說：「你休想我會照顧你喔。」

「我才不會。」

我們默默地吃晚餐。等收音機開始播報《體育世界》，我們得知那場比賽二比二平手，然後母親便進房來哄我們睡覺。哥哥開始收拾書包準備明天上學的東西，我則跑進客廳。父親正在窗邊注視著街道。

「爸，我明天不想去學校。」

「你怎麼可以說這種話？」

「明天要打預防針。我發燒了，而且幾乎不能呼吸。不信你問媽咪。」

他看著我，不發一語。我奔向抽屜，取出紙筆。

「媽媽知道嗎？」他邊問邊將紙放到一本厚厚的書上面，那是齊克果（Søren Kierkegaard, 1813-1855）的書，他老是在看卻從來看不完。「你還是要去上學，但不用打針。我會這麼寫。」他說。

他簽了名。我將墨水吹乾之後，折起紙張放進口袋。我跑著回到臥室，把紙塞進書包，然後爬到床上開始蹦跳。

「安靜一點，睡覺時間到了。」媽媽說。

二

我人在學校，剛吃過午餐。全班同學兩個兩個排隊，要回那個臭烘烘的學校餐廳去打預防針。有些孩子在哭，也有一些既緊張又興奮地等待著。當一陣碘酒味飄上樓來，我的心開始怦怦跳。我步出隊伍走向站在樓梯口的老師。全班的人嘰嘰喳喳從我們身旁經過。

「怎麼了？有什麼事？」老師問道。

我拿出父親簽了名的紙條遞給老師。她看完皺著眉頭說：「你父親並不是醫生呀，你知道嗎？」接著想了一下又說：「上樓去吧，到二A教室去等。」

二A裡面有六、七個學生，都是和我一樣不用打針。其中有一個害怕地盯著窗外。走廊另一端傳來驚惶的哭喊聲，有一個戴眼鏡的胖男生邊嚼南瓜子邊看一本《奇諾瓦》系列的漫畫。這時門開了，瘦巴巴的副校長賽非先生走了進來。

「你們當中很可能有幾個是真的病了，要是這樣就不會帶你們下樓。」他說：「但是我要跟那些為了不用打針而撒謊的人說幾句話。總有一天你們會長大，會為國效力，甚至可能為國捐軀。今天你逃避的只是注射預防針，但是等你長大如果還企圖做這種事，而且又假造理由，就等於犯了叛國罪。太丟臉了！」

接下來眾人安靜許久。我看著國父肖像，淚水湧上眼眶。

稍後，我們趁人不注意溜回自己的教室。去打針的學生一個個回來了：有些捲起袖子，有些眼眶含淚，有些拉長了臉拖著沉重步伐走進來。

「住在附近的同學可以回家了。」老師說：「沒有人來接的同學要等到放學鐘響。不要互相打手臂！明天不用來上學。」

大家開始大聲歡呼。有人抱著手臂離開學校，有人特地停下來，把手臂上的碘酒痕跡秀給門房守衛席米看。

我來到馬路上後，把書包往肩膀一甩便跑了起來。有一輛運貨馬車停在卡拉貝肉店前面擋住了交通，於是我從汽車當中穿梭過街回家。我跑著經過海利布店和撒立哈花店。我們的門房哈金開門讓我進去。

「這個時間你怎麼會一個人在這裡？」他問道。

「今天學校打預防針，提早放學。」

「你哥哥呢？你自己回來的？」

「我自己穿越電車軌道的。明天不必上學。」

「你媽媽出去了，上樓到奶奶家去吧。」他說。

「我生病了，」我說道：「我想回我們家，幫我開門。」

他從牆上拿下一把鑰匙，我們一塊進電梯。到我們家那層樓的時候，他的香菸已經讓整個電梯煙霧瀰漫，薰得我眼睛發疼。他打開我們家的門。「不要玩插座。」他叮囑了一句，然後將門拉上。

家裡沒人，但我還是大喊：「有人在嗎，有人在家嗎？都沒有人在家嗎？」我丟下書包，打開哥哥的抽屜，看起了他收集的電影票，他從來不讓我看。接著我拿出他從報上剪下貼在一本冊子裡的足球賽照片，仔仔細細看了許久。這時有人進門了，從腳步聲聽得出不是母親，是父親。我將哥哥的電影票和剪貼簿放回原處，小心翼翼地，以免被他發現我看過。

父親在他的房間，打開了衣櫥正往裡看。

「你回家啦？」

「沒有，我在巴黎。」我說道，學校的同學都會這麼說。

「你今天沒去上學嗎？」

「今天打預防針。」

「你哥哥不在嗎？」他問道。「好吧，回你房間去，讓我看看你能有多乖。」

我照他的話做。我把額頭貼在窗戶上看著外面。從走廊傳來的聲音，聽得出父親從那裡的櫥櫃拿出一只行李箱。他又回到房間，開始拿出衣櫥裡的外套、長褲。我可以從衣架撞擊聲聽得出來。接著他開始開開關關那些放襯衫、襪子和內衣褲的抽屜。我聽著他把這些全放進行李箱裡。

他走進浴室又走出來。他「啪」一聲關上行李箱的搭扣，轉動鑰匙上鎖。然後他來我的房間找我。

「你剛才在這裡都在做什麼？」

「我在看窗外。」

「來，我們一起看窗外。」

他把我抱在腿上，我們倆一起望向窗外良久。我們家和對面公寓之間隔著一棵高大的柏樹，此時樹梢開始隨風搖晃。我喜歡父親身上的味道。

他親親我，說道：「我要出遠門，別告訴你媽媽，晚一點我會自己跟她說。」

「你要搭飛機嗎？」

「對，去巴黎。這件事也別告訴任何人。」他說著從口袋掏出一枚大大的兩塊半里拉硬幣遞給我，然後又親我一下。「也別說你在家裡看到我。」

我馬上把錢放進口袋。當爸爸將我從他腿上抱下來，拿起行李箱，我對他說：「爸，不要走。」他再一次親親我，然後就走了。

我從窗口看著他。他直接走到阿拉丁的店門口，隨後攔下一輛計程車。上車之前，他再一次抬頭望向我們家揮揮手。我也朝他揮手，接著他便離開了。

我盯著空空的馬路看了好久、好久。有一輛電車經過，接著是賣水小販的運貨馬車。我按鈴叫哈金。

「你按鈴了嗎？」他來到門口問道，然後說：「別玩電鈴。」

我跟他說：「你拿著這個兩塊半里拉的硬幣去阿拉丁的店，替我買十包名人系列的口香糖。別忘了要找五十庫魯喔。」

「這是你爸爸給你的錢嗎？但願你媽媽不會生氣。」他說。

我沒應聲，他便走了。我站在窗戶旁，看著他走進阿拉丁的店，過了一會他出來了。回來的路上，他碰巧遇上對面馬爾馬拉公寓大樓的門房，兩人便停下來聊天。

他回來以後，把找的錢交給我。我立刻撕開口香糖：又三張費夫齊·恰克馬克，一張國父，還有達文西（Leonardo da Vinci, 1452-1519）、蘇里曼大帝、邱吉爾（Winston Churchill, 1874-1965）和佛朗哥將軍（Francisco Franco, 1892-1975）各一張，另外又多一張二十一號，就是哥哥還沒有的葛麗泰嘉寶。現在我總共有一百八十三張圖片了，可是要集滿那一百個人像，還需要二十六張。

我正在欣賞我的第一張九十一號，上面是林白（Charles Lindbergh, 1902-1974）橫越大西洋駕駛的那架飛機，忽然聽到鑰匙插進門孔的聲音。是母親！我連忙撿起丟在地上的口香糖包裝紙，放進盒子裡。

「我們今天打預防針，所以提早回家。是傷寒、斑疹傷寒、破傷風。」我說。

「你哥哥呢？」

「他們班還沒有打預防針。」我說：「學校讓我們回來的。我自己一個人過馬路。」

「手臂會不會痛？」

我沒有回答。過了一會，哥哥回來了。他的手在痛。他躺到床上，枕著另一條胳臂，入睡時看起來可憐兮兮。他醒來的時候，外面天已經很黑。「媽媽，好痛喔。」他說。

「再來可能會發燒。」母親在另一個房間燙衣服。「阿里，你的手臂也會痛嗎？躺下來，別亂動。」

於是我們上床乖乖躺著。哥哥睡了片刻後醒來，開始看報紙的體育版，然後跟我說昨天會提早離開球場都是我害的，也因為我們提早離開，我們那隊才會錯失四次得分機會。

「就算我們沒有離開，可能也不會得分。」我說。

「什麼？」

又小睡了一會之後，哥哥提議拿六張費夫齊・恰克馬克、四張國父和另外三張我已經有的卡片，跟我交換葛麗泰嘉寶，我拒絕了。

「要不要來玩最上或最下？」他問我。

「好，我們來玩。」

玩法就是用兩隻手掌壓住整疊卡片，然後問：「最上或最下？」如果他說最下，你就看最底下的圖片，假設是六十八號麗泰海華絲（Rita Hayworth, 1918-1987），再假設最上是十八號詩人但丁，那麼就是最下贏了，你就把你最不喜歡、擁有的張數最多的圖像給他。陸軍元帥費夫齊・恰克馬克的圖像在我們之間給來給去，一直到晚餐時間到了。

「你們倆看誰上樓去瞧瞧，爸爸可能回來了。」母親說。

我們倆一起上樓。叔叔陪祖母坐著，一面在抽菸，父親不在那裡。我們聽著收音機播報新聞，讀著報紙的體育版。祖母入座吃飯的時候，我們才下樓。

「你們怎麼去這麼久？」母親問道：「沒在那裡吃什麼東西吧？現在給你們喝小扁豆湯好了，你們可以慢慢地吃到爸爸回來。」

「沒有烤麵包嗎？」哥哥問。

我們靜靜地喝湯，母親看著我們喝。從她擺頭的姿勢和目光倏然從我們身上移開的神情，我知道她在聽電梯的聲音。我們喝完湯後，她問說：「要不要再喝一點？」她往鍋子裡瞥一眼，說道：「趁湯還沒冷掉，我是不是也來喝一點。」說是這麼說，她卻走到窗邊看著下方的尼尚塔希廣場，站在那裡呆望半晌。然後她轉身回到餐桌，開始喝湯。我和哥哥在討論昨天的比賽。

「別說話！那是不是電梯聲？」

我們安靜下來豎耳傾聽。不是電梯。一輛電車打破靜默，桌子、玻璃杯、水壺和水壺裡的水隨之震動。吃柳橙的時候，我們都清清楚楚聽到電梯聲，愈來愈接近，到了我們這層樓卻沒停，直接上到祖母家。「一路到頂樓去了。」母親說。

我們吃完後，母親說：「把你們的盤子拿到廚房去，爸爸的盤子留著別動。」我們收拾了餐桌，父親的乾淨盤子獨自擺在空桌上許久。

母親走到俯臨警察局的那扇窗邊，站在那裡看了好一會，接著忽然下定決心。她收起父親的刀叉和空盤拿進廚房，對我們說：「我要上樓去奶奶家，我不在的時候，拜託你們別打架。」

我和哥哥又繼續玩「最上或最下」的遊戲。

「最上。」我第一次這麼說。

他掀開最上面一張：三十四號，世界知名摔角選手科察・尤蘇夫（Koca Yusuf）。他抽出最底下的卡片，是五十號國父。「你輸了，給我一張。」

我們玩了很久，他都一直贏。不久，我原本的二十張費夫齊・恰克馬克已經被他拿走十九張，還有兩張國父。

我開始生氣了，便說：「我不要玩了。我要到樓上找媽媽。」

「媽媽會生氣。」

「膽小鬼！你不敢一個人在家嗎？」

祖母家的門和平時一樣開著。晚餐已經結束，廚子貝奇正在洗碗，叔叔和祖母對面而坐，母親則在窗邊看著下方的尼尚塔希廣場。

「過來。」她喊了一聲，眼睛依然看著窗外。我直接移身進入那個似乎專門為我保留的空位，倚靠在她身上，也跟著望向尼尚塔希廣場。母親把手放在我頭上，輕撫我的頭髮。

「聽說爸爸今天下午早早就回來。你看見他了。」

「對。」

「他拿著行李箱出門，哈金看見了。」

「對。」

「親愛的，他有沒有跟你說他要去哪裡？」

「沒有，他給我兩塊半里拉。」我說。

馬路邊幽暗的商店、汽車車燈、路中央交通警察站的小空間、溼溼的鵝卵石、垂掛在樹上的廣告看板上的字，樓下街道上的一切都顯得好孤單憂傷。開始下雨了，母親緩緩地用手指梳過我的頭髮。

這時候我才發覺祖母和叔叔座椅中間的收音機安靜無聲，平常收音機都是開著的。我不由得打了個寒顫。

「別那樣站在那裡了，ㄚ頭。」祖母開口說。

哥哥也上樓來了。

「你們兩個到廚房去。」叔叔說完，喊道：「貝奇！替孩子們做個球，讓他們到走廊上去踢。」

廚房裡的貝奇已經洗好碗盤。「到那邊坐好。」他說著走到外面陽台去，祖母把陽台用玻璃圍起來，變成一間溫室。貝奇拿了一疊報紙回來，然後開始把紙捏皺做球。當球約莫跟拳頭一樣大，他問道：「這樣可以了嗎？」

「再多包幾張。」哥哥說。

貝奇繼續給球多包上幾張報紙的時候，我從門口往裡看著另一邊的母親、祖母和叔叔。貝奇從抽屜拿了一條繩子把報紙球團團綑住，直到球變得夠圓。為了讓一些鋒利的邊邊角角軟化一點，他用一塊溼布輕輕擦拭，然後再用力壓一壓。哥哥忍不住伸手去摸。

「哇，跟石頭一樣硬。」

「替我按住那裡。」哥哥小心地將手指放在要打最後一個結的地方。貝奇打完結，球也做好了。他往上一拋，我們便開始踢起來。

「要在走廊上玩喔，」貝奇說：「要是在這裡玩會打破東西。」

我們心無旁騖、全神貫注地玩了好長時間，我把自己想像成費內巴切隊的球王萊夫特（Lefter Küçükandonyadis），學他那樣扭腰轉身。每當作撞牆式傳球，就會撞到哥哥疼痛的手臂。他也會撞我，但我不痛。我們倆都滿身大汗，球被踢得四分五裂，我以五比三領先的時候又狠狠撞到他的痛臂，他整個人倒在地上哭了起來。

「等我的手好一點一定要殺了你！」他躺在地上說。

他生氣是因為他輸了。我從走廊走進客廳，祖母、母親和叔叔全都進書房去了。祖母在打電話。

「丫頭啊，」那口氣就跟她喊我母親時一樣。「請問是葉西寇伊機場嗎？是這樣的，丫頭，我們想詢問關於今天稍早飛往歐洲的一位旅客。」她說出父親的名字，等候時手指不停纏繞電話線，接著對叔叔說：「把香菸拿來給我。」叔叔離開房間後，她把聽筒從耳邊移開。

「丫頭，請你告訴我們，」祖母對母親說：「你應該知道。是不是有其他女人？」

我聽不見母親的回答。祖母看著她的神情，好像她什麼也沒說。之後電話另一端的人不知說了什麼，惹得她發火。叔叔拿著一根香菸和菸灰缸回來時，她說：「他們不肯說。」

母親看見叔叔在看著我，這才發現我在那裡。她抓住我的手臂，拉我回到走廊上。她摸摸我的背和後頸，知道我流了很多汗，卻沒有對我發脾氣。

「媽咪，我的手好痛。」哥哥說。

「你們兩個現在下樓去，該準備睡覺了。」

回到樓下家裡，我們三人都沉默許久沒有說話。上床睡覺前，我穿著睡衣輕手輕腳走到廚房倒一杯水，然後進到客廳。母親站在窗前抽菸，一開始沒有聽見我進去。

「你打赤腳會感冒的。哥哥上床了沒？」她說。

「他已經睡了，媽咪。我要跟你說一件事。」我等著母親替我騰出窗邊的空位，那個美好的位子一空出來，我立刻鑽進去，隨後說道：「爸爸去巴黎了。你知道他拿的是哪個行李箱嗎？」她沒有應聲。在那寂靜的夜裡，我們望著雨中街道許久許久。

三

外婆家在電車終點站，西司里清真寺旁。現今那個廣場上全是迷你巴士和市公車站、貼滿招牌的醜陋高樓和百貨公司，還有辦公室，每到午餐時間裡頭的員工會滿溢到人行道上來，像螞蟻似的，但是當年那裡卻是位在歐洲城區邊緣。從我們家走到這個寬闊的鵝卵石廣場要花十五分鐘，當我們和母親手牽手走在椴樹與桑樹底下，感覺好像來到鄉間。

外婆住在一棟以石塊與混凝土砌成的四層樓樓房，外觀很像側翻的火柴盒，房子朝西面向伊斯坦堡，後側則是遍布桑樹林的小山。這棟屋裡塞滿衣櫥、桌子、托盤、鋼琴和其他家具，而自從丈夫去世，三個女兒相繼出嫁後，外婆便一直只待在一個房間裡。姨媽會替她準備餐點送過來，或是放在金屬盒內請司機代送。外婆不僅不肯離開房間走兩段階梯下樓到廚房做飯，她甚至不到其他房間，因此那些房裡都覆蓋著一大片灰塵和絲狀蜘蛛網。外婆自己的母親晚年便是獨居在木造大宅內，她也和她母親一樣得了一種令人費解的孤僻病，甚至不願請看護或日常清潔婦。

我們去看她的時候，母親總要按很久的門鈴，還要大聲敲鐵門，直到外婆終於打開二樓面向清真寺那扇窗的生鏽鐵窗板，往下緊盯著我們；由於她不信任自己的眼睛（她已經看不到太遠的東西），所以會叫我們揮手。

「孩子們，站到外面來讓外婆可以看到你們。」母親說著也和我們一起站到人行道中央，然後揮手高喊：「親愛的媽媽，是我和孩子，是我們，你聽得到嗎？」

從她和藹的笑容就知道她認出我們了。她隨即退離窗口，進自己房間，拿出放在枕頭底下的大鑰匙，用報紙包好之後丟下來。我和哥哥便互相推擠爭著去搶鑰匙。

哥哥的手臂還在痛，使他速度變慢，我於是先拿到鑰匙交給母親。母親費了好一番工夫才打開大鐵門的鎖。我們三人齊力將門緩緩推開，陰暗屋內飄出一股我後來再也沒有聞過的氣味：腐敗、發霉、塵土、歲月與不通風。為了讓經常出沒的竊賊以為屋裡有男人，外婆在門邊的衣架上留著外祖父的氈帽和毛領大衣，角落裡也有一雙總是讓我怕得要命的靴子。

過了一會，爬上兩段木階梯後，我們看見外婆遠遠、遠遠地站在一道白光中。她像個鬼魂似的，拄著枴杖動也不動地站在陰影中，只有些許光線從裝飾藝術風的毛玻璃門滲透進來。

母親一步步爬上吱嘎作響的樓梯，對外婆未發一語。（有時候她會說：「親愛的媽媽，你好不好？」或是「親愛的媽媽，我好想你，外面好冷，親愛的媽媽！」）到了樓梯頂端，我親親外婆的手，但盡量不去看她的臉和她手腕上那顆大痣。不過她只剩一顆牙的嘴、長長的下巴和臉上的細鬚還是讓我們很害怕，所以一進到屋內，我們就緊貼在母親身邊。外婆整天多半都是穿著長睡袍和毛料背心待在床上，這時她又回到床上，衝著我們微笑，那表情像是在說：好啦，現在可以逗我開心了。

「媽媽，你的爐子有點故障了。」母親拿起火鉗撥撥煤炭。

外婆等了一下才說：「好了，別管火爐了。跟我說說有什麼新聞。現在外面世界都發生了些什麼事？」

「什麼事也沒有。」母親說著坐到我們身旁。

「你完全沒有什麼要跟我說的？」

「沒有，親愛的媽媽。」

經過短暫的沉默後，外婆問道：「你沒有見到誰嗎？」

「你都已經知道了，親愛的媽媽。」

「天哪，就沒有什麼新聞嗎？」

沉默無語。

「外婆，我們在學校打了預防針。」我說。

「是嗎？」外婆睜著大大的藍眼睛，彷彿十分吃驚。「會不會痛？」

「我的手還在痛。」哥哥說。

「唉呀。」外婆微笑著說。

接著又是長長的沉默。我和哥哥站起來，看著窗外遠處的山丘、桑樹，和後院裡老舊的空雞舍。

「你都沒有什麼事情要告訴我嗎？」外婆懇求著說：「你都會上樓去見婆婆，就沒見到其他人嗎？」

「蒂露芭女士昨天下午來過，」母親說：「他們陪孩子們的奶奶玩比齊克牌戲。」

這時外婆用我們早已預料到的欣喜口氣說：「就是那個皇宮的女人！」

我們知道她說的不是當年我們常常在童話書和報紙看到的那種乳白色皇宮，而是多瑪巴切宮。直到很後來我才明白外婆瞧不起蒂露芭女士（出身於最後一位蘇丹的後宮），因為她在嫁給某商人之前是個妾，也因此與這個女人友好的祖母也連帶被外婆瞧不起。接下來她們換另一個話題，這是母親每次來都會聊的話題：外婆每星期都會有一天中午，獨自到貝佑律一家名叫「阿普圖拉埃芬迪」的知名昂貴餐廳用餐，事後再鉅細靡遺地抱怨自己吃的每樣東西。接著她開啟了第三個現成的話題，問我們說：「孩子們，奶奶有沒有強迫你們吃西洋芹？」

我們異口同聲用母親教我們的答案回答：「沒有，外婆，她沒有。」

外婆一如往常地告訴我們她在菜園裡看到一隻貓往西洋芹撒尿，而那棵西洋芹最後很可能洗也沒洗就被加進哪個笨蛋的食物裡面，到現在她也還會為這件事和西司里及尼尚塔希的菜販們爭吵。

「親愛的媽媽，」母親說道：「孩子們開始無聊了，想看看其他房間。我去把隔壁房間打開。」

外婆把屋裡所有房間都從外面上了鎖，以免有小偷從哪個窗戶爬進來以後又進到其他房間。母親打開的房間又大又冷，窗口面向有電車經過的馬路，她和我們在那裡站了一下，看著那些被積塵覆蓋的扶手椅與長沙發、布滿灰塵又生鏽的燈、托盤、椅子、一捆捆舊報紙，看著斜靠在角落裡那輛座墊破損、龍頭歪垂，還會發出咿咿呀呀響聲的女用單車。平常比較開心的時候，她會從大皮箱裡拿東西出來秀給我們看，但今天沒有。（「孩子們，媽媽小時候都是穿這種涼鞋；孩子們，看看你們阿姨的學校制服；孩子們，想不想看看媽媽小時候的小豬撲滿？」）

「要是覺得冷，就來跟我說。」她說完就出去了。

我和哥哥跑到窗邊去看清真寺和廣場上的電車，然後看報紙上關於足球賽的舊報導。「好無聊喔，」我說：「要不要來玩最上或最下？」

「被打敗的摔角選手還想再戰？我在看報紙。」哥哥頭也不抬，繼續看他的報紙。

那天早上我們又玩了一次，還是哥哥贏。

「拜託啦。」

「有一個條件。要是我贏，你得給我兩張，要是你贏，我只要給你一張。」

「不要，一張就好。」

「那我不玩。」哥哥說：「你也看到了，我在看報紙。」

我們最近在天使戲院看了一部黑白電影，他拿報紙的姿態就跟片中的英國偵探一模一樣。又往窗外看了一會之後，我答應了哥哥的條件。我們拿出口袋裡的名人圖卡開始玩。一開始是我贏，但後來我又輸掉了十七張卡。

「這種玩法我老是輸，」我說：「我們再照以前的規則，不然我不玩了。」

「好吧，」哥哥還在模仿那個偵探。「反正我也想看那些報紙。」

我望著窗外一陣子。我仔細地數了數圖像，還剩下一百二十一張。前一天父親離開時，我還有一百八十三張呢！可是我不願去想，我不得不答應哥哥的條件。

起初都是我贏，可是到後來又是他贏。他掩飾著內心的歡喜，不帶笑容地從我手上拿過卡片，加入自己原本的那疊。

「要不然我們可以再換其他規則。」片刻過後他說道：「贏的人只拿一張。要是我贏，我可以選擇要拿哪一張。因為有些卡我一張也沒有，你又老是不肯給我。」

我心想自己會贏，便答應了。不知道事情是怎麼發生的。我連續三次選了上面的牌都輸給他，等我意識到的時候，兩張葛麗泰嘉寶（二十一號）和唯一一張埃及國王法魯克（七十八號）都沒了。我想一次把它們都贏回來，於是愈玩愈大，結果才兩個回合，本來我有而他沒有的許多卡——愛因斯坦（六十三號）、魯米（三號）、曼波口香糖——糖漬水果公司創辦人薩吉斯．納札里安（一百號）和埃及豔后（五十一號）——也都落到他手裡了。

我連口水都不敢吞，怕自己會哭出來，便跑到窗邊看著外面。駛進終點站的電車、從樹葉逐漸稀疏的樹枝間可以看見的遠方公寓大樓、躺臥在鵝卵石上慵懶搔癢的狗……才短短五分鐘前，這一切顯得多麼美麗！要是時間能停止就好了。要是能像玩擲骰子賽馬遊戲一樣倒退五格就好了。我再也不和哥哥玩最上或最下了。

「我們再來玩好嗎？」我說道，額頭仍貼在窗玻璃上。

「我不玩了，你就只會哭。」哥哥說。

「傑瓦特，我保證我不會哭。」我走到他身邊，信誓旦旦地說：「可是我們要像最開始的時候那樣，照以前的規則。」

「我要看報紙。」

「好吧。」我說著開始洗我那疊愈來愈薄的圖卡。「老規則，最上或最下？」

「不可以哭喔。好，上。」他說。

我贏了，他給我一張陸軍元帥費夫齊・恰克馬克。我不肯拿。「你可不可以給我七十八號法魯克國王？」

「不行，我們剛才不是這麼說的。」他說。

我們又玩了兩回合，我輸了。要是沒玩第三回合就好了，當我把四十九號拿破崙拿給他時，手在發抖。

「我不玩了。」哥哥說。

我苦苦哀求。我們又玩了兩回合，這次我沒有把他要的卡片給他，而是把所有剩下的卡片往他頭上和空中扔出去。這些卡片我已經收集了兩個半月，每一天都心心念念著每一張，還緊張兮兮地將它們小心整理好藏起來：二十八號好萊塢性感女星梅蕙絲（Mae West, 1893-1980）、八十二號法國作家朱勒・凡爾納（Jules Verne, 1828-1905）、七號「征服者」梅荷美特、七十號伊麗莎白女王、四十一號專欄作家耶拉・撒力克和四十二號伏爾泰（Voltaire, 1694-1778）……所有卡片都飛到半空中然後散落一地。

好希望我在一個截然不同的地方，過一個截然不同的人生。回外婆的房間之前，我悄悄走下吱吱嘎嘎響的樓梯，心裡想到一個原本在保險公司上班、後來自殺的遠房親戚。奶奶跟我說過，自殺的人會待在地下一個陰暗的地方，永遠上不了天堂。我步下許多層階梯後，停下來站在黑暗中。然後轉身上樓，來到外婆房間旁邊最後一級階梯坐下來。

「我不像你婆婆那麼有錢。」我聽到外婆說：「你要邊照顧孩子邊等。」

「但求求你了，親愛的媽媽。我想帶孩子回這裡來。」母親說。

「你不能帶著兩個孩子住在這裡，你看看這裡全是灰塵和鬼魂和小偷。」外婆說。

「親愛的媽媽，」母親說：「你不記得了嗎？當初姊妹們出嫁、爸爸去世以後，就我們倆住在這裡，日子過得多快樂。」

「我的梅波露寶貝，那時候你整天都在翻你爸爸的舊雜誌《插圖》。」

「要是把樓下的大爐點燃，過兩天這棟房子就會又舒適又溫暖了。」

「當初我就叫你別嫁他了，對不對？」外婆說。

「我要是帶個女傭來，只需要兩天就能把這些灰塵都清乾淨。」母親說。

「我不會讓那些會偷東西的女傭進這屋子。」外婆說：「總之，要把這些灰塵和蜘蛛網打掃乾淨需要半年時間，到那時候，你那個出外飄泊的丈夫也已經回家了。」

「你真的不會改變心意嗎，親愛的媽媽？」母親問道。

「梅波露，我的寶貝女兒，你要是帶著兩個孩子來住這裡，我們四個要靠什麼為生？」

「親愛的媽媽，我都跟你說了多少次，求你多少次了，叫你趁政府徵收以前賣掉比貝的土地？」

「我才不去契約登記處把我的簽名和照片交給那些臭男人呢。」

「親愛的媽媽，請不要說這種話，我和姊姊可是把公證人帶到家裡來了。」母親提高了音量說。

「我從來就不信任那個公證人。」外婆說：「從那張臉就看得出他是個騙子，說不定他根本也不是公證人。還有別這樣跟我大小聲。」

「好吧，親愛的媽媽，我不會了！」母親說完，朝著房裡喊我們：「孩子們，孩子們，好了，把東西收一收，我們要走了。」

「等一下！」外婆說：「都還說不到兩句話呢。」

「是你不要我們的，親愛的媽媽。」母親低聲說。

「這個你拿去，讓孩子們吃點土耳其美食。」

「還沒吃午飯，還是別讓他們亂吃東西。」母親離開外婆的房間後，從我身後走到對面房間。「誰把這些卡片扔得滿地都是？馬上撿起來。你去幫他。」她對哥哥說。

我們默默地撿拾卡片時，母親掀開舊皮箱看著自己童年的洋裝、芭蕾舞衣、許多盒子。腳踏式縫紉機黑色骨架底下的灰塵充斥我的鼻孔，讓我雙眼泛淚、鼻子阻塞。

我們在小廁所裡洗手時，外婆輕聲懇求道：「梅波露，親愛的，這個茶壺你拿去，你最喜歡它了，你可以拿去。這是我外公當大馬士革總督的時候買給我親愛的媽媽，一路從中國來的呢。」

拜託你拿去吧。」

「親愛的媽媽，從現在起我不會再拿你任何東西。」母親說：「把它放進櫥子裡吧，不然會打破。來，孩子們，親親外婆的手。」

「我的小梅波露，我的寶貝女兒，求求你別生你可憐的母親的氣。」外婆讓我們親吻她的手，邊說道：「求求你別把我丟在這裡，誰也不來看我，誰都不理我。」

我們飛奔下樓，當我們三人推開沉重的鐵門，迎面而來的是和煦陽光，我們吸了一口清新空氣。

「你們要把門關緊囉！」外婆高喊道：「梅波露，你這個禮拜會再來看我吧？」

我們和母親手牽手走著，誰也沒說話。我們默默聽著其他乘客咳嗽，一面等著電車發車。好不容易電車開動了，我和哥哥換坐到另一排，說是想要看駕駛，卻又玩起最上或最下。起先我輸了幾張卡，接著又贏回幾張。當我提高賭注，他欣然接受，而很快地我又開始輸了。到了奧斯曼貝站時，哥哥說：「我用你最想要的這張十五號，換你所有剩下的卡。」

結果我玩輸了。把卡片交給哥哥前，我偷偷抽了兩張出來，沒讓他看見。我又回到後排和母親並坐。我沒哭，只是難過地望向窗外，當電車在呻吟聲中緩緩加速，我看著一切從眼前掠過，所有的人與地從此消失不見：小小的裁縫店、麵包店、有遮陽篷的布丁店、我們去看一些關於古羅馬電影的塔恩戲院、賣舊漫畫書的店面旁邊沿牆站立的孩子們、拿著鋒利剪刀讓我心驚膽顫的理髮師，還有社區裡那個老是站在理髮店門口、半赤裸的瘋子。

我們在赫比葉下車。走回家的途中，哥哥得意的沉默讓我惱火起來。我拿出藏在口袋裡的那張林白。

這是他頭一次看到。「九十一號：林白！」他羨慕地念道。「還有他飛越大西洋開的那架飛機！你在哪裡找到的？」

「昨天我沒打預防針，提早回家了。」我說道：「我看見爸爸，他還沒走，是爸爸買給我的。」

「那有一半是我的。」他說：「其實我們玩最後一局的時候，就說好你要把剩下的卡片都給我。」他試圖從我手中搶過卡片，但沒有得逞。他抓住我的手腕用力扭，我痛不過便去踢他的腳。我們開始打了起來。

「別打了！」母親說：「別打了！我們在大馬路上耶！」

我們於是住手。有個穿西裝的男人和一個戴帽子的女人從我們旁邊經過。當街打架讓我覺得很丟臉。哥哥走了兩步後倒在地上，抱著腳喊道：「好痛喔。」

「起來，」母親小聲地說：「夠了，起來吧。大家都在看。」

哥哥起身後以單腳跳著往前走，就像某部電影裡的受傷軍人。我很怕他真的受傷，但是看到他這副模樣還是很高興。我們靜靜地走了一會，他忽然說：「等我們回到家就有你好看了。媽咪，阿里昨天沒有打預防針。」

「我有，媽咪！」

「別吵了！」母親大喊。

現在已經來到家門口對面，等來自馬茨卡的電車通過就可以過街。但電車之後又來了一輛卡車、一輛吐出大團廢氣濃煙還空隆空隆響的貝敘塔希公車，接著對面駛來一輛淡紫色的迪索托。就在這時候我看見叔叔正從窗口往下看。他沒看見我，而是盯著過往車輛。我注視著他許久。

路上早已沒車了。我納悶著母親怎麼還不牽我們的手帶我們過街，轉頭一看才發現她正在默默掉淚。

諾貝爾文學獎獲獎演說——父親的提箱

My Father's Suitcase

要做作家對我來說，就是一個經年累月耐煩地追求，才發現「祕密的他人」在你裡頭的人，一個使之成為其人的內在世界：當我說到寫作，我首先想到的的不是一部小說、一首詩歌，或者文學傳統。而是一個人關在房裡，坐在桌前，孤獨地內省；在內心的陰影之中，他用詞語建立起一個世界。

我父親去世兩年前，給了我一只小手提箱，裡面裝滿他的手稿和筆記本。他用平常那種開玩笑的口吻要我在他走了之後再拿出來讀，走的意思是說他離開人世。

「你以後慢慢看吧。」他看上去有一點不好意思地說：「看看裡頭有沒有用得上的東西。我走了以後，你可以出版一個選本。」

當時我們在我的書房，周圍都是書。我父親走來走去，像是想卸去一個痛苦的包袱般在找一個地方放下他的箱子，最後終於安安靜靜地把箱子放在一個角落裡。這是我們兩人之間永難忘記的羞赧時刻，這個時刻一旦過去了，我們又回到平常的角色，輕輕鬆鬆地看待人生，變回兩個嘻嘻哈哈的人。我們放鬆下來，像往常一樣談天說地，講了一些瑣碎的家常話，聊著土耳其政治上沒完沒了的麻煩事，以及他那些大半都蝕本的買賣。先前的傷感就過去了。

我記得父親離開之後，有好幾天我在書房裡走來走去都與那只箱子擦身而過，但一次也沒碰過它。我早就熟悉那小巧的黑色皮箱、那把鎖的模樣、那圓滑的箱角。父親旅行時就提那只箱子，有時候也用它裝著文件去上班。我也記得，小時候父親旅行回來，我會打開那只小箱子，在他的物品中東翻西找。我喜歡那裡頭的香水味和異國氣息，這提箱是我熟悉的老朋友，令我想起童年的昔時歲月，可我現在不敢動它。為什麼呢？想必是因為箱子裡那神祕的重量。

我現在要向各位講這重量的意義，也就是一個人把自己關在房間裡、坐在書桌前、退卻到一個角落裡，為了要表達他的思想所創造的價值，這就是文學的意義。

當我摸著那只箱子，我還是不能打開它，我早知道裡面一些筆記本寫了什麼。我看見過父親用其中一些筆記本寫著什麼東西，這不是我第一次知道提箱裡裝的沉甸甸的東西。我父親有一個很大的書房；一九四〇年代末，他年輕的時候，他那時想當個伊斯坦堡詩人，還把梵樂希的詩翻譯成土耳其文，可是他不願意在一個沒有多少讀者的貧窮國家過一個詩人免不了要過的生活。我的祖父是一個有錢的商人，我父親從童年到少年時代過得很舒服，他可不願意為了文學或寫作承受艱苦。他熱愛生命中的美好事物，這我懂得。

我不願意打開這箱子的主要原因，當然是怕我會不欣賞父親所寫的東西。我父親也懂得這一點，所以他把箱子交給我時就用開玩笑的態度，故意裝作對箱子裡的東西毫不在意的樣子。當了二十五年的作家，我為了這事情感到難過，我並不想生父親的氣，責怪他不把文學當回事。我真正害怕的、不願意知道或發現的關鍵事情，是我父親有可能是一個好作家。因為我怕這一點，所以我不能打開父親的箱子。我甚至不能承認我的恐懼，要是真有文學價值甚高的作品從這箱子問世了，我必得承認在我父親身上存在著另一種完全兩樣的人。雖然我是一個成人，我寧可我父親是我的父親，而不是一位作家。

要做作家對我來說，就是一個經年累月耐煩地追求，才發現「祕密的他人」在你裡頭的人，一個使之成為其人的內在世界：當我說到寫作，我首先想到的的不是一部小說、一首詩歌，或者文學傳統。而是一個人關在房裡，坐在桌前，孤獨地內省；在內心的陰影之中，他用詞語建立起一個世界。這個男人或者女人會用打字機或電腦，或用筆在紙上寫，像我自己就這麼寫了三十年。寫作時，他邊寫邊喝茶喝咖啡，或邊寫邊抽菸，有時從桌前站起來，望著窗外的孩子在街上玩，要是運氣好，他眼前或許有一片樹林和風景，又或許他只看到黑色的牆壁。他也許寫詩、劇本，或像我一樣寫小說，而這一切皆來自於在桌前坐下來、耐心地向內自我省察的結果。寫作就是把內省的經驗化為文字，研究一個人回歸到自我時所進入的世界，同時懷抱著耐心、執著與喜悅。當我坐在桌前一連數日、一連數月、一連數年幾年，慢慢把新的詞語添加到空白的紙上，我感覺我好像創造了一個新的世界，好像我把他人放進我的內裡，像一個人會用一塊接一塊的石頭蓋成一座橋梁或圓頂那樣。我們作家使用的石頭是詞語，我們把詞語捏在手裡，感覺它們各塊石頭互相連接的方式，有時要在遠處觀察，要掂量它們的重量，要改變它們的位置，年復一年，耐心而又充滿希望，我們創作出新的世界。

當一個作家的祕訣不是靈感，因為誰都不知道靈感從哪裡來。作家的祕密是固執，是耐心。一句可愛的土耳其俗語說：「用一根針挖一口井。」在我看來，這正是對一個作家說的話。在古老的故事裡，我喜歡胡索瑞夫的耐心，他為了愛情而挖山不止——對此我非常能夠理解。我在小說《我的名字叫紅》當中描寫古代的細密畫家經年累月以不變的熱情繪製同一匹馬，每一筆畫都記憶無誤，直到他們閉著眼睛也能再現那美麗馬匹的形象。其實我在談的是寫作專業，以及我自己的生活。如果一個作家要講述自己的故事——慢慢講述，而且好像是在講述他人的故事——如果他感到這故事力量從他內心升起，如果他是坐在桌前耐心地投入這門藝術——這種手藝——首先他應該要被賦予某種希望。靈感的天使（會定期拜訪某些人而難得光顧另一些人）偏愛那些充滿希望與信心的人，而且是在作家最有孤獨感的時刻，是在作家對自己的努力、自己的夢想與自己的寫作價值最感懷疑的時刻——當他認為他寫的不關別人的事，而是自己的事——那時靈感的天使就會出現，向他揭示故事、圖象和夢想，而這些可以描繪出他希望創造的世界。如果回顧那些我所投注整個生命寫出的著作，對我來說，最玄妙的感覺就是發現那些帶給我狂喜的句子、夢境和扉頁並非出自我的想像，而是另外一股力量讓我使用的。

我怕打開父親的提箱，怕讀他的筆記本。我知道他不會忍受我所經歷過的寫作困境；他喜歡的不是孤獨是交朋友，出入沙龍，談笑風生，呼朋引伴。但是後來我的想法有了不同的轉變——我的這些想法，這些關於棄世與耐心的夢想，都是我從自己的生活與作為作家的經歷得出的偏見。許多傑出的作家是在人群圍繞與溫馨的家庭生活中寫作，在熱情交際與愉悅的談話中寫作的。此外，在我們年幼時，我父親也曾厭倦單調的家庭生活，拋下我們一個人跑去巴黎，在那兒，他像許多作家一樣，坐在旅館房間裡寫他的筆記本。我也知道那時的筆記本有些就在這只箱子裡，把箱子給我前的幾年裡，父親終於開始對我談起他那段時期的生活。他提到我還是個孩子的那些年頭，可他不願意提到他的脆弱，他想成為作家的夢想，或者他坐在旅館房間裡惱火的文化認同問題，他不說這些。他總是告訴我他如何在巴黎街上見過沙特，熱情地告訴我他看過哪些書哪些電影，好像在跟我分享什麼重大新聞。在我成為作家之後，我始終記得一定程度上我要感謝我有這樣一個父親，他告訴我這麼多有關世界上作家的事情，遠多於談那些高貴的帕夏或偉大的宗教領袖。所以，我可能必得讀讀父親的筆記本，而且記得我曾受惠於父親那巨大的書房。我也該記得，當他和我們生活在一起時，我父親就像我一樣，喜歡獨自讀書和冥想，而不太在乎他寫作的文學價值。

我忐忑不安地打量父親託付給我的提箱，覺得自己還是做不來。我父親有時會躺在書架旁邊的長沙發上，放下手中的書或雜誌，長久沉浸在一種冥思夢想中。那時他的表情與我慣常看到詼諧嘮叨家常的表情完全不同——我看到內心凝視最初的跡象——那種表情讓我驚惶，特別是在我童年與少年時期，見到他那樣的憂慮時。許多年之後，現在我知道這種憂慮是讓一個人成為作家的基本特質。要成為作家，只靠耐心與辛勞是不夠的：首先我們必須感覺到我們被迫逃離人群、交際與日常瑣事，而把我們自己關閉在一個房間裡，我們需要耐心與希望，這樣才能在寫作當中創造一個深刻的世界。但是，推動我們實際寫作行動的是將自己關進一個房間的渴望。這類作家讀書要讀到自己心滿意足為止，只傾聽自己內心的聲音，由此與他人的詞語爭辯，透過與自己的書籍對話而發展自己的思想和自己的世界。這類思想自由獨立作家的先驅者無疑的就是蒙田，他標誌了現代文學的開端。蒙田是我父親經常翻閱的作家，也是他向我推薦的作家。我願歸屬於這類作家的傳統，不論在世界什麼地方，不論是東方還是西方，這類作家使自己與周遭世界隔離，把自己和書籍關在自己的房間裡。真正的文學的起點，就從作家將自己與書關在房間裡開始。

我們一把自己關起來，很快就會發現我們並不像原來想像地那麼寂寞。陪伴我們的是前人的文字、他人的故事、他人的書、他人的詞語，這就是我們所說的傳統。我相信文學是人類為追求了解自身而收藏最有價值的寶庫。眾多社會、部落、民族關切自己的作家筆下的文字時，就會變得更文明、富裕而先進。我們都知道焚書坑儒詆毀作家是黑暗與荒淫時代降臨到我們頭上的訊號。但文學絕對不止與民族相關。把自己與書籍關閉在一個房間裡展開自身旅行的作家，將在多年以後發現文學永恆的定律：他必須具有這樣的藝術才華，能把自己的故事當成別人的故事般來講述，也能把別人的故事當成自己的故事般來講述，因為這就是文學。要做到這點，我們的旅行必須先從別人的故事、別人的書出發。

我父親有個很好的書房，藏書一千五百冊，這大可以滿足一個作家的需求。我二十二歲時，也許還沒有讀過全部的書，但每一本書我都認得，我知道哪些書是重要的，哪些書是不太重要而容易讀的、哪些是經典作品，哪些是任何教育不可缺少的部分，哪些是不必記住但很有趣的地方歷史記載，以及哪些是我父親評價甚高的法國作家作品。有時我從遠處看父親的書房，我想像有一天建立我自己的書房，一個更好的書房——為我自己建立一個世界。從遠處看我父親的書房，對我來說更像是真實世界的一種縮影，可這是一個從我們自己的角落觀看的世界，從伊斯坦堡所見。這間書房可堪證明。我父親是從他頻繁的國外旅行建立起他的書房，大半書籍來自巴黎與美國，也有從四〇、五〇年代販售外文書籍的書店買來的，或是從伊斯坦堡的新舊書商手上購得的，這些書商我也認識。我的世界混雜了地方、國家與西方。七〇年代的時候，我也雄心勃勃地開始建立起自己的藏書，我那時還沒決定將來要當作家。我在《伊斯坦堡》裡提到：「我知道我當不成畫家，可我不知道我的前途要走那一條路。」我內心有一種駕馭不了的躁動不安的好奇心，一種樂觀的、對閱讀與學習的飢渴感，同時我感到我的人生有些「缺憾」，我無法像別人那樣的生活。這種感覺與我凝視父親書房時的感覺一樣——與遠離世界中心的感覺多少有關；那時我們所有住在伊斯坦堡的人都會有這種住在鄉下的感覺。另一種不安以及有所缺憾的，就是我清清楚楚地知道，我身處一個毫不關懷藝術的社會，不管是作家還是畫家，這個國家不給他們任何鼓勵和希望。七〇年代時，我用父親給我的錢在伊斯坦堡的舊書攤貪婪狂購那些褪色發黃、蒙了層灰的、縐縐巴巴的舊書，讓我動情的還不光是這些書，破敗潦倒的書販攤子擺著古書，在清真寺的院子裡在街邊牆腳擺開來，這樣的景況就像書籍本身一樣的讓我感動。

對於我在世界上的地位、我的文學生活，我有一個感覺：我不是「生活在中心」。世界中心的生活比我們的生活更豐富更有意義得多。而我、伊斯坦堡，與土耳其都在這中心之外。今天我相信世上多數的人都與我有相同的感覺。同樣的，有所謂的世界文學，世界文學的中心也離我很遠。實情是：西方文學而非世界文學，離我們土耳其人非常遙遠。我父親的書房可以做為證據，一面有伊斯坦堡的書——我們的文學、本土世界所有可愛的細節，另一面有其他西方世界的書，跟我們的世界完全不同，那份不同既給我們痛苦，也給我們希望。寫作與閱讀好像離開一個世界到他人的世界，在陌生與驚奇裡尋求告慰，我感覺我父親讀西方文學是要躲避他所身處的世界逃到西方去——像我要做的一樣。我感覺我那時讀那些書是為了要躲避自己的文化，我們自己覺得不夠味的文化。不僅是閱讀寫作，我們的生活也想躲開伊斯坦堡，逃到西方。為了寫他的筆記本，父親跑到巴黎，關在屋子裡，寫那些東西，然後帶回伊斯坦堡。我在書房裡寫作了二十五年，作為一個土耳其作家、生存下來。我難過的是看見我父親將自己的深思藏進他的提箱裡，好像寫作是祕密進行的，不該為社會國家與人民所見。這可能是我生我父親氣的主要原因，他不像我把文學當作一個重要的事業。

我真的生我父親的氣，是因為他不曾像我這麼生活過，他不曾與他的人生爭辯，他跟他的朋友與他愛的人高高興興地過日子，可是有一部分的我也可說我不是「生氣」，還不如說我是「嫉妒」，後者是更準確的字眼；但這感覺一樣教我不安，有個憤怒的聲音在我體內問我什麼是幸福？幸福是在我那寂寞的房間過著我真實的生活？或者是在社會過安逸的生活，相信別人所相信的，或假裝相信別人所相信的？祕密寫作度過一生是幸福還是不幸？這些問題都太讓人惱火，而我又是從哪裡得來這消息的：幸福是衡量人生美好與否的標準？人們和報章媒體都把幸福看成衡量人生美好與否最重要的標準。是否光是這一點就值得去做一些研究，看看事實是否正好相反？畢竟，我父親好幾次離家出走，我有多認識他？我怎能懂得他內心的不安？

這些思慮教我頭一次打開父親的提箱。父親是不是有一個祕密，有什麼我所不知道的不幸，教他相信只有通過寫作才能抒發排解？我一打開提箱，想起了這皮箱獨有的旅行氣味，我認得好些他的筆記本，我記得早些年他曾給我看過，但沒有多說什麼。我現在手中的筆記本，多半是他年輕時離家跑到巴黎寫的，我想知道的就是我父親在我這年紀時到底寫了些什麼，想些什麼。我很快就發現我得不到答案。我感到特別不安的，就是在那些筆記本裡會偶然找到作者的聲音。我告訴自己這不是父親的聲音，並不真實可信。至少不是我所認識的父親的。我怕的是父親寫作時不是我父親，恐懼底層還有更深的恐懼：我自己並非真實，我也怕自己從父親的筆記本裡頭找不到有質量的作品。我更怕發現父親太受其他作家影響，讓我陷入絕望，這是我年輕時所感覺到的一種絕望，不斷折磨我。懷疑我的人生，我的存在，我的寫作。當作家頭十年那種不安的感覺很深，雖然有時我能推開那些感受，終有一天我要承認失敗，像畫畫失敗那樣，我就不寫了。

我已經提到兩種為什麼我關上父親的提箱、把它放到一旁的感覺：被放逐到境外的邊緣感，和我自己心中欠乏真實的恐怖感。這不是我第一次有這些感覺。多年來，總在我讀書、寫作、探索時，不斷加深。人生和書本早就為我帶來內心的騷亂、敏感與痛苦，尤其是在我的年輕歲月。可我寫作的時候才能徹底懂得真實（像我的小說《我的名字叫紅》與《黑色之書》）和生活在邊陲的問題（像《雪》與《伊斯坦堡》）。對我來說，作家帶著自身祕密的傷口，隱密到連我們自己都不察覺，承認這些痛苦與傷口的祕密，當作我們寫作的資源。

一個作者談的是大家知道可是他們自己不知道的事，發展這種知識、看見它成長，使你快樂；讀者會去拜訪他既熟悉又奇妙的世界。一個作家把自己關在一個房間裡琢磨技藝好幾年，創造一個世界，用他祕密的傷口作為起點，不管他自己知道不知道他對人類有很大的信仰。我的決心來自於我相信所有人都是相像的，別人也藏有我相同的傷口。真正的文學來自於孩子氣地帶著希望肯定所有人都是相像的。一個作家把自己關在房間裡好幾年，這樣的舉動暗示著只有一種人類、只有一個沒有中心的世界。

但從我父親的提箱與伊斯坦堡人蒼白的生命色彩看來，世界就是有一個中心在那兒，那中心離我們很遠。在我的作品裡我詳細描寫了這個重要的因素創造了契訶夫，創造了那種邊陲感，從另一條道路讓我懷疑我的真實性。我的經驗告訴我世人多半都有同樣的感受，有許多人感受到的匱缺、不安與自卑甚至比我感受到的還強烈。是的，人類最大的困境仍是沒有國、沒有家，以及飢餓。可是現在電視與報紙比文學更快也更簡單地告訴我們這基礎的問題，當今文學最需要討論和研究的就是人類根本的恐懼是擔憂被邊緣化，被認為沒有價值；那些恐懼所帶來集體的羞辱，匱缺，委屈和敏感，民族主義者的自大與膨脹，以及其他種種，我每一次遇見那種感覺和表達那種感覺非理性的誇張語言，總感覺恐怖。我們常常目睹西方以外的人民、社會與國家——我很容易就能認同他們——看見他們因為恐怖所驅使而做出愚蠢的事情，因為他們敏感地害怕被侮辱。我也懂得在我同樣認同的西方世界——國家與人民因為他們的財富、因為他們為我們帶來的文藝復興、啟蒙時期與現代化而太驕傲。他們常常擁有與被屈辱之人相同的自大與愚蠢。

這意謂著不僅我父親是其中之一，我們大家都太看重世界中心的現象。而教我們把自己關在房間裡用好幾年工夫寫作的信念恰與此相反：我們相信終有一天我們所寫的能為人閱讀與理解，因為世上所有人都是相像的。可是正如我從自己與父親的寫作中所了解到那樣，這是一種憂慮的樂觀主義，帶著害怕被擠到邊陲去的憤怒傷痕。杜斯妥也夫斯基終其一生對西方的愛與恨，我也時有所感。但若我掌握到了本質的真實，若我有樂觀的理由，那是因為我跟這位大作家一起旅行穿過他與西方的愛恨交織，看見他在世界的那邊所建立的不同的世界。

所有將生命奉獻給此一職志的作家都知道：無論我們的本意是什麼，我們年復一年懷著希望寫作所創造出來的世界，最終都將去到其他非常不同的地方，帶我們遠離那張我們或許懷著悲傷、或許懷著憤怒而伏案寫作的桌子，帶我們來到悲傷與憤怒的另一面，來到另一個世界。我父親自己沒有抵達這樣一個世界嗎？就像一片慢慢開始成形的土地，就像在我們經過長久的航海之旅後，一座瑰麗的小島從霧中升起，這另一個世界使我們著迷。這份著迷，一如西方世界的旅人，自南方出發，而後眼見伊斯坦堡從霧中升起。一趟始於希望與好奇的旅途，最終呈現在他們面前的是一座混雜了清真寺、尖塔、屋宇、街道、山丘、橋梁、斜坡的城市，一整個世界。望著它，我們渴望融入這個世界，讓自己在裡面迷失，就像當我們面對一本書時那樣。在我們因為感覺遠離中心、被排除在外、處於邊緣、憤怒或濃濃的憂鬱而在桌前坐下之後，我們發現了一個超越這所有心緒的完整世界。

我現在的感覺與我在童年少年時的感觸是相反的，對我來說，世界的中心是伊斯坦堡。不僅因為我在這裡度過了人生，也因這三十三年來我描寫過城市的街道、橋梁、人群、小狗、房子、清真寺和泉水、傳奇英雄、店鋪、有名的人、幽暗之地、白天與夜晚，擁抱他們成為我生活的一部分。我用雙手創造出來的世界，那個只存在於我腦海中的世界，比我實際生活的城市還要真實。那些居民與街道、物品與建築，他們彼此談話，以一種出乎我預料的方式互動，好像他們不僅存在於我的想像與我所寫的書中，而是為了他們自己而生活。我像用一根針挖一口井創造的世界，好像比什麼都真實。

我父親寫作的那幾年可能也發現了這種幸福，看著父親的提箱，我想：我不應該先入為主地評斷他。我非常感謝他，他一直都不像一般父親那樣命令或懲罰我，而是一個永遠都讓我自由、總是對我表現出高度尊重的父親。我常想我之所以能不時發揮想像力，都是因為我一直都不怕父親，不像我少年時代所認識的許多朋友般害怕他們的父親。有時我深信，我能成為一位作家是因為我父親年輕時也有一樣的志願。我應該用寬容的態度，試著閱讀他在那些旅館房間寫的東西。

我懷著這些樂觀的想法，走到提箱邊。提箱依然放在我父親當初放的地方，我用盡全部的意志力，讀了一些他的手稿與筆記本。我父親到底寫些什麼？他寫他從巴黎旅館窗外看到的風景，也寫了一些詩、議論文章與分析文章……我正在寫這感覺，像出了車禍的人一樣，一面掙扎著想記起事情是怎麼發生的，一面又害怕記得太清楚。小時候，父母親開始吵架以前，他們什麼都不說，我父親就立刻扭開收音機，讓音樂助我們快快忘卻一切。

現在我願意講幾句甜蜜的話，就像音樂所起的作用，轉換一下心情。我們作家常常要回答的問題就是：你為什麼寫作？我寫作，因為我有一種與生俱來的需要想寫作！我寫作，因為我跟一般的人不同，我不喜歡平凡的工作。我寫作，因為我願意讀像我自己寫的書。我寫作，是因為我氣你們，我生你們所有人的氣。我寫作，是因為我愛整天坐在一個房間裡寫作。我寫作，只有通過寫作可以改變現實。我寫作，是因為我要其他人、全世界的人知道我們在伊斯坦堡、在土耳其，在以前與現在繼續過活。我寫作，是因為我喜歡紙、筆跟墨水的氣味。我寫作，是因為我相信文學、相信小說藝術更甚於我相信其他的一切。我寫作，是因為一種習慣、一種愛好。我寫作，是因為我害怕被遺忘。我寫作，是因為我愛寫作的名聲跟吸引人們的注意。我寫作的原因是要當我自己。我寫作的原因可能是我想懂得自己為什麼那麼生大家的氣，生所有人的氣。我寫作的原因是我喜歡人讀我寫的東西。我寫作，是我開頭寫了一部小說、一篇散文、一頁文字，開始的到結束終於寫完了。我寫作的原因就是人家都認為我該寫的，等待我寫的，是因為我天真地相信圖書館將永垂不朽，而我的書永遠放在書架上。我寫作，是因為我非常喜歡用文字描寫生活的美麗。我寫作的目的不是講故事，而是創造故事。我寫作，是因為要擺脫一種看法，也就是總有一處我非去不可卻到不了的地方。我寫作，是因為我從來沒有感到很幸福。我寫作的原因是要追求幸福。

父親把提箱給我，一個星期後，他又來書房看我。像往常，他又帶了巧克力糖給我（他忘了我已經四十八歲了）。我們擺龍門陣談人生、政治、家族瑣事。我父親的目光溜到他放下那只提箱的角落，看到我已經移動過箱子。父子眼神交會，接著有種凝重的靜默，我沒告訴他我已經開過箱子、想讀裡面的東西，我轉過去不跟他的眼神接觸。可是他懂得，我也懂得他懂得，正如他懂得我懂得他懂的。這些懂得就在霎時間溜遠了，因為我父親是個快樂自信的人，他一如往常對我笑了一笑。離開我的房子時，他重複一遍所有他總是會對我說的慈愛與鼓勵話語，就像一個父親那樣。

一如往常，我目送他離開，嫉妒他的快樂以及他無憂無慮且不慌不忙的氣質。但我記得那天在我心裡也閃過一絲令自己感到羞愧的喜悅之感，我想到或許我沒有父親過得那麼舒適，沒有一個那麼快樂而自在的人生，但我把人生奉獻給寫作——就如各位所知……我感到羞愧，因為我是與我父親比較後才有這樣的想法。在所有人當中，我父親從來不曾是我痛苦的來源，他從來都讓我很自由。這一切的一切都提醒我們，寫作與文學，和我們生命核心裡的缺憾密切地相關，和我們的喜悅與罪惡感密切地相關。

父親將提箱交給我的二十三年前，也就是在我二十二歲決定當一個小說家後的第四年，我寫完了我頭一部小說《謝福得先生父子》。我顫抖的手把未發表的稿子交給父親，要他告訴我他的感覺。這不僅是我信任他的品味與智慧，他的意見對我來說很重要，因為他不像母親那樣反對我當作家的志業。那時候我父親在遠方，我不耐煩地等待他回家。兩星期之後，他回來了，我跑到門口歡迎他。父親什麼都沒說。他馬上擁抱我的方式告訴我他非常欣賞我的小說。那種強烈的感覺伴隨而來我們的沉默。我們定心下來談話，我父親用非常誇獎的語言表達他信任我與我的第一部小說，他告訴我將來有一天會得到今天的大獎。

他這樣說不是他要說服我，讓我相信他的好意見，也不是拿大獎來鼓舞我。他就像個土耳其父親支持鼓勵兒子說：「你有一天會成為一個帕夏！」多年來他見到我總是說著同樣的話來鼓勵我。

我父親是二〇〇二年十二月過世的。

今天，我站在瑞典學院和頒發大獎給我的高貴的院士面前，面對尊敬的貴賓，我衷心希望我的父親今天能參加儀式。

（陳文芬．馬悅然譯）

索引

一至五劃

《一千零一夜》 149-153, 303, 335, 423
〈工作中的藝術家〉 198
大江健三郎 287
《公牛》雜誌 13, 38
什葉派 330, 429
切・格瓦拉 367
切廷・亞丹 342-350
《化身博士》 297
《午夜之子》 215
《反抗者》 209
《少年》 192
《尤利西斯》 165
巴巴羅斯 237
巴代伊 210
巴爾加斯—尤薩 207-213
巴爾札克 352
《父與子》 181
王子群島 106, 298
《包法利夫人》 164
卡瓦菲 238
《卡拉馬助夫兄弟們》 174, 182-187
卡拉達薩雷 99
卡拉廓伊 102, 108
卡斯頓・勒胡 348-349
卡繆 30, 188, 196-198, 209
古蘭經 36, 216-217, 409
史坦貝克 414
尼尚塔希 28, 87, 106, 155, 259, 304, 438-465
尼采 171
左拉 168, 250
《巨人奇遇記》 164-165
布尤卡達大島 106-121
布日迦茲島 106-107
布勒哲爾 189, 303
布雷希特 353
《布頓柏魯克世家》 259, 273, 419
民主黨 86
《永恆的丈夫》 179
瓦薩里 373
《白色城堡》 237, 294-300, 303, 412-425
《白鯨記》 164, 274

六至十劃

伊士美 31, 110, 328
伊本・阿拉比 334
伊本・赫勒敦 237
伊希琉特 131
伊茲密特 109, 113
《伊斯坦堡》 25, 282, 413, 418, 423, 424, 426, 433, 434, 473, 475

杜思妥也夫斯基　18, 168, 170, 172-174, 177-180, 182-184, 187, 188, 196, 204, 223, 232, 248, 253, 266, 275, 277, 279, 289, 297, 347, 349, 362, 420
沃夫岡・伊瑟爾　26
〈沉默的人〉　198
沙特　30, 168, 171, 174, 188, 198, 208-210, 240, 288, 308, 471
狄更斯　185, 289-290
狄德羅　197
《禿鷹》　86, 89
貝佑律　97, 230, 259, 322, 356, 368, 457
貝克特　204-205, 208, 348, 373
貝赫札德　372-373
車爾尼雪夫斯基　172, 173, 175, 176
里奧納多・夏夏　345
亞希亞・凱莫　252, 256, 258, 368
亞洛瓦　113-114
亞瑟・米勒　220-224
《亞歷山卓四部曲》　238
亞蘭・羅伯格里耶　208
〈來客〉　198
卓別林　297, 337, 442
奇哈吉王子　122
奈波爾　287, 344
奈瑪　296, 298
《帕瑪修道院》　143, 144, 146
拉伯雷　164, 215
法蘭克福　271-273, 282-283
波赫士　65, 183, 196-197, 207, 423
阿布杜拉・濟亞・柯札諾魯　237
伊斯蘭福利黨　33, 232
《伐木工》　204-205
吉祥事件　85
《地下室手記》　8, 170-177, 204, 266
《地糧》　253
多麗絲・萊辛　210
安卡拉　31, 92, 235, 328, 384-385
安托萬・加朗　150, 298
《安娜卡列尼娜》　246, 274
安德烈・紀德　247-258
安薩里　334
托普卡匹宮博物館　312, 368, 375
托爾斯泰　18, 93, 186, 192, 203, 246, 274, 279, 289, 293, 322, 420, 433
旭海爾・云弗　295
《百年孤寂》　215
米榭・畢托爾　208
艾爾莎・特奧萊　205
艾德蒙・威爾森　191
西蒙・波娃　208
伽利瑪出版社　196, 205
何梅尼　214, 216
佛洛伊德　185, 192, 194, 343
《作家日記》雜誌　187, 253
克拿勒島　107, 109
《利圖馬在安地斯山》　210-213
努魯拉・阿塔契　253
吳爾芙　13, 414, 420
《我的名字叫紅》　23, 293, 307, 312-318, 320-324, 411, 412, 417, 422, 428, 470, 475

埃布蘇・埃芬迪　342-350
埃傑維特　327
埃達爾・伊諾努　30
埃維里亞・卻勒比　237, 295, 298-299
《娜娜》　250
娜塔麗・薩羅特　208
席琳　10, 314-317, 334-341, 373, 470
海明威　188, 197, 202, 210
涅瓦　286, 433
涅查耶夫　179-180
納希・席瑞・厄利克　231
納博科夫　168, 183-184, 188-195, 216, 338, 420
《純真博物館》　26
索福克勒斯　185
馬拉美　283
馬哈穆德二世　85
馬奎斯　215, 289
馬茨卡公園　72, 74
馬爾馬拉海　102, 108, 122, 123, 127, 235
高爾基　414

十一至十五劃

《寂靜的房子》　57, 114, 295, 297, 303, 308, 314, 345, 412, 421
屠格涅夫　172, 181, 348
《崔斯川・商第》　154-167
康斯坦絲・嘉奈特　182
推理小說　211-212, 342-350
梅爾維爾　274
梵樂希　30, 204, 248-250, 418, 469
阿布杜哈密二世　86
阿肯特伯努　103
阿爾貝・索雷爾　230, 232, 234
阿赫梅特・罕迪・坦比納　248-258
阿德南・阿迪瓦　295
阿德南・曼德列斯　86
阿濟茲・涅辛　87
《附魔者》　178-181, 186, 275
雨果　168-169
《青年》　192
《青樓》　212
保羅・奧斯特　289
品瓊　211
哈倫・拉希德　152
哈羅德・布魯姆　433
哈羅德・品特　220-224
《城市與狗》　212
《城堡》　147
契訶夫　190, 476
《幽冥的火》　188, 190
拜塔胥教團　85
柯立芝　22, 150, 237
柯慈　289
約翰・多斯・帕索斯　209
約翰・伯格　369
《紅與黑》　147
胡索瑞夫　314-317, 334-341, 373, 470
《胡莉亞姨媽與作家》　212
胡塞因大師　296
《修正》　204
倫敦國立美術館　367
《唐吉訶德》　164, 274, 297

華特・班雅明 15
菲利普・拉金 213
萊夫・卡拉達 150
《費內巴切》 137
費茲傑羅 202
費爾南・布勞岱爾 235
鈞特・葛拉斯 212, 215
雅科波・貝里尼 366
《黃色房間之謎》 348-349
《黑色之書》 137, 152, 301-306, 314, 319, 321, 334, 342-343, 412, 422-424, 434, 475
黑貝里島 31, 68, 73, 104, 106-110, 145, 306
黑格爾 296
塔克辛 96, 441
塔哈瑪斯普一世 321
塞伊・哈密・賓・安傑利 297
塞利米耶清真寺 364-365
塞萬提斯 164, 297-298
塞德夫島 106, 111
塞繆爾・詹森 163
愛倫坡 150, 197, 297
《愛達》 188-195
《新人生》 307-311, 412, 420
新小說 208
新軍 85
《當代》雜誌 174
《罪與罰》 170, 175
《義大利遺事》 298
聖索菲亞大教堂 122, 365
《聖殿》 210
《混凝土》 202, 204
《異鄉人》 196-197
笛卡兒 211, 311
細密畫 88, 303, 312, 314-318, 320, 321, 323, 339-341, 369, 371, 373, 422, 470
習薩 252
《雪》 22, 271-273, 282, 285, 411-412, 415, 428, 475, 489
傅利葉 173
傑拿・薛哈貝汀 29
凱末・塔希爾 151
凱末爾 31, 113, 255-258, 276, 328, 345, 442
凱末爾主義 261, 308
凱爾斯 271-273, 282, 324-331, 428-431
勞倫斯・史特恩 155-167
勞倫斯・杜雷爾 238
博斯普魯斯海峽 36, 86, 93, 100, 102-105, 122-133, 180, 182, 235, 415, 440
博盧 123, 136
喬凡尼・貝里尼 366
斯湯達爾 143-145, 150, 238, 298, 420
普希金 192
普魯斯特 141, 144, 188, 193-194, 203, 414, 420, 434
湯瑪斯・伯恩哈德 199-206
湯瑪斯・曼 18, 238, 259, 273, 279, 418-420, 433
《無神論，大罪人的一生》 179
《童年》 192

魯西迪　214-217, 431
黎凡特人　107, 358

十六至二十劃

《戰爭與和平》 93, 164
盧梭　192, 251
穆罕默德・錫亞・卡蘭姆／「黑筆」穆罕默德　374-379
穆拉特四世　85
《錫鼓》 215
霍夫曼　297, 305
濟亞・戈凱　308-309
《謝福得先生父子》 260, 294, 303, 412, 419, 421, 480
《隱蔽的臉》 314
簡提列・貝里尼　366-367
薩依德　207, 427
薩拉薩爾・邦迪　213
《藍屋》 147
羅伯・路易斯・史蒂文生　297
羅伯特・伯頓　164
羅伯特學院　180, 412
《龐達雷翁上尉與勞軍女郎》 212
蘇里曼大帝　122, 346, 367, 448
蘇非主義　310

二十一劃以上

顧爾德　200
《魔鬼詩篇》 214-217
《蘿莉塔》 188, 189, 193, 194, 270
蒂爾坎・秀拉伊　301
《解剖憂鬱》 164
詹明信　207
路易・亞拉貢　205
路易—費迪南・謝琳　205
雷沙・埃克連・柯楚　295, 299
雷沙特・努里・鈞特秦　308
《鼠疫》 196
《嘔吐》 174
圖蘭・杜孫　217
歌德　237
歌覺　131
福克納　168, 188, 210, 274, 414, 420
《福爾賽世家》 419
福樓拜　138, 165, 183-184, 189, 286, 322, 433
維克多・什克洛夫斯基　156
維根斯坦　204
蒙田　251, 472
《說吧，記憶》 188
赫蘭特・丁克　284
遜尼派　158, 429
齊克果　444
寫實主義　165, 214, 316, 414
德・托特男爵　298, 300
德・昆西　150
德拉古　237
《歐洲與法國革命》 230
歐烏茲・阿泰　338
締凡詩　416
《誰是殺人犯？》 212
《賭徒》 172

帕慕克年表

一九七九年

第一部作品《謝福得先生父子》（*Cevdet Bey ve Ogullari*）得到Milliyet小說首獎，隨即於一九八二年出版，一九八三年再度贏得Orhan Kemal小說獎。

一九八三年

出版第二本小說《寂靜的房子》（*Sessiz Ev*），並於一九八四年得到Madarali小說獎；一九九一年，這本小說再度得到歐洲發現獎（la Découverte Européenne），同年出版法文版。

一九八五年

出版第一本歷史小說《白色城堡》（*Beyaz Kale, The White Castle*），此書讓他享譽全球。紐約時報書評稱他：「一位新星正在東方誕生——土耳其作家奧罕・帕慕克。」這本書得到一九九〇年美國外國小說獨立獎。

一九九〇年

出版《黑色之書》（*Kara Kitap, The Black Book*）為其重要里程碑，此書使他在土耳其文學圈備受爭議，卻也同時廣受一般讀者喜愛。一九九二年，他以這本小說為藍本，完成Gizli Yuz的電影劇本，並受到土耳其導演Omer Kavur的青睞，改拍為電影。

一九九七年

《新人生》（*Yeni Hayat, The New Life*）的出版，在土耳其造成轟動，成為土耳其歷史上銷售速度最快的書籍。

一九九八年

《我的名字叫紅》（*Benim Adim Kirmizi, My Name is Red*）出版，奠定他在國際文壇上的文學地位，並獲得二〇〇三年都柏林文學獎（獎金高達十萬歐元，是全世界獎金最高的文學獎）。

二〇〇四年

出版《雪》（*Kar, Snow*），名列《紐約時報》十大好書。

二〇〇六年

獲諾貝爾文學獎。

二〇〇九年

出版《純真博物館》（*Masumiyet Müzesi, The Museum of Innocence*），為《紐約時報》「最值得關注作品」，西方媒體稱此書為「博斯普魯斯海峽之《蘿麗塔》」。於土耳其出版的兩天內，銷售破十萬冊。

二〇一〇年

獲「諾曼·米勒終身成就獎」。

二〇一四年

出版《我心中的陌生人》。

二〇一六年

出版《紅髮女子》。

二〇二一年

出版《大疫之夜》。

08
帕慕克作品集
Orhan Pamuk

國家圖書館出版品預行編目資料

別樣的色彩：閱讀・生活・伊斯坦堡，小說之外的日常／奧罕・帕慕克（Orhan Pamuk）著；顏湘如譯.—二版,--台北市：麥田，城邦文化出版；家庭傳媒城邦分公司發行，2025.06
面；公分（帕慕克作品集；8）
譯自：Öteki Renkler
ISBN 978-626-310-860-8（平裝）
EISBN 978-626-310-859-2（EPUB）

864.155　　114002591

別樣的色彩

閱讀・生活・伊斯坦堡，小說之外的日常

原著書名・Öteki Renkler
作者・奧罕・帕慕克 Orhan Pamuk
翻譯・顏湘如
封面設計・廖韡
協力編輯・聞若婷

責任編輯・徐凡（初版）、林奕慈（二版）
國際版權・吳玲緯、楊靜
行銷・闕志勳、吳宇軒、余一霞
業務・李再星、李振東、陳美燕
總經理・巫維珍
編輯總監・劉麗真
事業群總經理・謝至平
發行人・何飛鵬
出版社・麥田出版
城邦文化事業股份有限公司
台北市南港區昆陽街16號4樓
電話：(02) 25000888　傳真：(02) 25001951
發行・英屬蓋曼群島商家庭傳媒股份有限公司城邦分公司
台北市南港區昆陽街16號8樓
客戶服務專線：(02) 25007718；25007719
24小時傳真服務：(02) 25001990；25001991
讀者服務信箱：service@readingclub.com.tw
劃撥帳號：19863813　戶名：書虫股份有限公司
香港發行所・城邦（香港）出版集團有限公司
香港九龍土瓜灣土瓜灣道86號順聯工業大廈6樓A室
電話：(852) 25086231　傳真：(852) 25789337
馬新發行所・城邦（馬新）出版集團【Cite (M) Sdn Bhd】
41-3, Jalan Radin Anum, Bandar Baru Sri Petaline, 57000 Kuala Lumpur, Malaysia.
電話：(603) 9057 8822　傳真：(603) 9057 6622
印刷・前進彩藝有限公司
初版・2015年12月
二版一刷・2025年6月
定價550元